SHŪSHĀN SHÍMÈNG

书山拾梦

何九盈　著

商務印書館

2010 年 · 北京

图书在版编目(CIP)数据

书山拾梦/何九盈著. —北京:商务印书馆,2010
ISBN 978-7-100-06800-0

Ⅰ. 书…　Ⅱ. 何…　Ⅲ. 散文-作品集-中国-当代　Ⅳ. I267

中国版本图书馆 CIP 数据核字(2009)第 184005 号

SHŪSHĀN SHÍMÈNG
书 山 拾 梦
何九盈　著

商 务 印 书 馆 出 版
(北京王府井大街36号　邮政编码 100710)
商 务 印 书 馆 发 行
北京瑞古冠中印刷厂印刷
ISBN 978-7-100-06800-0

2010年9月第1版　　开本 850×1168　1/32
2010年9月北京第1次印刷　　印张 14⅜　插页 4
定价: 36.00 元

何鲤在石门洲永乐江畔。16 岁，第一次回祖籍安仁。南岸“赤壁”名叫石立山。1987 年 8 月。

我和女儿李韧于澳门黑沙海滨。1994 年 7 月 28 日。

何九盈、李学敏在59年不遇的风雪中跋涉。2010年1月4日昆明湖。

何九盈、李学敏与美国康塞普赛昂·皮奇奥托女士合影，在白宫外。2000年8月21日。

耶鲁法学院（由耶鲁大学法学院提供）

耶鲁大学斯特林图书馆。何鲤获博士学位，与父母合影留念。2003 年 5 月 25 日。

美国词典编撰家韦伯斯特（Webster Noah, 1758~1843）墓碑，在纽黑文市园林街墓园槐树路。2003 年 5 月。

何九盈、李学敏拜谒容闳墓。美国康州哈特福德市雪松山墓园10区。2003年8月4日。

《书山拾梦》题辞四首并序

去年九月，商务印书馆的许振生、乔永两位先生光临敝庐，怂恿我编一本自己的散文集。经过半年的挑选、修改、补写，编成了这本《书山拾梦》。书中的大部分作品曾在报刊上发表过，趁此结集之机，向有关的责编先生致谢，并向许、乔二先生及此书责编王玉女士致谢。

是集所收各篇，是否值得印出，有无流传价值，实不敢自必。比之黄茅白苇，阿世媚俗，聊可自慰而已。

追想平生，江南如梦；目送飞鸿，眇眇予怀；六十年间，历经剧变，地覆天翻，恍如隔世。发而为文，如春日载阳，如老气横秋；如雪夜围炉，如荒江行吟；如晨钟暮鼓，如空谷足音；如疾雷崩山，如惊风荡海；奇思异想，络绎而来。夫宗杲论禅，“只有寸铁”；越女说剑，“非受于人”。出以不古不今不文不白之秃笔，准以辞达、致用、见道之立言轨则。惨淡经营，反复推敲；捕捉灵感，如追风系影；心中无障，如笔端有神。触景生情，一吐为快。覆瓿速朽，非所计也。

儿时入家塾，稍稍识字通文义，先父即课以作文。若思路文辞紊乱，辄斥之曰：狗屁不通！又尝言：文从乱弹起，诗从放屁来。大抵文章由乱而治，由不通到通，实一漫长实践过程，非一蹴可就也。通即“达”，“辞至于达，止矣，不可以有加矣”。今者垂垂老矣，犹不敢自夸辞无不达，语无不通。达，戛戛乎难哉！

顺治十六年，也就是公元1659年，徐文元高中状元，舅氏顾炎武勉之曰：

> **必有体国经野之心，而后可以登山临水；必有济世安民之识，而后可以考古论今。**
>
> （《历代宅京记》3页。中华书局，2005年）

我亦“登山临水”，我亦“考古论今”，但古人有云：“肉食之忧，非藿食者所宜虑也；府居之谋，非巷居者所宜处分。”顾老夫子所言，于状元公则宜，于抱冰庐主则近于胡思乱想。然此“心”不可泯，此“识"不可弃。观沧海，观瀑布，江南的雷，忧地忧天，乃至樱桃沟走访孙承泽，侨吴老人三章，“美国进士”的中国心，抱恨千古雪松山，亦“登山临水”、“考古论今”之篇也，如何？如何？

人生天地间，即使身为贩夫走卒、布衣打工仔，都可以成为天地好友，有益于天地。查拉图斯特拉如是说：

> **你伟大的天体啊！你如果没有你所照耀的人们，你有何幸福可言哩！**

《书山拾梦》题辞四首并序

（〔德〕尼采著、钱春绮译《查拉图斯特拉如是说》3页。三联书店，2009年）

你我都为"天体""所照耀"，理应为"天体"谋"幸福"。天为人计，人为天谋，人天两福，三才合一，是谓圆融！

南宋淳熙八年（1181）春二月的某一天，时为南康守的朱熹，与来访的陆九渊泛舟游而乐，说了一句发人深思的话：

自有宇宙以来，已有此溪山，还有此佳客否？

（《象山先生全集·年谱》卷三十六，449页。商务印书馆，民二十四年。又见《朱子晚年全论》卷八，336页。中华书局，2000年）

人皆可以为"溪山佳客"。"困于心，衡于虑，而后作；徵于色，发于声，而后喻。"天地因佳客而幸福，日月因佳客而增光。此"心"此"识"比之顾夫子所言如何？呜呼！人生均宇宙间一过客耳，过客而至于"佳"，"然后知生于忧患而死于安乐也"。

大约在宋神宗元丰五、六年间，谪居黄州的东坡居士完成了《易传》、《论语说》，给德高望重的当朝老臣文彦博写了一封长信：

穷苦多难，寿命不可期。恐此书一旦复沦没不传，意欲写数本留人间。念新以文字得罪，人必以为凶衰不祥之书，莫肯收藏。又自非一代伟人，不足托以必传者，莫若献之明公。而《易传》文多，未有力装写，独致《论语说》五卷。公退闲暇，一为读之，就使无取，亦足见其穷不忘道、老而能学也。

（顾之川校点《苏轼文集》（上）420页。岳麓书社，2000年）

这篇《黄州上文潞公书》，我不知读过多少遍，最为动心的是"穷不忘道，老而能学"。这是一种精神，从孔夫子以来，多少圣贤豪杰，幽于尘埃而苟全，八面受敌而不溃，靠的就是这种精神。贯穿这种精神的是"道"与"学"。

"道"为何物？《淮南》"原道"太玄虚，韩愈"原道"太狰狞，《文心》"原道"不足论，"老聃，术而已矣，奚知道哉！"（王夫之语）"道"就是"我"，实现"我"的价值就是"道"。"万物皆备于我"，我与万物为一。"万物"有"道"，"我"亦有"道"。"道"因"我"生，"我"因"道"异；"我"能"弘道"，"道"亦能"弘我"。其为文也，抒"我"情，说"我"理，叙"我"事，我行我素，独标风骨，此即"道"也。17世纪的魏季子关于"我"的发挥可谓淋漓尽致：

且夫述作而无我，我何为而作哉？人之貌不同，以各有其我；人之诗文竟出而不穷，以其有我也。……人人皆同而皆不同，各我其我也。

……自盘古氏至今，止一我也。山海之奥衍，足以吐纳胸中者，我而已。

《书山拾梦》题辞四首并序

（《清代文论选·阮畸生文集序》316页。人民文学出版社，2006年）

"我"外无道，心物一元。苏轼所谓"穷不忘道"，"不忘"者即"我"的价值也。

人啊，不论陷身何种困境，哪怕是粮断陈蔡，命悬乌台，请勿忘：我能载道，我在价值在。

天体若没有了"我"，天体"有何幸福可言"？

溪山若没有了"我"，"还有此佳客否"？

钱穆先生说了许多话，下面几句诚为见道之言。

> "前不见古人，后不见来者，念天地之悠悠，独怆然而涕下。"学到成时，乃始知此怆然独立之感。然此种怆然独立之感，却正是其安身立命所在。学到如此，方是他的创造，创造了他一家独立之学问，同时亦创造了他此一独立之人格。在天地间，在学问中，乃只此一家，只此一人而已。
>
> （《新亚遗铎·学问与德性》369页。三联书店，2005年）

《书山拾梦》说："你是自己的上帝"，你要"勇敢地建筑自己的智慧之堂"。有志者不当如是耶？

"创造"永远没有终结。天在变，地在变，道在变，老而能学，即变中求通，与创造为一体。有文章说，40岁的老鹰真是老了。它要飞向岩石打掉老化的喙，又用新喙拔掉老化的爪，又用新爪拔掉老化的羽毛。它新生了。

人亦如此。学则新生,不学则衰朽。清除旧思想,淘汰旧知识,改造死脑筋,唯学而后可。《庄子》说:“今者吾丧我。”而人生老境,最怕的就是“丧我”。“我”创造不止,是因为“我”学习不止,故光景常新。曹孟德尝言:“老而能学,惟吾与袁伯业。”东坡云:“此事不独今人不能,古人亦自少也。”①“老而能学”亦有传统,孔子“发愤忘食,乐以忘忧,不知老之将至”,陆游以“老学”名“庵”。细看历史,代有其人。学有万端,谁能不读书?苏轼说:“自孔子圣人,其学必始于观书”,“束书不观,游谈无根”,天地间哪有如此“佳客”!

守望书山,书山有梦。张载说:“‘从心’莫如梦,梦见周公,志也。”弗洛伊德说:“梦是愿望的达成。”古往今来,一切新价值、未知王国的发现者,都居住在远离荣华富贵的“书山”;人类多少坚固的东西都烟消云散了,唯有梦幻般的“书山”像岛屿一样矗立在历史的长河中。一代一代的拾梦者,朝于斯,夕于斯,终老于斯。辞曰:

其一

不梦周公与蓬莱,未知王国责我开。

文无官价随人议,“梦未圆时莫浪猜”②。

---

① 《梁溪漫志》卷五,144页。三秦出版社,2004年。参阅王利器《颜氏家训集解(增补本)》174页。中华书局,1996年。

② 《王船山诗文集》(下册)546页。中华书局,1962年。

其二

秋尽衡阳胡不归？独孤无语带箭飞。

茫茫天路寻幽梦，瑟瑟芦花触愁机。

其三

鱼忘江湖鸟忘机，梦耶觉耶两依稀。

书山万古无限意，无主斜阳照布衣。

其四

鸡有困惑豆相思，名园书海系情丝。

加州月色康州泪①，梦断江南雷雨时。

何九盈

2009年12月于抱冰庐

① 参见《抱恨千古雪松山》。

目　录

第一辑　烈风雷雨梦江南

永乐江,梦里依稀长忆君 …………………………… 3

梦中的古道凉亭………………………………………… 7

烈风雷雨弗迷 …………………………………… 24

所谓故乡也者 …………………………………… 28

江南的雷 ………………………………………… 32

第二辑　笔走黄昏凼仔岛

海岛黎明听鸟语 ………………………………… 41

鸡的困惑 ………………………………………… 45

相思树下说相思 ………………………………… 53

观沧海 …………………………………………… 60

凼仔岛的黄昏 …………………………………… 64

3A,造物主的诗篇 ……………………………… 68

第三辑　渺渺飞鸿记远游

苏黎世的散淡 …………………………………… 75

彼美人兮旧金山 …………………………………………… 79
读街 ………………………………………………………… 90
柏克莱散记……………………………………………… 103
Moon 与故乡明月 …………………………………… 121
观瀑布……………………………………………………… 123
春风又绿榆树城
——不一样的耶鲁法学院毕业庆典……………… 127
清教徒遗风……………………………………………… 136
纽黑文:死者在天 …………………………………… 141

第四辑　白首青云著穷愁

思考者的乐园…………………………………………… 159
书海情丝………………………………………………… 166
你是自己的上帝………………………………………… 170
勿忘“北大的功狗” ………………………………… 172
问东风,松间毕竟如何 ……………………………… 176
我喜欢的比喻(二则) ……………………………… 178
忧地忧天
——重温杞人忧天的故事 ………………………… 180
语文建设与人性的塑造……………………………… 184
龙虫並雕,小大由之 ………………………………… 188
我的阅读历程…………………………………………… 190

目　录

第五辑　立马书山看浮云

圣人也没辙 …… 199
樱桃沟:走访孙承泽 …… 211
顾炎武的《日知录》 …… 268
阎若璩的治学精神 …… 274
侨吴老人三章 …… 280
五月初三·鱼藻轩 …… 305
“美国进士”的中国心 …… 310
抱恨千古雪松山 …… 337
附件一　容闳先生纪念碑 …… 345
附件二　CEDAR HILL CEMETERY …… 347

第六辑　到处逢人说项斯

《词语源流漫笔》序 …… 351
《谈文字说古今》(二集)序 …… 353
前修未密　后出转精
——《〈说文解字〉论纲》序 …… 360
《安仁语文》序 …… 364
一卷名山　两袖清风
——《汉语史专书复音词研究》序 …… 368
《左传》选评(少年版)序 …… 375

《中国近代新词语谈薮》序 …………………… 380
《上古汉语同源词意义系统研究》序 ………… 391
《明清皖南方音研究》序 ……………………… 398
《中古音论》序 ………………………………… 406
语文建设的一项重要成果
——《汉语大字典》第一卷述评 ……………… 412
《汉语学》简评 ………………………………… 420
《声韵语源字典》读后记 ……………………… 423
《现代汉语词典》第 5 版的新面貌 ………… 427
一本别开生面的好书 ………………………… 433
千古骚人一例愁
——读《天涯诗草》………………………… 437

后　记 …………………………………………… 446

第一辑　烈风雷雨梦江南

永乐江，梦里依稀长忆君

在湘南的崇山峻岭间，蜿蜒曲折的永乐江静静地由南方流向北方。我的家乡就在永乐江畔的安仁县石门洲上。

离别家乡34年了，多少往事，还是那么令人思念不已。最难忘的是解放初期在故乡工作的3年时光。3年，在历史的长河中，只不过弹指一挥间，而在我个人的生命史上，却发生了许多对我一生命运有决定意义的事情。

1949年8月，我还不满17周岁，我的故乡安仁获得了解放。县里的青年学生，有的参加了解放军，有的参加了地方工作。我和堂兄何澎福、老同学张任湘，一起考取了衡阳革命干部学校。这次报考，事先并未得到父母的允许。离家那一天，我和堂兄躲开了家里人的眼睛，悄悄地走向了征途。一出家门，我就像从笼中飞出的小鸟，格外兴奋。不料，正当我们欢欢喜喜向前赶路时，后面出现了“追兵”，我的姐姐和一位堂嫂，在离家4里多路的江边追了上来，拼死拼活要拉我们回去。经过一番扭扯，我们跳上停在江边的小船，竹篙一点，小船飞也似的离开了渡口。两位“追兵”望着悠悠江水，望着两个远去的背影，也只能无可奈何了。

1949年8月，衡阳尚未解放（10月9日衡阳解放），革命干部学校暂时设在攸县。这所学校是为衡阳地区培养地方干部的，校长由专员谢竹峰兼任，任课教员有地委宣传部长杨蕉圃等同志，使用的教材有毛主席的《新民主主义论》等著作。对于毛主席的著作我当时虽然不能深刻理解，但这些基本理论知识，对于我后来成长为一个共产党员，无疑具有重要作用。大概不到两个月的时间，学习就结业了。分配工作时，跟我谈话的是王群生同志。他看我个头不高，年龄又小，担心我胜任不了农村工作，于是在分配表上写道：“建议分配到银行作练习生。”10月份，我和何澎福、张任湘被分回安仁，接待我们的是县委秘书老孟同志，他并没有考虑王群生的建议，将我们三个人都分配到了一区。我很愉快地服从分配，因为我并不喜欢在银行坐机关。现在想起来，如果我当时真的分到银行工作，前途也可能完全是另外一个样子了。

一区的机关就设在县城。区委书记杜殿魁，区长李政栋，都是山西人。他们离乡背井，随大军南下，来到新解放区开辟工作。老杜二十六岁，办事沉着，脾气很好，对待新干部，总是循循善诱，耐心指点。李区长年纪大些，也不过三十多岁。他在战争中负过伤，为人心直口快，工作泼辣，批评起人来，不留情面。他们有一个共同特点，都没有半点官架子。县委书记荣成和也给我留下了深刻的印象，他精明果断，原则性强。记得1951年在一个乡里搞土改试点时，农会的几个人擅自把本区的一个干部抓起来押在农会里，这个干部的父亲是个地主，他本人虽未直接参加过剥削，但多少有点少爷架子，为有的农民所不满。这件事使工作组的同志很感棘手。一天，荣成和来乡里检查工作，得知这个情况后，就要求工作组对农民进行说服教育，立即释放这位干部。不久，为了便于工作，又把这位干部调到另外一个县去了。

从1952年秋我离开安仁之后，就再也没有见到荣成和、李政栋这些老同志了，而他们的音容笑貌，我至今记忆犹新；他们对我的培养教育，更是终生难忘。

农村工作是很辛苦的。平常很少有人呆在县城的机关里，无论是区长还是书记（那时叫政委），大家都深入到第一线，搞秋征，搞减租反霸，搞土地改革。一年到头，风风雨雨，难得有休息的时候。同志们的精力、兴趣，都集中在工作上。上下级的关系，同志之间的关系，都很融洽和谐，互相间充满信任和理解。生活上更是互相体贴、关心。有一年的春节前夕，全区干部都集中到县城整训，我的左脚背由于擦枪时被滚热的凡士林烫伤，行动不便，谢懋聪同志从十几里外的县城骑来了一匹高头大马，亲手把我扶上马背，他自己在前面牵着，我们一同回到了区政府。解放初期，农村干部实行供给制，我个子小，公家发的干部服往往长过膝盖，区委委员谢庆祥拿出自己仅有的几尺青布，硬是拉着我到裁缝店做了一件合体的上衣。老谢同志是河北内丘人，土改结束前被保送到长沙上了工农速成中学，后来的情况如何，我就不知道了。这几年，还和我有点联系的是杜殿魁、萧玉兰同志。1984 年秋，他们夫妇从山西探亲返回湖南时，特意取道北京，来寒舍探访。遗憾的是当时我正在牡丹江讲学，竟然失去良机，未能聚首。他们给我留下了一封长信。信中生动地叙述了十一届三中全会后，我的故乡欣欣向荣的大好形势。作为远方的游子，我坚信，永乐江的明天将会更美好！

（原载 1987 年 9 月 12 日《湖南日报》）

梦中的古道凉亭

早已不是梦的季节,却梦见了故乡的古道凉亭。

一切都是那么熟悉,一切又都是那么陌生。

我奔向母亲,母亲欲哭无泪,欲语无言。

我奔向父亲,父亲还是一脸威严。他淡淡地说:五六十年了,你到哪里去了?你从哪里来,还到哪里去。快去吧,时间不多了。去吧,孩子!故园已不属于你,你也不再属于故园。

是的,时间不多了。目标还很遥远,前路还很艰难。我要起程了。出发地:梦中的古道凉亭。我将一路读解:山河,岁月,年华。还有,人生何处是归程?

吾犹昔人,非昔人也

人人都说:“年华似水”,“岁月如流”。拾梦者说:“这比喻很形象,但并不确切。”

为什么?

“黄河之水天上来,奔流到海不复回”,也就是“不复回”而已。“水”还是水,“流”还在流。

“年华”、“岁月”就不同了。岂止“不复回”?“年华”、“岁月”一旦逝去,就无影无踪、无迹无痕。

流水不老,而人会老去。老去的“年华”、“岁月”在哪里?我的青春在哪里?

哲人赫拉克利特断言:“我们不能两次走下同一条河。”

是的,第二次走下的“河”已经不是第一次走下的那条“河”了。

拾梦者问:可第二次走下那条“河”的“我”,还是第一次走下那条“河”的“我”吗?

显然,对第二次走下那条“河”的“我”来说,第一次那个“我”已无影无踪,此刻的“我”对于前一分、前一秒的“我”已经是不同质的“我”。

有谁能否认:“我”就这样在老去,在消失,绝对无情地老去,绝对不可抗拒地在消失。这一切都发生于看不见摸不着、神不知鬼不觉的瞬息之中。“瞬息万变”,“我”就在“万变”之中,而不是在“万变”之外。

拾梦者问：你重视过“瞬息”吗？你知道“瞬息”的意义吗？

古人早已告诉我们：少壮不同体，百龄非一人。

圣人有言曰：“人命逝速，速于川流。”

梵志白首归乡，语其邻曰：“吾犹昔人，非昔人也。”[①]谁能寻回昔时的“我”，属于我的“昔人”在哪里？

拾梦者回答说：请君入梦来，“昔人”犹在梦中。

尽管早已过了梦的季节，尽管湘南古道音尘绝，我还是在烈风雷雨中梦回江南，寻回了我的“少年”，寻回了少年的“我”。

我是那样瘦弱，天生的沉默寡言，天生的不善与人交往。

我沿着由乡园通往书院的古道，踽踽独行，一路匆匆。

古道边，有贫瘠的土地，有萧瑟的农家；有高山峻岭，有深潭险滩。

十座凉亭，分布在25华里之内。在茶山的、在桐子冶、在山口田、在船头、在大木土、在大石岭、在杨柳亭、在宝塔坳、在凤冈桥、在凤冈山。

亭，为什么不满三里地就有一亭呢？

亭，跨古道而建，古道从亭子中间穿过。亭者，停也。远行的疲惫者，稍事停息，再赶路程；附近的劳作者，辍耕片刻，振作精神。夏日多阵雨，雨急人更急。只见往来行人、田中农夫，纷

---

① 僧肇(384？～414)：《物不迁论》。严可均辑《全晋文》卷164，1808页。商务印书馆，1999年。又见弘学编《中国佛教高僧名著精选》(上)，436页。巴蜀书社，2006年。

纷奔向亭中。或怨天公不作美,或趣谈城乡见闻。骤雨一歇,哈哈一笑,各奔东西。

梦里少年,那时14岁,从酃县(今炎陵县)一所私立中学转到县城的宜溪书院,本县唯一的一所县立初级中学就设在书院中。此后,每逢寒暑假、春假,或别的什么节假日,便来回跋涉于古道凉亭。一步一个脚印,少年在古道留下了多少脚印?磨炼脚板的古道,磨炼意志的古道,让我忍饥挨饿的古道,塑造我坚毅性格的古道,你还记得那位负笈独行的少年吗?他可从来没有忘记过你啊!

一别就是60余年。60余年前的古道,有太多的忧伤、凄凉,有蓬首垢面精神恍惚的行乞者,有成群结队来自他乡的逃荒者,有面黄肌瘦被五花大绑押往县城的壮丁,有旧军队的伤兵、逃兵,有五步一跪十步一磕头前往南岳还愿的香客。

少年还记得:山口田亭子里有个卖米豆腐的老妪,宝塔坳亭中有个卖糍粑的风流老板娘。凤冈桥下有一个小小的草棚,草棚里坐着一位约摸60来岁的老太太,将自家种的灯芯草去壳,把如面条似的灯芯扎成小把,挂在棚外,售给过往行人。那年月安仁还没有发电厂,家家用油灯照明,灯芯是不可或缺的日用品。

少年还记得:船头有家小客栈,贴着一副对联:

日之夕矣君何往

鸡既鸣兮我不留

上下联的前半部分均出自《诗经》。我七八岁时已能背诵《诗经》的全部,这样的对联自可过目不忘。

还记得:距离县城不远的郑古湾,正位于古道旁边,有好几家门首挂着油漆暗淡剥蚀的古匾,上面刻着“文魁”二字。这里曾经出过举人。在安仁这个小地方,谁家出了个举人,足以傲视邻里乡党,足以光宗耀祖了。而我从这里路过的时候,这一切都已成为过去。如果有谁能兴建一所科举博物馆,将“进士”、“文魁”之类的匾额收集起来,作为文物保存,应该有一定的历史意义吧。

在记忆中最难忘的是十座凉亭中的最后一座,即凤冈山麓的那座很不起眼的小凉亭。小亭历史很短,也很简陋。一般凉亭的门额中央,一头刻着“莫急”(或是“从容”),一头刻着“且缓”,给过客以温馨友好的提示。而这座小亭什么字样、什么装饰都没有。它之所以让我难忘,因为其中有一个故事。

解放前夕,湖南的中等学校常闹风潮。我在县中上了两年半学,经历的风潮就有五六次。有一次是跟国民党的军队发生冲突,有一次是跟渡口的船夫发生冲突,还有一次是跟县政府教育科的一名科员发生冲突,其余都是师生之间发生冲突。所谓风潮,有的牵动了全校的学生,有的只是部分好事者惹是生非从而扩大开来,使几十人上百人卷入其中。县城百姓称大兵为“丘八”、学生为“丘九”。

与我直接有关的那次风潮,发生在1948年的春天。一位张姓复员军人来校担任童子军教官兼训育员。同学们对有学问的老师一般都非常尊敬,对教官、训育员本来就很有些看不起,而这位张先生平日手中总拿着教鞭，动辄就骂人，一派旧军官作风。有一次，因为秩序问题与一学生发生冲突，他挥舞用竹板制成的教鞭殴打学生，于是激起众怒，全班学生把他包围起来，高呼口号："打倒张××！"整个教室发出一片喊打声，教官先生威风扫地，吓得夺路而逃。他毕竟是军人出身，逃跑的本领是高的，一群毛孩子追赶莫及，张教官躲进县衙门去了。此事轰动了全校，也轰动了小城，同学们闯下了大祸，尽管于理、于情、于法，学生是对的，校方理应支持学生，解聘这位作风粗暴、有失师德的张教官，可没有一个老师挺身而出，谴责这位教官，支持学生们，校风是多么保守！

事情完全向相反的方向发展。校方放出谣言：学生们被共产党利用了。在1948年的安仁，谁要被戴上一顶"红帽子"，轻则蹲监狱，重则被砍头。少年第一次读懂了《左传》中的那句话："欲加之罪，其无辞乎！"

际此危难关头——这不是夸张之辞，十五六岁的娃娃们面对一顶大"红帽"，面对整个旧教育制度的压制，前程将被断送，岂非"危难关头"？——全班同学空前团结，往日的各种矛盾一扫而空。不知是谁提议，我们相约来到凤冈山麓的凤冈亭。

几十位同学齐刷刷地跪在亭外，喝血酒，对天盟誓，决心与校方斗到底，不许校方开除任何一个学生。那情景，那气氛，悲壮、肃穆，大有"风萧萧兮易水寒"的况味。至今回忆起来，还能隐隐约约地触摸到那颗慷慨激越的少年心，在为正义而燃烧，在为集体而跳动。

我们的努力,我们的同心同德,怎能敌得过有官方撑腰的大人先生们,我们这帮没有任何政治背景又毫无人生经验的娃娃们终于败下阵来。校方用离间、恫吓、拖延等办法,找同学们个别谈话,基调就是:现在是“戡乱救国”时期,不要上共产党的当。校长本是个土地主,毫无现代民主意识。他与张教官的关系,恰如唐代的崔瀣与崔沆,臭味相投,“沆瀣一气”。由于他的镇压,三位同学被开除学籍。罪名是:“殴打先生,捣乱校风。”

如今应已作古的教官先生、校长先生,大概终其一生也毫无反省之意吧。

那三位即将获得毕业文凭的同学,不得不收拾行装,黯然离校。从此,再也无缘一面。今始信“人生如梦”,梦里说梦,深悟“吾犹昔人,非昔人也”。既然你我均已“非昔人也”,纵使白首相逢,恐怕也难相识了!人生聚散谁能料?歃血为盟也徒然。

外省人说,湖南人有股蛮气。至少对于五六十年前的湖南人而言,这话是可信的。从小走蛮路,跋蛮山,涉蛮水,蛮腔蛮调。终年从蛮风中来,到蛮雨中去,风风雨雨,山山水水,养我蛮性。老师蛮,学生更蛮,胳膊要蛮过大腿,鸡蛋敢蛮过石头。王夫之、曾国藩、左宗棠、谭嗣同、夏明翰、叶德辉,一个比一个蛮。伟大领袖毛主席,更是蛮中之蛮。当年湘中学子常闹风潮,跟湘人独得天地蛮气或许有某种关系吧。

蛮有蛮道。智者发蛮,得天助人助;愚者发蛮,惹天怒人怨。叶德辉蛮得发昏,不得善终;那位中学校长、教官先生,与学生为敌,也够昏的了。

江山也要文人捧

如果生存方式可以随意选择,我会选择何种方式呢?

手执诗书,漫游于青山绿水之间,放言无忌,“不事王侯,高尚其事(志)”。这就是我的选择。

这不是附庸风雅,更不是想遗世独立,乃少小养成,习惯成天性。“少无适俗韵,性本爱丘山”,古人如此,非我独然。

家住永乐江上游,书院在永乐江下游。通往书院的路,一路山山水水,悦目赏心,移情养性。“我见青山多妩媚,料青山见我应如是。”日复一日,年复一年,于是:爱读书,爱登山,爱涉水,爱走路,终成天性。我至今不能设想,一日不读书,两日不走路,十日不临水,半月不看山,这日子将如何打发?这身心将何所依归?

古道凉亭,款款入梦,也是因为那山,因为那水。无亭不依山,无亭不临水。

很可惜,如此江山,名不见于文豪之笔,声不闻于贵游之士。同治年间重修的《安仁县志》、康熙年间重修的《衡州府志》均称安仁“山水甲衡湘”,而影响甚微,知音者稀。那山,那水,却永远在我心中;邑志所载,也永远在我心中。《志》书说:

> 溪清泉洁,踞衡岳之上游;峰玉山仙,界祝融之东表。凤冈东来,腾矗飞舞,若千仞之凤翼然而来仪;熊峡南

起，岸嵂伟岸，若当道之熊瞿然而踞江。江行其中，左右映带；凝望邑境，万山如玉立。(《安仁县志》)

清溪、珠泉、玉峰山、侯昙仙、凤冈山、熊峡、永乐江，这都是安仁的风景点。其中凤冈、熊峡、永乐江，都是去书院的必经之地。

梦中的古道，从山口田起，硬是以原始蛮荒的霸气，凿破混沌，强行于峰峦与永乐江之间，蜿蜒于行人足下，引领行人从一道风景走向另一道风景。多年以后，我亲历三峡，不觉联想，故乡的这一段古道，有高滩之险，熊峡之奇，若称之为小三峡，不为过也。

从山口田至洪山庙的高滩，约两华里。高滩究竟有多险，《县志》有确切记载：

江水西北行，经山口田，彭家港水注之。又西北至观音岩，经高滩，滩极险，水势建瓴而下，乱石巉立，浪花掀腾，舟行上如登，下如崩，过者恐惧，祷于洪山庙神。

少年无数次路过高滩，目睹受阻的江水大发脾气，暴跳如雷，向巉立的乱石，呐喊抗议。又见木簰上的水手，商船上的艄公，勇斗湍流恶浪，惊心动魄。即使有斗酒、只鸡、瓣香，祷于山神水神，险情仍时有发生。

由洪山庙经船头至大石岭，恍如走进了米氏云山画境。《县志》所说的“熊峡”即此地也。与大石岭对峙的是熊峰(熊耳山)，永乐江流经大石岭与熊峰之间，故称“熊峡”。董其昌说：

“米南宫自言从潇湘得画境。”小米亦云：“余平生熟悉潇湘奇观。”老米小米虽未涉足大石岭、熊峡，而大石烟云实乃“潇湘奇观”中一“奇观”也。《县志》云：

> 大石岭，在县东南十里，巉岩峭壁，下瞰溪水。溪畔左有巨人迹，足长二尺许，五指宛然，膝痕大如盆，现布衣纹。俗传有巨人自溪西跨溪东，跪石上而遗其迹。……谢贞女建庵与亭于此。……其路跨山腰，峭壁崎岖，为县通衢，石磴鳞次，累百十丈。旧由岭下江，资舟以渡，明成化间何贤浤凿石开道。

这段记载揭示了“大石岭”得名的由来。也告诉我们，五百年前大石岭无路可通。行人至此，要由岭下江，从岭南上船至岭北登岸，或由岭北上船至岭南登岸。如今的大石岭，南北均有石磴高悬，盘旋曲折，如登天梯，此路为邑人何氏所开（《衡州府志》卷十七云：“何贤学尝捐赀凿大石岭，以便行旅，免僦船之苦。”贤学与贤浤不知是同一人还是两人）。何氏原为邑中望族，近数十年来大概浩劫难逃破败零落了。

山无路不活，路无亭不灵。清代谢氏女筑亭与庵于岭上，既是积德行善，又为江山增色。少年无论是从家里去书院，还是从书院回家，必在此亭歇息。夏日炎热，常有乐善好施者设缸于亭，日贮清泉或茶水于其中，供气喘吁吁汗流浃背的过客自由取饮。临江一面的西窗下，有固定的长条木凳，可躺可坐，任好风吹来,乡人闲话桑麻,贩夫热议布米油盐。陡闻一两声鸟啼,倏然而过,顿觉身在画内,似画外有音。

亭外嵯峨巨石,可供女娲补天,可令米颠膜拜,而今落魄野岭荒江,意态颇为萧然。仰观云烟过眼,群峰竞秀,诵一段郦道元的"巫山巫峡"、苏轼的《赤壁赋》,心性陶冶于山水,得益良多。俯瞰江水,深不可测,渊然渟然,潭而不流,好一副老谋深算、大智若愚的气势,使人疑心巉岩峭壁之下,藏有百万虾兵蟹将,有水怪龙王居其中。当年乡中有一位水性高超的渔者,在一个秋风乍起的日子里,以酒壮胆,独闯禁区,潜入深渊,想一探究竟。第二天,在下游发现一具尸体。人们竞相传说,那位勇敢的渔者是被水精怪害死的。

在大石岭,眺望熊峰三具塔,这个安仁"文脉"所系之地,我似乎回到了明清的科举时代。

明万历八年(1580),安仁来了一位新县令。他是福建永定县人,名叫赖霖。赖老爷认为:安仁山水如此之美,而"科第弗昌",实由于建筑风水不佳。第一步改建明伦堂。将原先"蔽翳于文庙之后,势若面墙"的堂宇,改建于视野开阔之地。"登斯堂也,则见层峦远岫,如拱如揖,如列戟,如奔涛,一凝眸皆入几席间,自斯称大观矣。"第二步,"又于熊峡之阳,创浮屠七级,命曰'文峰'。士庶感公之义,翕然乐助,不匝岁而浮屠告成。"①

① [明]伍让《安仁县学记》,见《衡州府志》卷二十,695页。北京图书馆古籍珍本丛刊(36),书目文献出版社。

赖老爷于16世纪建造的“文峰”塔，到19世纪已不存在。可他那种建造文脉标志的思想已为邑中代代文士所认同。嘉庆二十三年(1818)邑人又在熊峰建塔三座，“望之如笔格”。这就是我在大石岭所见到的三具塔，同样是科举制度的产物，只不过比之赖老爷的七级“文峰”，创意更为周全。遗憾的是，安仁自宋代建邑以来，从未出现过大文豪、大思想家、大政治家、大学问家。甚至也没有如椽大笔，蘸乐江水，挥写这可圈可点的本地风光。赖老爷用心良苦，邑人在县城建赖公祠以感恩戴德。而邑宰降格为风水先生，且深受士庶感激，思想如此冬烘，文脉还能畅通吗？“甲衡湘”的山水能引起世人关注吗？

郁达夫说：“江山也要文人捧。”永州山水不就是柳河东“捧”出来的吗？岳阳楼不就是范仲淹“捧”出来的吗？安仁有过一届一届的县令，没有一个是“文人”，没有留下过一篇感人的游记。设若当年元和天子将柳侯贬到安仁，而不是永州，情况就会大不一样了。今人读到的也许是《始得大石岭宴游记》、《永乐江记》、《凤冈亭记》之类的美文，哪能让薛蟠式的秽语玷污亭壁大煞其风景呢！

归去来兮，吾归何处

少年，多梦的年华。梦的世界五花八门，伴随我终身的只有两个世界：一是古代的世界，一是外面的世界。

儿时读《论语》，就知道孔子曾常常梦见周公，但不知道他老人家后来为什么又不梦见周公了，更不知道为什么不梦见周公了就表明“吾衰也”而且“甚矣”。有一次，我梦见了孔子，梦见孔子多年周游列国，觉得那一定是外面的世界很精彩。我何时也能去外面的世界呢？站在我家大门口，可以眺望几十里外的隐隐青山。少年最想知道的是，青山外又是什么地方呢？“什么地方”之外又是什么地方呢？有时因此而沮丧、而惆怅。永乐江从门前流过，汇入湘江，湘江又汇入长江，长江又流入大海，我何日能顺着江水漂流到外面的世界？谁说“少年不识愁滋味”？少年愁心有谁知！

16 岁那年，一位来自外乡的物理老师在我的临别赠言本上写了两句前人的诗：

埋骨何须桑梓地，人间到处有青山

老师的尊姓大名，在课堂上讲了些什么，早已忘了个精光，而这两句诗却牢记于心。

我至今也不明白，少年时代为何如此醉心于外面的世界，即使埋骨异乡，也无所遗憾。父母是那样疼爱我，我也深爱自己的父母，但我却不愿意依恋父母。我羡慕孔夫子周游列国的人生阅历（后来始知他老人家到处碰壁。受欺、遭谤、挨饿，险些丢了老命），对“马革裹尸”、“立功异域”之类的故事也心向往之。我生长在抗日战争的年代，日军侵占了半个安仁，前线就在看得见的山头上，枪声、炮声、飞机从低空掠过的嘶鸣声，习以为常。

我也经受过逃难的苦楚，尽管是短暂的。我的整个小学阶段接受的就是抗敌救国的教育，唱的是《义勇军进行曲》、《满江红》、《黄河大合唱》。受过这样教育的人，能死守故乡吗！

1949 年秋，十年旧梦转成真。

少年离家出走了，出走的路就是通往书院的路。母亲派出两位追兵，在将军捧印这个地方追了上来，千拉万拽，无功而返。

这一幕，发生在将军捧印的这一幕，是如此刻骨铭心，终生难忘。

“将军捧印”，哪有“将军”哪有“印”？仰头西望，临江山顶，有一高高巨石，这就是“将军”；巨石上端又侧立着一长方形粗石，这就是“印”。“两石屹如衔，上下互龃龉。”[①]乡民传说，这是古代一位将军捧着金印，正待奉旨出征呢。

时隔 60 年，漫长的 60 年呀，梦里又回将军捧印，顿觉悲喜交集。

喜从何来？在这里我走出了人生最重要的一步棋，投身时代的洪流，无怨无悔。

可我从来不曾想过，甚至连做梦也不曾想过：离家容易归家难。

双亲大人，似乎早已预感到：此儿必将他乡老，家园只不过是起飞之地。

---

① ［清］邓辅纶《湧几石》。转引自《船山全书》第十六册，674 页。岳麓书社，1996 年。

果然，我成了他乡人。“他乡”，究竟是哪“乡”？这是极不确定极为模糊的一个概念。我能算是北京人吗？我在京城已住了50多年，我从来不认为自己是北京人，我只承认自己是北京人中的外乡人。那些三百多年前跟随多尔衮王爷进京的八旗子弟的后裔才骄傲地表示：只有他们才是正宗的、真正的北京人。这话我是亲耳听来的，是一位如今当了“的哥”的八旗“后裔”说的。此话不能当真，姑妄听之而已。明清时代的许多士大夫，他们的祖上在北京落籍已有好几代，他们的父亲、他们自己都是土生土长的北京人，但他们从来不忘祖籍，史书也如此记载。李东阳，湖南茶陵人，开创了“茶陵诗派”。事实上，李东阳和他的父亲均出生于北京。“于兹三世，以祖以孙，壮者老，稚者壮，声音既变，俗亦浸殊。”①

社会已发展到全球化时代，乡土、籍贯已失去古意。到我的下一代，他们对祖籍安仁已全无李东阳对茶陵那份情意了，他们都自认为是“正宗的、真正的北京人”。而我不同，我无法忘记古道凉亭，无法忘记故园的一切。于是，梦回将军捧印，悲从中来。山脊上那粗大的巨石沉重地滚了下来，我把巨石推上山顶，它又滚了下来，再推上去，再滚下来……。岁月匆匆，噩耗不断传来：父亲过世了，母亲过世了，长兄长嫂姐姐姐夫都过世了，我忠厚善良的姨妈也去世了，伯父叔父们也全都去世了。而我还

① ［明］李东阳《怀麓堂集》，杂记卷二，《南行稿·祭高祖处士府君墓文》，嘉庆八年重刻本。

在不断地将巨石推上山去,我无力回报父母的养育之恩,无缘拜别亲人临终的眼。他们的坟墓在哪里?我到何处去祭奠?我沉浮于天地之间,究竟为了什么呢?我这个年龄的他乡人,有多少人是在回舟无岸、进退维谷、悲喜交集的尴尬境遇中,白了少年头!

早年读东坡居士的“岷峨家万里,投老得归无?”“归去来兮,吾归何处?”只觉得这不过是文人多愁善感而已。随着年岁的增长、阅历的加深,才真切理解:“吾归何处”原本饱含着压抑和忧伤,是无可奈何的长叹!苏氏兄弟“怀归之心,屡见于篇韵”,其父“老苏葬于蜀,而治命(盈按:指临终遗嘱)指其旁庚壬地为二子之藏,而二子终不得归焉,信知人事不可期也”。[①]

白居易《初出城留别》云:“我生本无乡,心安是归处。”[②]苏轼《定风波》词云:“此心安处是吾乡。”尊敬的冯钟芸老师已经作古,她在鲤鱼洲干校时有一脍炙人口的名句:“红旗飘处是我家。”这种看似豁达的胸襟,看似潇洒的气度,我总觉得乃聊以自慰,无可奈何,不得已也!历史上有多少文人学士,有家不能归,甚或无家可归,“为寻庄子知归处,认得无何是本乡”。他们与西西弗斯(Sisyphus)一样在永恒的劳作中度过了自己的一生。

---

① [宋]葛立方《韵语阳秋》卷十三。见何文焕辑《历代诗话》(下),586、587页。中华书局,2001年。

② 《白居易集》第一册卷八,148页。中华书局,1979年。

诸神的无产者，西西弗斯！你的“这一张饱经磨难近似石头般坚硬的面孔已经自己化成了石头”！你比你“搬动的巨石还要坚硬”！① 可敬的加缪，你说得多好啊！

2008 年于蓝旗营抱冰庐

① 加缪著、杜小真译《西西弗的神话》157、158 页。三联书店，1987 年。

烈风雷雨弗迷

我手头有一份保存了好几年的油印材料，撰稿人是零陵地区的何维庭、黄春芳、胡正耀三位，题目是《老兵新传耀余辉》，副题是《记九嶷山大学常务副董事长杜殿魁办学事迹》。这些年，每当我重温这份油墨不匀纸张粗劣的打印材料时，总要扪心自问：如果读了这样的材料还是无动于衷，这颗心还能算是肉长的吗？良知和友谊都告诉我，我应该写点什么了。

50 年前，杜殿魁是我走上人生征途所遇到的第一位顶头上司。如今，我已由 17 岁的“小何”变成了“老何”，他也由当年的“老杜”变成了“杜老”。人事沧桑，年寿几何！杜老过去是现在仍然是我最尊敬的老前辈之一。杜老，山西和顺县人。性格如太行山一样沉稳、坚定。出身贫苦，来自社会底层，十几岁参加抗日战争，接着又投身解放战争，1949 年随大军南下，在我们县由区委书记渐次晋升为县委书记，离休时已是零陵地区的副专员。我因土改时父亲被划为地主，不宜在本地工作，土改后调离本县，后来又考入北京大学求学，中间有 30 多年彼此失去联系。80 年代末，他和夫人萧玉兰路过北京，久别重逢，友情依旧。此时我才知道，他们正为一所民办大学（后改为九嶷山进修学院）艰苦创业。[①] 这是一份什么样的产业呢？材料说：在杜老主持下，该校征地 150 余亩，建筑面积已达 2 万余平方米，有教学楼、综合实验楼、学生宿舍楼、语音室、电教室、礼堂，有来自 26 个省市区的 300 多个县市 12 个民族的学生。该校为老、少、边、贫地区培养了数千名实用型人才。学校的固定资产也由不到 50 万元增加到 1000 多万元。他们自筹资金，没有向国家要一分钱，神话般地创建了一座美丽的大学城，这在零陵地区的教育史上也是值得书写一笔的。面对这样的成绩，杜老个人从中得到了什么呢？

众所周知，民办学校也是生财致富之道，这原本无可厚非。早在两千多年前，司马迁就记载过这样的话："天下熙熙，皆为利来；天下攘攘，皆为利往。"但利亦有道，利人乎？利己乎？利人又利己乎？就利己而言，又有利物质利精神之别。

就物质而言，杜老什么也没有得到。不仅如此，他还从微薄

① 九嶷山学院创办人为著名农林科学家、北京农业大学第一任校长乐天宇教授（宁远县人）。

的收入中抠出一万多元捐资办学；又不仅如此，为了办学，他损坏了一只左眼，不久，右胳膊粉碎性骨折，接着又是右髌骨粉碎性骨折。杜老啊杜老，你为何不在那清静无为的老干所享清福养天年呢？我知道，你是在用实际行动探索个体生命的尊严和价值，你有自己的活法，有自己的社会责任感。一个利社稷、利国家、利子孙后代的人，他的精神世界必然是丰富的，他的人生也必然是美满而无憾的，这不就是利人而又利己吗！何况，人之所以异于禽兽者几稀。爱因斯坦早就说过："我们应当承认，我们胜过野兽的主要优点就在于我们生活在人类社会之中。一个人如果生下来就离群独居，那么他的思想和感情中所保留的原始性和兽性就会达到我们难以想象的程度。"

只有明乎此，才可相应地明乎彼：

为什么"千乘之王，万家之侯，百室之君，尚犹患贫"，以致贪赃枉法从而身败名裂？为什么腰缠万贯富甲一方的款爷拔一毛利天下而不为？他们的原始性、野兽性是否多了一些呢！

权与钱是良心与人格的试金石，生命如果只是诉诸权和钱，完全失去社会责任感，这样的生命是不值得繁衍的。

从来的世俗社会都只尊重有权的人，都只尊重有钱的人，此中自有某种道理在；而尊重做好事的人尤其是尊重一生都做好事的人，道理不是更大更充足更过硬吗！好人好事实为人间正气，日月经天，江河泻地，正气长存，终古如斯。

我遥望南天，看九嶷山下，苍梧之野，有黄盖武功，柳侯文采，还有"纳于大麓，烈风雷雨弗迷"的帝舜遗风。据载，帝尧为了培养虞舜为继位人，对他进行了长期的多方面的考核，最后让他进入莽莽森林，看他在烈风雷雨中是否会迷失方向。舜"弗迷"，乃陟帝位。在人生的漫漫征途中，何处无风？何时无雨？何地无雷？试问：有几人"弗迷"？杜老是"弗迷"者，以社会为己任的仁人是"弗迷"者，范仲淹说得好啊："微斯人，吾谁与归！"

2000年1月于北京大学中关园

（原载2000年1月27日《中国教育报》）

所谓故乡也者

所有的故乡原本都是他乡，说什么“莫把他乡当故乡”！

我的故乡在哪里？在湖南。可湖南从来就是我们何家的故乡吗？不。

当楚武王说“我蛮夷也”的时候，我们的祖先还在晋国；当孟子见梁惠王的时候，我们的祖先属韩国；直到“秦王扫六合”，我们的祖先就属颍川郡人士了。但他们还是文物衣冠的中原人，与“蛮夷”不沾边儿，只不过为避秦害，始由韩氏改姓为何。我们何时成为“湖南蛮子”的呢？据族谱载：

东汉洪祖籍居河南卢氏县，任潭州太守，卒于任，其后裔遂家潭州。

所谓潭州，也就是长沙喽。这位洪祖的28世孙名敬，字益谦，任吴郡太守，退休之后，于五代唐庄宗同光二年（924）又从潭州徙安仁场熊耳乡浦阳里。宋代安仁场升为县，于是湖南省安仁县就成了我的故乡，至今已有一千多年了。他年，我的子孙后代又将以何处为故乡呢？天知道！

故乡情结，古已有之。荀子连鸟兽的“故乡情”都描写得悱恻缠绵，意绪萧瑟，可以人而不如鸟兽乎？“今夫大鸟兽则失亡其群匹，越月逾时，则必反铅（杨倞注：与“沿”同，循也。）；过故乡，则必徘徊焉，鸣号焉，踯躅焉，踟蹰焉，然后能去之也。”①屈原也说：“鸟飞反故乡兮，狐死必首丘。”故乡情结，原于宗亲，更原于土地。安土重迁，骨肉相依，打造了农业社会的稳定结构，也打造了“叶落归根”的生存原则。

然而，所谓故乡也者，非世外桃源之谓也，非牧歌式田园之谓也。故乡也会将人分为三六九等。位高金多，荣归故里，礼敬有加；大困而归，亲不以为子，妻不以为夫，况乡人乎！故项羽始则曰：“富贵不归故乡，如衣绣夜行”；终则曰：“纵江东父兄怜而王我，我何面目见之？”那个卫国的吴起，拔剑东门去，啮臂发誓：“起不为卿相，不复入卫！”成都的司马相如告别升仙桥时，也立下誓言：“不乘高车驷马，不过此桥！”后人有诗云：“去时此地题桥去，归日何年佩印归？”那个不以诗文著称的李鸿章，也

---

① 《荀子·礼论》。“则必反铅”，《礼记·三年问》作“则必反巡”（一定要反回来巡看一番）。

有类似的誓言:“若无驷马高车日,誓不重回故里楼。”[①]总之,世态有炎凉,人情或倨恭,不混出个人样儿,怎可回故乡！请看唐之诗、宋之词,多少漂泊者“有家归未得”,“尘暗旧貂裘”。问人生到此伤心否？“行不得也哥哥!”

不仅此也,没落的封建社会,故乡往往为旧秩序旧势力作依,先行者反叛者不见容于故乡的例子实在太多了。清末郭嵩焘,识见孤远,凤鸣高冈,曾奉命出使,为西洋文明说了几句好话,对中国士大夫的虚骄之气有所批评,攻之不遗余力的正是他的湖南老乡。或诋为“汉奸”,或“欲毁其家”,简直“不复以人数”。章太炎闹革命,“族人恐被牵连,全族会议将太炎开除出族”。不只是咱们中国,西方又如何？读过《马可福音》第六章的人都知道:耶稣回到自己的家乡拿撒勒(Nazareth),不也是遭受嘲笑和鄙视吗！所谓故乡也者,不过如此而已,非咱家有意亵渎也。

且有土才有乡,有乡才有情,当土地已不复为你我私有、乡村迅速城市化时,我们已渐渐进入无何有之乡。居无“维桑与梓”,死无寸土埋身,飞鸿过境,四海为家。麦克卢汉云:“我们这个地球不过是一个小小的村落。”朝发纽约,暮宿东京,你还闹什么“故乡情结”呢？那古典的“衣锦荣归”梦也早已破灭或即将破灭。一位社会学家言之有理:“在我们社会的激烈变迁

---

① 李春光纂《清代名人轶事辑览》(3),1320页。中国社会科学出版社,2005年。

中，‘乡’也不再是衣锦荣归的去处了。”何况，在我看来，“衣锦荣归”，原本就是一种低级趣味呢。

（原载2003年4月15日美国《星岛日报》，2009年略作修改）

江 南 的 雷

江南的雷，猝不及防就向你头顶滚滚劈来，在你身边跌碎，在你脚下爆炸，把你困在深山老林、荒郊野外，令你手足无措，进退失据，哆哆嗦嗦，浑身起鸡皮疙瘩。老天爷要给你点颜色看哩，让你知道他有多么厉害，多么威严。尽管他会马上息怒，笑逐颜开，还你山明水秀，光风霁月；然每念及那阴阳二气的生死搏击，你的心根耳根就会殷殷隆隆，如万马奔腾、万鼓齐鸣。

太遗憾了，那些从未听过江南雷声的人，如何能想象得出：所谓“五雷轰顶”、“如雷贯耳”、“迅雷不及掩耳”之类的古话，包含着何等的威力！又怎么能真正理解“拔地雷声惊笋梦，弥天雨色养花神”（王夫之）这样的勃勃生机！

我常想，江南地面曾经冒出了那么多草莽英雄、绿林好汉、江湖义士、革命元勋，跟他们在雷声中长大、从小练就了一身雷胆不无关系吧。

在首善之区住了几十年，偶一听见那有气无力的雷鸣，总觉得是老天爷在遥远的高空放屁，似乎与草民无关，没劲透了。这时，我越发怀念江南的雷。

江南的雷，扫除天地积阴，呼唤万物复苏，为温柔的春天开路，为火热的夏天洗尘，厥功甚伟。古人认为："夫雷，入能除害，出能兴利。"而"盛夏之时，雷电迅疾，时犯杀人"，也是常事。我的大姨父牧牛于旷野，避雨于树下，不幸死于雷击。若干年后，某中年农妇，坐在家门口做针线活，也遭雷击丧生。大约四五岁时，一个夏日的傍晚，风雨大作，电闪雷鸣，我端着饭碗在门槛内用餐，突然一个炸雷横扫过来，似乎就在身边爆炸，吓得我魂飞魄散，栽到了一尺高的门槛之外。妈妈火速赶来抱起我，不住地说："雷公不打吃饭人！""雷公不打吃饭人！"

以上所言是几十年前发生在湘南老家的往事。后来，我又到江南农村整整待了两年。这次是随大批"老九"发配到江西鲤鱼洲劳动。人说鲤鱼洲是雷区，又听说"鲤鱼洲的天，猴子的脸，说变就变"。果不其然！一天，某"老九"牧牛于金溪湖畔、幽兰河边，人在巍峨大堤之上，牛们在堤下聚精会神地吃草。说时迟，那时快，刹那间黑云压堤堤欲摧，狂风、暴雨、闪电、炸雷，将我们这位九爷封锁在大堤之上。若说种田，可能"吾不如老农"；至于避雷，老农恐怕就不如"老九"了，"老九"能跑到大树底下去送命吗？雷声就是命令，当机立断，就地蹲下。这就对啦，何必触犯天威死于非命呢！

第二天，舆论哗然：“×××是怕死鬼！”按照当时的“革命”逻辑：毛主席的“五七”战士，要一不怕苦，二不怕死，岂能闻雷声而蹲下！蹲下，就是怕死，就是保命哲学。

还有那些牛呢？雷击死了牛咋办？牛是国家财产！以牛为本，才符合国家利益。舆论以为：此时的某“老九”，应该是雷打不动，与牛共存亡，方不失为“五七”战士本色！活该吧，谁叫你是“臭老九”呢。“老九”干活如牛，命却不如牛。请问：“老九”又是谁的财产呢？错！“老九”前面的定语是“臭”，“老九”压根儿就不是“财产”，是废物，是改造对象。

然而，历史上常有这样的情形，喧嚣一时的所谓“舆论”，往往不出二三十年，再回首，竟是笑话一则，甚而至于简直是屁话！

是的，古代中国的确有不怕雷轰的人。且不说在雷声中青梅煮酒论英雄的“奸雄”、“枭雄”了，单说三国曹魏的征西将军夏侯玄，那真是天生的雷胆。

> 夏侯太初（玄的字）尝倚柱作书。时大雨，霹雳破所倚柱，衣服焦然，神色无变，书亦如故。宾客左右，皆跌荡不得住。

有无夸饰，已不可考，反正《世说新语》是把他的故事归在《雅量》篇了。证之以夏侯玄被杀头时,“临斩东市,颜色不变,举动自若”(《三国志·魏书》)的大无畏气概,《雅量》所言应是无可怀疑的。此人连砍头都不怕,还怕什么雷呢!

比之夏侯玄,我的“雅量”差远了。一个炸雷就把我从门槛内掀到了门槛外,可证从小到老都是一个没有出息的人,既怕雷又怕死。

不过,夏侯氏的视死如归,究竟是胆量过人呢,还是因为生逢乱世见过无数人头落地从而早已将生死置之度外了呢?恐怕是两者兼而有之。至于他没有丧身霹雳,纯属偶然,不足为训。何况,圣如孔子也“迅雷风烈必变”哩。为何“必变”?在孔子是“敬天之怒,不敢戏豫”;如何“变”?就是要装出一副虔诚恐惧的样子。孔夫子也是管过牛羊的,他当时若在鲤鱼洲且置身于大堤之上,可以断言,也只有就地蹲下一法了。要不,他那么高的个子[①],岂有不遭迅雷击中之理?孔夫子如果被雷击毙,不仅儒家学派失去了一位伟大的创始人,对整个中国文化所造成的不可弥补的损失又如何估量呢?我真不敢往下想了!

嘻,别扯淡了。“老九”正是受了孔老二的“流毒”,怎么还拿孔老二的哲学为“老九”辩护呢,真是太不识时务了。书呆呆,你何时才能不呆呢?你忘了?“老九”们在鲤鱼洲战天斗地

① 《史记·孔子世家》:“孔子长九尺有六寸,人皆谓之长人。”又,《春秋演孔图》说:“孔子长十尺,大九围,坐如蹲龙,立如牵牛。”《春秋纬》第二卷,24 页。上海古籍出版社,1993 年。

之日，也就是老孔被批得体无完肤之时，而批孔打头阵的又是被阴谋家蛊惑起来的“老九”们。这不是“大水冲了龙王庙”，而是祸水冲了龙王庙。全民都疯了，真是“史无前例”呀。天啊，但愿永远不再有后例。

得了，还提这些旧事作甚。说点古人关于雷的警示作用吧。

《易》云：“风雷益，君子以见善则迁，有过则改。”

又云：“洊(jiàn)雷（相继而至的雷声）震，君子以恐惧修省。”

照此说来，古之君子犯了过错，即使不怕民怨，也得小心着天怒。真个是“天人合一”呀！

可惜，这类说教，对于今之君子已完完全全不灵了，天呀，你已经管不住他们了。

今之君子，精通雷的奥秘，身居广厦华屋，头顶避雷针，耳闻全球天气预报，谁会傻呵呵地敬天之怒、畏雷之威呢？周作人《关于雷公》一文早已批判地指出，古人“关于水火风雷都充满那些恐怖，所有记载与说明又都那么惨酷刻薄，正是一种病态心理，即可见精神之不健全。”今之君子比古之君子“心理”、“精神”都“健全”多了，可是，也肆无忌惮多了。为什么，科技越进步，人越聪明，而干起坏事来危害越大呢？

夜来梦回江南，又一次想起了江南的雷，也想起了下面这两句诗："万物昭苏天地曙，要凭江南一声雷。"①

2001年初稿，2008年改定

① 这是借用谭嗣同赞扬王夫之的两句诗。下句原为"要凭南岳一声雷"，这里改为"江南"。

第二辑　笔走黄昏凼仔岛

海岛黎明听鸟语

黎明，当我还依恋着活力磁石健康枕，徘徊于似梦非梦乍醒犹寐的时候，山坡山脚，海岸幽谷，传来了鸟们的欢声笑语。初，鸟声如洗，须臾便如潮如澜。不觉人已躺在鸟声中，被鸟声漂起，遨游于广漠之野，无何有之乡。

凼仔岛，真是鸟们的天堂。观音岩畔的相思长林，澳大校园的丛竹深处，不论春夏秋冬，花朝月夜，鸟们自去自来，相亲相近，此呼彼应，百啭千声。才听罢"不如归去"，又闻道："行不得也哥哥！"鸟类有自己的传讯系统，有自己的语言。人们不说"鸟歌"，而说"鸟语"，真是贴切无比。鸟的语言很丰富，也很有魅力。绵绵蛮蛮，叽叽喳喳，那是娓娓动人的陈述句；珠圆玉润，欲啭不啭，那是沁人心脾的感叹句；娇声嗲气，妩媚缠绵，那是意深情浓的祈使句。鸟们似乎有太多太浓的情感要向同类表达,似乎有无尽的欢乐要迫不及待地向绿树向碧海向蓝天倾诉。它们天真无邪,没有半点机心,最机敏的反应也不过是:“色,斯举矣,翔而后集。”大概它们从来也不会对同类对异类甚至对自己产生什么疑问。因此,我曾经仔细倾听也没有发现鸟语中有疑问句(按,山外有山,岛外有岛,本岛以外的鸟语是否有疑问句呢?自不可一概而论)我也琢磨过:在鸟的语段中,是否也可以加进顿号、逗号、句号呢?似乎也无不可。再一细想,这又是文人积习,无事生非。人类既有无标题音乐,鸟类怎么不可以有无句读的语言呢!何况,声韵流贯,一气呵成;时南时东,忽远忽近,要什么标点呢!我也从此明白了,某些现代诗人之所以厌恶标点,这灵感也许是来自鸟语的启示吧。不过,有一点“发现”我是很自信的,这就是:澳门的某些鸟语当有“入声”。要不,为什么有依稀可辨的 p、t、k 尾音呢!

据书本记载,孔老夫子的高足兼女婿公冶长先生是一位精通鸟语的行家,为此还吃了一场官司。《论语》的一种注本说:“以公冶长解鸟语,容或有之;而谓因此获罪,则傅会之过矣。”信以传信,疑以传疑。《周礼·秋官·夷隶》中明确谈到:“夷隶掌……与鸟言。”郑司农注云:“夷狄之人或晓鸟兽之言。”清代的王引之又认为:“养鸟乃闽隶之事,……则闽隶养鸟,亦当与鸟言。”不管是“夷隶”还是“闽隶”,周代有研究鸟语的专家,这是不容置疑的。令人遗憾的是,公冶长没有把自己的研究成果记录下来,编一本《鸟语》什么的。设想如有《鸟语》一书,其中应有“黄鸟云”、“雎鸠曰”、“鸱鸮问曰”、“鸩舌对曰”、“鹧鸪钩辀格磔而喟然叹曰”、“山梁雌雉问于凤凰曰”等等。肯定能像《论语》似的，传之久远。高等学府会据此开设《比较鸟语学》，专家们会据此写出《两千多年来中国鸟语历史演变》的皇皇巨著。现如今，这一切都是齐东野语、海外奇谈。在作者无非是姑妄言之，读者也只能姑妄听之了。

谈鸟语免不了又要扯到本非鸟类，以“知了”为俗名的蝉。古代诗人是将二者相提并论的，如“蝉噪林愈静，鸟鸣山更幽”是也。这诗的下一句无疑是千古佳句，上一句就不然了。因为，每当鸟语比赛到达高潮时，知了就以急如滩头流水，促如过耳西风一样的噪音，铺天盖地，“必求垄断而登之”。百鸟争鸣顿时成了“一言堂”，鸟语变得模糊、破碎、稀疏。噪音吞食了“静”，也淹没了“幽”。我以为“蝉噪”的积极意义在另一方面。它能拂除睡意，催人速醒，促人奋发。我一听到这滔滔混混的噪音，不知为什么，往往就会产生这样一种心态：“逝者如斯夫，不舍昼夜！”“一万年太久，只争朝夕！”昔贤闻鸡起舞，我则闻蝉起床，此非恶声也。

给这种噪音以有力冲击的是从远山传来的杜鹃声。这声音令我情不自禁地追忆童年，思念故乡。生长在湘南农村的我，对杜鹃花、杜鹃鸟实在太熟稔了。故乡的人们把四声杜鹃的叫声译为“婆婆插花”；后来到了北方，才知道那里的人们又译为“光棍好哭”；澳门人译为什么呢，我没有请教过。至于三声杜鹃，那两短一长的“gù—gǔ—gū——”，简直是生命的呼唤。这种鸟难道果真是杜宇的灵魂变成的么，为什么它的语言这么悲切、这么凄凉？京居数十年，久矣不闻杜鹃声。这次，在澳门的离岛——凼仔岛，一住就是两个春秋，饱闻杜鹃声声，心血常常来潮，温习童年的旧梦，找回我应当拥有的那份故乡情、自然情。

呵！没有经过鸟语洗礼的耳，红尘蔽聪，听觉不仁，多么不幸！

没有鸟语的地方，自然也就没有象征生命的绿，多么枯寂！

如果绿意盎然，却听不到鸟语，我想，或许是那里的好事之徒做了对不起鸟们的蠢事吧！

（原载《散文》1995 年 11 期。又收入《神的笑声》，
百花文艺出版社，1997 年 8 月）

鸡 的 困 惑

语法学家所争论的“鸡不吃了”，

哲学课堂里所争论的“鸡生蛋还是蛋生鸡”，

这都是人的困惑，不是鸡的困惑。

鸡的困惑来自跟鹰、跟犬的比较。

1

我总有几十年未见到鹰了。这次刚来澳门我就在寥廓的海空见到了鹰。

瞧，这不，又一只鹰从九洲洋面上剪风披云飒飒飞来。我不知道鹰是不是知道我对鹰的看法。早在孩提时代，我就是用农妇的观点、鸡的立场来看待鹰的。鹰大概不知道吧,乡下人是把鹰跟黄鼠狼排在一起的。鹰、黄鼠狼,鸡之贼也。鸡是什么?鸡是妈妈春天的希望、夏天的收获。鸡是乡下人买油买盐打牙祭敬鬼神请客送礼的心爱物。鸡的敌人也就是人的敌人,人们怎能不像痛恨黄鼠狼一样痛恨鹰呢!时隔半个世纪,这样的思想感情本来早已忘得一干二净。可这次一见到鹰,旧恶还是不念自来。

在记忆里,小时候,妈妈对我说:"一代岩鹰一代鸡。"这格言是正告"为富不仁"的人的。其含义是:为人太强,子孙必遭殃。证之以封建王朝的兴亡史,开国之君是鹰,亡国之君就是鸡。秦始皇是鹰,二世是鸡。二十四史的每一部,无不以鹰开始、以鸡告终。

当鸡,只有被吃的分;当鹰,又不忍儿孙蜕变为鸡。"既不做鹰,也不当鸡,认真做人!"妈妈如是说。

所以,一到学龄期,慈祥的妈妈就毫不容情地用一根一端破成许多条状打在地上啪啪作响名之曰"叉竹"的竹棍,赶鸟轰鸡似的把我轰进了村西的私塾,去学习孔夫子做人的道理。一天读《诗经》,上面说:"维师尚父,时维鹰扬。"我问:"尚父是谁?""尚父就是《封神榜》里那个姜子牙呀!"老师说。我真被弄糊涂了,怎么可以用叼小鸡的老鹰来赞扬姜子牙呢!我头一次意识到,书本上的鹰与现实中叼小鸡的鹰,简直判若云泥。后来读到有关鹰的诗文,调子更高了。"何当击凡鸟,毛血洒平芜。""独立雄天敌,长空万里风。"再后来,又知道,岂止中国人,俄国人也是鹰派呢。俄语中用鹰比喻非凡的人、英勇的人。高尔基的那篇《鹰之歌》是鹰派的杰作。还有另一位俄国人说过这样的名言:“鹰有时可能比鸡飞得低,但是鸡却永远飞不到鹰那么高。”再后来,又知道,岂止俄国人,美国人也是鹰派呢！美国人视鹰为“自由之神”。他们的法律禁止人们捕杀鹰,法律却没有禁止鹰捕杀鸡。

总之,在书本上,大概除了华兹华斯的《社诺利的鹰》之外,有关鹰的颂声,终古不衰。呜呼,六道轮回,生而为鸡者,怎能不困惑呢！

从鸡的立场而言,人类真不是东西！喝我鸡汤,嚼我鸡块,药我鸡骨,掸我鸡毛。蒸炖之不足,烤之,烧之。道口的,德州的,……“道”“德”飘香,油嘴一抹,精神一振,大放厥词,扬鹰贬鸡。夫鹰无益于人,人有负于鸡。唉,公道何在？

天可怜见,鸡是不通人情世事的。它哪里知道,公道取决于价值,价值取决于需要,需要又是多元的。对于人来说,鸡是物质,鹰是精神。人若不保护鸡,哪来的“道”“德”飘香？人若不颂扬鹰的搏击精神,孱弱到手无缚鸡之力,闻风声而起疙瘩如鸡皮,虽有鸡吾得而食诸?！且彼,焉可取而代也！故理有八面,不可只执其一。鸡有鸡理,鹰有鹰理,人有人理。万物生生灭灭,优胜劣败,天演进化,亘古如斯。小肚子鸡肠,农妇式的仁慈,焉足以为鸡排困解惑！

2

而且，还有使鸡更为困惑的呢！自从西学东渐之后，鸡的地位越来越不如狗。我一来澳门就注意到这样一种现象：日夜有犬吠，从未闻鸡啼；吃鸡不吃狗，养狗不养鸡。狗，可以与贵妇同乘豪华轿车，招摇过市。鸡到哪里去了？在超级市场的冷柜里，有美国的，巴西的；在菜市场的竹笼里，有嗒然而立的，有正在被提溜着哭向砧板的。

在以农业为主体的传统文化中，鸡与狗完全是平等的。荣辱与共，一损俱损，一荣俱荣。说升天就一起升天，"犬吠于天上，鸡鸣于云中"；说遭殃就一齐遭殃，"鸡飞狗跳"，"鸡犬不宁"，"鸡犬不留"；要挨骂就一同挨骂，"鸡零狗碎"，"鸡鸣狗盗"，"偷鸡摸狗"；论职业《三字经》上写得很明白："犬守夜，鸡司晨。"还有，"落水狗"对"落汤鸡"，"嫁狗随狗"配"嫁鸡随鸡"。不知你注意到了没有，先民在造词时，给"鸡"以平声，给"狗""犬"以仄声，二物相提并论时，从来都是"鸡"先"狗"后，平起仄收。又，鸡可以敬鬼神、飨王公；狗却上不了台面，俗语有云："狗肉好吃名声丑。"说起名声，狗可不如鸡。什么"狗急跳墙"、"狗皮膏药"、"狗尾续貂"、"狗头军师"、"狗拿耗子"、"狗苟蝇营"、"狗仗人势"、"狗屁不通"、"狗腿子"、"势利狗"等等，够损的了。有时，人们即使"提鸡"，"骂"的还是"狗"。

然而，在西洋就大大不然了。西洋人重狗，这是众所周知的。澳门，在中国近代史上曾经是中西文化交流的窗口，随着西洋文化观念的传入，狗作为宠物的地位早已得到确立、巩固。在内地，清末民初，某些王公大人、外交官夫人也爱狗如命。下面这段文字谈的是民初外交官顾维钧夫人黄蕙兰养狗的故事：

> 蕙兰在英国时即有爱狗一对，回国途中及往各处旅行都随身携带。到北平后更想养哈巴狗，只是纯种源自紫禁城内，满洲贵族才有其后代。她几经托人打听到一没落的旗籍贵族，珠宝都逐渐卖尽，只有一对哈巴狗始终舍不得出让。她再三托人说项才如愿得到。又经托人四处收购，终获得四打之多，雇二男仆一女仆专门照料。某日，北平一报纸刊载攻讦文字，指责顾夫人不顾人民痛苦，耗费养狗金钱足够供给三村居民食用。因此，她不得不忍痛将这些小狗割爱，若干美国游客以美金一千元一头购得最好的几头狗，其余每头美金二百五十元、七十五元或八十元一头；但仍保留几头最宠爱的。
>
> （《糖业大王的千金小姐》）

黄蕙兰的娘家是爪哇华侨巨商，富甲印尼，黄氏从小旅居英伦，过的是西式生活，以狗为心爱宠物，这是不难理解的。

狗为什么能讨得主人的欢心呢？西洋人为什么如此重视狗呢？这是由狗的自身条件和社会条件所造成的。

狗通人性，善解人意。狗虽不会说话，却懂得主人的喜怒哀乐，而且对主人最忠实。至于摇尾而乞怜，浅笑以讨好，外出归来，逢迎于门口，奔走于前后左右，这场面怎能不叫人感动呢。

狗的嗅觉、听觉特别灵敏，可以狩猎，可以护家，一犬随身，信心倍增。

狗，还可以用来比赛。赛狗，虽然不如赛车那么富于刺激，也不像赛马那样壮观；比之斗鸡，情趣、场面都要热烈得多。

狗在西洋之所以特别受重视，大概跟自给自足的小农经济的解体，跟工业的发达，现代化城市的增多，颇有关系。《老子》、《桃花源记》里所说的“鸡犬之声相闻”，是小农经济的一大特色。作为农家，可能无马无牛，不可能无犬无鸡。千万年来，鸡犬总是相提并论，是因为它们总是共居于同一农舍的屋檐之下，朝夕相处，休戚与共。工业化，城市化，现代化，造成了鸡犬分离地位悬殊的西洋格局。西方的鸡，早已从一家一户的鸡埘里走了出来，过着高度集体化的、无须自己觅食的、再也不能在田野在房前屋后自由刨土追逐打架的鸡场生活。像中国古典诗歌中说的“风雨如晦，鸡鸣不已”“鸡鸣桑树颠”“鸡声茅店月”“路逢斗鸡者，冠盖何辉赫！”，在工业化的西方，这些场面是不可能有的了。鸡，恐怕会慢慢从西方文学作品中消失的。至少，它失去竹篱茅舍田园风光之后，已很难引发诗人们的浪漫情怀。

狗却不同了。在鸡跟城市居民越来越疏远的同时，狗跟城市居民的关系越来越亲密。这是因为家庭的性质发生了变化。

在小农经济制度下,家庭是一个独立的生产单位。这样的家庭,以四世同堂、五谷丰登、六畜成群作为兴旺发达的标志。而现代化的城市家庭,基本上只是人们工作之余的休憩所,是家人聚会的安乐窝。六畜当中只有狗还保持自己的席位,其他五畜就没有缘分了,马牛羊鸡猪被现代化家庭拒之于门外。狗不仅保持了自己的席位,而且成为宠物,这是家庭性质发生变化之后,家庭结构以及人际关系相应发生变化的结果。现代化家庭结构简单,不要说四世同堂,在西方就连两世同堂的也极为罕见了。"举孝廉,父别居",这是正常现象。论人际关系,更是比邻若天涯。香港有一位节目主持人说:她在一幢高楼的单元里住了两年,知道对门有一户人家,可从未见过一面。人际关系淡漠,狗就得宠了。农村人居住分散,群而不孤,人伦有序,长幼有节,"宗族称孝焉,乡党称弟焉"。城市人摩肩接踵,住屋栉比鳞次,而"民至老死不相往来",到处弥漫着冷漠孤独的氛围;还有,尔虞我诈,唯利是图,人们就把爱心交给了狗。孟子说:"人之所以异于禽兽者几希。"事实上,人心不如狗心的危机,西方人应是深有体会的吧。

西洋人以狗为宠物,当然不全是由于孤独寂寞所致,而是一种文化传统、一种风俗习惯。在中国,始终没有形成这样的社会风气,也没有这样的民族传统。我国有神犬槃瓠,壮犬韩卢,有"知人心可使者"的晋獒,汉武帝还设立了狗监。狗虽是征战、田猎中的英雄,却不是宠物。狗可与鹰与马并列,所谓"鹰犬之才"、"犬马之劳"是也。西晋傅玄的《走狗赋》说:"盖轻迅者莫如鹰,猛捷者莫如虎,惟良犬之禀性,兼二俊之劲武。”①古人爱狗,就是爱其“劲武”。惟其不是宠物,所以“狡兔死,良狗烹”。战国时燕市有狗屠,汉代的樊哙以屠狗为业,至今京城还有狗肉全席。有一位美国老妪,原想来中国旅行,后来听说中国人吃狗肉,发誓说:“我决不到一个吃狗肉的国家去旅行。”这就是文化传统不同所造成的心理障碍。我真不明白,吃狗与吃鸡,在性质上有什么不同!请别误会,我不是在为狗屠辩护,我本人从少至老,从来不吃狗肉,但与狗道主义无关。

(原载《散文》1996年第6期)

---

① [唐]徐坚等著《初学记》卷二十九,714页。中华书局,1962年。

相思树下说相思

人们给树木起了诸如乳垂银杏、连理松、化妆柳种种名字，都含有人的情意，这就是文学。

——川端康成

一

海岛，有一种随处可见的树。叶叶青翠似蛾眉，枝干柔弱女儿腰，金黄色的米点小花，羞涩地隐藏在枝叶之间，静听蜂的絮语，期待蝶的亲吻。我问了好几位本地读书人，竟然都不知道它的芳名。我多么希望树能自报姓名，或者送给我一张名片呵。一天清晨散步，又向一位花匠请教。他淡淡地说："我们台湾叫相思树。"儿时读王维的《相思》，就知道南国有佳木,其名曰相思。几十年过去了,却不知此树究竟为何等模样。今朝相识,真有他乡遇故知的亲切感。

远客远游新过岭,每逢芳树问芳名。
长林遍是相思树,争遣愁人独自行。

这是唐代诗人徐凝写的《相思林》,说的好像就是眼前风光。

结实了,终于结实了。摘下荚果一看,种子是深褐色,细小扁平如芝麻。我日夜盼望的红豆呢,难道这不是相思树吗?我失望了。我遵从"格物致知"的古训,查阅文献资料,又对着树林"格"了好几天,才明白红豆相思树与这种台湾相思树原是不同的相思树。我对树木是多么无知呵!

红豆树,在左思的《吴都赋》里就叫"相思之树"。《昭明文选》李善注云:"相思,大树也。其实如珊瑚,历年不变。"这种树多产于吴地。清初的苏州和常熟就各有一株很受文人青睐的红豆树。苏州惠氏,三代传经,为吴派宗师,阶前有红豆一株。惠周惕名其斋曰"红豆斋",自号"红豆主人",其子惠士奇著《红豆斋小草》,乡人称之为"红豆先生"。[①] 后人又称士奇之父为"老红豆先生",称士奇之子惠栋为"小红豆先生"。三颗"红豆",非关相思。

① 1997 年南京大学李开教授著《惠栋评传》,南京大学出版社出版。2006 年台湾中研院文哲所出版了北京大学漆永祥教授点校的《东吴三惠诗文集》。

常熟芙蓉庄也有一株红豆树,“树大合抱,数十年一花,其色白,结实如皂荚,子赤如樱桃。”顺治十八年,钱谦益八十寿辰,其夫人柳如是“特令童探枝得红豆一颗以为寿,盖寓红豆相思之意,殊非寻常寿礼可比”。三百多年之后,陈寅恪著《柳如是别传》,就以《咏红豆(并序)》作为是书的开篇。《序》中说:“昔岁旅居昆明,偶购得常熟白茆港钱氏故园中红豆一粒,因有笺释钱柳因缘诗之意。”

至此,我们是否把相思树的品种都说清楚了呢?恐怕未必。稍具文学史知识的人都知道,古书中还有两条资料讲到相思树的得名问题。南北朝时梁朝任昉《述异记》云:

> 昔战国时,魏国苦秦之难,有民从征戍秦久不返,妻思而卒,既葬,冢上生木,枝叶皆向夫所在而倾,因名“相思木”。

秦在魏之西,“向夫所在而倾”,应是枝叶皆向西倾了。再往上溯,晋代干宝《搜神记》也讲到了相思树的起源。故事说的是战国时期,被《吕氏春秋》列为七大暴君之一的宋康王,用暴力霸占了韩凭的妻子何氏。韩凭遭迫害而死,何氏自杀身亡。

> (王)使里人埋之,冢相望也。……宿昔之间,便有大梓木生于二冢之端,旬日而大盈抱,屈体相就,根交于下,枝错于上。宋人哀之,遂号其木曰“相思树”。相思之名,起

于此也。

这是以梓木为相思树，与任昉所记又不同。二书所记，一在魏国，一在宋国，均属北方，与“南有相思木”、“红豆生南国”云云，似非同类。也没有任何一部辞书能把任昉、干宝记载的这两种相思树的形状、特点描绘出来。即使古代那些依据这两个故事写出的诗歌作品，也是从书本到书本，它们的作者同样说不清这两种相思树是什么样子。这就是文学。

二

人类，并不是从成为人类的那一天起就上演了这悲怆凄楚的相思剧。相思，并非人的天性，它是由一定的社会环境文化机制所造成的。处在蒙昧时期的山顶洞人，浑浑噩噩，大概没有什么相思可言吧。葛天氏之民，无怀氏之民，“居不知所为，行不知所之，含哺而熙，鼓腹而游”，日子过得这么稀里糊涂，自由自在，怎么会害相思病呢，就算有所谓相思，也不过是处在最原始的意识阶段。

相思是文明病，人类发展到文明社会，确立了一夫一妻的婚姻制度，并产生了适应这种婚姻制度的礼法制度。于是，上下几千年，不是有情人成不了眷属，就是成了眷属的有情人饱尝相思之苦。多少条相亲相爱的平行线，中间隔着礼教的河，以致盈盈一水间，脉脉不得语。多少个同心圆，被社会甚至被自己的父母击得粉碎,鸳鸯分飞,破镜难圆。

男女相思的原因有五。1. 战争。像《述异记》中那位死于相思的妻子,古今不计其数。2. 抢劫,或者叫霸占。恩格斯说:“随着对偶婚的发生,便开始出现抢劫和购买妇女的现象。”像宋康王霸占韩凭妻子的无耻行为,历朝历代都有。3. 封建伦常。4. 生远别。5. 死永别。

人类的婚姻制度,经历了群婚制、对偶婚制,再发展到文明社会的一夫一妻制。而“这种顺序中所表现的进步,其特征就在于,妇女愈来愈被剥夺了群婚的性的自由,而男性却没有被剥夺”(恩格斯语)。封建伦常这一条,除了“父母之命,媒妁之言”的戒律之外,其余的内容就是为了剥夺女性的“性自由”(即婚姻自由)。翻翻历史就会明白,自从母系社会崩溃,女性大权失落最终沦为闺房囚徒,强大的男权社会就坚持不懈地向女性施加种种压力,挥舞“贞节”的利剑,斩断女人的天性骚动,将女性推入相思的千年古井,成为独唱相思悲剧的主角。儒家经典明文规定:“妇人,从人者也。”“夫者,妻之天也。”为了迎合男权统治,连女人自己也站在男性立场帮腔。汉代那位早寡的曹大家就提倡“夫有再娶之义,妇无二适之文”。宋代的理学家进一步发挥:“饿死事极小,失节事极大。”改嫁就是“失节”。这“失节”二字就把女性排除在“人之大欲”之外了,相思成了不少女性的心病。

由“从一而终”引发的相思和纯属恩爱所引发的相思,属于不同的性质和不同的道德基础。韩凭夫妇的悲剧,在《搜神记》

中表现的是纯真的爱，何氏的死是对暴君的反抗。发展到敦煌变文中的《韩朋赋》（朋、凭古音相通）就串味了，中间增添了“一马不被二鞍，一女不事二夫”的封建贞节观念。男人们为“不事二夫”式的女子唱赞歌，无非是为了让女子永远拜倒在男人脚下，用心可恶之极！男人为什么不“从一而终”呢？看看录鬼簿上的相思者，有几人的性别属“男”！人世间为何没有一座贞节牌坊是表彰男性的呢？

当然，义愤是不管用的，根子在封建社会的经济基础。男人一断根绝后，谁去继承那份财产呢？土地、房屋、金银财宝归谁？

三

我预言，相思作为一种社会意识形态，随着人类文明进入更高级的发展阶段，终归是要消失的（按，我女儿反对我这个观点）。理由是：封建伦常和抢劫霸占等造成的相思越来越失去了社会基础，战争如果永远消失，害相思的人就会大大减少。生远别，在交通极不发达的古代，的确是萌发相思的重要原因。中国相思文学史上最早的一首相思歌，是大禹的妻子涂山氏创作的。据说禹婚后第四天就治水去了，三过家门而不入，涂山氏日夜相思，就唱出了“候人兮猗！”[①]作为男人，不能不远行。关河

① 《吕氏春秋·音初》：“涂山氏之女乃令其妾待禹于涂山之阳，女乃作歌，歌曰：‘候人兮猗’，实始作为南音。”

阻隔,天各一方。游子落日黄昏,细雨灯前;思妇守身如玉,“恨无兮羽翼,高飞兮相追”,多少“望夫石”、“望夫台”,抱恨终天,无可如何。在科学技术高度发达的今天,这样的相思根由也不存在了。哪怕你要到远隔重洋的美利坚去留学,妻或夫还可以去陪读哩,这就用不着哭鼻子了,再说什么“思君如流水,何有穷已时”,就有点“为赋新词强说愁”了。何况人心早已不古,琵琶别抱,谁管谁呢!至于商人嘛,本来就重利轻别离,相思这个话题从来与他们无关。

只有因死而永别所造成的长相思,或许还会一直存在下去。阴阳永幽隔,生死两茫茫。“天长地久有时尽,此恨绵绵无绝期。”但我也不赞美这样的相思,人生已经太苦太累,死亡既然具有必然性,是一切生命的最后归宿,何不学庄子鼓盆而歌呢。

我用经过思辨的心,再来看相思树,只见“一树碧无情”。可不,在“相思”情结进入两性关系之前,被人称之为“相思树”的这种树,不知已存在多少个万年了。什么花能解语,树可相思,全是人的情意,与树何关?

再说,树若能相思,怎会得青青如此!

（原载《散文》1997 年第 4 期）

观 沧 海

观于大海，乃知尔丑，尔将可以语大理矣。

《庄子·秋水》

朝 宗 于 海

没有不热爱奔腾的流水，也没有不追赶前浪的后浪。前水稍有迟疑，后水就滚滚地推过来了。

难道所有的流水都不明白？奔腾得越快也就消失得越快。

观水有术，必观于江河入海处，这里有最壮美的流动景观。风尘仆仆不远万里而来的流水终于见到了朝思暮想的大海，这是多么幸福的时刻。看着江水河水欢快地汇入大海彻底地消失自我,江水不再姓江河水不再姓河,你不能不对水的高尚品格和无私的凝聚力表示由衷的赞叹;你也会从此谦虚起来不再以天下之美为尽在己也就不至于长见笑于大方之家了。

"水哉,水哉!"我知道孔子为什么屡次称赞水了。

"岛"字的结构

远处,有一个馒头似的孤岛,荒无人烟。从有海的时候起它就被浸泡在那里了。造物主,你为什么要把它囚禁在那浩渺凄凉的水牢之中永世不得超脱呢!

"为了天空飞翔的小鸟,我愿永远浸泡在大海之中。作为鸟儿的净土乐园,几曾有过孤独?有过寂寞?"

岛的回应是如此出乎意料的超脱。人不堪其忧,岛却自得其乐。你瞧,拿人的眼光来评价岛的命运,免不了会误解岛的喜怒哀乐。

由此我又想到,"岛"字的结构应重新定义。许慎《说文》云:"岛,从山鸟声。"不确。古之命名者,见海中有山,山中有鸟,就说:名之曰"岛"吧。"岛"、"鸟(都了切)"双声叠韵,"岛"字乃会意兼形声,应改为"从山从鸟,鸟亦声"。我写的《海岛黎明听鸟语》也可以为证。

风 与 海

桃花嫁给了东风，菊花嫁给了西风，多情的海再也沉不住气了，稀里糊涂嫁给了四季风。

海的文章大半是风写出来的，海的愤怒也大半来自风。风跟海闹矛盾时，海欲静而风不止。风怒吼着，咆哮着；乌云被追赶得如丧家之犬，满天乱滚；村庄也被扫进了大海。丑恶的风拼命地抽打海的胸膛，海的蔚蓝温柔被撕得粉碎，被揉搓成重重浊浪抛向狰狞的高空。海吐着白沫，浑身战栗，呼啸着逃出堤岸，逃向原野、城市、森林……

或许是有鉴于此，以贞节著称于世的竹子姑娘，拒绝了风的苦恋，选择了厚重仁慈的青山。它发誓："咬定青山不放松，任尔东西南北风。"

海 的 忧 伤

又是一个潮涨秋思浪涌乡愁的月夜，我又一次独自漫步在山崖下的海滨，静听海的声音。

大海忧伤地对我说："我真承受不了这疯狂似的污染，洗劫式的索取，我正走向死亡。"

海会死去，就跟太阳也会死去一样，早已不是什么新鲜的耸人听闻的话题。但海已预感到自己将死于人类之手，我的心还是受到无比强烈的震撼。因为这不是宇宙物质过渡形式的自然终结，这是人在作孽。

大海又说：“我是看着你们人类成长的，看着你们七变八变，由猴样变成了人样。可是，从人之为人那一天起，你们一长列数不清的祖先传下来的劣根性，究竟改变了多少？你们挥霍自然，暴殄天物，视万物为刍狗。我可怜的波臣子民，带鱼黄鱼之类都已濒临绝境；我胸膛里塞满了垃圾和污泥浊水。中国人做了近三千年的‘河清’梦，是否还要做一个‘海清’梦呢？”

听着海的倾诉，始知人类之“丑”。我不知道人类是否有勇气正视省悟自己的“丑”。

夜深了，风睡了，岛也睡了，流水依旧在奔腾……

（原载 1997 年 6 月 14 日《光明日报》）

凼仔岛的黄昏

澳门地区有两个离岛，一个名凼（dàng）仔，一个叫路环。凼仔在澳门半岛之南，路环又在凼仔之南。

凼仔，洋名叫 Taipa，是一个只有 3.478 平方公里的小岛，风光靓丽，民风古朴。岛上有大凼山、小凼山、北澳山、柴巴炮台山。山间海岸，市镇、村庄、学校、花园、歌厅、赌场（美其名曰“娱乐场”）、教堂、庙宇、墓地参差错落其间。本岛居民不足一万，人种黄白黑，也有的不黄不白；语言中英葡，还有混合语、洋泾浜，也有“汉儿学得胡儿语”，胡儿颇解汉儿歌。论风情，七分中土本色融合着三分欧陆洋味；论环境，说不清是乡村中的城市还是城市中的乡村。要之，亦中亦西，亦城亦乡，亦土亦洋。

也算是缘分，命运之神让我在凼仔度过了七百有余日，感受过黎明的清新、宁静，也体验过黄昏的梦幻、凄迷。朝朝君临大海，暮暮流连青山。平生所居之地多矣，以此最为可意。有时，甚至胡思乱想起来，如能像桑科·潘扎那样，当一任海岛总督，岂不快哉！

言归正题说黄昏。

人问："黎明从黑夜走来，黄昏向黑夜走去，你喜爱黎明还是喜爱黄昏？"

我想，这里不存在舍谁取谁二者不可兼的矛盾。我爱凼仔岛的黎明，也爱它的黄昏。我常常漫步黄昏。从观音岩出发，经海岛钻石娱乐场，登上山腰的七潭公路，饱览美如童话世界的玫瑰山庄；然后惜别那些温柔宁静的小白屋，来到亚洲最大的赛马场；广场东头有一座金质四面佛像，常有信男信女打躬作揖，顶礼膜拜；不觉，暮色从四面合围过来，我匆匆穿过凼仔市区，向大凼山脚下走去。一路青冢黄昏，刚过了美副将马路旁的坟地，一转弯，又过市政坟场，更大的孝思坟场在山的东北端，孙中山的第一任夫人卢氏即安息其间。此地过于幽僻，林深莫测，四野无人，似有阴森之气从发际升起，令人心慌意悚，不敢久留。我取道海湾花园西侧，上小凼山，回到住地。此时，黄昏的声音仍在耳边低回：山泉淙淙，清风习习，梵呗细碎，晚钟轻轻，还有三家村外野犬的凄吠声，倦鸟归林后的絮语声，晚潮与岩石的争吵声……

据说喜爱黄昏的人，不愿"把黄昏关在门外"的人，总带有几分忧郁的气质。

也许。不然,为什么那位晚唐的黄昏诗人刚赞叹完“无限好”就无可奈何地跌转出“只是近……”呢?为什么20多岁的清华学子季羡林先生无限惆怅地询问:“黄昏走到哪里去了呢?”为什么30年代北大哲学系那位“画梦”书生神秘兮兮地说“一乘古旧的黑色马车”“疑惑是载着黄昏,沿途散下它阴暗的影子”?连大自然也感染了黄昏的忧郁,不然,为什么会“数峰清苦,商略黄昏雨”?

黄昏常常问我:“你了解黄昏吗?”

我无言以对,我对黄昏的了解实在太肤浅了。

“黄昏是江渚上的白发渔樵,是望洋山下饱经沧桑的历史老人。最有资格谈论是非成败的,是黄昏。请吧,跟我登临北澳山的瞭望台,看这片海域,中间流淌着多少血和泪,有几度烽火,几多硝烟。”黄昏如是说。

望西南,大小横琴岛,十字门,郁郁苍苍,浩浩洋洋,此古战场也。七百多年前,也就是文天祥过零丁洋的那一年,这里演出过一幕悲壮的海战。天昏地暗,风悲日曛,一个王朝覆灭了,无数爱国将士葬身海底。溃败的十余万军民,流散在附近的穷岛荒屿。从此,年年岁岁,遗民故老,临风洒泪,对海悲歌,北望中原,凭吊那宋王朝的末日黄昏。

再看镜海,16世纪的晚明黄昏如在眼前。队队远洋帆船,乘着初夏的西南季风,从印度果阿开过来了。狡猾的侵略者,以贡品贿赂开道,在妈阁谋一息足之地。由点到线,由线到面,逐步扩张;由借而租,由租而占;由搭棚而建屋,由建屋而设教堂、建兵营、筑城墙。于是，澳门变成了葡萄牙人的 MACAU。鸠占鹊巢，盗憎主人，“千古山河在，城郭一时非”。噫，不堪回首的晚明黄昏！

19 世纪，清帝国的黄昏如脓似血。鸦片战争的硝烟弥漫万里海疆，葡萄牙人趁火打劫，他们强占了澳门半岛，还一心要强占凼仔、路环等岛。1844 年擅自在凼仔筑炮台。哄骗威逼，妄图迫使清廷承认既成事实。两广总督张之洞、广东巡抚吴大澂为遏制侵略者的野心采取了严正立场，1887 年 9 月，吴大澂亲率炮船巡视澳门、凼仔、路环等地，表明中国政府决心维护自己的领土主权，当地的中国百姓喜见汉官威仪，为之“欢呼感泣”。但大厦将倾，这位封疆大吏亦无能为力，凼仔与路环渐渐沦为澳葡管辖地。至于吴氏，中日甲午战争时，兵败山海关外，落得个“永不叙用”的凄凉下场。他那本《说文古籀补》，至今依然熠耀着学术辉煌。

可歌可泣，可悲可叹，那如脓似血的晚清黄昏！

我迈着沉重的步伐从瞭望台上下来，瞅了一眼澳门大学上空那面即将永远降落的葡国国旗，抚摸着衣袋里的中国护照，庄严地教导自己的心灵：要知道什么叫弱肉强食，什么叫国耻，请读黄昏，读那忧郁的黄昏。

（原载 1999 年 12 月 2 日《光明日报》，《神州学人》2000 年第 3 期转载）

3A，造物主的诗篇

3A，是澳门大学教授楼的3层A号，只不过是一套极普通的居室，而我却把它看作是造物主的诗篇，人天合一的杰作，这是为什么？据行家说，最好的建筑应与自然保持和谐与统一。居住在其中的人们，感觉不到自然在哪里终了，艺术从哪里开始。现在，请让我暂时放弃“居无求安”、“君子居之，何陋之有”的古训，用“感觉不到”的审美眼光来感受3A这个居住空间。

一座船帆似的白色洋楼，矗立在凼仔岛的山之崖海之滨，上接苍穹，下临无地，似乎正要扬帆起航，驶向一片汪洋。楼中住着校方三巨头和从中国内地、葡萄牙、美国、日本、印度、南非、新加坡、中国香港招聘来的教授，门卫是菲律宾人。甲戌乙亥之际，我揣着中国护照，在3A住了两个春秋。依照中国读书人的传统习性，本想为3A取一个典雅而又有个性的名字，如什么“斋”、什么“堂”、什么“居”、什么“室”、什么“馆”、什么“舍”、什么“庐”、什么“屋”、什么“楼”之类，随即又否定了这个想法。梁园虽好，毕竟非久留之地，何必多此一举呢。

对长期栖身于蜗居的我而言，几曾这么阔气过！独自一人，统领三间卧室，一间30余平方米的大客厅。厨房、盥洗室，一应俱全。南有阳台面山，北有阳台面海。客厅有高大明亮的落地玻璃门窗。无须排闼，山送青来；不必登高，便可观海。即使在沙发上休憩，也可见鸢飞戾天，苍山滴翠，远屿浮青。极目洋面，海天相接，来往于港澳的喷射船、直升机，日夜穿梭其间。海那边，就是澳门半岛，衬托半岛的背景是起伏重叠的群山。海上的天说变就变，一天不知变多少回。黎明时分卧听帘外潺潺雨，听风中的鸟儿诉说梦里的相思；拂晓，风也停停，雨也停停，镜海縠纹如镜平；午后又下起了一阵日光雨，绿叶上缀满了亮亮的欲滴不滴的水珠；蓦地，彩虹从天外飞来俯吻着横琴岛的海面，朵朵白云也将靓丽的影子献给海神，大海美得如醉如痴，我心中也漾溢着希腊人对海像花园一般亲切的古典情怀。

忆3A，难忘夜的辉煌。夜幕一降临，我独坐客厅，艺术美便摊开它的全部灿烂，扑面而来。三条火龙，气势磅礴，烛照不夜天。对岸，那条连绵数公里的火龙从新口岸经南湾到西湾将半岛的夜搂在怀抱之中；东边18米宽的火龙，从3A附近的观音岩腾起，横跨5000余米的海域跃上港澳大码头；西边那条火龙从

3A 左侧横跨 2600 余米的海面直抵葡京。二龙东西相映，载着川流不息的轿车，轿车里载着“一天之计始于夜”的人们，按照现代化的节奏韵律，驰入温柔富贵之乡。

西边，主教山顶的大教堂，夜夜被聚光灯照得通体虚白，像浮在天宇上的白色剪影，幽美凄清。主啊，你以宗教的虔诚肃穆，守望着夜的心灵。

澳门三分金色夜，二分无奈在葡京。幻梦般的夜世界，时间高度浓缩。暴富？暴穷？就在顷刻之间。然而，赌场演出的种种悲剧、喜剧，勤劳质朴的本土居民，似乎漠然、超然。1993 年我赴澳大之前，一位正在那里讲学的先生来信说：“此地民风淳朴。”“赌城”与“淳朴”能扯到一块吗？我不明白。直到在澳门住了一段时间，才体会到此言不谬。民风系于文化生态环境，葡人居澳数百年，澳门成了一个多元化的特殊社会，但澳门文化的底子还是传统的。我接触过的知名人士、青年学生，对祖国传统文化都有浓厚的兴趣。尊重传统，尊重学术，蔚然成风。我在澳大任教两年，开设过七门课程，内容都属传统文化，选课者之踊跃，完全出乎意料，甚至像“音韵学”这样的冷门课，选课者也多达六七十人。

澳大的教学任务，繁重紧张，紧张到有时无暇做饭，靠干粮充饥。幸有海景山色，“足以触发道机，开豁心志，为益不少”。1994 年暑假，家人赴澳门探亲，临别时女儿叮嘱我：“老爸一人在此，要做个快乐 de 单身汉。”我说：“置身于从未见人吵架从未见人随地吐痰从未见售货员辱骂上帝半年不擦皮鞋仍是一尘不染的山海之中,得澳门英才而育之,老爸怎能不乐呢!”

（原载1999年3月15日《人民日报》(海外版),
获“澳门回归征文比赛”二等奖）

第三辑　渺渺飞鸿记远游

苏黎世的散淡

地球的确越来越小了，一觉醒来，从东方到了西方。以故国的文化背景，读异国的风光云影，山情水意，感觉比印象还要活跃、新鲜。诸种感觉都说：好散淡哟，你，苏黎世。

人淡如水，水淡如云，云淡如风。是欲界仙都？伽蓝净土？世外桃源？不是，都不是啊，你就是你。你们国家的“中立”地位造就了你的散淡风格。说你是贵妇人吧，你却有山林逸气，宛然田家气象，连商店橱窗都陈列着一捆干柴或一段树根，以示归真返璞，崇尚自然；说你是山野之民吧，你却贵而有礼，富而不骄，你的银行业、黄金业、旅游业，名满全球。

太阳已经老高了，小巷仍旧沉沉，寂阒无声；班霍夫大街，犹似春睡未足，“懒起画蛾眉”。绿树在二月风中伸着懒腰,有轨电车在微吟中打着哈欠。利玛河从你的胸前飘来,似一缕柔情,瘦瘦的,悠悠的。小桥无语,白鸽依人,人在凭栏观鱼乐,鱼在相忘于清流。矗立在河那边的教堂,是一座古典的哥特式建筑。双峰如剑,直插云天;钟声似梦,悠扬动情。芭芭拉,中文名字叫聂蕊,她是我们的友生,特地从巴黎赶了回来,愿尽地主之谊。她是伯尔尼人,对苏黎世的街道也是半生不熟的,边走边问,来到形似初三初四蛾眉月的苏黎世湖。远望对岸,苍岩翠壁,有烟霞往来缥缈其间;近观湖面,有游艇飞驰,群禽戏水。只见一位老人来到湖畔,将一袋饲料倒入湖中。水底游鱼,水上野鸭、沙鸥,还有别的水鸟,一齐围拢过来,几只颇有王子风度的白天鹅也姗姗游来。喁喁唼唼,饲料很快啄食一空,又各自东西南北去也。这情景,将我引入中国的古典主义。“物我俱忘怀,可以狎鸥鸟。”“山鸟山花吾友于。”唉,世上何处无湖光山色,何处无水鸟山禽,但古人早已告诫:“机心内萌,则鸥鸟不下。”那无鸟的天空,无鱼的河流,无水禽的湖泊,大抵都是由于聪明的人类机心勃发所致吧!回首故国乡园,麻雀的子孙后代在追思50年代那场空难史时,无不天旋地转,胆颤心惊。妄自尊大的人类,自恃为万物之灵,施暴自然,大煞风景。而今地球村的不少城镇,废水长流,废气张天,废物多多,这又能怪谁呢!山河再美,风景再佳,也禁不住如此肆意污染!孟子云:“西子蒙不洁,则人皆掩鼻而过之。”人犹如此,物何以堪!

就要告别苏黎世了,我请我的诸感官漫说己见。

嗅觉率尔而对曰:“无恶臭之刺鼻,无烟尘之伤神,空气滋润而清新。”

听觉低吟陶公的名句:“结庐在人境,而无车马喧。”

视觉啧啧称羡:“鸟多闲暇,水皆缥碧,人尚俭啬,目饱青翠。”

唯有味觉,不赞一词。我似有所悟,教育参赞徐先生今天选择竹园餐厅(一家中国餐馆)招待与会的中国学者和瑞士友人,大概这就是味觉可能作出的答案吧。

散淡是诗,是一种物物自在人人自适的哲理。然而“散淡”到“各人自扫门前雪,莫管他人瓦上霜”,“散淡”到可以公开地自由地当街吸毒(据报载:苏黎世的赖塘吸毒场已封闭),这是散淡型人格的消极颓废,则是我所不敢苟同的了。

读解苏黎世,当然会人各有见,所见不尽相同。仁者见之谓之仁,智者见之谓之智。我欲执笔载酒问前贤,他们如何读?如何解?

一问那位长有漂亮胡子“能结结巴巴地说二十种语言”的日耳曼人,1893 年,也就是他 73 岁的时候,就在这个苏黎世,“人们以自发而热烈的欢呼来迎接他”,这位第二国际领袖为代表大会发表了最后一次的公开演讲;

二问那位 26 岁就建立了狭义相对论的“戴草帽的博士”,他 17 岁进入苏黎世工业专科学校,是苏黎世多年的老朋友;

三问那位光绪末年在苏黎世招摇一时的保皇党首领如今被尊为“国学大师”的康南海;

四问那位 1911 年就读于苏黎世大学的陈寅恪。

先生们,请告诉我,你们对苏黎世有何感觉?我的感觉是耶?非耶?

别了,苏黎世!多想摘几片洁白的云,赠给“善解爸意”的小女儿,可此物“只可自怡悦,不堪持赠君”①。算了,还是买几块巧克力带回去吧。

(原载1996年12月14日《光明日报》)

---

① [梁]陶弘景《诏问山中何所有赋诗以答》(答齐高帝诏)。见逯钦立辑校《先秦汉魏晋南北朝诗》(中),1814页。中华书局,1983年。又见《陶弘景集校注》35页。上海古籍出版社,2009年。

彼美人兮旧金山

云谁之思？西方美人。彼美人兮，西方之人兮！

（《诗经·邶风·简兮》）

我要赞颂的这位西方美人，本名叫圣弗朗西斯科（San francisco），汉译为三藩市。19 世纪的华人淘金者称之为“金山”，后来赴澳大利亚的华工称墨尔本为“新金山”，美国加州的这个“金山”就成为“旧金山”了。直到光绪初年，在清王朝的外事文件中，“金山”与“旧金山”还同时并用。那时已有一二十万华工在此艰苦创业，为这位西方美人的原始积累付出了很多很多，不少人甚至丧失了身家性命。马克思在 1859 年就指出：“随着加利福尼亚和澳大利亚金矿的发现，资产阶级社会似乎踏进了新的发展阶级。”1871

年他又进一步肯定:“加利福尼亚、澳大利亚使世界市场发生了变化,美国有了惊人的发展……。资本主义制度的内在趋势获得了充分发展的机会,于是资本主义制度的全部卑鄙龌龊就无阻拦地泛滥起来。”①据此,我们可以了解:“金山”、“华工”,对世界资本主义的发展产生了什么样的重大作用。

如今的西方美人出挑得越发标致了。她有举世无双的特异风韵,既不像欧洲的王室闺秀,也不像东方的小家碧玉。她是那种风鬟雾鬓式的悲情美人,是那种不守规矩酷爱成功坏男人的放荡式美人。“拳头上立得人,胳膊上走得马,人面上行得人。”集天时、地利、人和于一身。各类媒体早已好评如潮。诸如:

“举世公认的包容力极强的城市”
“举世公认的人性实验室、民族大融炉”
“是一座风情万种的城市”、“是绝无仅有的真情特区”
“是避暑避寒的胜地”
“是世界上最美而且生活最舒服的城市”

1992年,全美评定两个“特别好”的大都会区,旧金山湾区即其一。

旧金山有一首流行名曲,唱出了旧金山人的心声,他们深深热爱自己的故乡。

① 《马克思恩格斯选集》第二卷,84页,436、437页。人民出版社,1972年。

可爱的巴黎带着些哀伤，
罗马的辉煌已成为过去。
我在纽约的曼哈顿感到无比孤独与落寞，
我想回到我那海边的城市故乡，
我的心失落在旧金山。
……

旧金山，这座不足两百年历史的山城，曾经有过声名狼藉的年月，有过“全部卑鄙龌龊无阻拦地泛滥起来”的年月。

1853年（相当于咸丰三年）被选为“全美最无法无天的城市”。

梭罗称她为“地狱”，公众视她为“罪恶之乡”。

欧洲人说：“旧金山的法官就是杀人犯，警察就是强盗。”

在这个人间“地狱”中，华工遭遇最为惨烈。光绪十二年（1886）四月十六日，《粤督张之洞奏旧金山华民被害粤省办理情形折》云：

窃思金山各埠，始则利华人之工勤价省，多方招徕开矿、修路诸工，美商借华工以获利者，不知其几十亿万。乃因埃利士党人嫉妒，把持合谋驱逐，残毒焚掠，以夺其资财，勒逼行主辞用华工，以断其生路。华工既无生计，华商亦遂赔折穷蹙，留不能留，保护亦无从保护，情形实为危惨。

说来也奇怪，旧金山为什么没有一天一天堕落下去？为什么没有一天一天腐烂下去？曾几何时，竟然出落得倾城倾国、一跃而成为西方美人了呢？

有人说，得益于多元哲学。

有人说，得益于自由、开放、创新。

也有人说，得益于宗教和法制。

这些因素大概全都有益吧。此中必然包含着极为深刻的哲理和社会原理，但作为观光客，我不想自寻烦恼来根究旧金山由坏变好的历史演变过程了。我只知道，古者游必登高，目穷千里，思接千载。驻足在柏克莱的那些日子里，我们四游旧金山，三次驱车从北湾登上马林岬的陡峭崖岸，翘首西望，太平洋烟波浩渺，那彼岸尽头便是我的中国。一时恍然大悟：中国在西方。我们才是"西方人"，旧金山怎么成了"西方美人"？应该是"东方美人"才对呀？难道本文的方位就错了？

60 多年前，也就是上世纪 40 年代初，逻辑学家、心理学家沈有鼎先生就有这样的困惑。他说：

> 我从中国到美国是向东航行而去的。
>
> 从本位文化立场讲，在东夷之西，西戎之东，南蛮之北，北狄之南的中国，到了欧美人士的言论或著作中便成为非但是东方的，而且是远东的支那。美洲我们始终觉得是在太平洋之东，他们却认为是在大西洋之西。
>
> 我写了东游的回忆，当然不得不将错就错地名为《西游记》。

反正现在世界上的人类大半都以标准化的错误为他们立身处世的根据。

（《西游记·定名》1 页）

据报载，美国西北部的华盛顿州制定了一条新的法律，不准使用“东方人”一词，一则是因为这个词隐含贬义，再则就是方位不确。这是颇有意义的法律条文。地球是圆的，方位是相对的，“标准化的错误”就是“错误”是正确的。

此时此刻，我立足马林岬，我说向东看，却不是要看我们的黄海、东海，而是与之相反的圣弗朗西斯科海湾，这是世界上最佳的天然港湾之一。长 60 英里，宽 3 ~ 12 英里。围绕湾区，分布着许多小城。硅谷、帕洛阿托（斯坦福大学所在地）在其南，奥克兰、柏克莱在其东，有“美国日内瓦”或“湾区小地中海”之称的梭塞里多在其北，与马林半岛相对的就是旧金山半岛。

海湾内还有一对著名的小岛，即天使岛、魔鬼岛。后者曾是关押恶性重刑犯的地方，前者曾是囚禁华工的候审所。1904 年（光绪三十年）孙中山从檀香山来旧金山从事反清活动，因旧金山海关华人译员中的保皇党人告密，也在候审室的小木屋里遭受过十余天的折磨。经致公堂保释，才获得人身自由。致公堂又名洪门，原为反清复明组织，孙中山已在檀香山加入洪门，此次来旧金山与致公堂负责人司徒美堂（于 1905 年任总监督）订立该堂章程，确定该堂宗旨为：“驱除鞑虏，恢复中华，创立民国，平均地权。”并改组《大同日报》为机关报。

现在，海湾中的两个小岛均已辟为旅游胜地。天使岛上立了一块纪念碑，碑上刻着一副对联，概述了华人移民的苦难与功勋：

别井离乡飘流羁木屋
开天开地创业在金门

马林，有人译为“秣陵”。一个洋地名注入了我们的文化因子，一下子让人联想起历史上的江宁，古色古香，汉字之妙，真有妙不可言者。马林岬，是俯瞰金门海峡全境的最佳地段。那座建于1937年号称世界上最美的吊桥——金门大桥，就在山崖之下。有人说这座粗犷的橙红色大桥是旧金山的灵魂。不错，从游人的络绎不绝就可证：此言不虚。各路游人，无一不怀着兴奋之情来朝拜这极富魅力的灵魂。不到金门桥，就等于白去了旧金山。而去了金门桥，总有人魂断金门桥。旧金山的灵魂为什么让许多人魂不守舍呢？消极厌世者、痛不欲生者、走投无路者、投机破产者、情场失意者……桥，你为何偏向他们招手呢？是要拷问他们的灵魂还是要拯救他们的灵魂呢？桥对世人的质疑无动于衷。他依然安卧苍茫，傲视人寰，整日价任凭阴雨怒号，雾起云蒸。

我们还是来眺望彼岸的旧金山吧。

那是由43个山丘托起来的黄金城。只见西风追赶浓雾，浓雾漫过起伏的群山，群山起起伏伏，如浪如奔。我对站在身边的学敏说:这就是旧金山的性格吧。像雾一样飞腾,像风一样狂飙,自强不息的移民精神充盈于大海群山之间。是谁,为旧金山铸造了不断追求的性格?

是印第安人?西班牙人?墨西哥人?还是美利坚人?

我眼前的这位西方美人先后有过四任丈夫。

第一任丈夫印第安人,世世代代以渔猎为生,稀疏的村落沉睡在丰草长林之中,满山的红鹿,取之不尽的海产,好一派西部原始风光!

1775 年,西班牙探险家来了,他们夺走了属于印第安人的西方美人,成为她的第二任丈夫。印第安人失去了土地,失去了往日的宁静和自由。

1821 年,我们这位西方美人又落入墨西哥贵族之手。这位第三任丈夫,在风光如画的宝地上,走马荡舟,花天酒地,寻欢作乐,他们奴役印第安人,旧金山已不再是印第安人的自由之乡。

贵族是注定要没落的,来自美国东部的欧洲移民开始觊觎这位西方美人了。1846 年 7 月 9 日,旧金山升起了第一面美国国旗。从此,旧金山归入美国版图,美国人成了旧金山的第四任丈夫。

接着,1848 年,一位美国工人在附近发现了黄金。于是,淘金热开始了,旧金山沸腾了。移民,扩张,开发,美国人开辟了旧金山历史的新纪元,也为资本主义的腾飞开辟了新纪元。

一样的地,一样的天,为什么后来者居上?美国人有自己的游戏规则。头一条就是:万般皆下品,唯有赚钱高。另一条是:

撒旦管手段,上帝管目的。

钱之为物,无坚不摧;利之所在,无远弗届。有了钱才能谈文化,谈艺术,谈终极关怀。如今的旧金山,有那么多全美第一,有那么多举世闻名,请问:有哪一项不是用钱堆起来的!钱从哪里来?钱是用血汗换来的。在原始积累阶段,第一代移民,从美国东部、中部涌入旧金山。不是猛龙不过江,没有一身胆,不敢上梁山,敢闯旧金山的移民,哪一个不是铁打的汉?1869 年中央太平洋铁路修通之前,无论是从海路还是从陆路到达西部,都要历尽千辛万苦,乃至性命难保。据史书记载,从东海岸远航到旧金山,航程有 13000 英里,历时四五个月。而 1860 年从中国广州乘船到旧金山,也只不过 60 天。走陆路尤为艰辛。从密苏里乘大篷车到西部,需要 180 天,中经危险的沙漠地带,气候恶劣的高山、大草原,道旁处处有白骨遗骸,平均每 5 个人中就有一个人倒毙。然而,黄金是诱人的,美国人对西部的开发就始于淘金。印第安人守着金山过穷日子,西班牙殖民者、墨西哥贵族,只把金山当游乐场所,只有爱钱如命的美国人,艰苦创业,开金矿、修铁路、办工厂,以科技为本,不断创新,仅用了一百年的时间,就从根本上改变了旧金山的命运。这位很会赚钱极具侵略性的坏男人,彻底赢得了西方美人的芳心。

每一位忠于历史的人都不会忘记华人为旧金山的开发所建立的丰功伟业。请看:

1849 年至 1856 年美国加州 11 个矿区县所产黄金共值

三亿二千二百万美元，而当时华工占加州矿工总数一半以上。华工的工资仅是白人矿工的一半。加州的其它矿产资源也是依靠华工开发的。

19世纪50年代初，旧金山附近五百万英亩低洼地常年浸涝，荒废无用。经华工平整（包括排涝、筑堤、修坝、建闸、防洪、防潮（水）等工作）使大面积低洼地变为肥沃良田。平整前地价每英亩为半美元到二至三美元，平整后每亩售价为二十至一百美元，提高了四五十倍。后来，这里盛产小麦，年达四十万吨，华工出力最多。加州的农业季节工人，华工占75%。据加州土地测量局长估计，华工在修铁路、治洼地方面，为加州所创财富近三亿美元。

（陈翰笙主编《华工出国史料汇编·序言》16页。中华书局，1985年）

要想富，先修路，这是现代化的通则。中太平洋铁路和南太平洋铁路的修建，最艰苦的路段均为华工承担。由于劳动繁重，条件、环境恶劣，加之种种事故，数万名华工惨遭牺牲。

美国西部的成功开发，是资本主义制度的胜利。资产阶级登上历史舞台，以侵略开局，到处扩张领土；然后就以野蛮手段贩运苦力，开矿山，修铁路，重写人类历史。有侵略必然就有反侵略。墨西哥人有过反抗，但不堪一击就放弃了怀抱中的美人。温和而又顽强的印第安人，也曾经弯弓搭箭，奋不顾身保卫自己的美人，从而遭到肆无忌惮的大屠杀。鸠占鹊巢，盗憎主人。美国人在18世纪公布的《独立宣言》中就公然以印第安人为敌。《宣言》说印第安人是“残酷无情、没有开化的”。他的第七任总统杰克逊甚至主张:“只有消灭印第安人,才能获得进步。”用罪恶的手段达到富裕的目的,撒旦与上帝各司其职,道德法则与价值法则判若鸿沟,几千年的人类文明史何曾超出这条游戏规则!正如古代西方一位历史学家所言:“这个世界就是这么回事。”

怎么回事?上帝从来不站在落后者一边,从来不倾听落后者的诉求!落后就得挨打!印第安人“就是这么回事”。

可敬的印第安人,你们的祖先也辉煌过、伟大过,也曾拓疆万里,播撒过文明的种子。他们历尽千辛万苦,从亚洲起程,经过漫长的跋涉,来到美洲,写下了人类历史上的壮丽篇章,为何后来落到这步田地:“人为刀俎,我为鱼肉。”是你们还不够善良和勤劳吗?是你们缺少仁义道德或平等博爱的精神吗?是你们贪生怕死不敢于牺牲吗?不是,所有这一切都不是。是你们招谁惹谁了吗?没有。看来,答案只有一个:不进步就衰败。

韩非子说:“上古竞于道德,中世逐于智谋,当今争于气力。”如果接着韩非子的话往下说,那就是:自从工业革命以来,人类角于科技。科技兴,民族兴;科技落后,民族亡。科技就是一个民族的拳头。请问:当今之世,谁的拳头是吃素的?谁不在日夜琢磨,一有机会就重拳出击!即使你要做仁德君子,不想“出击”,你能阻止别人“出击”吗?印第安人之所以沦为“鱼肉”,道理是很浅显的,教训却极为深刻。

在旧金山的那些日子,心里老是想着印第安人。这倒不是我相信印第安人来自古代中国的说法，而是想听听他们的声音，看看他们的生存状态。机会终于来了。8 月 6 日下午（旧金山时间），在渔人码头的 39 号码头，邂逅一支印第安人街头乐队。四位着印第安人服装的艺人，一字排开，或演奏乐器，或放声歌唱。何鲤征得他们同意，并在小费箱里投放了 5 美元，我们高高兴兴合影留念。

此时的渔人码头，西风残照，人影散乱，电缆车在叮当声中缓缓行进。我边走边想，印第安人唱的是什么歌呢？是那著名的西雅图酋长的《天鹅临终之歌》吗？那可是宿命论的悲歌。宿命论能使一个衰败的民族崛起吗？能重新夺回旧金山这位西方美人吗？

2000 年冬于西郊中关园，2008 年改定

读　　街

生不逢时，无缘赴美求学；手无公权，身无巨资，亦无缘赴美公费旅游或开办跨国公司。廉颇老矣，只能沾儿子的光，赴美去读街了。

街有什么可读的？

街的阅读价值可谓大矣。乍临他乡异域，最具刺激性的新鲜事往往就在街头街尾。真是：我不猎奇，奇来猎我；观国之光，光景陆离。聊记数事，以飨读者。

唐人街：老者口诛吕秀莲

从清末以来，旧金山的唐人街就是华人内战外打的主战场。早年的保皇党与革命党，后来的共产党与国民党，再后来的国民党与民进党,都在这里打过擂台。唐人街的入口处有一气势雄伟的三门牌坊,中门的横额就写着四个大字:“天下为公”。以天下为己任的中国人来这里说公理、争公道,谁也不以为怪。

7月15日,我们从豆花饭庄午餐出来,行至畅益书局旁近,猛然读到这么一章:一位华人老者,约70岁左右,头戴草帽,身着花格上衣,站在临时搭起的小台子上,双手举着一块标语牌。牌上用繁体字写着三行字:

認賊作父
　呂秀蓮
遺臭萬年

嘴里用颇为标准的普通话向来往行人揭露吕氏如何“认贼作父”。行人有侧耳恭听者,有匆匆而过者。既无人起哄,也无人出来为吕氏辩护,更无干涉者。在旧金山街头演说,批判政治公众人物,原是“司空见惯,应谓寻常”。不过对我而言,颇觉新鲜。只有在“文革”时期,北京街头才会有这样的场面。我对吕秀莲这样的人原本无丝毫兴趣,既然老者在大街上当众指责其“认贼作父”,也就停步听了一耳朵,觉得老人言之有理。

年轻时的吕秀莲为台大高才生,后来又在美国一所大学获得比较法学硕士学位,曾以鼓吹“新女性主义”而闻名台湾。“新女性主义”不同于女权主义,旨在强调个人人格的充分且自由发展,唤醒妇女认识自身的存在价值,加重她们的时代使命。这套理论谈不上有多“新”,却也不会对社会有什么负面作用。吕秀莲那时对自己的定位是:“曾卑微地把自己喻作‘篱旁的小花’。”这“篱旁的小花虽引不起旁人的注意,它依然在风雨中艳阳下默默成长而且会心地静观世界。”吕秀莲终于引起“旁人的注意”了,她这朵“篱旁的小花”不开放在祖国的“篱旁”,却寄身于“贼”人的篱下。她是怎么“静观世界”的呢?她要与谁“会心”呢?老人咒她“遗臭万年”,岂非咎由自取!

如今,不仅旧金山那位老人唾弃她,台湾的年轻学子一提起她也莫不齿冷。记得在去波士顿的旅游车上,导游请同车的一位台湾学生讲个笑话。该生幽默地说:“笑话就不讲了,我们‘副总统’的笑话已经够多的了……”

“认贼作父”当然不属于“笑话”之列,“个人人格”无论如何“充分且自由发展”,“贼”与“父”的界限岂容混淆!我不知道吕秀莲是否知道在唐人街发生的这一幕,对此有何感想?

篱笆、女人、小花,经受的是祖国的“风雨”,享受的是祖国的“艳阳”,天经地义,应爱我中华。

白宫外:安营扎寨二十年

8月21日,我们到白宫参观。这里,绿树成林,绿草如茵,街道静谧,阳光明媚。难以想象,就在白宫附近,有一位年近五十的女子公然在街边安营扎寨,向游人宣传:要和平不要战争。

当她得知我们来自中国时，很快就从文件箱中拿出一纸复印件送给我们。原来是1993年3月9日《人民日报》第7版刊登的一则消息，还有新华社记者樊如钧先生拍摄的照片。消息说："美国妇女康塞普赛昂·皮奇奥托从1981年8月1日至今一直在美国白宫对面的草坪上宿营，以宣传和平，反对战争。图为她在向行人宣讲她的反战观点。"

读完这段文字，看着立在眼前的这位刚毅质朴的女士，我的思绪立即闪耀着一连串神话故事：是精卫填海？还是夸父逐日？抑或是愚公移山？20年过去了，漫长的20年呀，人生能有几个20年！朝于斯，夕于斯，风餐露宿于斯。是什么力量、什么信念在激励这位和平女神呢！尤可注意的是：20年了，没有任何人来指责她，骚扰她，驱赶她……。公民社会咋样，这就算一实例吧。

与1993年的图片相比，她神采依旧，穿着如旧，头上还是那顶钢盔帽，胸前还是别着白色徽章，还是那样亭亭玉立。我和学敏并肩伫立在她身旁，她右手微微举起作了一个V字形，左手举着一块纸板做的牌子，上面是用汉字写着："世界和平"。她把写有同样内容的另一块牌子让学敏举起，由何鲤为我们拍照留念。

我们将永远记住这难忘的一刻，珍藏这难得的合影留念。在这个到处都有战争或恐怖的世界上，皮奇奥托就是社会良心。只要良心不泯，人类就有希望。

国会的台阶上，站着耶稣

美国国会大厦坐落在独立大街和宪法大街之间，正门有几十层高的台阶，底层台阶上立着一尊耶稣塑像。这尊塑像显然不是原设计原建筑的有机组成部分，也不像是当局有意的设置。是谁在此安放了这尊塑像？匆匆一过，无法深入了解，也不敢瞎猜。不过，它的存在却意味深长。与其说是为了信仰，不如说是为了警示；与其说是为了顶礼膜拜，不如说是为了呼唤良知。你看啊，耶稣身着白色长袍，右手笔直下垂，左手腕部托着一只白色羔羊，还有两只白羊分别依偎在左右足边。耶稣神情肃穆，犀利而忧郁的目光，似乎在注视着他的每一个子民，尤其是注视来此议事的议员们。耶稣身后左侧的小木板上写着："爱/希望/和平"，"为重建道德和高尚而祈祷"。

美国并不是一个宗教国家，而宗教的制度、设施，特别是影响，几乎无处不在。旅馆客房里都有一本圣经，著名学府都有著名的教堂，华尔街的证券交易所与大教堂毗邻。我走进美东、美西的一些著名教堂，无不堂宇辉煌，烛光摇曳。且见有的信徒，虔诚忏悔，泪流满面，泣不成声。似乎有脸见世人，却无脸见上帝。

人们普遍认为：美国人的公民意识、公德意识、公心意识，已成风成俗。"三公"意识的养成，宗教有无作用？有多大作用？我非教徒，于此亦无研究，无法作出精确的判断。有一点可以肯定:人人都是自己的上帝。能忏悔就能自救,能自己救自己,就是自己的上帝。

街头艺人,各显神通

在五光十色的街市文化中,街头艺人也称得上是一“光”,算得上是一“色”。街头若无艺人,游人的目光多少会觉得寂寞、单调。艺人设摊布点,往往选择繁华热闹之区。街头艺人大体上可分为两类。一类是演奏艺人。有小型乐队,有二人合奏,有个人独奏。这类献艺者多为黑人或印第安人,只有在纽约的中央公园见过一位吹萨克斯管的是白人。另一类是形体造型艺人。第一次见到这种艺人是在旧金山的渔人码头。这位造型者全身上下从头到脚都涂上了银灰色,一动不动地站在一个箱子上。乍一看我以为是建在街头的一尊银灰色塑像,忽听音乐响起,“塑像”徐徐旋转起来,双肩上的五角星运转如飞,再看前面的小费箱,才恍然大悟,原来是一位造型艺人在向行人献艺,不少人围了上来,报以赞赏的目光。

第二次见到造型艺人是在纽约地下铁。这位造型者将整个身躯装饰成古铜色,缺少动态表演,不如渔人码头那位抢眼。从脸形看,两位献技者都是黑人,男性。

在曼哈顿海湾的轮渡码头,见到一位白人而且是女性的造型者。全身装饰成乳白色,作自由女神状,姿态优美,神韵动人。一位女学生模样的观者与之合影,“塑像”一手抚其头,一手轻轻舞动，温文尔雅，翩若飞鸿，宛若天仙。

这类街头人体造型者，究竟是靠献艺谋生呢，还是在寻求自己的生活乐趣呢？若说是为了谋生，赚的可是辛苦钱。人体"塑像"从造型到摆姿势，全是死功夫。虽说不上有什么复杂的技巧，但通过极为简单的招式就能吸引观众，使观众流连赞叹，实非易事。观众是否给钱，纯属自愿；只有与艺人合影，才须付费若干，数目不大，小意思。

在曼哈顿海湾码头，还见到几位黑人小伙子在表演翻跟头。为首的一位主动向观众收取参观费。嘴里念念有词，大意是说：有的黑人被人看不起，有的人看不起黑人，我们靠自己献技谋生，请各位……

不能说小伙们身怀绝技，只能说他们的表演的确很认真，不是在糊弄围观者。我留下了美好的印象：健康结实的肌体，油光油亮的肤色，在灿烂阳光的照耀下，在激昂的音乐浪涛中，显得生机勃勃，情趣盎然。加之尊严和体面，更得人心。解囊相助者，不乏其人。

说到街头艺人，自然忘不了画家。画家走向街头，为过往顾客画肖像，赚的也是辛苦钱。他们不一定很穷，可总有某种不得已的原因。街头画像，不仅环境杂沓，条件艰苦，也很不安全，有时会招来灾难。这类画家多见于纽约和旧金山。据面貌、肤色、体型判断，多属我们的同胞。他们总是专心致志，目不旁骛，不好留步攀谈。我每次从他们身边经过，心里就默念着两句古诗："此际惟珍重，谁怜在异乡"！

旧金山的"怪人"

一位美国作家曾经这样说:"在曼哈顿街头行走的人,若放到别的城市去,百分之九十会成为新闻人物,剩下百分之十则会被抓进监狱。"此话未免夸张。至少他说的"别的城市"不应包括旧金山和柏克莱。曼哈顿当然很时尚,很新潮,但就怪、诞而言,我以为远不如旧金山、柏克莱。

在美国也有这样的说法:"在旧金山,没有什么事是不可能的。""旧金山人总不放过任何'作怪'的机会。"且不说它的嬉皮区、卡斯楚区(全球同性恋者的圣地),在东方人看来是如何的行为乖张,难以苟同。就是大众化的旅游区渔人码头,也有各类"怪人"。他们毫无顾忌地塑造怪异的发型,尽情地展示自己的生存理念。请看,那纸牌上这样写着:

> 我们都是怪人。愿与我们合影者,交费2元,5元更好。

这三位"怪人",他们在头发的色彩、形状上"作怪",迎合平常人的好奇心理,赚点小钱。三人中,一人是红发,另一人是绿发,还有一人是花发。红头发为鸡冠状,绿发为自由女神头像状,花发的怪状无以名之,不知道他要表达的是什么理念,当然这不等于没有自己的理念。"怪人"不一定是穷人,之所以要作"怪",很可能来自特定的人生态度,这理念与态度就寓意于发型与颜色之中。

其实,就作怪的方式而言,“怪人”也就是“朋克”(PUNK)。但纯粹的朋克,只是刻意反主流,志在标新立异,无关乎一个“钱”字。在耶尔巴布花园,我见过一位白人青年,将头发修剪成梯田模样。脑袋上一道道黑发似田埂,道与道之中的浅黄色头发如庄稼。他招摇过市,既无人特别注目,更无人投以鄙夷的或怪异的眼光,更不可能像国人那样视之为“阿飞”、“小流氓”。他们只是发式异于常人,举止并不轻狂,也不危害他人。这位白人青年是否属于朋克摇滚乐爱好者,就不得而知了。

旧金山真是花花世界。天风凉凉,海山苍苍,朝朝雾隐楼台,夜夜月迷津渡,永远的春天,永远的个性自由。乐极生怪,人心思怪,有何可怪!

但旧金山市的“怪人”,又远不如柏克莱。若说天下“怪人”多在美国,美国“怪人”多在柏克莱,似不为过。他们的故事需要另外作文以证之,在此不细谈。

乞丐的体面

美国也有乞丐。乞丐为什么会沦为乞丐,未研究过。美国的社会保障体系相当健全,按理说不应当有乞丐。

我第一次见到乞丐是在旧金山市区。他身前的纸牌上写着:

孤独者，无家可归者，糖尿病患者，请求援助。

这类病人可否称之为“乞丐”呢？我久久持怀疑态度。他们一不伸手，二不张嘴，三不沿门乞讨，只是“请求援助”而已。请求援助与乞求施舍，在汉语中意思很不一样。所以我疑心自己：“乞丐”一词用在这里，是否错了。《现代汉语词典》对“乞丐”的释义是：“生活没有着落而专靠向人要饭要钱过活的人。”从1973年的试用本到2002年的增补本都是这样释义的。到了2005年的修订本对这个释义作了修改，只保留了“靠向人要饭要钱过活的人”。前面“生活……”8个字全删了。新旧释义的要点是“向人要钱过活”，据此，称之为“乞丐”，似乎也无不可。至于所谓“请求援助”，可看作是修辞技巧或乞讨策略，其中隐含着足够的体面。如果给这种体面以足够的尊重，当然也可以不用“乞丐”这个词。我跟何鲤讨论过“乞丐”一词的翻译问题，但总有一些难以界定的事实。愿求教高明，此中也有学问。

我在柏克莱、纽黑文等地也见过乞丐。判断其为乞丐的依据有二：一是坐在街角，身边有一供行人投币的小器皿，这是表明其身份的重要标志；二是形容憔悴，衣着不洁。但如中国乞丐那样故意弄得邋邋遢遢、蓬首垢面，甚至全身散发恶臭的，则从未见过。即便身为乞丐，稍微注意一下卫生，对自己也不失为一种体面吧。

现在再来谈“乞丐”的释义。我不知道《现汉》第5版为什么要将原释义中“生活没有着落”等8个字删去，或者以为这8

个字纯属多余吧。我却认为:这 8 个字的删除很有意思。现代乞丐与旧时代的乞丐的确大不一样了。过去的乞丐确是“生活没有着落”,“乞丐”与“要饭的”是相等关系。现在的乞丐是只“要钱”不“要饭”,而且不一定都是“生活没有着落”的人。据报载,旧金山有一位乞丐岂止“生活”有“着落”,还是个“腰缠万贯的富翁”。此人名叫卢·迪纳尔德,他对记者说:“我的确很富有。但我有个怪癖,就是喜欢睡在大街上,我不想在房子里睡觉。”(安利奎编译《旧金山有个“要饭富翁”》)这类所谓的“乞丐”有自己的人生理念。他们是为实践自己的理念而行乞,不是为“生活没有着落”而行乞。我们中国古代也有这样的乞丐,我记不清这个故事出自哪一本书了。一位有家产有文化的世家子弟,放着好生活不过,甘愿漂泊在外,乞讨为生,我行我素,不怕别人戳脊梁骨,这是张季鹰(翰)说的“人生贵得适意尔”的极致。在他们心目中,乞丐与王侯相比,乞丐更自由、更自在、更高尚。我们安仁老家有句俗话:“当了三年叫化子,官都不愿做。”与其当个祸国殃民的贪官、坏官,还不如当个叫化子清清白白吧。当然,官总得有人去做,叫化子就不一定了。人人都去“叫化”,谁来生产、创业呢? 还是自食其力最光荣、最体面。

汽车的德性

所有的现代化大城市都有汽车,但并非所有的汽车都有德性。

一个城市的现代化程度、文明程度，有多种标准，而汽车德性是诸多标准中最重要的一种。国内报纸经常载有驾车肇事的消息。远的不说，仅这几天之内就有《县交通局长酒后驾车，撞死人大副主任》、《执法人员驾驶查扣车撞死孕妇》这样极端的例子。不能不承认，中国的汽车德性，就普遍水平而言，其现代化程度、文明程度还相当的低下。

美国是一个汽车化了的国家，城市居民家家有私车，而且往往不止一辆。可街上却很少听到噪音，柏克莱、旧金山、纽约、华盛顿、波士顿，都是如此。在柏克莱，除了一次例外，我从未听到驾车人鸣笛，更没有见过驾车人肆意鸣笛向行人示威，制造噪音污染，扰乱城市安宁。至于从驾驶室里愤怒地探出头来恶狠狠地咒骂行人“找死”的野蛮行为，于美国人而言，可能是匪夷所思。在车内毫无顾忌大放音乐的情形也极少。偶有汽车大放音乐从街头呼啸而过，我敢肯定：这位车主缺少必要的教养。

汽车之所以很少鸣笛，因为汽车一般都要让行人，不与行人争道。而行人也自觉遵守交通规则，行于所当行，止于所当止。许多市区的十字路口都立有“STOP”的牌子。行车至此，即使无人穿行，也必须稍停片刻，才可继续行进。故此，美国的车祸多发生于高速公路，人多的闹市区反而很少有事故发生。

还有，车中若载有儿童，必须将儿童安放在特制的坐椅之中。否则，警察是要出面干预的。

泊车的规矩也很严。因车位毕竟有限，有时，在某些公共场所，泊车就成了一大难题。7 月 23 日，何鲤的同学法学院的 ×

×夫妇,开着私家车邀请我们去金门公园游览,那是一个星期天,车位相当紧,车子转悠了好几条街,费了半个多小时,才找到一个车位。有一次,他们夫妇去参加一个会议,找车位竟然费了一个多小时,待找到车位之后,奔赴会场,会议已经结束了。

车位有各种各样的区别,即使有空位在前,如果你不符合条件,是不能贸然把车子开进去的。美国人的公德意识、法制观念,在这些方面都能中规中矩,无可挑剔。

汽车是现代化的产物,是文明的产物,若德性还停留在野蛮阶段,即使你的汽车如何如何高级,恐怕还算不上是现代社会里的文明人吧。

2001 年初稿,2008 年改定

柏克莱散记

有“美国良心”之称的柏克莱，全市只有十几万人口，而加州大学柏克莱校区就占了三万多。小城位于旧金山湾区东北面，背山临海，南接奥克兰市，有大桥与旧金山市区相连。2000 年 7 月我与学敏来看望何鲤，在此住了 40 天，故作此散记，以志因缘。

格兰特街静悄悄

人所共知，美国是一个极端崇尚个人自由反对个人崇拜的国家，却到处都有以个人命名的城市、街道、建筑。这中间似乎只有一字之别，是“崇敬”还是“崇拜”？“敬”是尊敬,“拜”是迷信。街名格兰特(Grant),盖因纪念南北战争名将后任第18届总统的格兰特(1822～1885)其人。此人是进了中国《辞海》的,曾游历过天津,李鸿章(1823～1901)以殊礼相待,是李氏“最敬爱”的两个外国人中的一个(另一个是英国人戈登,曾参与火烧圆明园、攻打太平军)。1896年,李鸿章访美,比李氏大一岁的格兰特已去世十有一年,时值纽约市为格氏修建纪念堂,李鸿章“即赠千金以表敬慕之情”。(梁启超《李鸿章传》)这些百余年前的旧事,使我们与格兰特其人乃至与格兰特街的距离感,无形中缩短了好几分。

格兰特街2426楼是我们的临时住地。这是一条相当普通的民居街,住户多为中产阶级。没有豪宅,也没有蜂窝式的塔楼、鸡笼式的板楼。所有的住宅都是独立的院落,前后左右都有花草树木,小巧玲珑的两层或三层小楼掩映在繁花绿树之中。几乎没有两栋小楼完全一样,不是结构有别,就是风格不同,色彩不同,装饰不同,住宅的个性化构成了多彩多姿的和谐美,基本倾向还是欧陆本色。

格兰特街的民居堪称小户人家的安乐窝,我很欣赏,但不羡慕。真正让我动心的、印象最深的甚至是终生难忘的,是格兰特街的静悄悄。格兰特街,出奇的静,静得出奇。余光中说:“愈是进步的社会,愈是安静。滥用扩音器逼人听噪音的社会,不是落后,便是集权。曾有人说,一出国门,耳朵便放假。这实在是一句沉痛的话,值得我们这个把热闹当作繁荣的社会好好自省。”①我在“噪音社会”生活了好几十年。曾经是暴力的噪音，如雷贯耳，触及灵魂；现在还受噪音污染，无以自拔。一旦“耳朵放假”，故印象特深、特深、特深。

格兰特街，说是街，几乎见不到行人。清风徐来，听得见片片落叶在窃窃私语。漫步街头，听得见自己的脚步声。空谷还能闻人足音，而这里却听不到他人的足音。居民往来有车，亦无游手好闲之徒，倒是常见松鼠穿街而过，或是在树上跳动穿梭。道旁的果子成熟了，果子自己烂在路边了。家家门口、窗台、小园，簇簇鲜花，台阶上落红无数。我常与学敏漫步街头，无论是仰视、平视、俯视，或左顾右盼，目力所及，如入无人之境。步步芳草，处处花树，蓝天如洗，空气清新。偶尔碰见一二本地居民，无不目光和善，笑脸相迎，主动问候。我从青年时代起，就被训练得要用警惕的目光注视陌生人，不要和陌生人说话。在那个“怀疑一切”的年代里，“赫鲁晓夫”就在身边，何况是陌生人呢？尤其是外国人呢？

我们也常从格兰特街步行到柏克莱校园，途经米尔维亚街、杜兰街和那条颇有名气的电报街。

我记住米尔维亚街，是因为下面这首诗：《在柏克莱新租的一所奇特的房舍》②。诗的作者即有“垮掉一代”领袖人物之称

---

① 余光中《你的耳朵特别名贵？》。见《余光中散文选集》第4辑，41页。时代文艺出版社，1997年。余氏还有《噪音二题》，痛斥“噪音的迫害”，“用机器制造噪音，……那才是杀人不见血”。

② 文楚安译《金斯伯格诗选》131页。四川文艺出版社，2000年。

的艾伦·金斯伯格(Allen Ginsberg,1926～1997)。1955年写这首诗时,他住在米尔维亚街1624号。我每次路过这条街,就会想到诗人笔下那个小花园。那“多荆的黑莓”、“古老低矮的杏树”、“门廊旁的葡萄蔓”、“粉红色的灌木丛”、“花园角落里小树上的洋李”。诗人于1984年访问过中国,发表过《一天早晨,我在中国漫步》、《读白居易抒怀》、《北京偶感》等。一位旅美的中国诗人对艾伦·金斯堡(另一种音译)有如此评价:

> 可以毫不夸张地说,没有他,这半个世纪的美国历史就会像一本缺页的书,难以卒读。

尽管如此,我始终没有去叩访那“奇特的房舍”。是我对名人从来就怀着平常心呢,还是因为我对“嬉皮士”缺少理解呢?也许二者兼而有之吧。

杜兰街也有人物故事。曾经的“仙才”,后来的“祖师奶奶”,据说是“中国当年文坛上独一无二的人物”、“今日中国最优秀最重要的作家”张爱玲女士,上世纪70年代初任柏大中国研究中心高级研究员,曾住在杜兰街的一所公寓里。这位张佩纶的孙女、李鸿章的外曾孙女,与其祖先性格迥异。她在中心服务的日子里,昼伏夜出,独往独来,与所里的同仁从不照面。1971年,中心主任陈世骧教授一去世,最理解最器重她的人不在了,她的饭碗也随之丧失。斯人往矣,燕去楼空,杜兰街上,何处觅遗踪?只见野云孤飞,桃花薄命,成功的后面是失败,不朽的后面是不幸，人生原本就不存在什么完美无缺，不必叹惋。

广场·公园·书店

赫赫有名的电报街，正对着柏大校门内的史普罗广场，中间又连着有“流浪汉大本营”之称的人民公园。这广场、这公园，意义可不一般，它们的存在，使柏大这所“全美发展最均衡、最出色的大学”、“全美最优异的大学”，同时也成为“全美最难治理的大学”。

史普罗广场曾有“海德公园”之称，有“小联合国”之称。不论校内校外人士，不论种族肤色，不论什么样的社团，不论什么样的观点，都可以在这里大放厥词，一吐为快。言者无罪，这是真的。不允许说错话，即不允许求真知。

我们在柏克莱时，恰逢暑假，学生多不在校，无缘目睹自由论坛的种种盛况。但广场上的各种标语、广告，以及可以随意取阅的宣传资料，以及不时招摇而来或招摇而去的嬉皮、朋克、怪人，在在足以显示，这是一个气氛十分活跃的场所，是一个多元文化汇集的场所。

“自由”这个东西也可能使人走火入魔。电报街、人民公园有那么多的流浪者、怪人，不也是“自由”这张温床滋生出来的吗？

我和学敏到人民公园去过多次。所谓的“公园”，没有门，也没有墙，面积约数十亩，四周有浅浅的木栏围着，木栏似板凳，可以坐在上面休息。西边有一个土台子，类似讲台；北边有球场；东南角有供儿童用的滑梯、运动器械;公园中央有烤肉架。整个公园树木荫翳,绿草如茵。几十位流浪汉、流浪女分散在园中各处。有睡觉的,其中有男女并头共被而眠的,有弹吉他的,有静坐沉思的,有正在互相交谈的,有忙着整理行装的……。大多头发凌乱,胡子拉碴,衣着不整不洁,神情漠然,倒也看不出有什么忧伤,更看不出有丝毫的自惭形秽。在平常人眼里这德性很不平常,而他们对自己的这副德性也可能有种种不同的解释。有人是安提西尼或第欧根尼的信徒,有人纯粹是好逸恶劳的懒汉,有人也许就是任性,有人也许是对种种社会矛盾持绝望态度选择了遗世而独立。电报街的人行道上也有不少的流浪者。有一位流浪少女,花样年华却略显沧桑,她一屁股坐在地上,抚摸着身边的爱犬。她为何流浪?心里想些什么呢?她的父母如何看待她的人生抉择呢?

柏克莱四季如春,气候宜人,干净的环境,如茵的绿地,宽容的氛围,互不干涉的习俗,为流浪者提供了诗意的栖居之地。他们不用为遮风蔽雨而发愁,也不用为一日三餐而忧伤。有一天,他们不愿流浪了,其中有的人还可以入校就读,有的人可以择业谋生。学校、社会还会宽容地接纳他们,欢迎他们。

他们有自己的理念,有自己的人生原则。谁破坏他们的原则,谁反对他们的理念,他们就会拼命攻击谁。公园左近那堵墙上画着他们曾经与警察搏斗的动人心魄的场景,就是明证。

另一个证据是:上世纪90年代初,田长霖任柏大校长(那是由258位校长候选人竞选出来的校长),建议当局清理这个地区，将人民公园改变为柏大的球场，不料引起轩然大波。流浪者视田氏为“人民公敌”。一位年仅20岁的流浪女孩潜入校长官邸行刺，被警察击毙。事后发现，这位女刺客有一个很好的家庭，父亲是大学教授，本人的银行存款达20万美元之多。她对“自由”的追求导致她彻底失去自由，作出了毫无意义的牺牲，尽管公园依旧在。

美国上世纪50年代反传统反主流文化运动，中国60年代的红卫兵运动，对有“无产者天堂”、“美国良心”称号的柏克莱影响深远。女刺客之死与极“左”思潮之间究竟存在什么样的联系呢？我只能提出问题却不能确切地回答这个问题，甚至于我这样提出问题也不一定恰当，就此打住。下面说“革命书店”。

“革命”这个词在中国近现代史上曾是何等神圣、何等威严。站在“革命”对立面的就是“反革命”。“反革命”是“五类分子”中的第三类，是专政对象，其生存状态可想而知。改革开放以来的中国，已废止阶级斗争，已不存在“革命”与“反革命”的对立，可在美国的电报街还有“革命书店”。这是“礼”失而求诸野、“天子失官，学在四夷”呢，还是“文革”流毒泛滥于此呢？当然是后者。

这家“革命书店”，墙上不只是挂着马恩列斯毛的大幅肖像，还挂着“四人帮”成员之一××的头像。书店只有一个店员，是义务劳动，他会说一句中文：“毛泽东万岁！”他们还免费散发一种报纸：《革命工人报（美国革命共产党党报）》，小报还在批“走资派”，批“包产到户”，批“修正主义”，为“文化大革命”叫好。作者如同“上阳白发人”，犹着“天宝末年时世妆”。他们对于中国拨乱反正后所取得的翻天覆地的变化，几乎一无所知。这家书店太落伍了，故门庭冷落，罕有光顾者。我真想送给他们两句古诗：

请君莫奏前朝曲，听唱新翻杨柳枝。①

有溪山之胜的柏克莱校园

柏克莱校园，论建筑之美，不及耶鲁与普林斯顿；论占地之广，不及斯坦福；论规模之大，不及哈佛。然而，柏克莱的山林之胜，谿壑之幽，为上述诸校所不能及。至于萨瑟塔之高，不仅斯坦福的胡佛塔比不上，就连举世闻名的巴黎铁塔也稍逊一筹呢。塔顶有61个音乐钟，每逢亭午时分，乐奏名曲，声闻于天。一入校门，就闻流水淙淙，瘦小活泼的樱桃溪（亦名草莓溪），委蛇蜿蜒，流贯而去。溪岸植物茂密，高大的橡树、尤加利树，遮天蔽日。板桥横陈渡口，野趣良多。松鼠与行人争道，自得其乐。

校园处处有绿茸茸的草地，起伏不平。有人躺着看书，有人躺着听音乐，有人赤裸上身踢球。粗笨的原木长椅，坐着二三良朋，亲切交谈。阳光如友，好风多情，沐浴其中，身心俱佳。

① ［唐］刘禹锡《杨柳枝词九首》之一。《刘禹锡集》360页。中华书局，2000年。白居易亦云：“古歌旧曲君休听，听取新翻杨柳枝。”

往来行人，有各色各样的“裔”。欧裔、非裔、亚裔、拉丁裔。“裔”下又可分“裔”。如亚裔中又有华裔、日裔、菲裔、印度裔、韩裔、越裔等等。有这么多的“裔”，还有那么多来自亚洲、非洲的留学生，以致曾经有人调查：在柏克莱有无歧视白人的现象存在。五湖四海的学子汇集于此，柏克莱的学术、思想、文化、生活习俗，怎能不杂交生辉、异彩纷呈呢！柏克莱的活力就在于众“裔”融合、多元一体、不断创新。

南临海，北依山，气候温和，加之五方杂处，柏克莱真正是占尽天时、地利、人和之美。晚饭后，我们有时登上化学系附近的山头，有时登上北山的玫瑰园，远可眺望金门大桥，近可俯视柏市全景。夜幕下，水声与风声合奏，灯海共星海一色。地灵人亦杰，据好几年前的报道，柏克莱的诺贝尔奖得主就有 16 位之多呢！大学要进入世界一流，当然非一朝一夕之功，也不只是大学自身的问题，更无什么秘诀可言。而人与钱最为重要。什么时候能排除非学术干扰、能允许“八仙过海，各显神通”，什么时候能做到爱惜国家的每一文钱，什么时候我们才有资格谈世界一流。在柏克莱的那些日子里，心中不免有许多感慨。曾子曰：“君子思不出其位”，教育大事，“肉食者谋之”。我已经“出位”了，我们还是来欣赏北山风光吧。

北山深处，已非柏克莱校区，乃人们假日休憩之地。7 月 30 日，何鲤驾车载着我和学敏入山一游。我们来到甘扎湖，四围林木参天，是如此之静，是如此之幽。只见一位中年白人，正在训练他的两头小犬学习游泳、叼东西。林中有羊肠小道，偶见有人跑步健身。湖岸有洁净的白沙滩,湖中有几只野鸭,在怡然自得地游水,美国是无人胆敢危害野生动物的。

离开甘扎湖,我们到林中漫游,过独木桥,攀岩石,跨越仆地的古木,偶闻别处传来笑语声、犬吠声、山泉声、鸟语声。置身僻野,既无安全之虞,又有生活之便。各处景点均有公厕,有原木板凳,有烧烤铁架,有停车场。自己驾车游山玩水,是美国人的一种休息方式。柏克莱校园紧连着深山老林,堪称得天独厚!

参观博物馆

2000 年旅美期间,在东部、西部都看了不少博物馆。内容最丰富印象最深的是纽约大都会艺术博物馆。这家博物馆,即使花上一个月的时间去参观,也是值得的。我们只是走马观花,略识皮毛而已。

在加州我们看了三个博物馆。

美国的名校都有自己的博物馆,柏克莱也不例外。我们去参观时,展出的内容有三个部分。

第一部分是佛家、印度教的宗教艺术品。有各类佛像、法器、祭坛以及编织图案。

第二部分是美术作品,有世界名画以及罗丹的雕塑品。

最后一个展厅有中国的出土文物以及古画。文物有新石器时代及汉、唐、宋的陶器、漆器、瓷器之类,古画有文徵明、沈周、徐渭等人的作品。这些国宝为何会在柏克莱展出呢?中国究竟有多少宝物流失在世界各地呢？恐怕谁也说不清。

7月15日，我们从柏克莱乘地铁去旧金山市，专程参观现代艺术博物馆。

这个博物馆矗立在耶尔巴布埃纳花园中，是瑞士一位著名建筑师设计的。这幢建筑本身就是闻名当地的艺术精品。正面墙体没有窗户，像由三组赭色积木搭砌而成。光源来自38公尺高的天窗，天窗为圆形，上有斑马纹。

馆内收藏现代艺术品之丰富，在全美名列第二。“现代艺术”是一个很广泛的概念，作为现代绘画艺术则源于19世纪末期的后印象主义，发展为20世纪的立体派、野兽派、未来派、表现派、抽象派、超现实主义以及波普派等。“现代艺术的核心精神便是它的无规则性。它无需遵循任何创作规则，无需考虑接受公众的趣味，它不追求公众的认同。”①旧金山现代艺术馆所陈列的艺术作品，观众就不一定件件“认同”，也不一定能引起“公众的趣味”。尤其是像我这样的外行，“趣味”不同，理解也费力。有一幅形体异位的画，题为《强奸》。画面将一个女子的双乳作为双眼，肚脐作为鼻孔，阴部处理为有胡子的嘴，双乳之上的胸部加上头发。

有一幅画上部是人形，下部是机器。

有的画全是大小不等的方格格。

还有“大色域绘画”，用色彩对比表现色彩经验。

---

① 秦喜清《让－弗·利奥塔》170、171页。文化艺术出版社，2002年。

有的画面全是一片黑，或一片白，或一片黄。

被认为对现代艺术作出了重大贡献的《泉》，就是一个尿池子。

有一幅题为《傻瓜的房子》的作品，上面挂一把笤帚，下面挂一个茶缸。

旧金山是一个敢于实验、敢于标新立异的城市，有“无可限量的包容力”，现代艺术博物馆的存在就是明证。

7 月下旬的一天，矫尼、石蕴夫妇从奥克兰驾车来到柏克莱，邀请我们到一家泰国餐厅午餐，然后去金门公园游览。恰逢“中国考古的黄金时代（庆祝中华人民共和国的重大发现）”展览会在园中的亚洲艺术博物馆展出，我们也买了门票进去。展览会由华盛顿国家艺术馆、肯萨斯市尼尔森·阿特肯斯艺术博物馆策划，中国有关单位协办，美国银行赞助。这个以“黄金时代”为题的展览，展出了 240 件精品文物，从新石器时代至唐代，长达六千余年之久。其中有的展品，过去只在书本上见过。如内蒙古翁牛特旗红山文化遗址的玉龙，上海附近良渚文化的精美玉器，四川三星堆的青铜人像，江西大洋州的双面人面谱，河南出土的整套铜磬，汉墓中的金缕玉衣，都是久闻其名，今日得见实物，喜出望外。

展览会的留言簿上，写满了观感、赞词。尤其是华裔华人，莫不扬眉吐气，大长精神。

畅游蒙特雷(Monterey)

加州最美的海岸线在蒙特雷半岛。从旧金山到蒙特雷市区,车程约两个小时。在西班牙、墨西哥时代,蒙特雷曾是加州首府。1602 年以墨西哥总督蒙特雷公爵之名命名,1846 年并入美国。早在 18 世纪末,就已有华人在这里生存,到 19 世纪这里已有四个华人渔村。半岛著名景点有情人岬、海景大道、十七英里海景路。晋人王献之说:“从山阴道上行,山川自相映发,使人应接不暇。”半岛海岸线风光如画,美不胜收。粼粼的白沙滩,嶙峋的礁石,懒洋洋的海狮成群结伙,沐浴在温和的阳光下。情人岬的冰雪花,像望不到边的紫红色地毯覆盖着海岸。据旅游资料介绍,这是全美独一无二的景色。最为难得的是:空气是如此清新,天空是如此明亮,所有的景点都是如此宁静,都是如此本色。海鸥或翔或集,野生麋鹿悠然自得,它们“目中无人”,也无人干扰它们,极为罕见的“人禽两自在”。时见各式各样的豪宅、旅舍,掩映在丛林之中,也有绿草如茵起伏如浪的高尔夫球场。画家张大千 1969 年秋由巴西旅美,在十七英里海岸购置住宅,名为环碧庵。大千去后,这庵不知如何了。我们行程颇紧,无暇前去探访。

下一个目标是卡梅尔。

卡梅尔(Carmel),在蒙特雷半岛南端。这个只有四五千人的小城,名气可不小,《简明不列颠百科全书》有专条介绍:小城

“濒临卡梅尔河和卡梅尔湾。1602 年西班牙人首先给河命名。1904 年创建。1916 年设建制”。(卷四,546 页)这座年轻的小城,原是艺术家聚居之地,画廊、画室就有几十家之多,餐厅也相当多。小城特点,我概括为八个“没有”。

没有摩天大厦,建筑风格多种多样。

没有邮递员送信,自己到邮局去取。

没有公共汽车。

没有街灯、霓虹灯。

没有张贴在墙上的广告。

没有房号。

没有噪音。

没有污染。

因为时间关系,我们只逗留了几十分钟,喝了点饮料就离开了。在途中,我想起了程颢(1032～1085)的两句诗:“万物静观皆自得,四时佳兴与人同。”蒙特雷的人与物就体现了诗的意境。人世间若到处都这么和谐、这么统一、这么完美,那真正称得上“极乐世界”了。

蒙特雷半岛最负盛名最值得参观的地方是蒙特里湾水族馆,每年有近二百万游客来此观光。我们去参观的那一天是个星期日,售票处排着长队。馆内有一百个走廊,许多展厅、窗口都是摩肩接踵。馆外的餐厅也是座无虚席,人山人海。

19 世纪下半期,蒙特雷以捕鲸工业而闻名。鲸鱼越来越少,唯利是图的商人又盯上了沙丁鱼,于是,蒙特雷又以沙丁鱼制罐工业而著称。沙丁鱼越捕越少,成排的制罐工厂倒闭了。蒙特雷是1962年诺贝尔文学奖得主约翰·斯坦贝克(1902~1968)的故乡,他的《罐头工厂街》(1945)就是以沙丁鱼制罐工厂为题材,批判了只追求物质财富的严重恶果。他说:蒙特雷“像一首诗,像一股臭气,又像刺耳的噪音”。

转产,发展物质价值与伦理价值并重的新兴产业,是蒙特雷的新生之路。将沙丁鱼罐头工厂改建为水族馆,蒙特雷找到了新的发展机遇。它活生生地展示海底的动物、植物,让人们了解认识海底世界,从而带来了极大的物质利益和社会效益,这真是极其聪明的抉择。

如今的蒙特雷,臭气没有了,噪音没有了,兴旺发达,诗意盎然。《礼记》说:“人者,天地之心也。”只要“心”好,则天好、地好,天、地、人同归于好。

到纳帕去品酒

提起纳帕(Napa),我就联想起《旧约全书·列王纪上》第二十一章那位耶斯列人拿伯。拿伯有一个葡萄园,以色列王亚哈想与之交换。拿伯说:“我敬畏耶和华,万不敢将我先人留下的产业给你。”结果招来杀身之祸。

我们要去的这个“纳帕”也是葡萄之乡,与“拿伯”有无关系,我未考证过,也可能就是自己的瞎联想,不必当真。

蒙特雷在柏克莱之南,纳帕在柏克莱之北。纳帕是县名,也是山谷名。纳帕谷是加州最有名的酒乡,从柏克莱出发,车程约一个小时。7 月 30 日晚上,何鲤与陈泳就从网上搜集材料,确定了行车路线。第二天出发前,我们都在脸上手上涂了一层防晒霜,人说纳帕的阳光强烈,宜于葡萄生长,却对人的皮肤不利。在纳帕观光,可以乘热气球,也可以乘酒乡火车。我们有陈泳驾车,比“火车”呀、“球”呀要自由方便得多。

纳帕谷,两边都是山,山谷中布满了葡萄种植园。29 号公路直贯山谷之中,250 家造型各异的酒厂散落在公路两旁。其中有 5 家最为著名,我们只参观了两家。

第一家:罗伯 · 曼德威酒厂

我们到达时,已有几十辆来参观的小车停放在车场。阳光果真厉害,金灿灿,火辣辣,好在我们都戴了墨镜。蓝天朗朗,无一丝云彩,两旁青山滴翠,山谷满眼鲜绿。壮丽宏伟的厂门为西班牙天主教堂式建筑,与斯坦福校园里那座教堂的门面颇为相似。门口有一尊圣方济各的塑像。门内有一大片草地与葡萄园相连。草地正中有一尊女性塑像,脸朝大门,双手摊开,似乎在对来访者说:请吧,与尔同销万古愁!

曼德威酒厂为加州最大酒厂之一,曾获得四颗星的最高评价。我们在品酒室转了一圈,大饱眼福,却无口福。这里也有供游览者选购的纪念品,如杯盘衣服之类,但我们并不需要,也无心欣赏。

第二家:波流葡萄园

这是一家获得三颗星荣誉的名厂。每人交 5 美元即可品尝

5 种美酒。我们 4 人交了 20 美元，也就一杯又一杯地品起来了。其实，关于酒，我们全是外行，品不出一个甲乙丙丁来。可品到最后一种，口感大不一样，即使是外行，也要为之陶醉。大家都连连赞道：好酒！好酒！这是什么酒呢？名曰麝香葡萄酒。醇浓、芳香、甜丝丝的。行家评论说："浓得像白兰地，有樱桃和核桃仁的风味。"至今回味，齿颊似乎仍有余香。这种酒不上市，只有来到厂家才可购到，价钱亦不贵，每瓶才 10 美元。我们当时真想多买几瓶，馈赠亲友。但下一步要去美东，在美东还有好多地方要参观，背着酒瓶，岂不累赘？无可奈何，只得作罢。

葡萄酒是怎么制造出来的？厂家设有专人组织一批又一批的观光客参观造酒过程。

先看搅拌粉碎葡萄的机器，后看酿造车间。车间里有百余个几十米高的楠木大圆桶，粉碎后的葡萄在楠木桶中酿造成酒，酒汁流出来又装进橡木桶中，剩下的渣滓用人工取出。葡萄酒在酿造时为什么要用橡木桶？因为橡木桶能使葡萄酒在熟成的过程中增添更甜美的多种香气，橡木桶的质量能决定葡萄酒的风味。至于什么样的橡木、多大年龄的橡木、哪种葡萄该用哪种橡木制成酒桶，这中间有很多讲究，不是我这个外行能说得清的。世界上宜于做酒桶的橡木只有为数不多的几种，主要出产于法国、美国。但波流酒厂的橡木却是从德国进口的，为什么？不知道。也没有向讲解员求教，这问题太专业。

值得提一笔的是那位讲解员。这是一位年约 70 的老妇，身材笔挺，精神矍铄，讲解认真。她定时带领来客参观，一点儿也不轻松。美国的各类服务人员，多数情况下，不是靓女俊男。飞机上有“空姐”，也有“空嫂”、“空婶”，也有男士；柜台上有白妞，也有黑妞；饭店端盘子的，有少男、中男、老男，也有“姐”、“嫂”、“婶”；旅店服务员也有老男、老妪。这里不存在年龄歧视、性别歧视、种族歧视。

还有，不要忘了，纳帕的繁荣也有早期华工的功劳。在这片土地上处处都有他们的足迹、他们的汗水。19 世纪下半期，有数以百计的华工在纳帕从事雇佣劳动。他们开垦荒地，培植葡萄，在石灰岩下开凿酒窖，工资极其低微。他们的后代现在如何呢？祝愿他们安居乐业，繁荣昌盛。

2001 年初稿，2008 年改定

Moon 与故乡明月

庚辰孟秋，第一次来到美国，平生第一眼遭遇美国的月亮。陡然间，困惑莫名，视觉竟然如此陌生，如此隔膜，如此疏离，the moon 难道不是故乡明月？

故乡明月，是床前明月，是卢沟晓月，是淮南皓月，是春江花月，是平湖秋月，是二十四桥明月，是十二楼中纤纤月，是鸡声茅店月，是长安一片月。

故乡明月，清清的，幽幽的，水灵灵的，高照近水楼台，轻笼暗香浮动，曾和李白对饮，和孟德谈心，和杜牧一起在扬州度过笙歌岁月。最动人处，昨夜东风，不堪回首，是故乡明月目送那亡国之君无言独上西楼。

故乡明月，是情人的梦，是诗人的魂，是离人的愁，是慈母望穿的秋水，是壮士的沉吟悲歌，是将军白发征夫泪，是孤臣孽子的夜夜心。

Moon,的确不是故乡明月。如果我还年轻,如果我还能攻读博士学位,我将以《中美月亮之比较研究》为题,作为我的博士学位论文。主题当然不是美国的月亮比中国的圆。题中应有之义:中国的月亮是水做的,是雌性的,美国的月亮是石做的,是雄性的;中国的月亮是圆的,美国的月亮是方的;中国的月亮是古典的、人文的,美国的月亮是现代的、物质的;中国的月亮有仙家宫阙,有玉兔,有桂树,有起舞弄清影的嫦娥,有无休止地砍伐桂枝像西西弗斯一样永劫回归的吴刚;美国的月亮没有任何生命,荒无人烟,登月者只捡回了几块顽石,摆在华盛顿 D. C. 一所博物馆里,博取世人青睐。

为了深化我的研究,扩大学术视野,我的博士论文将设有两个副标题:一个是《兼论中西文化之比较研究》,另一个是《又论人文与科学的结合》。同时,我还将根据语音形象,建议把汉语的"月亮"改称为"moon",因为"moon"就是梦啊,汉语的"月亮"就是一个永远说不完的"梦"!

(原载 2003 年 10 月 20 日美国《星岛日报》)

观　瀑　布

每年都有数以百万计的游客，从世界各地奔赴尼亚加拉城，到尼亚加拉河的尼亚加拉峡谷，观看尼亚加拉瀑布。若问各人观感如何，答案肯定会千差万别。

大抵仅以肉眼观瀑布的人，熙来攘往，攘往熙来，闻所闻而来，见所见而去，“女亦无所思，女亦无所忆”，如此而已。以心眼观瀑布的人，见山不是山，见水不是水；借物境造心境，以有形入无形；匪夷所见，匪夷所思；心眼不同，旨趣大异。例如，商人从钱眼看瀑布，看到的是：白花花的银子，铺天盖地，滚滚而来；愁人用泪眼看瀑布，想的是：问君能有几多愁，恰似尼亚加拉拍天流，此水几时绝，此愁何时休；情人用青眼看瀑布，说的是：只愿君心似水心，披肝沥胆永不分（美国人称尼亚加拉为“度蜜月者的天堂”，意义就在于此吧）；将军用白眼观瀑布，看到的是："战罢玉龙三百万，败鳞残甲满天飞"；哲人用法眼观瀑布，看到的是：柔能克刚。

我是赞同哲人的，由此还想起了老子关于水的精妙哲言：

天下莫柔弱于水，而攻坚者莫之能胜。
上善若水，水善利万物而不争。
以其不争，故天下莫能与之争。

八月的一个清晨，我们从华盛顿郊外出发，途经马里兰州、宾州，傍晚来到纽约州西部的尼亚加拉瀑布城，此后又走入尼亚加拉河的历史深处。那已经是一万两千年以前的事了，高高在上的伊利湖日夜思念那美丽的安大略湖，爱情一着迷，湖水也疯狂。突围呀，不舍昼夜地突围，于是地球上有了私奔安大略湖的尼亚加拉河。谁知这条长仅28公里的爱河奔流到半道就遭遇了落差巨大的陡崖，世界奇观也就由此产生。印第安人无比惊异，名之曰"尼亚加拉"，即"天外飞来"（也有人说是"水声如雷"）之意也。如今，尼亚加拉是美加两国的界河，瀑布悬挂在国境线上，游人想从正面观瀑布，要到对岸的加拿大去。加拿大人建了一个很高的瞭望台，可以俯瞰美国瀑布、新娘面纱瀑布、马蹄瀑布的全景，我们既无美国护照，又无绿卡，去不了加拿大，只能作"旁观者"了。补救之法是下到谷底，着雨衣，登游船，兵临城下，直逼瀑布。这场面，更为惊心动魄，游船颠簸在波涛起伏的峡谷中，水花飞溅，水声雷鸣。仰观天际，躺在河床上的尼亚加拉，陡直宽广的身躯，以每秒六千甚至七千立方米的流量，从千余米宽的崖岸上跌落下来。不怕魂飞魄散，哪管粉身碎骨，尼亚加拉的全部价值就在此千古一跌啊！骄傲的尼亚加拉，以自己峥嵘悲壮的跌落，又一次证实了，“天下之至柔驰骋天下之至坚”、“水非石凿而能入石”的至理名言。俯视谷底，那跌落在岩石上的瀑布，还来不及痛定思痛，岩石又猛然将它们抛回天空，让它们再一次重重地跌落下来，或者于半空化为飞沫，化为轻雾，随风逝去。一万多年了，尼亚加拉一直在上下驰骋、赑（bì）怒、咆哮、轰鸣，日光为之失色，月亮为之凄清，山羊岛也为之动容。

瀑布毕竟是胜利者，科学家们发现它正以胜利者的雄姿向后撤退，瀑布后撤，意味着岩石的崩溃没落。也许一万年以后的某一天，瀑布将彻底侵蚀岩石，陡崖不得不败下阵来。然而，当岩石一旦败给瀑布，瀑布无敌于尼亚加拉时，瀑布也就不成其为瀑布了。那时，敌我俱尽，世界上再也没有了如此超级奇观，对尼亚加拉而言，将是何等的寂寞、何等的悲哀！

对我的这番议论，尼亚加拉深表抗议。请让我把它的抗议写出来以昭告世人。它说：你刚才讲的，全是人的嘴脸，人的心声，以人类为中心的自然观。我早已厌倦了山崖的挑战，也厌倦了人们的聒噪喧腾。说什么“江山也要文人捧”，我最怕文人捧江山。为了填满你们的钱袋，满足你们的好奇心或虚荣心，你们封我为“世界七大奇观”之一，为我拍照片，登广告。写些缺灵魂少思想无个性的吹捧文章，闹得我名满全球，似乎风光无限，到头来却是莫大的灾难：践踏、蹂躏、破坏、污染。瀑布的商业化、媒体化，是幸还是不幸？老实告诉你吧，我最担心的是你们人类。所以，我羡慕无人问津的山间小溪，也羡慕人迹罕至的万丈深渊。那个17世纪第一次向世界报道我的法国人真是作孽啊！我不怕水石之争，予岂好争也哉，予不得已也。得已而不已，还谈什么"上善若水"、"善利万物"呢！

听了尼亚加拉的抗议，我还能说什么呢。瀑布也有自己的生命，既然一切生命都有自己的起始与终结，我还要慨叹"寂寞"与"悲哀"，岂不悖反自然伦理！

我知错了，谨记于此。

（原载2000年11月23日《光明日报》）

春风又绿榆树城

——不一样的耶鲁法学院毕业庆典

5月的纽黑文牵动着多少人的心。一年一度的耶鲁毕业典礼总在5月最后的一个星期一(阵亡将士纪念日)举行,2003年是5月26日。城中的旅馆早已住满来自世界各地的学生家长和亲朋好友,就连附近城镇的旅馆也火爆一时。这是耶鲁建校以来第302个毕业典礼,首届毕业典礼是在1702年9月16日。但那时只是一个小小的学院,校名还不叫"耶鲁",地址也不在纽黑文。

我和学敏来纽黑文,已是第二次。2000年8月,何鲤入耶鲁法学院攻读法学博士(Juris Doctor)学位,我们陪他由柏克莱来到纽黑文,只匆匆住了几天,就到美东其他几个名城旅游去了。这次,由北京专程来参加他的毕业典礼(也是学位授予典礼),时间比较充裕,对耶鲁、纽黑文也就有了更多的观察和了解。

有榆树城之称的纽黑文,4 月还是花的世界,樱花、玉兰、海棠,以及许多好看却不知其名的洋花,红一树,白一树,落英缤纷,满眼芳菲。到了 5 月,忽然一夜春风簇拥着绿色从四面八方涌了过来。市郊东岩和西岩两座山也身披绿装,像两道蜿蜒的长城,将满城的绿紧紧护住,似乎一不小心,这绿浪就会冲破清教徒的遗风旧俗倾泻到大西洋中去。

春风绿了榆树城,也绿了耶鲁学子的锦绣前程。感激春风,理所当然。谁是春风?中国人的答案不容置疑,春风就是与"天地君亲"同位的"师"。美国却没有这样的文化观念。未出茅庐,先拿教授们来开涮,耶鲁法学院的毕业庆典活动就这样拉开帷幕。

5 月 8 日,阴,偶有毛毛细雨。下午 6 点,到法学院参加晚餐聚会。餐后,礼堂有学生自编自演的节目:*The Yale Law Revue*, *Spring 2003*。我们进去时,已座无虚席,不少人席地而坐。何鲤的两位白人同学,一男一女,一定要让出座位照顾我们,自己坐到阶梯上。Revue,译为中文是"时俗讽刺剧"的意思。今天这台节目要讽刺谁呢?想不到吧,讽刺的主要对象正是我们所说的"春风"——是他们平日所景仰的院长,素所钦羡的教授。这在我们中国简直是闻所未闻,哪有毕业前夕拿"恩师"来搞笑的!而且还要把讽刺对象请到现场,坐在台前,洗耳恭听,让他们静观自己的学生是如何编排自己,贬损自己,丑化自己。节目在一个一个进行,形式可谓多样:对话,独白,滑稽小品,唱歌，跳舞，讽刺模仿独角表演，辅以音乐、灯光、银幕。院长的发式，印度裔教授的说话腔调、讲课神情，某女教授的学术政治，以及他们的学术专著乃至怎样竞选院长等等，全都被调配成讽刺笑料，搬上舞台。惟妙惟肖的模仿，别出心裁的夸张，有声有色的演技，博得满堂喝彩。几乎所有节目，都是台上台下互相呼应。叫好声、欢呼声、大笑声、鼓掌声，此起彼伏，三更灯火五更鸡的苦读压力，此时一泄而光。我问何鲤：教授们受得住吗？

"一年一度的烧烤，教授们也习以为常了。心中不悦的也会有，在众人面前被讽刺挖苦，毕竟有伤体面。"

好在，学生们的烧烤，既不会作为校方考核的依据，也不会归入什么档案。何况，名师出高徒。今日敢于向教授挑战，明日就敢于跟总统过招。从教授那里学得十八般武艺，用来对教授小试锋芒，这不也是"教学相长"吗？生活在公民社会、法制社会，谁都有可能置于被烧烤的地位。讽刺，并非恶意中伤、蓄意打倒、人身攻击，这就是"度"。什么是度以内？什么是度以外？法学院的学生掌握"度"的技巧，应是职业范围以内的事。

由时俗讽刺剧我突然想起钱复说过的一段话。钱复上世纪50年代留学耶鲁。他说："在耶鲁，我念的是研究院，但深知耶鲁向以法学院学生素质之优异著称。为了接触这一批最好的人才，我的三餐都到既比较远又比较贵的法学院去吃……在激辩之中交换心得，每顿饭都不会短于一个半钟头。年年如此，天天如此，顿顿如此，虽然每顿饭都不得安宁，然而及今思之，这三年耶鲁的每日三餐可谓‘万金莫易’，等于是全美的菁英分子在‘考问’我，所得到的智慧的冲击，思考的训练，反应的教育，任何一个亿万富翁想买都买不到的。”我身为北大教授，很看重北大的学术民主与自由，但对今夜所看到的时俗讽刺剧，仍然是羡慕不已，感触良多。问题不在于要机械模仿时俗讽刺，而是我们的自由空间到底有多广多深？我们对人才天性的发挥是否达到了极致？我们的人际关系是否清规戒律太多？

时俗讽刺剧营造出的得意又得意开心又开心的欢乐气氛，在突然发生的爆炸声中冷却下来，这就是度以外的事情了。

5 月 21 日傍晚，何鲤从学院回来，告诉我们一个震撼了纽黑文的坏消息：近 5 点的时候，法学院内发生一起爆炸案。真险啊，何鲤上午还在这间发生爆炸案的教室里边自习，下午听到爆炸声时，他正在三楼图书馆看书，起初以为是地震了。我们立即打开电视机，已有多家电视台在现场采访报道，警察很快封锁了通往法学院的各个路口，FBI（联邦调查局）反恐怖行动队的人也来了。消息立即传遍世界，不断有人打电话来了解何鲤平安否。

爆炸所产生的影响就像爆炸本身一样，一爆就完，无碍大局，真正对庆典造成不利影响的是 26 日那场大雨。

事情是如此的不凑巧。25 日晴天，27 日至 6 月初全是晴天，唯独 26 日，整天大雨如注。我们在纽黑文住了四个多月，从未见过这样的大雨。耶鲁大学的毕业典礼就在大雨中开始。着学位服装的学士生、硕士生、博士生，个个举着雨伞，精神抖擞，喜气洋洋，成群结队，从乔治街、约克街、榆树街、圣庙街、学院街、惠特尼路，从达文波特学院、柏克莱学院、德怀特学院、爱德华学院……奔向老校园。

老校园位于市中心，中间有一个很大的草坪。前些日子，工人们就在草地上摆满了形状、大小如一的白色小靠背椅，一眼望去，如同片片白色的荷叶密密地漂浮在青青的湖面上，真是难得一见的景观。椅面后端还有一个圆形小孔，这是个泄水孔。可见冒雨集会，本是常事，设计者考虑得真周到细致。

整齐有序的人流，从八个大门鱼贯而入。工作人员在入口处分发印有 YALE 字样的蓝色雨衣。雨伞加上雨衣，才不至于被雨淋湿。讲台在西北角，乐队在台下右侧，台下正前方是持权杖者、掌旗者的席位。校有校徽，院有院徽。校徽是一本摊开的大书，下有一行拉丁文：光明与真知。耶鲁建校始于十名神职人员的赠书，初名美利坚高等学院，1716 年迁纽黑文，两年后改名为耶鲁学院。这个校名的由来是为了对耶鲁其人赠书四百本表示感激。至于二十多个院徽，难以一一解释，恐怕要请教专家才行。那些图案后面一定有特殊的含义。柏克莱学院的院徽，底色纯黑，十个白色马耳他十字，上六下四，中间为白色人字形；达文波特学院的院徽，底色纯白，上端有两个平列的组合黑十字，下端有一个组合黑十字，中间为黑色人字形。这两个院徽跟宗教有关。1638 年达文波特和伊顿率领五百清教徒创建纽黑文城，学院的命名就是为了纪念这位创始人的。特朗布尔学院的院徽是三个公牛头。布兰佛学院的院徽，上端为三片树叶，中部为十本书,按四、三、二、一的组合排列。布兰佛是位于纽黑文东南的一个城镇,现在通往波士顿的95号公路就穿越其境。传说中十个牧师赠书办学的故事就发生在这里。据何鲤查考:法学院的院徽为耶鲁艺术史教授 Theodore Sizer 设计。院徽分三部分,代表法学院的三位功臣:上端是一条张嘴翘尾的鳄鱼,代表在19世纪三四十年代对耶鲁法学院的发展有重大贡献的 Samuel J. Hitchcock 教授。原因是当 Hitchcock 家族从威尔士迁徙到西印度群岛时,鳄鱼的形象取代了传统中一直代表威尔士的龙。左端是一条张牙舞爪高举尾巴的猎犬,代表曾兼任康州法官的耶鲁法学院教授 Dogget(这个名字的早期拼法为 Doggett 或 Doget)。右边是中世纪式银色书钉(Staples),代表法学院及该院图书馆的创始人 Seth Staples。神学院的院徽不难懂:下部是一本圣经,上部是一个有圆圈的十字架。校徽、院徽都代表一种传统,一种精神,或属于历史,或代表专业,意义深远。今天这样盛大的庆典,将持权杖者、掌旗者位列前茅,也有郑重其事的意思。

耶鲁一向以注重本科而闻名,席位的安排也以本科学生为中心。十二个住宿学院(Undergraduate Residential Colleges)的学生以学院为单位坐在会场的中央,艺术和科学研究生院以及十个职业学院(Graduate and Professional Schools)分坐在左右两边。学生座位后面就是公众席位。

我们在南边的一个入口处排了很长时间的队才进入会场。目所见,雨伞如林;耳所闻,雨声掺杂着哈克尼斯塔楼的钟声。

坐在我们前面的是来自韩国的一对夫妇和他们的两位千金。从肤色、脸形判断，还有来自印度的、来自东南亚的、来自拉美的家长们，更多的“公众”当然是美国本土人。美国人历来都把学位授予庆典看作是人生大事，学校为此也做了很充分的准备。家长们，尤其像我们这样的家长，万里迢迢，远涉重洋，也就是为了这一天。可大雨使许多仪式都取消了。能留作今天庆典纪念的是校方印发的两本文字材料。那本《耶鲁第三百零二届毕业典礼》，登录了本年度全部学位候选人的名单（毕业生在学位证书颁发之前，只能称为某学位候选人）。

翻开名册，我找到何鲤的名字，同时想起了另一个名字——容闳，距今已有149年，他是耶鲁1854年的毕业生，是中国第一个在海外获得学士学位的留学生。那年的毕业庆典也是在这里举行的吧？下雨了没有？容闳的心情如何？那位第十任校长伍尔西讲话了没有？据说那年的毕业庆典，容闳是明星。“有些人来参加毕业典礼主要就是为了看一看这位中国毕业生。”①

正在我遥想容闳当年的时候，全校庆典草草收场了，各学院紧接着分头庆祝。法学院的庆典在世界著名的佩恩·惠特尼体育宫举行。我们入场时，庆典虽未开始，但公众席已经没有座位了，不少人和我们一样，只得站在两旁，或坐在地上。

法学院今年获得学位的总共238人。其中法学研究博士

---

① 容闳著，沈潜、杨增麒评注《西学东渐记·附录》188页。中州古籍出版社，1998年。

(Doctor of the Science of Law)3 人,法学硕士(Master of Laws)25 人,法研究硕士(Master of Studies in Law)5 人,法学博士(Juris Doctor)205 人。

跟所有庆典一样,照例是一系列讲话,不同的是这些讲演者都是能言善辩的名家,讲演不断地被笑声、掌声打断。庆典高潮是宣布学位获得者的名单,这真是难以忘怀的动人场面。副院长拿着名册,依次唱名,学位获得者一一应声而起,昂首阔步,欣喜若狂,奔向主席台,与院长握手,拥抱自己的导师,向台下鞠躬。至亲好友,欢呼他们的名字,热烈鼓掌,拍照、录像,跑上前去拥抱。不少人眼里噙着幸福的泪花,有的挥舞着博士帽,有的把帽子高高抛起。有一位女博士抱着出生不久的孩子从台上通过,她多想让自己的宝贝也来分享今日的欢乐。中国古诗里说的“春风得意马蹄疾”,也不过如此吧。

耶鲁法学院在全美排名第一,门槛甚高。登堂入室者,不知经过了多少次拼搏,才挤进这个热门;熬过多少不眠之夜,才取得今日这份欢乐。欢乐从过去走来,又向未来走去。最好的公司,最好的律师事务所,最有名望的法律机构,都在向他们招手。甚至,总统宝座也不是高不可攀的啊。

室外,仍然下着倾盆大雨。今天所有的讲话,都对天公不作美颇为遗憾。一位从加州来参加何鲤毕业典礼的同学说,他去年到麻省理工参加一个亲戚的毕业典礼,也遭遇大雨。而麻省理工的人幸灾乐祸地说:哈佛更倒霉,毕业庆典中间下起雨来,只得坐着挨浇。

人的成长，需要春风，也需要化雨。雨能化育万物，也能为莘莘学子荡涤前路中的污泥浊水，迎来美好的明天。

（原载《博览群书》2004年第3期）

清教徒遗风

在美国众多的城市中，纽黑文绝对算不上富庶繁华，也看不出有多么时尚洁净。街道破了又补，补了又破。某些特殊车辆，不论昼夜，跟救火车似的发出惊心动魄的尖叫声，呼啸而过。跟许多其他城市一样，也有某些街区，由于众所周知的原因，令人望而却步。我这样说，并不表示我不喜欢这座文化古城。

古城蜚声国际，自有她的精神魅力。据说在美国城市建设史上，纽黑文有两个首创：一是首创住宅式墓园，一是首创市中心草地。有的资料为了强调草地的意义，还特地在 New Haven Green 之前加上形容词 Historic（历史上著名的）。草地的确是本城的骄傲，花木扶疏，古树参天。可观赏，可休憩，可净化空气，还可供鸟儿栖息。草地四周是街道，可与全城每一个方位直接沟通。中间有南北向的车道、人行道，将草地切分为左右两大块。左边为宗教圣地，古老的三一教堂、中心教堂、联合教堂，坐西朝东，一字排开；右边为演出场地，有活动舞台位于北端，一入夏舞台就组装起来。宗教和艺术，统一于市中心草地。草地是纽黑文的心脏，宗教主收缩，艺术主舒张，一舒一缩，将血液输送给每一位居民，滋润着整个城市，给整个城市注入无穷的活力。我和学敏曾走遍纽黑文的大街小巷，只见宗教无处不在，艺术无处不在。在学院，在街头，在墓地，在公园，在商店，在超市，在人们的衣着，在人们的脸上……

这个只有十多万人口的小城，大小教堂就有 112 所。数量之多，可与中国北朝洛阳、南朝建康的佛寺相比。如果有人仿照《洛阳伽蓝记》写一本《纽黑文教堂记》，那么，对宗教和艺术的研究，定当大有裨益。我曾经有过疑问：在一个现代化得到充分发展的社会里，宗教对世道人心究竟还能起什么作用？纽黑文的答案是：宗教如果无用，它就会自行衰落。上帝日夜不眠，守望道德底线，协调人际关系，拯救失落的灵魂。当然，宗教只是一种符号，上帝也不过是一个假设，真正的力量来自人道主义原则和人文精神。践踏人道，野兽道、魔鬼道就会从潘多拉的盒子里跑出来，社会就会失去安宁，人和人之间就会相欺、相斗乃至互相残杀。纽黑文原本就是一个宗教城市，现在，使纽黑文声名远播的耶鲁大学，原本也创始于神职人员，后来多位校长是教士、神学家。他们对于自己的老祖宗约翰·达文波特（1597～

1670),至今念念不忘。纽黑文有达文波特大道,耶鲁有达文波特学院。这位1637年来自英国的清教徒牧师,1638年就率领五百个清教徒创建纽黑文殖民地,并担任纽黑文教堂牧师。清教徒的严格教规,经过三百多年的代代相传,有的已化为民风民俗,植根社会,植根人心。以饮酒为例。凡是一个酗酒成风的社会,必然以酒乱德。所以,殖民地初期新英格兰六州的清教徒社团曾颁布一条“蓝色法规”(Blue Law),禁止星期日售酒、饮酒、娱乐。禁止娱乐是不得人心的,已无法遵守。但星期天不能售酒,平时晚上八点以后,即使是超市也不售酒,这一条至今还遵守得很严格,这里的中国商店也入乡随俗,不能例外。至于节俭、勤奋、守时,这三大美德,一般来说,特别是对于有教养的人来说,都看作是立身社会的基本准则。在纽黑文,看不到奇装异服,更看不到朋克式的人物,人们穿着朴实无华,也很随意。本城有230家咖啡馆、酒吧、餐馆,似乎无人以大吃大喝、摆排场为荣。咖啡馆的顾客多为学生或休闲者,看书、写作、下棋、轻轻地交谈,温文尔雅,一杯咖啡就坐上半天,店主也无不悦之色。所谓请客吃饭,也极俭啬,最好把盘子也舔干净,不要留下残羹剩汁。

纽黑文的富有在文化生活、精神生活。草地常有大型演出。2003年6月12日至28日,纽黑文市第八届国际艺术和思想节就在草地举行,康州华人文化协会中国民乐队也于19日下午来此演出。7月26日晚的爵士音乐会更是轰动全城,草地装满欢乐,装满掌声,装满数万副笑容。宗教和艺术,给这个世界带来和平、安宁、幸福,早期清教徒的遗风,得到发扬光大。数字虽然枯燥乏味,却比描写更为有力。下面这些数字,都是会说话的。它会告诉人们,纽黑文有怎样的精神风貌,城市管理者应当怎样以人为本,让自己的市民享受生活,活得愉快,活得健康,活得高尚。这些数字是:

戏院、剧场、电影院 23 所

运动场、娱乐场所 18 处

书店 24 家

博物馆、展览会、图书馆 55 个

高尔夫球场地、俱乐部 34 个

各类社团活动场所 33 个

医疗保健中心 22 个

游艇俱乐部 12 个

公园 93 处

墓园 16 处

其中有的设施,就规模、内容而言,水平堪称世界级,甚至是举世无双。它们固然属于耶鲁大学,可也为古城添彩增光。纽黑文显然不属于旅游城市,故旅馆只有 12 家。社会人员相对稳定,何况它有健全的社会安全网,据说这里的入室抢劫率在全美是最低的(?)。它的社会保障体系也是一流的。但漫步街头,偶尔也会遇见行乞者。他们不残不疾,看上去很健康,大概世界上到处都有懒人吧。也许,有人就愿意选择这样的生存方式,别人有什么办法呢。

惜别纽黑文,心绪何依依。作为来自地球那边的异乡人,我会永远记住你的风度和美德。

(原载《博览群书》2004 年第 3 期)

纽黑文:死者在天

我从未见过这种墓而不坟的住宅式墓园,也从未见过历史如此悠久又如此富于文化艺术内涵的公园式墓园。中国古人说:“人生只合扬州死,禅智山光好墓田。”[①]那墓田究竟如何好法,今人已不得而知。我是在看了纽黑文的墓园之后才明白:墓园是一本真实的史书,在墓园可以读解许多书本上所没有的东西。如果你想知道,这个社会是否长治久安,是否关爱每一个生命,人们的生存状况如何,人伦关系如何,请到墓园来,墓碑无语,答案昭然。中国没有这样的墓园,当人们的生存空间、社会的生态环境还存在种种难题时,谁还有余力去顾及墓地呢?何况 160 多年来的中

① [唐]张祜《纵游淮南》,《全唐诗》(15 册),5846 页。中华书局,1985 年。

国，屡遭人天浩劫，历经战火、瘟疫、饥饿、阶级斗争，寻常百姓早已将生死置之度外，把生命看得很轻很贱，后事如何，且听谁来分解？又有谁能分解？

纽黑文正式建市只不过二百多年，人口才 12 万，墓园却有 16 处。草地中心教堂的 New Haven Crypt（纽黑文教堂地下室墓穴）最小，西南面靠达文波特路的长青墓园（Evergreen Cemetery）和西面的圣劳伦斯墓园（St. Lawrence Cemetery）最大，北边还有多处犹太人墓园。备受人们关注的是位于纽黑文市区的园林街墓园（Grove Street Cemetery）。据说，在美国墓园史上这是第一个按规划兴建的住宅式墓园，迄今已有 207 年的历史。

园林街墓园并不属于耶鲁大学，却位于耶鲁的中心地带。南与耶鲁的法学院、公共餐厅只有一路之隔，东与耶鲁一座教学大楼毗邻，北面多为耶鲁理工科院系所在地。耶鲁师生也常来此漫步，或带着自己的亲朋好友来参观游览。我不知道在全世界所有大学的历史上还能否找出下面这样的例子：从耶鲁第五任校长托马斯·克拉普（Thomas Clap，1700 ~ 1767）起至第十六任校长阿尔弗雷德·惠特尼·格里沃尔德（Alfred Whitney Griswold，1906 ~ 1963），二百余年间，12 位校长相继长眠于此。他们像一根常青藤上的 12 个硕果，标志着耶鲁历史的连续性、耶鲁精神的永久性和耶鲁大学的凝聚力。我不打算一一列出 12 位校长的名字和任期，但我们会对其中的几位感兴趣。第一位就是容闳就读于此时的校长西奥多·德怀特·伍尔西（Theodore Dwight Woolsey，1812 ~ 1889）。这位耶鲁第十任校长（1846

~1871)既是教育家,也是反对奴隶制的领导人,19世纪末出版的《文学兴国策》中有一篇《埃尔博学书院监院华尔赛复函》,"埃尔"就是耶尔,"华尔赛"就是伍尔西。他长眠于墓园的北墙根下,月桂树路,墓碑为棺木型。还有詹天佑就读于此时的校长诺亚·波特(Noah Porter,1811~1892),他是耶鲁第十一任校长(1871~1886),曾写信给清政府总理衙门,反对撤回所有留美学生。"其词严义正,磊落光明,诚不愧为文明人口吻",此信保存在容闳的《西学东渐记》中。他长眠于槐树路,墓碑也为棺木型。还有第八任校长老提摩西·德怀特(Timothy Dwight, Sr.,1752~1817),据记载,他的墓在东南方的枫树路,但我寻找两次都没结果。这里好些墓碑字迹剥蚀,已无法辨认。陆谷孙主编的《英汉大辞典》536页收有他的小传:"美国教育家、神学家和诗人、耶鲁大学校长(1795~1817),对校务行政进行多方面改革,善于布道及作政治讽刺诗。"(上海译文出版社,1996年6月第5次印刷)孙康宜的《墓园诗情》引述过他的一段话,是关于墓园的,现转引于此:

> 我曾带过无数个外国的观光客和美国人——都是些遍游过美国东海岸的人——到这个墓园来参观。他们都说没见过、也没听说过这样一个好地方。这儿每个角落都散发出一种高尚的情趣……我从没见过另一个具有同样肃穆(Solemn)和感人(Impressive)特质的墓园……(《耶鲁·性别与文化》62页,上海文艺出版社,2000年1月)

这段话写于1811年。足见19世纪初期这个墓园就以“肃穆和感人”的“特质”被誉为“好地方”。

墓园坐北朝南，高大的埃及式的园门用红褐色粗石砌成，门廊顶端的横梁上刻着《圣经》中的一句话：

THE DEAD SHALL BE RAISED(死者将会升天)

墓园大门之内有一所平房，是管理人员办公室。他们于早晨下午按时启闭园门。平时总有二三园丁，或割草，或剪枝，或栽树，或浇水。游人可向管理人员索取资料。有墓园平面图，有墓园兴建发展简史，有79位重要墓主的历史简介。美国人的历史精神和管理艺术，于此可见一斑。前些天，我们到康州首府哈特福德的雪松山墓园拜谒容闳墓地，那里的管理人员为我们提供了图文资料，并很快就查寻出容闳墓的确切位置。否则，偌大的墓园，37个墓区，茫茫碑海，即使驾着车寻觅，也很困难。

园林街墓地被称为住宅式墓园，并不是说墓园内建有“鬼屋”，而是墓区的划分如同街道住宅一样，有路名、有编号。街道为南北向，人行道为东西向。街道为青草路面，人行道为柏油马路，可以行驶汽车。二者均以植物命名。路名有森林之神路、柏树路、枫树路、椴树路、木兰花路、月桂树路、槐树路、雪松路、云杉路、梧桐路、松树路、柳树路、冬青属植物路，还有一条中央路。人行道有：金银花人行道、加州桂人行道、山楂人行道、常春藤人行道。墓园花木繁多，可供四季观赏。4月我们刚来纽黑文的时候，墓园里一树树红花，一树树白花，落英像蝴蝶一样在清风中轻飞曼舞，嫩草芊芊，散发着淡淡的清香。到了5月下旬，林花谢了春红，绿叶树、红叶树、褐叶树，又是一番景象。墓碑下那些石缸、石盆中也杂花丛生，争奇斗艳。美国人在绿色中在花丛中度过自己的一生。这个国家，山无不绿，地无不青。家家窗前廊下，房前屋后，非花即草，非草即花，树木成林，郁郁苍苍。百岁之后，生命还要与绿色同在，在绿色中延伸。木兰花路有这样一块墓碑，前面为一青青的挂满果荚的藤萝架，后面为一棵枝叶扶疏的常青树，四周芳草萋萋，上下鸟鸣嘤嘤。墓主长眠于此，其乐如何？威廉·克莱德长眠于柏树路，他的墓地形似穹庐，由青青侧柏修剪而成。威廉坐在绿色的帷幕中，昼看浮云，夜邀明月，与松鼠同乐，与野鸽共飞，他的灵魂在绿色中得到转生。大地多一分绿，人心就多一分宁静，世界就多一分和平。生者在地有情，死者在天有灵。有生必有死，有情必有灵。善待死者，也就是善待生命。哪一天世界没有了绿，哪一天世界也就没有了生命。凡是没有绿的地方，就是灵魂受苦受难的地方。

在纽黑文的这些日子里，我和学敏常来墓园散步。起先，只是观树赏花，遛弯儿健身。渐渐，一个我们从未思考过的问题——“墓园文化”在散步中凸现了出来。

人生最宝贵者莫如生命，情分最深厚者莫如父子夫妻。墓园文化的精髓大概不外乎这两端。

于是，我们开始拜访墓主，读解墓碑。

第一个走访的对象就是韦伯斯特。在众多的墓主中，我最熟悉的一个名字就是韦伯斯特。谁不知道,他是美国词典之父,对美国英语的规范、独立发展,厥功甚巨。170 多年过去了,他主编的《美国英语词典》仍然属于权威著作。韦伯斯特住在槐树路(Locust Ave)的一座家族小墓园中。四周有约一米高的铁栅栏围绕,方形,占地约 30 平米。韦伯斯特的墓碑在正中央,约五米高,以朝西的一面为正面,底座为方形,用阳文刻着:WEBSTER。碑身为方锥体形,用阴文刻着:

NOAH WEBSTER
BORN OCT,16,1758.
DIED MAY,28,1843.
REBECCA GREENLEAF
HIS WIFE
BORN MAY,27,1766.
DIED JULY,25,1847.

碑身朝南的一面刻着他儿子的生卒年月日,北面刻着他女儿的生卒年月日。

诺亚·韦伯斯特,一家四口年寿都很高,他本人 85 岁,妻子 81 岁,儿子 98 岁,女儿年寿最低,也享年六十有六。这家两代人都经历过战争。诺亚夫妇的青年时期遭逢独立战争(1775 ~ 1783),他们的子女遇上南北战争(1861 ~ 1865)。两次本土战争并没有给这个家庭带来什么灾难。他们父子母女,最终团聚在一块墓碑上。韦伯父子生活的年代，相当于清朝的乾隆嘉庆道光年间，这期间中国也出现了许多著名学者，他们的墓碑在哪里？他们的家族小墓园在哪里？

美国人的家族情谊，夫妻情谊，我完全是从墓碑上读出来的。墓园东边柏树路中段，有一座家族小墓园，编号为41、42、43，正中央的方锥体主碑，高达十几米，要仰起头来才能看到尖顶。碑身南面刻着一长串名字，记载这个家族二百多年间死者的生卒年月日。第一代墓主提摩西·特罗布里奇（TIMOTHY TROWBRIDGE），生于1631年，卒于1734年，他谢世之后的第62年即1796年，园林街墓园才建成，他的墓显然是子孙后代从别处迁进来的。这个家族小墓园，主碑周围罗列着各种形状的古碑。有的像八面玲珑的小宝塔，有的像四面招风的纪念亭，有的像平顶石棺，有的碑身为十字架。这个小墓园后面，一定有许许多多的故事，在他们的家人、亲人、族人中广泛流传。一身兼有商贸家、军事家、政治家三种头衔的特罗布里奇，应是这个家族引以为荣的成功人士。

夫妻同碑，在墓园随处可见。我特意介绍韦伯斯特墓碑上的文字，立意就在于此。“两地关系”问题，“户口”问题，在美国人的生存经验中似乎属于不人道的荒诞社会现象。生则同行，死则同碑，乃天经地义。在近年立的墓碑中，往往男墓主生卒年月日俱全，而其妻只刻着出生的年月日。查尔斯·牛顿的墓碑刻着：1923. 1. 18 ~ 2000. 2. 14；其妻安妮只刻上出生年月日：1930. 6. 5。还有一墓碑，丈夫卒于1952年，妻子的卒年为1974

年，相隔22年，从字迹和色泽可以看出，妻子的卒年是后来补刻的。若仅从这类墓碑来看，我们会得出一个荒谬的结论：美国的丈夫都先于妻子而卒。因为我们没有见到这样的墓碑：妻子的生卒年月日俱全，丈夫的卒年等待死后填补。可证妻子卒后，如果丈夫还活着，并不马上立碑。森林之神路（Sylvan Ave）有这样一块墓碑：夫妻均生于1875年，妻子卒于1944年，当时并未立碑，直到21年之后即1965年丈夫过世，才为夫妻二人共立一碑。学敏说：在墓碑问题上，美国似乎也有重男轻女夫为妻纲的倾向。从我们接触到的材料看，此话并非毫无根据。但既然生死不齐，立碑就有先后的问题。如果硬要以此论平等，那就只有同年同月同日死了。而这样的巧合，我们只找到一例。枫树路住着一对19世纪的老夫妻，丈夫生于1803年，妻子生于1808年，二人均卒于1880年11月29日。

我们走访的第二位墓主名叫埃利·惠特尼（Eli Whitney，1765～1825）。来纽黑文之前，我根本不知道惠特尼其人。事实上，在纽黑文，他的声望远远高于韦伯斯特。这里有以惠特尼命名的街和路，墓碑上刻的那篇颂辞也深深地表达了本市人民对他的尊敬和爱戴之情。惠特尼是发明家，发明过轧棉机，改进了步枪设计。碑文赞誉他为“实用科学技术有能力的最初领导人和改进者”，对19世纪末20世纪初纽黑文工业的发展起过重要作用，将永远“活在人们的记忆中”。他的墓地也在槐树路，与韦伯斯特和耶鲁第十一任校长波特是左右邻居。这也是一个家族小墓园，墓碑形状为我前所未见，像一个高1.3米左右、宽约

0.6米、长约1.6米的长方形书案，底座略宽，顶层如同一本摊开的书，两头呈卷轴形。碑座西头刻着生卒年月日，南北两面刻着碑文。通体为红褐色石料，古朴庄重。

出生于纽黑文死在纽约的另一位发明家查尔斯·古德依尔（Charies Goodyear，1800～1860）住在北边的梧桐路。此人于1839年发明橡胶硫化处理法，因专利被人侵犯，不仅未因发明获利，反而负债入狱，死于贫困。可他的墓地颇为气派。地势略高，须登阶而上。墓碑也是长方形，从底座到顶层有九个不同的层次。主碑四周也有不少小碑，这是家族墓地的特点。

我们也走访过罗杰·谢尔曼（Roger Sherman，1721～1793）的墓地，他住在枫树路，与耶鲁第五、七、八、九任校长住在同一条路上。他的墓地很不起眼，那块并不算高的长方形纪念碑上刻着他的丰功伟绩：美国大陆会议代表（1774年，1775年），《独立宣言》签署人之一（1776年），在美国制宪会议上曾提出双重代表制两院议会的"康涅狄格妥协案"（即众议院按人口分配席位、参议院每州两席位的折中方案，1787年），打破会议僵局，为避免会议分裂作出了重要贡献，并成为联邦政体的基本模式。纽黑文于1784年正式建市，谢尔曼为首任市长。

长眠于此的还有墓园的创建者詹姆斯·希尔豪斯（James Hillhouse，1754～1832）。据资料介绍，他住在柏树路，可惜我多方寻觅也未能找到他的墓碑。此人是律师、军人、政治家，对纽黑文城市建设的贡献有二：除了创建墓园这一项，还有提倡广种榆树，至今纽黑文还保留榆树城（Elm City）之称。他的女儿是一位能干的商业家,也是一位慈善家。

入住墓园者是否都是社会名流呢?是否只有几级高干才能长眠于此呢?墓园管理者说:不管是谁,也不管是哪个国家的人,只要花五千美元,就可以由此进入天堂。五千美元,折合人民币也不过四万多一点。王力先生在万安公墓的那块小墓地,购于80年代,也花了四万元人民币。按美国人的收入而言,五千美元的确算不了什么。

对墓主的身份、地位,我们不可能一一进行考察,从墓碑的大小、形状判断,平民应占多数。有不少碑只有姓和名的缩写,连生卒年月都没有。有的墓碑高不及1尺,宽不过七八寸,“高干”不至于如此寒酸吧。何鲤还在北墙根下常春藤人行道旁发现一个婴儿墓。墓主生于1880年12月4日,卒于1881年7月23日。他来到这个世界上只有七个多月,当然不可能是“社会名流”。这个墓地之所以引起我们注意,还特地为它拍了一张照片,一是它的形状很像一个小小的摇篮;二是平躺的小碑前有人新近摆放了两件玩具——一个大熊,一个小熊。这是什么人摆放的呢?从1881年(相当于清光绪七年)到现在,122年过去了,他没有了直系亲属,更不可能有子孙后代,谁还会来凭吊这个婴儿呢?学敏推测说:唯一的可能是他的兄弟姐妹们的后代。此推测如果成立,美国人的家族情怀,关爱每个个体生命的情怀(哪怕是百余年前就已夭折的生命),就真值得我们严肃看待了。

纽黑文城市虽小,可它是耶鲁大学的所在地,国际交往颇多，免不了会有异国他乡的孤魂长眠于此。西北角那棵榆树下就有一位来自非洲的黑人女教授，名叫西尔维亚（Sylvia），她于1979～1993年任教于耶鲁大学，讲授非洲艺术。墓碑正面上端有她的头像，背面刻着她的《西非游记》中的一句话：

We all yearn
For transcendence,
For immortal life,
To be part of the future.
（我们全都渴望卓绝、不朽，成为未来的一部分。）

在梧桐路，不经意之间，一块刻着汉字的墓碑突然出现在眼前：

丞雨高光林博士
Kwang lim koh
Oct,20,1920
Sept,17,1989

碑约一尺宽，两尺长，平躺在草地上。这位高博士，不知何许人也。在这个英语世界见到这一行汉字，能不格外亲切？汉字是我们的标记，也是汉文化的根。在哈特福德参观雪松山墓园时，也见过几块汉字碑，墓主的祖籍都在广东。广东人为中美文化交流所作出的贡献,大概只有福建人可与之相比。在美国这块土地上,究竟有多少华人长眠于此?他们的灵魂是在阴曹地府呢,还是已经升天?“埋骨何须桑梓地,人间到处有青山。”我祝愿死者升天。

美国人喜欢标新立异,崇尚多元,墓碑的造型也不拘一格,各有千秋。走进园林街墓园,就像走进了墓碑艺术展览会。占地多而又难看的中国式坟堆,极为罕见。墓的唯一标志是碑。大抵19世纪的墓碑,气势巍峨,风格凝重,家族小墓园比较多。20世纪的后来者,承祖宗余荫,栖身小墓园,这就省事多了。也有几处小墓园是20世纪后期新开辟的,但余地已不多,即使有钱也难以大展宏图。

我们笼统地使用“碑”这个词,其实不很确切。中国所谓的“碑”,基本上都是长方形,只是顶端与底座略有变化。我在这里所说的墓碑,包括纪念碑、纪念门、纪念屋、纪念塔、纪念棺、纪念亭等等。就纪念碑而言,碑座、碑身也有种种差异。有的碑身为方锥体,高达十几米,直指蓝天。有的碑身为圆柱形,或光洁,或绕以花纹,或沟垄相间。有一圆柱碑中部刻成一长卷摊开的书,书脊上端有一衔着橄榄枝的小鸟。有的圆柱顶部被削成斜面,或似从中间斫断,大概象征墓主未能终其天年。有的为方形,或方形之上有四檐,檐上又有壶式或葫芦式顶。有的墓碑顶部为立着的圣母像,有的为墓主自身的立像,有的为各种不同形式的十字架。有一墓地三块墓碑共一座基,而碑身各不相同:中间为方锥形,右边为一斜削顶端的圆柱,左边碑顶乃壶形,壶盖两边有耳。有的墓碑形似宫殿,碑身四周各有一圆柱。有一墓碑底座四周为拱门,碑身为塔形,上端细如圆颈,颈上为一葫芦顶。另一墓碑碑身如一有盖的长方形凸肚大鼎,鼎底四角各有一兽足,立在碑座之上。海斯(Hayes)的墓碑为一块拙朴的大石头,正面磨平如纸,刻着他的生卒年月日,左上角刻成纸被撕裂状,略微卷曲,顶端刻着一枝花。有一19世纪早期的墓碑,碑身刻着航海的帆船。另一长方形墓碑,上面刻有一具大锚。还有一墓碑的顶部,刻着一只仰躺着的死鸟,不知有何特殊含义。

有的墓碑结构颇为复杂。雪松路的E. H. TROWBRIDGE墓占地约20多平米,墓基有三级台阶,台阶之上为碑身,长方形,右侧有个四米多高的水泥十字架,十字架下立着一尊两米多高的天使,其右手搭在碑文顶端。最后一层台阶的左侧有一石缸,里面盛开着紫色、红色的鲜花。西南方有一小墓园,占地约十几平米,以不足一尺高的条石为界,界石外有一白衣天使,背西面东跪在石基上,庄严、肃穆、虔诚,长方形墓碑平埋在草地上,墓主的生卒年为1921~2001。小园南北两角各有两株小树,西北角有一白色石凳,可供凭吊者休息。我和学敏坐在石凳上留影纪念,心中默念着一句古诗:“又得浮生半日闲。”①

美国人是公然信奉自私哲学和个人主义的。那么,我们又怎么解释他们的爱国热忱和牺牲精神呢?道理很简单:个人和国家

---

①　[唐]李涉《题鹤林寺僧舍(寺在镇江)》,《全唐诗》卷四百七十七,5429页。中华书局,1985年。

是互动关系。个人爱国家,国家也爱个人。美国的墓园文化也为这种互爱提供了明证。我刚到墓园散步时,见到有的墓碑前插着国旗或插着一面圆形的小铜牌,并未特别注意。直到走访韦伯斯特时,看到他的墓碑前也有小国旗和圆形铜牌,细看铜牌上的图像和文字,才知道这是一种荣誉,是国家表彰他的军功。铜牌上端为州名:CONNECTICUT(康涅狄格),下端为 1775 ~ 1783,中间为一手持长枪的军人,两边共有 13 颗五角星。美国的独立战争已过去了二百多年,而这面小国旗很鲜艳,大概有人定期更换。13 颗星代表 1781 ~ 1789 年间的 13 州邦联。谢尔曼是 1775 年爆发的独立战争的领导者之一,他碑前的那面国旗更为鲜艳,无疑更换不久。国旗插在铜牌中。铜牌为一马耳他十字,绕以圆圈。十字下端的文字为 1775,左端为 A,上端为 S,右端为 R,中间为一执长枪军人。2003 年 7 月 4 日,我们在耶鲁大学斯特林图书馆门前,遇见一支由十几个人组成的很奇怪的队伍,迈着不算整齐的步伐,在单调的战鼓声中向中心草地挺进。队伍中有男有女,有老有少,扛着旧式长枪,头戴旧式军帽,身着 18 世纪的军装,与墓园小铜牌上的军人一模一样。原来这天是美国独立纪念日,是他们的国庆节。这支小队伍显然不是官方组织的。自发上街游行,表达的是自发的爱国热忱,谁能说美国人不爱国呢!

墓园的小国旗、小铜牌,使我联想起华盛顿 D. C. 的越战墙、韩战碑。2000 年 8 月我在参观这"墙"与"碑"时,心里很不是滋味。现在,暂把这两场战争的性质和中国人所付出的巨大牺牲搁置不论,单看美国政府、美国社会如何对待为国捐躯的阵亡将士,稍加比较,能无愧疚!死者在天,又有何感?一个社会如果得了集体遗忘症,它的凝聚力从何而来?死者并未长已矣。死者不只是过去的一部分,也是现在的一部分,还是将来的一部分。轻视死者,无异于轻视生者;死者不能升天,生者将入地狱;灵魂无所依归,社会将分崩离析。

园林街墓园的石碑已历经漫长的风风雨雨,有的文字虽已剥蚀,但都精神抖擞,毫无荒败颓废之象。在数以万计的墓碑中,我只发现一块古碑僵仆在地,且已断裂,行将没入泥土。大概墓主已没有后代,或后代已远迁他乡。我为这些墓碑庆幸,没有牛羊来践踏,也没有什么“兵”来破“四旧”。要倒也倒在原地,即使爬不起来了,也不至于被发配去垫猪圈,去修水库,去搭桥修路,去做农妇的洗衣石,去当茅坑的垫脚板。一个现代化的文明城市,墓园应列入建设规划之中,墓园应当园林化,墓碑应当受到法律保护。不要再做愧对死者的蠢事了!

呜呼!“哪里有坟墓,哪里就有新生。”查拉图斯特拉如是说。

（原载《博览群书》2004 年第 3 期）

第四辑　白首青云著穷愁

思考者的乐园

我家两代四口人，有三人毕业于北京大学。女儿现在虽就读于北京另一所大学，而背景材料全是北大的。她的“人之初”要从北大说起，从燕园的二月兰、紫藤萝、塔影湖光一直说到幼儿园、附小、附中。难怪她在闲聊神侃时，总免不了要说北大如何如何，或说：“能跟北大相比吗！”我儿何鲤，出生在鲤鱼洲，成长在燕园，燕园的灵气无声地塑造了他的思想、气质，使他成为一个纯正的北大人，以致去年赴美留学，还要拿北大作为择校的标准。他放弃了去哥伦比亚、哈佛就读的机会，选择了柏克莱，理由是“柏克莱很像北大”。我没有去过美国，不了解美国高校的情形。读了王佐良的《柏克莱的势头》才知道一点皮毛。作者说：柏克莱的“学术天地是广阔的，开放的”。文章还引述一位任教于柏克莱的英国籍教授的话说:“这里比较随便、自由,不受传统那一套的束缚。”我算是理解了儿子的选择,“开放”、“自由”已足以说明一切。回想40多年前,我放弃在当时足以养活好几口人的87.50元月薪,考入北京大学,为的是什么?不也是为了选择“随便”与“自由”吗?一方水土养一方人,像我这样生性散漫迂拙既不会争名于朝又无能争利于市的家伙,命运早已注定,只配与书本结伴为生。我庆幸,也知足,我在燕园找到了自我,也找到了归宿。即使时代已发展到人欲横流物质化的今天,我仍然无悔无憾。作为北大人,最值得骄傲最值得感激的东西是什么呢?愚以为只有四个字:学术自由。一个以学术为第一生命的人,图的就是能自由地驰骋于自己最感兴趣的学术空间,享受独立思考的乐趣,最大限度地奉献自己的聪明才智,不必钩心斗角,也不必看长官的脸色行事,谁能说这不是人生的一种清福呢!也许,不习惯于学术自由的人,会联想到“自由主义”、“自由化”,会联想到游手好闲、无所事事。这,你就过虑了。这里的老年、中年、后生,即使蹲在厕所里,躺在被窝中,也还在阅读、探求、构思,至于无政府主义、自由化,从“五四”而来就遭到拒绝,至今还日夜陪伴着我们的蔡元培、李大钊可以作证。学术自由的实质是“百花齐放,百家争鸣”;学生如鱼得水,如坐春风;教师如“八仙过海,各显神通”。

一代学术伟人蔡元培为我们开创了学术自由的风气,为思考者创建了世界第一流的精神乐园。不论是过去还是现在,不论是学生还是老师,凡是在这个精神乐园里呆过的人都能体会到,学会自己走路,走自己的路,这是原则与方向。学生不必程门立雪,恪守师说;教师无须耳提面命,揠苗助长。课堂与书本不是智慧的牢笼,而是思考与创新的起点。

一个刚考入北大的新生,往往会为一下子获得这么多自由而眼花缭乱,而无所措手足。有那么多时间让你自由支配,有那么多图书让你自由借阅,有那么多社团活动让你自由参加,再也没有人端着架子声色俱厉地来训斥你,你在生活上、学习上完全是自主的。你也可能遭遇成长中的烦恼,甚至陷入精神流浪状态,在这个关键时刻,你要懂得寻求自我,实现自我,超越自我,千万不要怨天尤人,你要早早地到图书馆去抢占位置,你要挤进已经座无虚席的课堂。北大的课堂从来都是开放的,喧宾夺主,这是常有的事。到了二、三年级,你就会对自己说:听课是一种享受。你会发现,台上站着的,是你的导师,也是你的朋友、兄弟,那清澈如水的思路,截断众流的气魄,坚不可摧的理性思维,超然物外自得天机的品格,使你陶醉,使你倾倒。他向你传授各色各样的具体知识,也在你纯洁无瑕的心灵中播种真善美。诗人纪伯伦的话是对的:

> 那在殿宇的阴影里,在弟子群中散步的教师,他不是传授他的智慧,而是在传授他的忠信与仁慈。
>
> 假如他真是大智,他就不命令你进入他的智慧之堂,却要引导到你自己心灵的门口。

一个以他人的“智慧之堂”作为安身立命之所的人，一个依赖智者的见解过日子的人，自己不可能成为智者。在这个精神乐园里，人们鼓励一切成员勇敢地建筑自己的“智慧之堂”，对大智若愚者，从来都礼敬有加。这里也有私心膨胀、嫉妍妒媚的人，毕竟成不了气候。学术自由隐含着公平的竞争机制，无情的淘汰机制。不尊重学术伦理、学术规范，缺乏相应的素质和人格特征，就无法获得学术自由。

北大的学生，读完本科，一般已经有了明确的理论基础和实践方向，也有了几分“曾经沧海”的气质，谈吐间会有意无意流露出“北大人，什么没有见过！”的优越感。但有不少人并不满足，还要继续攻读，读硕士，读博士。可是，社会上有“穷教授”、“傻博士”的说法，北大人怎么看？不错，博士之所以“傻”，意味着这条道路是安徒生所说的“光荣的荆棘路”，意味着有可能终生与荣华富贵绝缘。梁启超早就指出：“质言之，则有‘书呆子’，然后有学问也。”[①]十年磨一剑，百年树一人，这个漫长的过程，既是心灵自我完善的过程，也是心智自我启迪的过程。傻博士，你可要立定脚跟，远离尘嚣，拒绝诱惑，永远憧憬那美丽的精神乐园。你熬过了多少个不眠之夜，忍受着年轻人难以忍受的寂寞、孤独与贫穷，上下求索，劓遍古今中外的材料，撷取各种异质文化的精英，编织出属于你自己的第一个光环。至此，你已经完成了思考方式的重大飞跃：由被动思考转化为主动思考，由通

① 《清代学术概论》164 页。商务印书馆，民国十年二月初版。

常思考进入到深邃思考，由智能型思考飞跃到创造型思考。你在这个精神乐园里度过了人生最美好的年华。有一天，当木槿花开的时候，或者是马樱花开的时候，你从图书馆里走了出来，或者是从实验室里走了出来，或者是从你那间凌乱不堪的宿舍里走了出来，拜别那藏着的龙、卧着的虎，携手这朦胧的月，再到未名湖畔潇洒地走一回。走过画檐飞阁，花遮柳护，走过溜溜的小桥溜溜的风，挥挥手，侬去也，海阔天空。从此，不论你走到哪里，你总忘不了这思考者的精神乐园。我的鲤儿去了美国，在那本《精神的魅力》的扉页上留下了肺腑之言："这湖/已经是我生命中的一部分。"

一百年了，世世代代，在这个精神乐园里耕耘不已呕心沥血的，是一支支由思考者组成的学术梯队。"指穷于为薪，火传也，不知其尽也。"思考者燃烧自己的心灵，照亮莘莘学子，照亮一个时代，整个社会；那些巨星级文化伟人，更以独特的光芒，穿越历史的云雾，照亮千秋后代。燃烧，发光，尤其是发出亮度极强的思想之光，谈何容易！谁都明白，这里每一座讲台，都有辉煌的过去、深厚的历史积累、广博的文化蕴蓄。能登上这些讲台的人，是幸运的，也是极不轻松的。前有"五四"以来的学术大家，丰碑如林，横空出世，卓绝千古；后有来自五湖四海来自东洋西洋的可畏后生；你能妄自尊大、掉以轻心、视若等闲吗？啊，用不着规定八小时工作制、集体上班制，也用不着审查教师的讲稿，也用不着规定教师的研究课题，多少人几十年如一日，"焚膏油以继晷，恒兀兀以穷年"。为了明天走上讲台，他已经牺牲了很多很多，为的是把最新最美的研究成果，讲给自己的学生听。他知道，陈词滥调，照本宣科，打动不了人心。与其盛气凌人、训斥学生、提防学生逃课、不认真听讲，不如盛气凌云、改善自我、在讲义上苦下工夫。“天道无亲，常与善人”，这些用心血写成的讲稿，一经发表，往往就意味着一个新的研究领域的诞生。它走出课堂，走向社会，走进东洋学术界，走进西洋图书馆，引起行家的关注、评说。那些为提职称而赶出来的“讲义”，东拼西凑的“讲义”，岂能与之相提并论！当然，这里的优秀讲义，也会有许多不成熟的见解，甚至谬误，但这正是新思想、新观点、新课题得以产生的必然特征。

钱钟书说：“大学问家的学问跟他的整个性情陶融为一片。”①根据我几十年的观察，的确如此。性情与学问如果是两张皮，不是学问不到家，就是性情有太多的灰尘与俗气。一般而言，性情鄙陋、猥琐、粗野，喜欢大吹法螺、热衷炒作的人，不可能是大学问家。大学问家本身就是一部值得认真阅读的巨著。

冯友兰先生很喜欢张载的名言：“为天地立心，为生民立命，为往圣继绝学，为万世开太平。”这几句话也反映了冯先生的学问与性情。

朱光潜先生说：“以出世的精神，做入世的事业。”这又是一种学问与性情陶融一片的类型。

郭绍虞先生的《了一先生像赞》说：“不矜己长，是曰无私；

① 《钱钟书散文》71 页。浙江文艺出版社，1997 年。

不攻人短，斯能祛蔽；无私无蔽，自畅其怀；是真学者，是好风格！"概括了王力先生陶融一片的学问与性情。

老子是主张"不言之教"的，一个学校的风气、精神、学人的气象，具有不可估量的感召力。我曾亲眼看到八十多岁的朱光潜老人拄着拐杖在教师阅览室查阅英文资料，也亲眼见到年近九十的陈岱孙老人提着手杖笔直地挺立在图书馆的服务台前，等待着他要借阅的书籍，王力先生八十岁还在学日语，还在向研究生开设新课，冯友兰先生九十岁还在著书立说。北大之所以成为北大，还用得着用苍白的语言来贫嘴饶舌吗！每当我从这些学术宗师身边经过，我的心灵就在低语：这些平平淡淡的老人，是燕园最具有吸引力的人文景观。多么动人的图景：老牛卧坡，夕阳披身，满地辉煌。我也想起《庄子》里说的："若夫人者，目击而道存矣。"言语交流显然已是多余的。

一代人有一代人的时势，一代人有一代人的学术。人会老去，知识也会老化，唯有那自由探索的精神、自我献身的精神、高品位的大家风范，将永世长存。

（原载《青春的北大》，北京大学出版社，1998年；
1998年5月6日《成都晚报》转载）

书海情丝

“丈夫拥书万卷，何假南面百城”①，这等福分，我本无缘。何况，我也不欣赏这酸溜溜的书生气味。

“腹便便，五经笥”，还有晋代郝隆袒腹晒书的故事，都是千古佳话。然而，这等天分，我亦无缘。更何况，我也不歆羡这样的两脚书柜。

福分天分都无缘。从锦瑟华年到而立、不惑、知天命，现如今已是耳顺之年，我与北大图书馆结下了不解之缘。

我早就想写点什么来表达我个人对北大图书馆的一点情意。尤其是每逢我的新著问世时，这种渴望“表示一下”的拳拳之忱更使我躁动不安。尽管平生不作应景之文，但

---

① 《北史·李谧传》(四)，卷三十三，1231页。中华书局，1983年。

值此建馆90周年之际,我怎能不写点什么呢。

说起来人们不会见怪吧。我们这一代读书人、教书人、写书人,谁有插架三万轴?谁有五车积聚、处则充矮栋、出则汗老牛?少年囊空苦羞涩,壮年书肆太荒凉,如今书店里琳琅满目,而"近几年收入增加了,可是书价也涨了"(袁行霈语)。即使有书数架,陈列也伤脑筋。斗室之内,菜根共书卷一色,煤灰与墨香齐飞;或夫妻共桌备课,或父子同灯夜读;几曾有过所谓书斋的那种书斋呢!时代也不同了,我们面对的是知识不断更新的信息时代,不只是秦编汉简,百宋千元,还有新学西书,亚椠欧铅。纵有郝隆藏经窖史之腹,如果离开了图书馆,也只能成为学术上的落伍者。因此,图书馆之于我们,实在是须臾不可离也;也因此,我们这一代读书人,与图书馆有说不尽的情分。

从学生时代起,我就喜欢沉浸于图书馆。五六十年代,当年的图书馆远没有现在这么气派。阅览室小而少,且分散。多少个风晨雨夕,酷暑严寒,为了占一座位,起早贪黑,大步流星,汇入人海,一拥而入。像牛吃青草,蚕啮新叶,像采集百花的蜜蜂,占尽无限风光。然后,若有所思,若有所得;又然后,心旷而神怡几至于眉飞而色舞也。又然后,与二三良朋,披着明月清风,徜徉湖畔,聚首窗前,横议文坛,纵论古今,高谈阔论,踌躇满志,此乐何极!

当了教员之后,我仍然爱去图书馆,只是不再为占座位而争先恐后、冲锋陷阵了,但对图书馆的需求却更多了。备课,离不开图书馆;编教材,离不开图书馆;专题研究,更离不开图书馆。

我写《中国古代语言学史》,得益于教师阅览室和善本阅览室;写《中国现代语言学史》,大部分资料要靠保存本阅览室、旧期刊阅览室提供。我常常带着一大堆疑难、困惑来到图书馆,登书山,涉书海,采集、发掘、钩沉、探求,大都能获得满意的解决。写到这里,脑海里就浮现出不少馆员们的形象。每一次攀登,都有他们的汗水;每一次涉猎,都有他们的手温。他们有的已经退休,有的风华正茂。我并不知道他们每一位的名字,而他们的崇高形象却深深地镌刻在我心中。人们一谈起北大图书馆的优势,首先想到的就是它的藏书量在高校名列前茅,这是事实。但是,如果没有这支精通业务而又热心服务的馆员队伍,书多亦奚以为?

凡有所学,必成德性。北大图书馆以它自己独特的精神文明铸造着学者型的人物德性。这德性的特征是什么?是"铁肩担道义,妙手著文章",还是"澹泊以明志,宁静以致远"?这个问题很难用一两句话来表述清楚。我只是不止一次地感觉到,每逢踏进图书馆,熏陶于好学成风的氛围之中,呼吸着醉人的学术空气,望着书的海洋,望着肩挎书包的莘莘学子,望着伏案沉思的知名学者,望着礼貌勤劳的馆员们,我对这块绿洲似乎从心底激发起一种更深层的、更超越的情怀。一切庸俗鄙念、傲慢轻狂,显得多么渺小低级。每一个有社会责任感、历史责任感的人,都会思考这样一个问题:我为人类的文化宝库增添点什么呢?贡献点什么呢?

图书殿堂,往往也是精神疗养圣地。记得18世纪一位英国诗人说过:“我们一旦为无谓的忧虑所刺痛,为无聊的唐突所气恼,或者在乏味的消遣面前打着呵欠,我们就会感到隐居书斋的幸福。”我们没有可供“隐居”的书斋,也从未想过要“隐”什么“居”。然而,作为凡人,作为饱经风雨沧桑的北大人,“气恼”、“乏味”是常常有的,“刺痛”也常常无缘无故地来光顾我们。这时,我们也会感到逃进图书馆、投入书的怀抱、从书林中觅寻知音挚友,的确是一种幸福,是一种很高雅的情趣。读书可以消灾避邪,发愤可以忘忧解愁,这是情系图书馆的又一种滋味。缕缕情丝萦系了30多年,促使我奋发、进击,即使在十分“乏味”的时候,也不敢懒洋洋地打着呵欠。我常想,如果没有这座壮伟博大的书城,没有这洋溢着神奇魅力的琅嬛福地,没有这只造福不造孽的心灵的港湾,在那些风雨飘摇的日子里,一叶扁舟,会停泊在哪里,驶向何方!

我,并不是一个很能用文笔来表达自己思想感情的人,我要说的也就是这些吧。既无感人的故事,又无深刻的见解。聊以自慰的,率性而谈,平心立言,如此而已。当然,除了图书馆,我们还有更广阔的天地。“世事洞明皆学问,人情练达即文章。”只钻图书馆,不明世事,不达人情,就会头脑冬烘,变成书痴。

末了,愿北大图书馆,发扬优秀传统,永葆其精神魅力,为建设社会主义新文化作出更多更好的贡献!

（原载《文明的沃土》,北京大学出版社,1992年）

你是自己的上帝

此乃“老生常谈”也。可世间许多哲理，就在“常谈”中。

人生最重要的棋只不过那么两三步。成于思，毁于随。面对21世纪的棋局，尔当深思。

棋路纵有千千万，心路只有一条：你是自己的上帝。上天入地，得祸得福，全在自己。自知者明，自胜者强，自信者康。一旦你有了失落感，或者找不着北，最要紧的一着棋是，赶快寻回你自己。寻回你的思想，你的勇气，你的尊严。昨日如何如何，让行云流水去评说吧。即使鼻青脸肿，焦头烂额，受尽人间窝囊气，不应有恨，悔亦无益，未来永远属于披荆斩棘的探路人。

生而为人，必须明白：“我是谁？”“我的位置在哪里？”

读五车书，成千秋业。做官、发财、做学问、创造发明，都是人生正道。性之所近，情之所好，人各有志，无非是立功立德立言立业。

颜回选择的是箪食瓢饮，子贡选择的是驷马高车，梭罗选择的是瓦尔登湖，康德选择的是百年孤独。“我思古人，俾无訧兮。”[①]少年书生，谁是来者？

（原载《大学生》1999 年第 2 期）

① 《诗经·邶风》。

勿忘"北大的功狗"

在中国现代史上,两位校长有为中国大学立标准、树形态之功绩,一是蒋梦麟,一是梅贻琦。然而北大校庆不言蒋梦麟,清华校庆不言梅贻琦,此亦中国一奇事矣。①

"北大我办不好,谁办得好?"

试问:百年北大的历任校长中,除蒋梦麟外,有谁能当着大众,出此大言!

论声望,蒋氏远不如前任蔡元培;论学问,蒋氏远不如继任胡适之,而他却先后 17 年执掌北大之舵,领导北大度

① 此乃《中国图书商报·书评周刊》的编者按。

过千难万险,使之成为中国第一流的学术中心,他本人也成为北大有史以来任期最长的一位校长。蒋梦麟之于北大,有如梅贻琦之于清华。可北大学子还有几人知道蒋梦麟这个名字呢？还有几人读他的《西潮》与《新潮》呢？

蒋先生是一个有争议的人物。有的回忆文字说:“在学生眼里,不过是上方派来的一个官而已。”还有的文章说:“蒋梦麟本是一个政客,他没有蔡元培的气度,但却想学蒋介石的独裁。”

另一些说法是:“蒋梦麟先生是思想家,教育家,也是行政的长才。”“这位曾在34岁就奉命代理蔡元培,出任北大校长的学者,若不能在国粹派与西化派之间站得稳当,并且自有一套文化观念,恐怕北大精神早就模糊难辨了。”

现在,请听蒋先生的自我评估:

“有人说北京大学好比是梁山泊,我说那么我就是一个无用的宋江,一无所长,不过什么都知道一点。”

“著者大半光阴,在北京大学度过,在职之年,但知谨守蔡校长余绪,把学术自由风气,维持不堕。”

“从民国十九年到二十六年的七年内,我一直把握着北大之舵,竭智尽能,希望把这学问之舟平稳渡过中日冲突中的惊涛骇浪。”

晚年,他又以诙谐幽默的口气对人说:蔡先生“是北大的功臣”,自己“不过是北大的功狗”。[①]

---

① 蒋梦麟《忆孟真》。见《西潮·新潮》332页。岳麓书社,2000年。

在民国时代,在那些风雨飘摇的岁月里,想要成为"北大的功狗",起码得具备以下三个条件。

第一要学贯中西,兼通古今。蒋先生自幼熟读四书五经,19岁中秀才,22岁赴美留学,以教育为主科,历史与哲学为两副科,毕业于柏克莱教育学系,后入哥伦比亚研究院,获哲学及教育学博士学位。有这样的学术背景、文化素养,方可孚众望,率群伦,迎新潮而上,立西潮之波。

第二要有教育行政才干,要能兼容并包,要有大气量,要能应付各种复杂的局面。观蒋先生于华北危急之秋,敢于面对日本宪兵的威胁恫吓,不忘"临难毋苟免"的古训,有国士之风。他也是一个不忘故旧极具同情心的人。陈独秀从南京出狱,贫病交加,僵卧四川江津,"生活一直由北京大学维持的"。周作人在南京蹲监狱,当然是罪有应得,而"我常派人去看他,并常送给他一些需用的东西和钱"。1937年北大内迁,周作人不愿随校南下,蒋先生就委托他照顾学校,后来"法庭问我有没有这件事?我曾回信证明确有其事"。蒋先生说:"我还记得有一天伯祖骂我,说我将来如不成君子必成流氓。虽然不大明白这话的意思,但是我心里想,一定要做君子。"非君子不足以治北大,这一条太重要了。没有等身的学术著作,不要紧;没有"院士"头衔,不要紧。最要紧的是要有才干,而且"一定要做君子"。

在民国时代,作为"功狗",毋庸讳言,多少得有点"狗"性。在1936年发生的一次学潮中,蒋先生沉痛地对学生们说:"我是中华民族国立大学的校长,我不能不服从国家的命令!"是的,如果他蒋梦麟“不服从国家的命令”，他这个校长就一天也当不下去。何况，蒋先生在柏克莱读书时就追随于孙中山先生左右，算不上是民国元老，也算得上民国先进，故1927年国民政府定都南京，蒋先生就成为第一任教育部长。显然，“教育部长”的背景，“民国先进”的背景，对他成为“北大的功狗”，也是不可或缺的条件。

笔者在“梁山泊”已闯荡40多年，第一次有机会细读品评这位早已作古的“老寨主”，方知此老原是那样从容、圆融、中庸。蔡先生遗风不斩，萧也规，曹也随，其功岂可磨灭！而数十年来，蒋氏声名，为何如此寂寞？知人论世，戛戛乎其难哉！

（原载2001年12月6日《中国图书商报·书评周刊》）

问东风，松间毕竟如何

夜色微茫，月光泼地，挈妇将雏，安步当车，渐至北京大学资源西楼。从阶而下，别有洞天，门楣上写着一位哲人推崇过的名言："人，诗意地栖居。"此即去年崛起于西郊海淀的"风入松书店"。偌大的堂屋，插架纵横，顾客盈庭，韵韵风风，红尘远隔。若谓一书一世界，此一大千世界也。

人问："是哪位高人韵士，取得如此雅洁潇洒店名？"据《乐府诗集》引《琴集》曰："《风入松》，晋嵇康所作也。"此说如可信，由魏晋至今，这古琴曲名已有将近 1800 年历史了。中间宋人以之为词牌名，元人以之为曲牌名，今人又以之为店牌名。嘉名传世，代有知音，此岂偶然！于是，我问东风，松间毕竟如何？

东风说：书润屋，书亦润心。歌曰："西岭松声落日秋，千枝万叶风飗飗，美人援琴弄成曲，写得松间声断续。声断续，清我魂，流波坏陵安足论。”①

请用心灵之耳，谛听笔底风雷，纸上涛声，此实人生一乐也。

风入松！我愿与尔永为邻。

（原载1996年7月13日《光明日报》；又收入《文学作品阅读训练》，福建人民出版社，2000年1月）

① ［唐］僧皎然《风入松歌》。见［宋］郭茂倩编《乐府诗集》第3册，876页。中华书局，1979年。

我喜欢的比喻(二则)

其一

洛阳亲友如相问，
一片冰心在玉壶。

现代人都喜欢王昌龄《芙蓉楼送辛渐》中这一比喻。为人光明磊落，洁身自尊，特别是在处境困难时，尤应如此。这是人格独立不羁的表现。

其二

莫听穿林打叶声，
何妨吟啸且徐行。
竹杖芒鞋轻胜马，

谁怕？
一蓑烟雨任平生。

料峭春风吹酒醒，
微冷。
山头斜照却相迎，
回首向来萧瑟处，
归去，
也无风雨也无晴。

此词系苏轼谪居黄州时所写的《定风波》。整首词既是写实，又是比喻。在“史无前例”的岁月里，当我蒙受不白之冤时，这首词给我以力量和勇气。我坚信光明一定到来，黑暗终将过去。强者永远要胸怀坦白，勇往直前，绝不可为邪风恶雨所吓倒。

（原载薛边、薄言编《我喜欢的比喻》，陕西人民出版社，1989 年）

忧 地 忧 天

——重温杞人忧天的故事

圣人忧道，凡人忧贫，富贵者忧名忧利，仁人志士忧国忧民。试问，谁来忧地忧天？

忧天意识远不如畏天意识、胜天意识影响深远，既无宗师传灯，又无学术专著，根本就未形成传统；加之儒家者流，无道忧天之事者，是以后世无传焉。据《列子》记载杞国曾有忧天者，仅此一例，却成为家喻户晓的千秋笑柄。李白说："杞国无事忧天倾。"旧的儿童教科书《幼学琼林》说："心多过虑，何异杞人忧天。"辞书中罗列的"杞人忧天"、"杞人之忧"、"杞国之忧"、"杞天之虑"、"杞天忧"、"杞虑"、"杞忧"等等贬义词语均由此衍生；甚至"杞人"一词就有"借指无端忧虑的人"的意思。嘻，都云杞人痴，谁解其中味。杞人若地下有知，能无遗憾？

《列子》是伪书已成定案，但它记载的这则忧天意识的精彩对话，其背景为先秦时代，其资料必有所据。全文340余字，出场人物有四：杞人甲，即忧天者；杞人乙，一位为忧天者而担忧的好心人；还有楚国的长庐子（《邓析子》、《史记》、《汉书》以及《太平御览》引《吕览》文都曾提到他）、郑国的列御寇。

初，杞人甲"忧天地崩坠"，吃不下饭，睡不好觉，惶惶不可终日。

杞人乙就去开导他，说："天，由气体积聚而成，无处无气。你俯仰呼吸，终日在气体中行动止息，为什么还忧虑天会塌下来呢？"按：依此说，离地即天，天即是气，人本生活在大气中，也就是生活在天之中。

杞人甲还不放心，说："天果真由气体积聚而成的话，日月星宿，不会掉下来吗？"按：他的担心不知是来自想象还是源于直觉或传说。《易经》的"有陨自天"，《左传》的"星陨如雨"，我们这位杞人先生不会不知道吧，他的忧天意识是否与此有关呢？

杞人乙自作聪明地解释说："日月星宿，只不过是气体中能发光的东西，即使掉下来，也不会伤害人的。"

杞人甲又问："地塌陷了怎么办？"

杞人乙答道："地，由土块积聚而成，土块充塞于四方太虚之中，无处无块。你脚踩大地，终日在地上行动止息，为什么忧虑地会塌陷呢？"

杞人甲听后非常高兴，杞人乙也非常高兴。

谁知，楚国的长庐子听了他们的对话后笑着说："云雾呀，风雨呀,四时呀,这些都是由天的气体积聚而成的。山岳呀,河海呀,金石呀,火木呀,这些都是由地的有形物质积聚而成的。明知天由气体积聚而成,地由土块积聚而成,怎能说天地不会坏呢?天和地,都不过是宇宙中的一细小物体,但又是有形物质中最为巨大的。它们难以终结,难以穷尽,难以测量,难以认识,这是必然的。忧其坏者,诚为太远;言其不坏者,亦未为是。天地不得不坏,则终归会坏。遇其坏时,奚为不忧哉!”按:忧天意识得到了肯定,杞人甲只是心急了点。

列子听了也笑着说:“言天地坏者亦谬,言天地不坏者亦谬。坏与不坏,吾不能知也。”按:比之不懂装懂制造天神地祇而装神弄鬼的迷信家,列子的“不能知”也是一种科学态度。生活在20世纪的我们,已经有了现代望远镜、人造卫星、粒子加速器,我们对宇宙的奥秘又揭示了多少?

重温杞人忧天的故事,我想得很多很多。为什么这种看似童真实则含有科学探索意义的忧天对话只能出现在先秦时代呢?为什么忧天者是杞人而不是宋人鲁人呢?为什么长庐子这样的古典宇宙学家其书不传其思想体系也在学术史上彻底失踪了呢?为什么哥白尼、伽利略、开普勒、牛顿、爱因斯坦都出现在欧洲而中国却没有一位这样的自然科学大家呢?

中国古典宇宙学的基本理论形成于春秋战国时期,当然是以那个时期整个社会的实践经验作为依据的。那时人与天地的关系是平等的友好的。《周易·说卦》以天地人并列为“三才”,《老子》说“天大、地大、人亦大。”庄子法天,荀子论天,邹衍谈天，屈原问天，杞人忧天，这些具有独立品格的学术头脑还未受到天命论的污染，他们的想象力也还未受到儒家教条的伤害，他们突发奇想，巧妙假设，精于预测，在智慧上是活活泼泼的自由人。

杞，乃夏之后裔。夏代有高度发达的天文学，创造过当时最先进的历法。那位忧天的杞人，他的细胞染色体很可能就有其祖先喜爱探索自然奥秘的遗传基因，这是鲁人宋人所不具备的。汉武帝罢黜百家，经学成为主流文化，忧天意识已完全失去了社会条件。长庐子的智慧之光闪电式地掠过思考的荒原，影响等于零。文人“非三代两汉之书不敢观，非圣人之志不敢存”。肉食者以琢磨人为能事，不以琢磨天为己任。近五百年来，当爱做好奇梦的欧洲人向近代自然科学大步迈进时，中国却“伤心秦汉，生民涂炭，读书人一声长叹”。即使所谓乾嘉盛世，也只许你代圣贤立言，下驷之徒则皓首穷经，困于场屋。君不闻“避席畏闻文字狱，著书都为稻粱谋”。社会如此，人生如此，还发什么忧天之奇想呢！

20 世纪下半期，灾难深重的中华民族终于迎来了科学的春天，为了不辜负这千载难逢的历史机遇，早日实现现代化，也为了拯救日趋严重的全球性生态危机，呵，我的同胞，21 世纪该忧地忧天了！

忧地忧天，匹夫有责。

（原载 1998 年 7 月 23 日《光明日报》）

语文建设与人性的塑造

语言文字在生存过程中也会遭受磨损、污染、歪曲、破坏，故此需要有人来进行建设。但建设的理想目标并不只是为了消极地纠偏。语文后面深深地联系着人性，有什么样的人性状态就会有什么样的语文天地。如果人性卑鄙堕落，语文必然格调低下，面目可憎；如果人性健康向上，语文必然纯洁严谨，活泼多姿。《孟子》说："诐辞知其所蔽，淫辞知其所陷，邪辞知其所离，遁辞知其所穷。"韩愈说："仁义之人，其言蔼如也。"句句说的是语文和人性。

性本善还是性本恶，这是可以永远争论下去的命题。说人性是可以塑造的，该不会有什么争议吧。在人性的塑造过程中，语文，历来都肩负着最基础的教化使命。或刻意灌输，或主动模仿，潜移默化，沦肌浃髓。婴儿牙牙学语，少年苦苦学认字、学作文，都是人性的养成教育。从这个意义上来说，人一生下来就进入了语文天地。主宰这一方天地的是父母、邻里乡亲、老师、朋友。他们的语文素质，也就是一个儿童所面临的语文环境，影响将及于终生。“少成若天性，习惯如自然。”（《汉书·贾谊传》引孔子语）为人父母者，为人师长者，在语文化的人性修养方面，是否起到了表率作用呢？我们的家庭语境、学校语境，还有许多误区。如“打是亲，骂是爱”，就是摧残人性的浑话。至于家庭的话语专制，课堂的话语垄断，社会上的话语霸权主义，都是阻碍人性健康发展的大敌，真值得我们深刻反思认真对待呀！无数事实证明，语言文字也具有极大的杀伤力。“文革”中那些死于非命的人，并不一定都是死于铁棍长矛，有不少是死于恶语毒文。“有话好好说”，这是人性最低的要求；“骂你没商量”，这不是强者应有的品格。

我们是一个文明古国，古人对语文的教化功能有许多很深刻的认识。那本启蒙读物《三字经》，开篇就切入人性：“人之初，性本善，性相近，习相远。”“习”就是塑造。时代不同，社会性质不同，塑造人性的道德标准、价值标准当然也不同。但自有生民以来，人性要向善去恶，这是一致的；语言不应放弃自己的教化使命，不仅不应放弃，而且要看做天职，这一点也是一致的。

担负语文教化责任的人，当然不只是教师、家长，还应包括作家、思想家、哲学家等等。作家不仅应该是正确使用语言的能工巧匠，而且也应该是塑造人性的能工巧匠。至于有出息的思想家、哲学家，他们从来都把对人性的关爱作为终极使命。这里我要以朱熹为例。朱老夫子是公认的教育家、语文学家、哲学家,他编的那本《小学》,就是一本讲人性的启蒙读物,此书也是一开篇就切入人性:"元亨利贞,天道之常。仁义礼智,人性之纲。"(朱熹《小学题辞》)老夫子的用心很明确:"今颇搜集以为此书,授之童蒙,资其讲习,庶几有补于风化之万一云尔。"[①]"风化"要从娃娃抓起,要从语文基础教育抓起。从南宋至清的七百多年间,《小学》代代相传,影响极其深远。段玉裁在《说文解字注》中写道:十三岁时,学使者尹会一"授以朱子《小学》,生平敬守是书"。用今天的眼光来衡量,《小学》中也有反人性的歪理邪说,如程颐说的"饿死事极小,失节事极大",后世的妇女因此吃了不少苦头,真是罪过。但撇开这个具体问题不论,宋人高谈气节,也是有历史原因的。宋承唐末五代之后,风化、人性已坏到了极点。历史学家范文澜说:五代是一个"卖国成风,丑恶无以复加"的时代。[②] 北宋的范仲淹、欧阳修以及理学家们,开一代新风,恢复古典人文主义,弘扬崇高的人性,砥砺士大夫的情操气节,于是世风丕变。朱熹的《小学》也就是这个特定时代的产物。

我并不主张从故纸堆中把《三字经》、《小学》之类的读物重新请出来,我还没有迂腐到这个地步。我只想提出一个问题:这类读物寓人性塑造于语文教育之中的特点,我们如何继承;我们

---

① 《小学序》。见刘文刚《小学译注》1页。四川大学出版社,1995年。

② 范文澜《中国通史简编》第三编,382页。

如何取代这类读物，超越这类读物；如何为孩子们、成年人、老年人建设一个新的语文天地；我们何时也能产生这么一本具有经典意义的小书，让有学问的、没有学问的、平民百姓、大官小吏，都“生平敬守是书”？

从上个世纪的新文化运动以来，我们的语文学科就一直向学理化、知识化、技术化的方向发展，这当然是进步，其副作用是导致语文教化功能的淡化乃至消亡。就整个学术事业、教育事业而言，语文学科也是江河日下，其地位是在可有可无之间。人才难乎为继，人性能不滑坡！人性滑坡，社会如何能团结稳定、长治久安！一种极其浅薄的邪说就可以蛊惑人心，说明人性塑造工程正面临着严重的危机。

我并不主张把语文课教成伦理课、修养课，何况语文建设也根本不是一门课的问题。全社会的人都在使用语言、使用文字，全社会的人都在用语言用文字塑造别人，同时也都在用语言用文字塑造自己。塑造的目的千千万、万万千，终极目的只有一个：使人性变得美好、崇高。如果有人鄙视“美好”与“崇高”，人性与兽性还有什么区别！

（原载《语文建设》2001年第7期）

龙虫並雕　小大由之

呼唤“札记体精神”，我举双手赞成。

我常说：若以数字论学术，则老子评不上讲师，孔夫子也不一定能评上教授。

老子那本《道德经》才五千言嘛，孔老夫子“述而不作”，他那些语录不也是“鸡零狗碎”吗？至于《春秋》，著作权就成问题，何况拗相公介甫先生还讥之为“断烂朝报”哩。

可是，以数字论学术，竟成为不争的事实。于是，文化市场和失重的学术评价机制就制造出文抄公、裹脚布和注了水的巨著。于是，论者不得不呼唤“札记体精神”，以救时弊。

但矫枉也不一定非要过正不可。说“写书比写论文容易，写论文又比写小文章容易”，对某些人而言可能是这样，然绝非通则，也不符合古今学术实际。刘勰的《文心雕龙》、刘知几的《史通》、章学诚的《文史通义》，这都是"书"啊。马克思的《资本论》、汤因比的《历史研究》、索绪尔的《普通语言学教程》，也都是"书"啊，容易吗？

就现今的中国学术园地而言，无疑应重视"木屑竹头"。可如果放眼望去，全是"木屑竹头"，又将如何？我们还要有千尺长松，参天巨柏。只有如此，我们的学术大厦，才会是"美哉轮焉，美哉奂焉"。

且人的秉性不同，学养有别，自不可执一概万。若以"龙"、"虫"来喻大小，还应该是龙虫並雕，小大由之，何必拘于一格呢。至于取巧者流，他能在"书"中"注水"，同样也会在"小文章"中"注水"。历史上的"札记体"文章，"注水"的也不少呢。

我们既要呼唤"札记体精神"，也要呼唤"雕龙精神"。而反对"注水"，则是一致的。

王充有言："为世用者，百篇无害；不为用者，一章无补。如皆为用，则多者为上，少者为下。累积千金，比于一百，孰为富者？世无一卷，吾有百篇；人无一字，吾有万言，孰者为贤？"[①]比较的前提当然是不准"注水"。

（原载2002年9月4日《中华读书报》）

---

① 《论衡·自纪篇》。万有文库本第4册，104页。商务印书馆，民国二十八年十二月。

我的阅读历程

读了 60 多年的书，个人藏书也不算少，阅读兴趣也颇为广泛，按理说，推荐几本“我最喜爱的书”，这不是很容易的事吗。但此事的确很难说。对书的爱也会随着年龄、阅历、时代而变的。在我的阅读经验中，说不上只有某几种书为我所特别喜爱，或者说影响最大、最重要。读书如蜜蜂采蜜，一只蜜蜂要飞越多少花林芳坞，采集多少花液，才能酿成一点点蜂蜜呢。何况，世变时移，观念常新，我的阅读经验几乎没有什么典型意义，对现在的青年更谈不上有什么实用价值，说不好还会招来物议，故不敢轻言“推荐”。无奈我拗不过李常庆先生的“追击”，只得说点个人的阅读经历聊以塞责了。

依我看，阅读经验与生存经验往往互为因果。人的生存条件不同，兴趣不同，职业不同，导致了阅读经验与生存经验的种种差异。共同点也是有的。一个健全的受过良好教育的人，都应该具有两种阅读经验：一种是学做人的阅读，另一种是学做事的阅读。阅读偏废，就会给生存带来危机，更不要奢望"立德"、"立功"、"立言"了。

我的阅读经历始于私塾，启蒙老师就是家父。开篇读的是《三字经》，接着是《诗经》、《论语》、《孟子》、《大学》、《中庸》、《鉴略》、《幼学琼林》、《孔子家语》、《左传》等。方式是先生分段教读，学生高声朗读，直至滚瓜烂熟，背诵如流。读书与习字齐头并进，三年之后便开始作文。有一次出的题目是《为政以德议》。我的破题是："夫政者正也，所以正人之不正也；德者得也，所以得民心也。"这样的八股调深得父亲喜爱，批语是"一往无滞"。那时，距离戊戌变法已经40多年了，距离"五四"运动也有20多年了，为什么我的父亲还要用科举时代的阅读经验对我进行如此严格的古典训练，我当时没有想过，即使想也想不明白。尽管，后来读初中，全校作文选优，我以古文高手夺得名次，再后来又考入北京大学，以古汉语研究作为谋生职业，这些，难道就是父亲的初衷吗？我想不是。读圣贤书，是属于学做人的阅读。上世纪三四十年代的湖南农村，文化风气偏于保守。乡绅们对新的小学教科书很有点看不上眼。什么"来，来，来，来上学"，什么"小朋友，排排坐，吃果果"，什么"摇摇摇，摇到外婆桥，外婆对我笑，叫我好宝宝"，这也算是"书"吗！父亲认为，从这样的书里学不到什么东西，这样的阅读会把孩子耽误的。于是自办私塾，亲执教鞭。我也跟着进入了与世隔绝的古典世界。小小年纪，全凭死记，背诵了那么多我根本不懂的老古董，而父亲却颇为得意："孺子可教也"，是个"读书种子"。这种古典训练的作用不可谓不大。头一件是养成了尚友古人淡泊名利仁民爱物的书斋型性格；第二件是对"忠""孝""仁""义""信""爱""廉""耻"之类的古训我始终不敢取轻蔑态度；第三件是我至今思考问题写起文章来，那些背诵过千百遍的句子或义理还常常不请自来，突然出现在笔端，甚至挥之不去。

如果说我幼年时代只有被动阅读的经验，受的是"法先王"的教育，那么青年时代则受的是"法后王"的教育，阅读经验完全是主动的自觉的。1949 年是分水岭，从这一年起，在我的阅读经历中，孔孟告退，马列登场。啃《资本论》，半懂不懂；《反杜林论》，很苦涩；《唯物主义和经验批判主义》也认真钻研过，读得最认真最熟的还是毛泽东的四卷雄文。当时的青年不熟读《毛选》的大概不多吧。我们究竟从《毛选》中得到了什么呢？我以为得到的很多很多，最重要的是世界观、方法论、人生态度、奉献精神。总之，这完全是一种学做人的阅读。一个时代的学人、官吏如果缺少起码的学做人的阅读，哪来的"良知"与"良心"！毛泽东思想是全民族的宝贵财富，对那些从根本上否定经典阅读的人，我只有请杜甫老先生来作答了："今人嗤点流传赋，不觉前贤畏后生。""尔曹身与名俱灭，不废江河万古流。"

恩格斯的《自然辩证法》我也阅读过多次。谁要想做一个彻底的唯物主义者，做一个辩证唯物主义者，不可不读此书。如何看待宇宙，如何看待生死，如何追求真理，如何从事学术研究，这是我读大学时颇为关心的问题。这种阅读曾经使我深受鼓舞，心灵的窗牖似乎豁然开朗，玲珑透明。宿命论、唯心论对我不再有任何蛊惑力。

人生在世，谁能无忧。我也跟同时代的许多知识分子一样，历经过连年累月的凄风苦雨，坎坎坷坷。何以解忧？唯有读书。我不能忘记，在我中年的阅读生涯中，庄子、司马迁、苏东坡，均不期然而至。那是一种多么惬意的阅读。青灯下，落寞夜，我们相视而笑，莫逆于心，相知恨晚。你们给了我许多教益，许多慰藉，你们陪同我走上“老佛爷”的“斗鬼台”，伴随我耕耘在鲤鱼洲的原野上。腐儒学究们，总爱说你们消极、狂傲，不够中庸。非也，我很能理解你们，你们是在体验另一种生存方式，你们用语言文字用苦难的灵魂在证明，即使上帝死了，思想也不会死。在无望无告无援无助的困境中，思考者的全部快乐就是：让思想爆发出恒久的火花，让悲剧式的生存经验升华为美学绝唱。

自从步入60岁的晚景，不知出于何种原因，我对庄、马、苏已经不那么热心了。是对世事看得很透很淡了呢，还是子女的阅读兴趣影响了我的阅读呢？我渴望走出单一的古典世界，亲近自然，回归自然，让憔悴的灵魂在散文化的阅读中得到休憩。阅读不再带有功利色彩，阅读完全是为了修心养性。在阳光灿烂的日子里，我和东山魁夷一起去“听泉”，和德富芦花一起去看“相模滩的落日”，和儒勒·列那尔一起走访“一个树木的家庭”；春天，和米斯特拉尔一起去看望住在路旁的“牛蒡花”；冬天,和莫泊桑一起度过漫漫“雪夜”。当然,我一定不会忘记梭罗,我要和他一起去“瓦尔登湖”,在那间小木屋里住上几天。译者说,读这本书的人“最需要一个朴素淡泊的心地”,我当然是绝对够条件的读者了。

够了,我尽说些学做人的阅读,因为专业阅读、学术阅读,也就是学做事的阅读,各行各业都有多得数不清的导师,我有何能,敢在此饶舌!如果硬要我就本专业的阅读说出一两本书来,想来想去只有段玉裁的《说文解字注》了。此老用毕生精力完成这样一部巨著,冶文字音韵训诂于一炉,给从事人文学科研究的人留下了一份厚重的遗产。我以为一切没有经过时间考验的著作,都不可轻易地封之为“经典”。从 1815 年以来,此书不知已印行了多少万册,不知有多少学人、文人从中得到教益。把段注列入传世经典,大概不会有人反对吧。

有关书目:

《论语》,十三经注疏本

《孟子》,十三经注疏本

《左传》,十三经注疏本

《毛泽东选集》(1 ~4 卷)

《自然辩证法》,〔德〕恩格斯,人民出版社,1961 年版

《庄子集释》,中华书局,1961 年版

《史记》,中华书局,1962 年版

《查拉图斯特拉如是说》,〔德〕尼采著,黄明嘉译,漓江出版社,2000 年

《瓦尔登湖》,〔美〕梭罗著,徐迟译,上海译文出版社,1997年版

《说文解字注》,[汉]许慎著,[清]段玉裁注,上海古籍出版社,1981年版

2001年4月于北京西郊蓝旗营

(原载李常庆编《北京大学教授推荐我最喜爱的书》,陕西师范大学出版社,2001年)

第五辑　立马书山看浮云

圣人也没辙

婚姻纠纷儿女债，圣人摊上了，也没辙。

孔夫子是一个智商高于情商的人，他念不好“家”这本经，就是明证。他的家绝不可能是温馨的、幸福的。身为一家之主，长年在国外漂泊，弄得夫妻离异，在卫国又与“绯闻”擦边，挑了个女婿又遭后人非议，且晚年丧子，家不像个家，可怜兮兮，他有什么辙？沈约说：“当仲尼在世之时，世人不言为‘圣人’也。……或以为‘东家丘’，或以为‘丧家犬’。”他有什么辙？

一、挑女婿

小时候读《论语》，对孔夫子为女儿和侄女择偶的事情，大惑不解，莫名其所以。孔府虽然破落，毕竟还算是贵族人家，孔夫子本人也是部级高官，有过“从大夫之后”的辉煌历史，孔府两位千金，何愁找不到乘龙快婿？想傍大款有子贡，攀高枝有孟懿子，论容貌有“堂堂乎张”，论文学有子游子夏，论德行有颜渊闵子骞，何至于要许配给公冶长、南容这两个“窝囊”家伙呢！我这样胡思乱想，信口开河，因此每读下面这两段文字，心中总有点为孔家小姐不平、难过。

子谓公冶长：“可妻也，虽在缧绁之中，非其罪也。”——老爸这么一拍板，女儿这桩婚事就定了。

子谓南容，“邦有道，不废；邦无道，免于刑戮。”阿叔做主，侄女就嫁给了“三复白圭”的书呆子南容了。

这算是什么择婿标准呢？反复诵读“白圭之玷，尚可磨也；斯言之玷，不可为也”（《诗·大雅·抑》），就“以其兄之子妻之”，这太邪门了。尤其是公冶长，情况不明不白，东汉那个好较真认死理的王充对孔夫子提出了质问：

孔子妻公冶长者，何据见哉？据年三十可妻邪？见其行贤可妻也？如据其年三十，不宜称“在缧绁”；如见其行贤，亦不宜称“在缧绁”。……何则？世间强受非辜者多，未必尽贤人也；恒人见枉，众多非一。必以非辜为孔子所妻，则是孔子不妻贤，妻冤也。按孔子之称公冶长，有非辜之言，无行能之文。实不贤，孔子妻之，非也；实贤，孔子称之不具，亦非也。

总而言之，言而总之，孔子不称道公冶长的贤、能，只说他无辜蹲监狱，在王充看来，甚为不当。

我从前是赞同王充的，到了晚年当自己的子女面临“男大当婚，女大当嫁”的季节，我对孔子的良苦用心，豁然顿悟，多了几分理解。

挑女婿不同于选官员。王充说的什么“贤”呀、“能”呀，是选官员的标准。挑女婿，在那个“天下无道”的春秋时代挑女婿，考虑最多的应是：这小子会不会招灾惹祸，小两口能否平安度日，白头偕老。至于治国平天下的才能么，有，固然好；无，也没啥关系。这是平常百姓的平常心。孔夫子也是常人，也有一颗平常心，于是为侄女相中了南容。南容三复白圭，出言谨慎，孔小姐自然就多了几分安全感。我一想起那首《凤兮歌》，就更认识到孔子的选择是对的。

凤兮凤兮，何如德之衰也！
天下有道，圣人成焉；
天下无道，圣人生焉。
方今之时，仅免刑焉。

春秋末年，连圣人也只能全其生而已，南容能“免于刑戮”，无疑就是很有修养的好小伙了。公冶长却未能“免于刑戮”，是不是其修身之道不如南容呢？未必。南容是鲁人，公冶长是齐人，国情不同，齐国的暴政比鲁国严重得多。公元前539年，齐国的晏婴说："此季世也。国之诸市，屦贱踊贵。"受刖刑的人太多了，以致假脚（踊）的价钱飞涨。公冶长"人在家中坐，祸从天上来"，无端吃一场冤枉官司，有什么稀罕的呢！

问题是孔夫子为何"哪壶不开提哪壶"呢？不难想象，孔夫子评论公冶长的那几句话是针对"不可妻"的论调而发的。王充的责难，有点文不对题。孔门大概也有"揭老底战斗队"，他们风闻公冶长这位"齐东野人"要成为老师的娇客，就醋兴大发，叽叽喳喳起来，小报告打到孔子那里，说公冶长有"前科"，"不可妻"。谁知碰了一鼻子灰，圣人心明如镜。"可妻也"，一言定乾坤；"非其罪也"，夫子为他平了反。又据《孔子家语·弟子解》云："（公冶长）为人能忍耻。"血气方刚的年轻人有几个能"忍耻"？因"一朝之忿，忘其身以及其亲"的人，孔夫子会相得中吗！所以，后来的杜牧《题乌江亭》云："包羞忍耻是男儿"。

行文至此，我不禁喟然长叹：可怜天下父母心！

二、出妻

婚姻是家庭之本，家庭里的许多是非均由此而起，而此种是非当事人都难以说清，旁人就更不好说三道四了。关于孔子的婚变，2500年后的我们又能说些什么呢？还是要以儒家经典的记载为依据，以孔门自家的讲述为第一手资料。

孔子说："唯女子与小人为难养也。近之则不孙(逊),远之则怨。"此话见于《论语·阳货篇》。向来的注释家都以为这是"夫子示人以御臣妾之道",是教育别人的,乃泛泛而谈。19世纪日本思想家福泽谕吉的看法却能给人以新的启发。他在《劝学篇》第十三篇中说:"这可以说是孔子从他自己的体验而指出的弊害。"我现在要进一步指出:这位"难养"的"女子"应该就是孔太太,而责任却在孔子本人。反过来说,在孔太太眼里,孔子是一位非常难以侍奉的丈夫。仆人面前无伟人,太太面前无圣人,这是放之四海而皆准的真理。孔子生于鲁,长于宋,19岁就和宋国女子并官氏结了婚,[①]第二年就生了孔鲤。按理说,孔子是圣人,应是处理夫妻关系的榜样。其实不然。别的不好说,他的礼节规矩那么多,生活上不论穿衣吃饭,一举一动,有那么多穷讲究,孔太太如何受得了！什么"失饪,不食;不时,不食;割不正,不食;不得其酱,不食"。山东人都爱吃大葱,他却偏要餐餐吃姜。还要"食不厌精,脍不厌细",这一日三餐,夫妻二人就不知要发生多少口角、论争。联想到他的模范学生曾参,仅仅因为一次没有把野菜煮熟,就把妻子休了,孔太太的日子恐怕是很不好过的。更令孔太太无法忍受的是:"食不语,寝不言。"孔夫人想说上几句知心话、悄悄话,也在家规禁忌之列。至于咂嘴摩鬓,携手同车,那简直就是"近之则不孙(逊)"的"侮圣"行为了。据《史记·孔子世家》说,孔子在国外周游十四年,似乎未

---

① 孔夫人的姓氏有"并官"、"丌(qí)官"、"幵(jiān)官"三说。参阅钱大昕《十驾斋养新录》卷十二、胡式钰《窦存·书窦》卷一,王树民点校《通志二十略》35页,中华书局,2009年。

曾携带夫人。并官氏是空守闺房等着他呢,还是跟着别人过日子去了呢?从“远之则怨”一语推断,很有可能是早已“拜拜”了。合则留,不合则去,原本很正常。当时女子改嫁,还没有什么“失节”这一说。孔府三代人,即孔子本人、儿子孔鲤(伯鱼)、孙子孔伋(子思),都有出妻的记录。《礼记·檀弓》说:

> 子上之母死而不丧。门人问诸子思曰:“昔者子之先君子①丧出母乎?”曰:“然。”

这条材料证明孔子和子思都有过婚变。子上即孔白,是子思(孔伋)的儿子,孔鲤的孙子,孔夫子的曾孙。子上的母亲也就是子思的妻子,已经改嫁,死了之后,子上不服丧,也就是不以之为母了。子思的学生觉得不可理解,问子思:“从前您父亲孔鲤为出母服丧吗?”子思说:“服丧。”

“出母”也叫“嫁母”,即与父亲离异后改嫁的生母,孔鲤的出母当然就是孔子的出妻。比起厥祖孔夫子来,孔伋的心地少了几分宽容。他不许儿子阿白为出母服丧,还气呼呼地说:“为伋也妻者,是为白也母;不为伋也妻者,是不为白也母。”什么血

---

① 齐召南云:“伯鱼是子思的父亲,其时已死,故门人称之为‘子之先君子’。出母,……这是指孔子的夫人,亦即伯鱼的出母。”转引自王梦鸥《礼记今注今译》64页。盈按:根据上下文义,这里的“子之先君子”只能是指孔鲤(伯鱼),齐召南的释义完全正确。封建时代的训诂家认为孔子出妻不光彩,与“圣人”的头衔不合,竟然歪曲文意,说这个“先君子”不是指孔鲤,而是指孔子、指叔梁纥。这是他们不了解孔子时代的婚姻观,把一件“平常之事”看得过于严重了,故不敢面对事实。

缘、亲情,他是不管不顾的。所以,《檀弓》说:“孔氏之不丧出母(不为出母服丧),自子思始也。”

《檀弓》另一条材料可证:子思的母亲,即孔鲤的妻子,改嫁到卫国(她的改嫁,是孔鲤卒后或生前,无确证),其后夫姓庶。

> 子思之母死于卫,[①]赴于子思,子思哭于庙。门人至曰:“庶氏之母死,何为哭于孔氏之庙乎?”子思曰:“吾过矣,吾过矣。”遂哭于他室。

这位子思,不让儿子为出母服丧,似乎薄情寡恩,而自己的出母死后,却跑到孔庙哭丧,被门人抢白了一通。

情感问题最复杂。孔家三代出妻,究竟是当时鲁国的婚姻制度、观念与后世大不相同呢,还是那时候的孔家妇难为呢?可能前者的因素居多,[②]让婚姻史专家去作个案研究吧。我倒是对一种观点产生了怀疑。人们常说:成功的男人后面都有一个女人支撑着。此话似乎不尽然。我们的孔夫子应该算是一个成功的男人吧,尽管活着的时候,遭遇了种种欺害、诽谤,性命难保,[③]但两千多年来中国有哪个男人像他这样进入了“大成

---

① 郑玄注:“嫁母也,姓庶氏。”又:“嫁母与庙绝族。”见《十三经注疏》1314页。中华书局,1985年。

② 钱玄说:“儒家鼻祖孔子的上下四代,出妻、再嫁者竟有三人,由此可见当时出妻是件平常之事。”《三礼通论》595页。

③ 《庄子·让王》:“夫子再逐于鲁,削迹于卫,伐树于宋,穷于商周,围于陈蔡,杀夫子者无罪,藉夫子者无禁。”《盐铁论·大论》也谈到孔子遭受种种“欺害”。

至圣"的境界了呢？而他后面起支撑作用的那个女人在哪里呢？看来，那些在事业上无所成就而一味迁怒于自己老婆的人，是不是应该反求诸己、给老婆以更多的体贴与尊重呢？

三、见南子

公元前495年，我们的孔夫子已经57岁了，漂泊的踪迹又一次出现在卫国，为后人留下了一个说不尽的话题："子见南子。"秦汉以后的古人已有种种说法；现代人曾因此而掀起大风波（1929年，山东曲阜二师因演出林语堂编的《子见南子》一剧而吃官司）；上世纪90年代初王元化还写了《子见南子的行为准则》、《子见南子合于礼说》、《释孔子矢词》等文。两千余年来，学界之所以持久地广泛地关注此事，当然不是为了猎奇，或者有意拿孔子来打趣，而是涉及儒家的一条根本原则："男女不交，孔子见南子，非礼也。"（《盐铁论·论儒》）尤其通过弥子瑕这样的嬖臣去接近南子，更是"贬道以求容"。而维护孔子的人就不这么看了。于是，见仁见智，千古疑案，莫之能解。故赵翼《陔余丛考》卷四说："《论语》惟'子见南子'一章，最不可解。"前清翰林，北大的老校长蔡先生也说："《论语》是最平易近人的，然而'凤鸟不至'，'子见南子'、'色斯举矣'等章，古今成年人都解释不明白。"（《关于读经问题》）这一章不过23个字，原文是：

子见南子，子路不说（悦）。夫子矢（誓）之曰："予所否

者，天厌之！天厌之！”（《论语·雍也》）

第一句“子见南子”就大有文章。南子是什么人？她本是宋国的美女，后来做了老而昏的卫灵公夫人。她直接干预朝政，已引起舆论界的非议，又和宋国的美男子公子朝发生婚外恋，就更为舆论所不容了。身为“万世师表”的孔圣人，为何要见南子呢？

是南子约见孔子、孔子不得已而见之呢，还是孔子走后门托关系主动求见南子呢？

如果是前者，南子约见孔子的目的是什么呢？是有知人之明打算重用孔子呢，还是别有用心呢？

如果是后者，孔子见南子的目的又是什么呢？是想走夫人路线而推行王道呢，如南宋赵彦卫所言：“卫之南子虽淫乱，而居小君之位，焉得不见乎？”还是爱情的饥饿促使老夫子想一睹这个风流女子的芳容呢？所谓“还是”，并非唐突圣人。请以平常心来看待这类平常事。《礼运》说：“饮食男女，人之大欲存焉”，孔子也是人而不是神呀。

第二句“子路不说（悦）”就更可证明我们说的“还是”，并非信口胡诌。如果是礼节性的拜访，如果是出于违心的拜访，如果是为了推行王道而不得不拜访，子路有什么不悦的呢？正因为子路不悦，每一个平常人都可能产生这样的看法，出自《论语》的这条记载，真有点与“绯闻”擦边了。

“子路不说”的时间点也加重了“还是”说的逻辑分量。“子路不说”不是发生在孔子**欲**见南子之时，也不是发生在孔子**将**

见南子之时，可见“子路不说”与南子的声誉无关；“子路不说”发生在“子见南子”之后，那问题就出在这次拜见的具体时间、地点乃至谈话的内容上了。

联系下文来分析，“子路不说”的具体表现一定是很强烈的，恐怕不只是给老夫子一点颜色看看，按照“野哉由也”的性格推断，他当时一定说了一些难以形之于笔墨的野话、粗话、气话，以致把老头子气疯了，逼得咱们的老夫子在自己的学生面前发重誓，这是从来没有过的。

孔子发如此重誓，又给反孔派提供了“逻辑”依据。他们说：你不“做贼心虚”，你为何要气急败坏，为何要如此赌咒发誓呢？“文革”那时候不是到处都在运用这铁的“逻辑”吗！唉，圣人一跌入这“逻辑”泥坑，也无可如何，百口莫辩啊，而且，那誓言也的确含含糊糊。

从句式分析，“予所否者，天厌之！”是一个偏正复句。前一个分句表假设，“所不（按：‘否’字应依《史记》作‘不’字）……者”是当时誓词的常用格式，“所”是假设连词。全句可译为：

我如果不……的话，上天厌弃我！上天厌弃我！

“不”什么？关键性的谓语成分省去了。这个省去的成分是夫子难以出口呢，还是一时气糊涂了未能说出来呢？

在古代众多的阐释中，愚以为只有王充说的是大实话。在王充时代，虽然已有卫道者，孔子的地位业已进入神化、圣化阶段，但王充却能以平常心看待孔子。所以，他是一个能保持常人心态的杰出学者，是一个未丧失独立思考能力的思想家。他认为孔子的誓言本身就不能取信于人，因为从未见过做坏事的人“天曾厌杀之”。若说“雷击杀我，水火烧溺我，墙屋压填我”，这样的誓言是可信的；但“未曾有为天所厌者也”。王充解“厌”为“厌(yā)杀”，这种分歧不必在此讨论，重要的是王充对“子路不说”的原因，有非常明确的论断：

> 子路不说，谓孔子淫乱也。(《论衡·问孔》)

在卫道者听来，在把孔子神化圣化的人听来，王充是在亵渎圣人，是在丑化孔子。错了！请注意这个“谓”字。“谓”在这里是认为的意思，它的主语是子路，而不是王充。是子路认为“孔子淫乱”，而不是王充认为“孔子淫乱”。子路这么“认为”，自有子路的理由。这就可能跟孔子的家庭危机有关。此时的孔夫人并官氏，不是早已离异，就是正在“反目”之中，他们的婚姻事实上成了死亡婚姻。既然人世间“未见好德如好色者也”，子路就有理由担心，咱们夫子会不会犯“无可无不可”式的机会主义错误呢，何况此时的夫子也还没有到“从心所欲不逾矩”的年龄呢，更何况孔门大弟子子夏也说过：“大德不逾闲，小德出入可也。”

愚以为，南子事件很可能根本就是师徒二人之间的一场误会。子路可以有那样的“认为”，而主观“认为”并不等于事实。圣人也好，贤人也好，谁能确保自己的“认为”都是事实的正确反映呢？错误的“认为”到处都是，古今中外，有谁能禁止别人的“认为”呢！！！

所以，从孔子这方面来说，肯定有自己的委屈、悲哀。在卫国这个鬼地方，“道”与“德”这两个轮子一齐陷进了泥坑，说什么“从我者其由与？”噫，“知我者其天乎？”只能对天发誓了。

南子事件，无疑使孔子感到自己的人格受到了玷污、伤害。于是，“去卫，过曹”，又“去曹适宋”、“适郑”。他太疲惫了，太颓丧了，以致郑国有人说他“累累若丧家之狗”。当子贡据实反映这一评说时，孔子欣然笑曰：“然哉！然哉！”圣人毕竟有圣人的胸襟呀！若是对人身攻击者大打出手，鸣鼓而攻，儒家就变成“儒帮”了。儒学之所以有生命力，其原因之一就在于：它是学派，而不是帮派。学派领袖人物，他的方方面面，都是大众可以自由批评的。岂止是批评，西邻谓之“东家丘”，世人“蹸藉夫子无罪尤”，（苏轼语）孔子又能如何？而作为历史人物，孔子从来都是受崇拜的对象（笔者读私塾时，就常常跪拜孔夫子），又从来都是挨批评的对象，这就叫伟大！不准批评孔子，这是唯我独尊，与百家争鸣多元化的文化发展原则不符，是封建统治者的独裁思想作怪，与孔子本人无关。

南子事件也是祖传财富。现在的外交官出国访问都要携带夫人，大概就是以孔子为鉴吧。设使当年子见南子时，有夫人并官氏作陪，子路焉能不悦！

2008 年于北京西郊蓝旗营

樱桃沟：走访孙承泽

每次游樱桃沟，都想走访孙承泽。不是怀古，也不是因为学术，只想寻找一个真实的孙承泽。

知人必须论世。孙承泽遭遇的是一个什么样的世道？那是一个数千年历史中极为罕见的大灾大难的坏世道：山河破碎，天昏地黑，战火纷飞，死人如麻。孙承泽是怎么活了下来？身后百余年又怎么变成了“贰臣”？“贰臣”论的用心何在？樱桃沟是孙承泽的颐养享乐之地，还是他的灵魂避难所？

孙承泽逝世已有 330 多年了，这些问题谁能说得清？试试看吧。

一、退翁时代的樱桃沟，风光如“董巨妙画”，时有名家大师造访，诚“幽人之宫也”。

风景也有自己的命运。

樱桃沟，不就是两山之间的一条小沟吗，虽经人工装点，也不过尔耳。如果处于穷乡僻壤，还不是天荒地老，无人问津。只因位于京郊，跻身于碧云、卧佛两寺之间，350余年前，又有孙承泽其人筑退翁书屋于沟左，一时间，王铎、吴伟业、王崇简、曹溶、顾炎武、陆元辅、龚鼎孳、朱彝尊、李良年、王士禛、宋荦等文人学士，社会名流，常来造访退翁，“博学之士，皆收入门下”。“三日深岩里，蝉联话满床”，“若到退亭应有句，题诗须近石墙边”。吴伟业等人以退谷为题材的诗歌文赋，使退谷声名大振，其声价就远非普通一沟所能比拟的了。胡世安《退谷赋》云：“阅沧桑以显迹，端有待夫幽人。”“幽人”就是孙承泽，退谷待孙承泽而“显迹”，孙承泽因此而号退翁。王崇简也说：“愚溪因子厚而名，退谷待北海而著。”北海即孙承泽，拿他来比柳宗元，或许比喻失类；可拿京郊的退谷与永州的愚溪相比，愚溪又会说：自愧弗如。这就是命运呀，非“溪”之风景不若樱桃沟也。

退谷，就是樱桃沟，又名水源头、水尽头，位于京西寿安山西麓。《天府广记》云：

> 水源头，两山相夹，小径如线，乱水淙淙，深入数里，有

石洞三，旁凿龙头，水喷其口。

（《天府广记·卷三十五·附退谷》517 页。北京古籍出版社，1984 年）

《帝京景物略》名之为“水尽头”。有如下记载：

过隆教寺而又西，闻泉声，泉流长而声短焉，下流平也。花者，渠泉而役乎花，竹者，渠泉而役乎竹，不假声也；花竹未役，泉犹石泉矣。石罅乱流，众声澌澌，人踏石过，水珠渐（jiān）衣。小鱼折折石缝间，闻跫（qióng）音则伏于苴于沙。杂花水藻，山僧园叟，不能名之。

（[明]刘侗、于奕正《帝京景物略》卷六，98 页。上海古典文学出版社，1957 年）

泉水，曾是樱桃沟的风韵、命脉。泉役于花，役于竹，有泉才有小鱼，才有水藻，樱桃沟之美就美在这一沟活活泼泼欢欢快快的山泉呀。直到民国年间，《花随人圣盦摭忆》的作者还在该书“寿安山退谷”条中说：“水源头，夏秋间山洪递作，奔湍极有力，别业（盈按：指周肇祥的石桧书屋）门前一小桥，几于岁岁为水所圮（pǐ）。”[1]“水源头”这个名称当时已鲜为人知，至于“水尽头”之名，更是早已湮没无闻焉。

---

① 黄濬《花随人圣盦摭忆》203 页。上海书店，1998 年。

天下名山僧占多，最早与樱桃沟结缘的是僧家，退翁筑室之前，此地已有多处古寺名刹，隆教寺乃其一也。《天府广记·附退谷》云：

> 谷之东则隆教寺。寺门旧在退谷上，移置石门之东，(殿)供大士像，岁久漶漫。寺僧秋月募善知识缮饰之。境地深邈，可供趺跏。
>
> 谷之前，为莳植花竹之圃，中有僧家别院，花事最盛(一作"养牡丹数百本")。石楼孤峙，面面皆花。北望退谷，掩映翠樾中，如悬董巨妙画在阁之壁。
>
> (《天府广记》517 页)

"董巨"指五代南唐画家董源(一作"元")和他的追随者沙门巨然。董源的水墨山水画，"善于运用披麻皴和点苔法来表现江南一带的自然景致，神妙地传写出峰峦晦明、洲渚掩映，林麓烟霏的江南景色，他在用笔上甚为草草，近视几不类物象，远观则景物粲然。"①与退翁同时代的画家王鉴(1598～1677)说："画之有董巨，如书之有钟王，舍此则为外道。"②

遥想退翁当年，历经国亡家难，灵魂备受煎熬。梦醒南柯，独登石楼，北望如悬董巨妙画之退谷，物我两忘，何等悠然。樱桃沟遇此知音妙赏，又是何等自得。如画江山，总为知己而多

①② 罗世平、董晓畔编著《山水百家》34、35 页。黑龙江美术出版社，1997 年。

娇，总为幽人而妩媚。

如今的樱桃沟，比退翁时代热闹多了，新的旅游设施也颇具匠心，可石楼何在？僧家别院何在？和尚没有了，庙也没有了，山泉亦在若有若无之间，何以“役乎花”？何以“役乎竹”？人行栈道中，哪有水珠渐我衣？

可话又得说回来，哪有百年不变的风光？据文献记载：“退谷之荒废，当在嘉道后。”光绪初年，溥仪的师傅陈宝琛（号弢庵）“觅得退谷时”，已是“一片荒烟蔓草”。（《花随人圣盦摭忆》203页）民国年间，退谷为周肇祥所有。周氏“所营别业，有石桧书屋等，补种杂树，驯养野鹤，更广买附近寺产，招徕累年，俨成武陵溪矣”。（同上）“武陵溪”里有什么？“书屋”里有学术吗？有退翁所藏的稀世书画文物吗？往来于“书屋”的有吴伟业、顾炎武、朱彝尊这样的大师鸿儒吗？周氏其人不足道，退翁时代的人文风光、山林气象、幽人雅趣，已一去不复归矣。

周氏恢复退谷之功亦有不可没者。如今的“退谷亭”本为周氏所建，尽管今日的“退谷亭”已非当年的“退翁亭”，但刻在围墙石板上的那首王崇简的《题孙北海退翁亭》，还是向游客传达了某些历史信息。如最后两句：“柿林修竹里，随处作秋声。”（此诗收入《天府广记》卷四十四，755页）柿林，修竹，均为实录。《帝京景物略·水尽头》的一段文字可为“柿林”作注：

然春之花，尚不敌秋之柿叶，叶紫紫，实丹丹，风日流美，晓树满星，夕野皆火。香山曰杏，仰山曰梨，寿安山曰柿也。

如今谷中仍有为数不多的柿子树，高耸苍穹。每逢秋末冬初，如丹柿果，高挂枝头，如星火，如红云。寂寞寒林有如此勃勃生机，莫不驻足而仰观。馋嘴游客叹羡莫及，鸟们却大有口福。鸟们把果肉啄食得干干净净，而空壳仍牢牢缀于枝头，一经骄阳渲染，宛如盏盏柿灯耀眼明。也有逃离高枝的熟果，跌落在草丛、在小径，如一团烂泥。它们似乎在说："宁可粉身碎骨，也不愿葬身鸟腹。"也许，大地原本就是野果的最后归宿之所。

说完了"柿林"，再说"春之花"。我以为"杂花"之中必有樱桃花，要不，"樱桃沟"因何以"樱桃"而名"沟"呢。《天府广记·附退谷》云：

> 谷后逾岭数层，……旁有金线庵，每春时樱桃花开遍山谷。

胡世安也是由明入清的学者、高官，他在为孙北海而作的《退谷赋》中也说："遭樱花之春薮，憩岚岩以眸旷。"(《天府广记》卷四十一，630 页)春日里，每遇樱花盛开时节，在薄雾轻飘的山岩放眼四盼，这是多么舒适的休憩啊！

名与实，似乎不能永远统一。"水源头"已无"乱水淙淙"，"退谷"也早已没有了"退翁"，"樱桃沟"还有"樱桃花开遍山谷"吗？名在变，实也在变，天下无不变的名与实。

走笔至此，我想起了沟岸那座如笠亭。宋荦云：“如笠亭开退谷前，四山集翠落层颠。”亭很普通，一经宋荦品题，增添了几分文气与古意。亭台楼阁之类的小景点，与大自然风光不同，必得名家作诗文以记之，方可传世。如滕王阁、黄鹤楼、鹳雀楼、岳阳楼、醉翁亭等。退翁亭、如笠亭，无法与前者相提并论，王崇简、宋荦的诗文也远不及王勃、欧阳修等人，而在清初，他们也算得上是一流人物。作为士大夫，他们的风流文采、学术修养、生活情趣、人生态度，都有可供后人欣赏、缅思的价值，即使只是关注，也是值得的。

数十年间，我和学敏已记不清有多少次游览樱桃沟了。因樱桃沟我们走进了孙承泽的世界，因退翁亭、如笠亭而关注孙氏好友王崇简、忘年交宋荦。退翁临终遗言谓：“我生平无善状，宗伯王公敬哉、处士顾子宁人、陆子翼王，知吾仕学之本末，质之足矣。”①敬哉是王崇简的字，与退翁有 50 年的交谊，他们同是北京人，同是崇祯年间进士，同是顺治年间高官。王崇简家住北京西城，“自谢政里居，翛然屦杖，常在香山、卧佛之间，胜怀逸韵，发为高响，所谓胸自有诗，不随世为迁流者也。”申涵光(1619～1677)在《青箱堂近诗序》中评说：“予尝谓敬哉先生，唐音不绝，惟先生可以正之。”王崇简还是画家，与米万钟的儿子米寿都(字吉士)是儿女亲家，寿都的二儿子米汉雯是崇简的女

① ［清］王崇简《光禄大夫太子太保都察院右都御史吏部左侍郎孙公承泽行状》，《清代碑传全集》卷十，58 页。上海古籍出版社，1987 年。

婿,故崇简是米家勺园的常客,也就是说,如今北京大学的燕园,当年也有王崇简的游踪。但他在《米氏勺园图》跋语中说:“迨甲申变后,一望荒烟白草,无复遗构矣。”(《紫禁城》2008 年 11 期,92 页)

无论是清初还是现在,宋荦(1634 ~ 1713)的诗名都大大高于王崇简。今人的清诗选本,可以不选王崇简,但不能漏掉宋荦。《四库全书总目》、《辞源》都肯定:“荦与王士祯并以文章宿老,领袖诗坛。”(《总目》1768 页)“诗与王士祯齐名”(《辞源》810 页)。王宋齐名,不无异议。如《北江诗话》卷五、《蕉窗雨话》(见《清代名人轶事辑览》(5),2319 页)都抑宋扬王。现以《石遗室诗话》记载的这则传闻为例:

> 昔传宋牧仲(荦)位尊金多,表章风雅,见渔洋诗名盖世,求得其二十八字,引为比肩云:“尚书北阙霜侵鬓(一作“髩”,音义同),开府江南雪满头,谁识当时两年少(《四库总目》及舒位《瓶水斋诗话》均作‘当日朱颜两年少’),王扬州与宋黄州。”诗出,一时声价增重。
>
> (陈衍《石遗室诗话》卷一,16 页。人民文学出版社,2004 年)

传闻就是传闻,诗坛领袖地位,诗人的声价,能靠乞求别人来抬高增重吗? 也太小看评论界的法眼了,也太低估宋荦的人品了。

《四库总目》明言，是“士祯寄荦诗”，“言二人少为卑官，即已齐名”。[1] 王宋二人同年生，交谊也深，王任扬州推官年25，宋授湖广黄州通判年31，故云“朱颜两年少”。“然两公诗格绝不相似，且宋实非王敌。”（舒位语）这也是实情。

去年的某一日，我们又一次流连如笠亭畔，话题又扯到宋荦。学敏问：“退谷老人与宋荦相差四十余岁，二人因何结缘，难道没有代沟？”我说：“明末清初的官场，黑暗险恶，而士大夫之间的文化学术交流，心态却相当开放。以文会友，诗酒相约，拜访名家，是年轻人历练自我、显示才学、出人头地的好时机。加之宋荦‘最好古铜玉陶器’[2]，这就与退谷老人有了共同语言，共同情趣。宋荦后来成为清代著名藏书家，文物鉴赏家，其地位与退翁等，足以说明他青年时期就与退翁有共同的价值观、文化观，哪来的‘代沟’呢。宋荦本河南商丘一世家子弟，其父宋权（1598～1652）为明天启进士，崇祯初年担任过给事中，明亡后降清，与孙承泽同朝为官。宋荦这样的家庭背景，自然能加深他对退谷老人的理解与认同。”学敏说：“三百多年前的樱桃沟，以孙承泽为中心，吸引了一批文化精英，在此切磋论文，煮酒论剑，可以称之为退谷沙龙或退翁俱乐部吧。”我说：“当然可以这样认为。”

---

① 《四库全书总目》卷一七三，1526页。中华书局，1983年。

② ［清］王士禛《带经堂诗话》卷二十二，631页。人民文学出版社，1998年。

二、从山东迁来的移民后裔。落户采育，创业城南，难忘祖籍北海

孙承泽，北京人。据史家考证，他的确切生年为明万历二十一年十一月初七（1593.11.29），卒于康熙十五年（1676），享年八十有四。[①]

元末明初的北京，居民人丁并不兴旺，就是明代中后期，在籍的本土居民亦不过十几万人（外地人、流动人口不在内）。万历五年，顺天府府尹王之恒云："《会典》原载该府户口六十六万九千三十有奇，自庚戌被兵后（盈按：指嘉靖二十九年鞑靼酋长'俺答犯京师'），隆庆五年（1571），总括实在人丁止十四万七千三百有奇。盖租庸正额之外，更多杂派钱粮，以致民不聊生，日就凋耗。国初徙浙江等处富民三千八百余户以实京师，今不惟富民消亡已尽，即土著亦渐逃移。"（《天府广记》卷三，20页）

孙承泽的祖籍并非北京，也是明初奉命迁京的外来户。明永乐五年（1407）设立上林苑监，"命户部徙山西平阳等府、山东青州等府民五千户隶上林苑监，牧养栽种"。孙家应是此时从青州府益都县（今寿光市）迁来上林苑采育地区的。据王崇简《孙公承泽行状》载：孙氏远祖"明善迁实京畿，至曾祖（钊）盖三传矣"。到孙承泽出生的那一年，已有187年了，故孙翁也算得

① 阎崇年《孙承泽生年考》。见《史苑》第2辑。文化艺术出版社，1983年。

上是正宗的“老北京”。可古人乡土观念极强，难忘祖籍，“孙北海”之称号即有不忘本之意，益都县在汉代属北海郡。

据万历年间太监刘若愚的《明宫史》云：“南海子，即上林苑。”[①]实则同中有别。南海子纯属地理名称，“在京城南二十里，其周一万八千六百六十丈，乃育养禽兽、种植蔬果之处，中有海子三处，因京城中亦有海子，故名南海子。”[②]“上林苑”既是地理名称，又指“上林苑监”，乃机关名称。机关所在地在皇城东文德坊玉河桥之西，其地亦称“东江米巷”，与之相对的有“西江米巷”。“江米巷”讹为“交民巷”、“东交民巷”。1954 年至 1956 年，我上北大读书之前，曾在玉河桥住过两年。既无河也无桥，更无所谓“上林苑监”了。明代的上林苑监是为皇家特供而设的一个专业生产基地，也是皇帝狩猎之地。下设蕃育、嘉蔬、冰鉴、川衡、林衡、良牧、左典察、右典察、前典察、后典察十署。“永乐十四年谕：凡牧养栽种地，东至白河，西至西山，南至武清，北至居庸，西南至浑河，禁不许围猎。”[③]直到顺治年间，上林苑监仍然存在，故著名诗人龚鼎孳于顺治十三年四月曾被贬为上林苑蕃育署丞。现在大兴区还有采育镇，孙承泽的祖居即在此。

上林苑监并不是安居乐业的好地方。

崇祯年间，“城南弘仁桥、采育等处，强盗纵横，白昼劫人，

---

① ［明］刘若愚《明宫史》49 页。北京出版社，1963 年。

② ［明］张爵《京师五城坊巷胡同集》16 页。北京出版社，1962 年。

③ ［清］朱一新《京师坊巷志稿》50 页。北京出版社，1962 年。

行路几断。"(《天府广记》402 页)

正德年间,苑监的贪官污吏,"科扰百出,……逼索月钱,节年通行诛求,逼死人命数多"。

宣德年间,上林苑监嘉蔬署菜户二百余人"为监临所虐,或身窘于饥寒","逃还山西"。(《天府广记》401 页)

这个皇家特供生产基地,剥削压迫也十分严重。孙家是如何在天子脚下落地生根的,我没有进一步查考,料想应该不错吧。孙家在城南还有一处园林式别业,但上林苑祖宅似乎并未废弃。甲申之乱李自成大军退出北京时,城中极度混乱,孙承泽"潜回上林,养疴村落"。

城南别业位于何处?据《天府广记》载:

> 鱼藻池在宣武门外西南,金时在燕京城内,章宗(1190~1208)所凿。池上旧有瑶池殿,其地在天坛之北,遍地皆泉,人凿以养金鱼。明末亭榭极盛,余有一居在此,治地得古砖,有碎石刻"鲜于太常"字,盖伯机故园也。
>
> (《天府广记》卷三十六,537 页)

金代的鱼藻池即明代的金鱼池。《帝京景物略》云:

> 池,泓然也,居人界而塘之,垂柳覆之,岁种金鱼以为业。……池阴一带,园亭多于人家,南抵天坛,一望空阔。
>
> (《帝京景物略》卷三,38、39 页)

两书均提到金鱼,北京居民好养金鱼,真可谓历史悠久。可以想见,历金元明三代数百年的经营,金鱼池一带是宜于居住的好地方。早于孙承泽三百余年前的鲜于枢(字伯机,1259~1301),也是著名鉴赏家。他们先后在此建园,大概都是爱上了此地风光。孙翁好友王铎(1592~1652)的《孙北海金鱼池园序》,文字虽不算好,可至今读来,仍能令人神往:

> 堤柳匝垂,尽是伤心之树;波芷孤芳,可怜愁雨之风。始知桃里仙源,时时迷客;屋中石丈,往往留人。
>
> (《天府广记》576页)

王铎也是由明降清的高官,与退翁有共同的人生阅历、学术情趣,又都是内心充满矛盾的"伤心"人。这篇序文写于顺治四年丁亥之夏,王铎时年56,五年之后他就去世了。人会故去,风景也会败坏。光绪年间,朱一新说:"园亭今无存者,惟种鱼、走马,俗尚犹然。"(《京师坊巷志稿》188页)孙氏别业也几易主人,乾隆年间人称为"后孙公园",光绪时成为安徽会馆。(219页)何绍基感慨道:"买书日下海王村,近接孙公前后园。少宰风流零落尽,西山子姓几人存?"①

孙氏的城南别业与樱桃沟的退谷书屋一样,也是当年文化

① 《东洲草堂集》。转引自叶昌炽《藏书纪事诗》卷四,290页。北京燕山出版社,1999年。

精英聚会之地。孙氏本人“平生无声色之好,尝贮古器及名人书画,与客谈经史之余,出以为娱”。(王崇简《孙公承泽行状》)临终前,他对好友王崇简言:“幼为诸生,老为经生,已为厚幸。惟时当多事,未能恝然。”在明末清初那个“多事”之秋,他之所以“未能恝然”,是因为他并非纯粹的书生,他深深地卷进了这“事”那“事”的旋涡中心。晚年在文化学术研究方面能取得种种成就,实属“厚幸”。

作为“诸生”,他经过漫长的跋涉,才通过科举考试的最后一关。崇祯四年辛未中进士,时已近不惑之年。从这一年起到顺治十年止,在官场混了二十多年。先是“观政户部”,后来到河南两任知县。任祥符令时,对周亮工有提拔扶助之恩。孙氏以政绩“卓异,授刑科给事中,历升户、工左、右给事中,刑科都给事中”。崇祯十五年,赴武昌任湖广乡试考官,王夫之于是年中举。①

给事中,在唐代属门下省。明朝罢门下省,保存给事中,分属吏、户、礼、兵、刑、工等六科。官署原“在掖门内之西,与内阁相对,所谓‘六科廊’是也”。永乐年间因遭火灾,迁出午门外。各科给事中又分都给事中、左给事中、右给事中。其职责是:

凡章奏出入,咸必经由,有所遗失抵牾,更易紊乱,皆得

① 王敔《薑斋公行述》:“崇祯十五年,以《春秋》魁与伯父石崖先生同登乡榜。……大主考为太史郭公之祥,副主考谏议大兴孙公承泽。”(《船山全书》第16册,79页。岳麓书社,1996年。)

> 驳封。……凡朝政之得失，百官之贤佞，皆许联署以闻，实兼前代谏议、补阙、拾遗之职也。
>
> （《天府广记》卷十，119 页）

给事中，官品不高，权责甚重。上对皇帝负责，下对部门负责，有权驳正不符合王朝利益的诏旨，封还不恰当的文书。顾炎武《日知录》卷九“封驳”条说：

> 明代虽罢门下省长官，而独存六科给事中，以掌封驳之任。旨必下科，其有不便，给事中驳正到部，谓之科参。六部之官，无敢抗科参而自行者，故给事中之品卑而权特重。

中国封建王朝发展到明代，专制独裁已日益严重。但从组织制度而言，为了维护朱家王朝的根本利益，也不得不建立严格的监督机制。“封驳”制的建立，用心良苦。由于种种原因，这种脆弱的有限的“民主”机制，往往形同虚设，甚至狼狈为奸，结党营私，危害社会。孙承泽这个都给事中，也想有所作为。曾给崇祯皇帝上疏云：

> 天下事无大小，以敬心持之，则小者亦大；事无缓急，以精力图之，则缓者亦急。此《大易》所以重“行健”而“自强不息”也。
>
> （《天府广记》卷十，123 页）

皇帝批示："本内'敬心持之'、'行健不息'等语说的是。知道了。""说的是"、"知道了"，有什么用！那个肉腐鱼烂的崇祯王朝已溃乱到不可收拾的地步，还能指望其"自强不息"吗！

三、1644年的北京，城头频换大王旗，孙承泽三死未遂，臣服于清王朝

公元1644年这个年份，在北京城里要用三个年号来表示。

"三月十九日帝崩煤山"之前是大明崇祯十七年甲申。

三月十九日辰时之后，北京城已不属于崇祯十七年了，"崇祯十七年"这个年号在京城已经终结。此刻，城中"士民各执香立门，贼过伏迎，门上俱粘'顺民'，大书'永昌元年顺天王万万岁'"。①

"大顺"大不顺，"永昌"既不"永"也不"昌"。这个在北京城里只呆了40多天的大顺王朝，四月三十日逃离北京，"永昌"这个年号就在北京消失了。

到了五月初三，大清取代大顺，是为顺治元年。北京城从大明到大顺到大清，城头频换大王旗，历时不满两个月。

有史以来的北京城，上下数千百年，没有哪一个年份像1644年这样，波诡云谲，天崩地裂，短短的几十天之内，三个王朝在这里上演了一幕幕惨绝人寰的大悲剧。孙承泽这一年已经

---

① ［清］计六奇《明季北略》456页。中华书局，2008年4月第三次印刷。

52岁，既是悲剧的见证者，又是受害者，也是演出者。

作为见证者，他在第一现场，亲眼看到了已有270余年历史的大明王朝彻底完蛋，又亲眼见到了在北京只统治了40多天的大顺王朝的滚蛋，还亲眼见到了清统治者入主中原，北京城又一次沦为“异族”统治。

作为受害者，三死未遂，家破人亡。

作为演出者，扮演了三个角色。大明王朝的“忠臣”，大顺王朝的“降臣”，大清王朝的“贰臣”。“降臣”是史料中的说法，可信程度如何，仍需斟酌；“贰臣”论别有用心，下文再谈；“忠臣”是我个人的评说。若以“忠臣不事二主”为标准，孙翁不够“忠臣”资格；若以尽心竭力事君为忠、以杀身报君为忠，他当然够格。孙翁晚年，对自己在甲申年三月十九日三死未遂的悲惨一幕有详细陈述：

> 十九日黎明，成公约余同至朝，请召对。及至官门，止一老监坐地，职名传入，老监亦不见矣。两人驰至魏内阁藻德（崇祯十三年状元，十六年五月官大学士，投降农军，拷打而死）寓，请上出御城楼。语未竟，锦衣卫骆公养性（此人亦受酷刑，入清后为天津总督。可参阅《簷曝杂记》卷六）仓皇至，言宫中无至尊。宫女逸出，执而问之，所言皆同。成公同至余家，泣而拜别。家人报：余内人刘、冢妇林入井矣。成公悲恸而去。余入玉凫堂书架后自缢，有佣书盛姓者，呼众解救，诸仆环泣而守。余潜服片脑两许，呕吐

不死。贼已入城,众仆各匿妻孥,余乘间同长子道朴投入井中。旧仆姚恩持贼伪示来看,寻至井所取捞两烈妇,绳索缘之而下井中,大呼众仆奔救。余同道朴出井,吐血水斗余,死而复甦。伪纪功司差人舁至苏州胡同,余求速死……伪司上本:求宽北顺天诸绅。李自成怒,以入城时京绅无一人迎见者,夹伪司几死,余死亦在旦夕。

(《天府广记》卷三十四,485、486页)

三月十九日,京城百官早已作鸟兽散,他还坚守岗位,与成德一起“至朝请召对”,能说他为君谋而不忠乎?自缢、服片脑、投井,孙承泽必死之决心是很坚定的,终于不死,他自认为:“岂非天哉!岂非天哉!”其实,片脑并非致命毒药,孙公也可能有所不知。片脑又名“脑子”,即“冰片龙脑香”。文天祥被俘时,“尝服脑子二两,不死”。文丞相也误把龙脑当毒药了。

李自成进北京,带来了40余万大军,带来了“烧、杀、淫、掠”四大暴行。自成也有心约束部下,部下的回答是:

皇帝让汝做,金银妇女不让我辈耶?

(《明季北略》卷二十,491页)

据《明季北略》载:

自廿二至廿六日,满街遍捉士大夫拘系,行路之人如汤

鸡在锅。(477 页)

不入选者,每官用马兵二人,执刀押候。……用铁链串锁,每五人一串,各兵驰马驱逐,如羊豕然。行稍迟者,刀背乱下,至有仆地晕倒踏作肉泥者。(474 页)

妇女淫污死者,井洿梁屋皆满。

安福胡同一夜妇女死者三百七十余人。降官妻妾俱不能免。

至有八贼轮奸一幼女,立刻而毙。(480 页)

闯兵入都,恣意淫掠,各身怀重赀,无有斗志。(496 页)

如云某官有金,即锁去拷打。一贼拷过,又被他贼锁去,拷打不休。

不用者夹逼金钱,号哭之声惨彻街坊。受刑诸臣,先后不一。(478 页)

逆闯拥大兵出前门,止留残卒数千,在内放火。(四月)三十日天明,宫殿及太庙俱被焚毁。

贼焚五凤楼,九门放火,火光烛天,号哭之声,闻数十里。

城外草场之火,与宫中火相映,彻夜如白日。(490 页)

孙承泽似未遭拷打,因为他被逼交出二万金。而他的城南别业浩劫难逃,"玉凫堂积书七万余卷,一时星散,无复片纸存者"。"石驸马街邸中所藏金石法帖,播弃都尽。"钱谦益说:"甲申之乱，古今书史图籍一大劫也。"孙家的遭遇就是一例。

孙承泽在李自成逃出京城之后，本已"潜回上林"，但对官场还是恋恋不舍。虽然晚年也对人说："做官事小，为人事大"，而以汉官薙发易服为满官，绝非小事，或许他的"为人"原则就是"素夷狄行乎夷狄"吧。所以，上林丞郭永泰一推荐，他立即回京，"内院范公、洪公极加称赞……补吏科都给事"。北京历经辽金元三代统治，士大夫的意识形态显然与南人有别，这是历史环境所造成的差别。孙承泽尊之为"洪公"的就是洪承畴（1593～1665），"范公"指范文程（1597～1666）。清初"内院"即内三院，包括内国史院、内秘书院、内弘文院。范为秘书院大学士。他的曾祖范鏓，嘉靖时官兵部尚书。文程于清太祖天命三年，也就是万历四十六年，即归附努尔哈赤。此人对于清兵攻取中原及清兵进京之后诸项大政方针之制定，以及笼络人心、稳定政局，均发挥了关键性作用。（此人身后也遭到乾隆的贬抑："虽非如洪承畴等身事两朝可比，然于纯儒品节不无遗议。"）由他起草的檄文宣称："义兵之来，为尔等复君父仇，所诛者惟闯贼，师律素严，必不汝害。"李自成所到之处，烧杀淫掠，士大夫恨之入骨。清兵"复君父仇"的宣传，为明代官吏降清提供了"光明正大"的理由。孙承泽"补吏科都给事"后，即上《大仇未报受职不安》疏，圣旨批复："朝臣为国矢报，具在同仇，目下大兵进征，逆贼即当殄灭。"为此，孙承泽对"皇清大兵入关"，有"荷蒙再生"之感。

17世纪上半叶的中国，到处充满仇恨。李自成们因深仇大恨而高举义旗，吴三桂们、孙承泽们也有自己的家仇国恨。两仇相杀，多尔衮们坐收渔翁之利。多尔衮进京之后，又接过李自成的屠刀，驱使洪承畴、吴三桂们，直指江南，新的大屠杀又开始了，中国的文明进程推迟了。

文明毁于战争，毁于盲目的复仇主义，到 18 世纪新的统治秩序稳定之后，世界已大大向前发展，等待中国的将是另一种性质的灾难与战争。

农民起义有天然的合理性，也有极大的破坏性，他们永远不能将社会发展引向更高阶段。

四、孙承泽的最后 20 余年，著述满家，以学为隐

孙承泽如果死于甲申之难，或以清代高官终其身，他的名字就进不了《辞源》，我也没有兴趣来写这篇走访了。他的被迫引退，反而使他走进了藏书家的行列，走进了古文物鉴赏家的行列，走进了晚明史料、北京史料大家的行列，走进了理学、经学研究者的行列。在顺治康熙初年，他是北京地区很有影响的文化学术大家，当年的孙北海先生深受学人尊敬。

人生行路难，难在进与退。士大夫如果生在一个能有所作为的时代，遭逢一个比较开明的国君，当以进忧其民、退忧其君为己任。可在大清王朝的政治秩序中，满人跋扈专权，汉人一小媳妇而已，你为谁而忧呢？满汉本是兄弟民族，而有清一代对汉官始终深怀猜忌之心，动辄论以死罪。孙承泽在顺治朝，官运似

乎很顺。从顺治元年五月官复原品，五年擢兵部右侍郎，八年调吏部，同年八月转左侍郎，两遇恩诏加太子太保都察院左都御史衔。到了顺治十年，倒霉的事情发生了。

这年二月，吏部尚书高尔俨（河北静海人，崇祯十三年庚辰榜眼，任李自成弘文馆修撰，入清后官至弘文院大学士）以疾乞罢，孙承泽奏言陈名夏接任吏部尚书，顺治对此极为不满。“因以侍郎推举阁臣，有乖大体，责令回奏。承泽战栗引罪，自陈愚昧乞宥。”这是表面上的理由，真实的原因是顺治要清除多尔衮势力。陈名夏于顺治二年，“入谒睿亲王，请正大位”，公然要多尔衮取代小顺治。故多尔衮一去世，陈名夏的日子也就不好过了。终于在顺治十一年，被处以绞刑。而顺治是把孙承泽视为夏党的。他看了孙的奏疏“谓阁臣曰”：

> 朕见承泽此疏，洞其隐微，代为含愧。彼意允其所请而用名夏，则于彼有利；否则，又将使朕猜疑名夏也。
>
> （《清代七百名人传》（上），35 页。中国书店，1984 年）

又“喻侍臣曰：凡人自知有过，宜即行引罪；若强自置辨，则获罪滋大。”（35 页）孙承泽唯一的出路就是引罪乞退了。

孙承泽罢退后，度过了 20 余年的隐居生活。“闭户著书，岁有成帙”，“海内士君子，闻公之风，咸企慕为当今文献，就正所闻，公概不为因缘。”（王崇简《孙公承泽行状》）孙承泽能专心于学问，拒绝因缘攀附，就本质而言，他毕竟是个“经生”。即使身居官位，也未忘学术研究。早年任祥符县令，“曾至朱灌甫（朱睦㮮，字灌甫，号西亭，朱元璋第五子朱橚的五世孙，大藏书家）府第钞经注二百余册，载归京师。”（《藏书纪事诗》卷四，291页）甲申年，遭破家大难，仍念念不忘经学：

> 是岁秋冬，僵卧城东鱼藻池上，书贾荷书来售，多予家故本，封识宛然，泫然欲涕。又中秘故藏狼藉于市间，质衣物收之。病废之余，独取诸书有裨经学者，或录序跋，或录论说，久之成帙，朝焉夕焉，饥当食，寒当衣，孤当友，病当药石者，惟此是赖。
>
> （《五经翼自序》）①

白居易把隐者分为三类。“大隐住朝市，小隐入丘樊；丘樊太冷落，朝市太嚣喧；不如作中隐，隐在留司官。”（《中隐》，《白居易集》卷二十二，490页）“三隐”之中，只有白氏所欣赏的“中隐”与孙承泽无缘，其余“大”“小”二隐，孙氏兼备。城南别业、退谷别业都是孙氏隐居之所，有诗歌为证：

> 北海先生佩兰荪，日拥书画住前门。
> 退食委蛇饶灵气，典坟披罢共琴言。
> 金鱼池间别墅景，轩渠心不离丘樊。
>
> （王铎《前门行》）

① 转引自郑伟章《文献家通考》（上），15页。中华书局，1999年。

逆旅逢孙登，自称北海翁，携手共上徐无峰。……少微无光客星暗，四皓衣冠只如此。使我山不得高，水不得深，鸟不得飞，鱼不得沉。武陵洞口闻野哭，萧斧斫尽桃花林。仙人得道古来宅，劫火到处相追寻。不如三辅内，此地依青门，非朝非市非沉沦，鄠杜岂关萧相请，茂陵不厌相如贫。饮君酒，就君宿，羡君逍遥之退谷。

（吴伟业《退谷歌·赠孙退翁》）

吴伟业（1609～1671），崇祯辛未科榜眼，与孙承泽为同年友。入清后已无意从政，经推荐被迫来京，“吾遂落彀中，不能白衣而返矣。”（《与子暻疏》）吴氏改节出仕，孙承泽也是推荐者之一，但当顺治十年吴氏抵达北京之后，孙承泽已引退了。这首《退谷歌》应作于十年与十三年之间。孙、吴的内心痛苦有多深？清廷的压力有多大？请想想：“鸟”为何“不得飞”？“鱼”为何“不得沉”？哪来的“萧斧”，为何要“斫尽桃花林”？哪来的“劫火”，为何要“到处相追寻”？在吴氏看来是“逍遥”的退谷，北海先生能舍学术而“逍遥”吗？那个时代的士大夫只是“不得飞”的笼中鸟，“不得沉”的网中鱼。何以遣有涯之生？唯有隐于学。章太炎说：

处无望之世，炫其术略，出则足以佐寇。反是，欲与寇竞，即网罗周密，虞候迦互，执羽籥除暴，终不可得。进退跋疐，能事无所写，非施之训诂，且安施耶？

（《检论·学隐》，《中国现代学术经典·章太炎卷》262页。河北教育出版社，1996年）

如果将“训诂”二字扩充为“学术”，就更为贴切了。比孙承泽小得多的黄宗羲、顾炎武、王夫之等人，都既不“佐寇”，也不能“与寇竞”，以“学隐”终其身。孙承泽晚了十年才走上“学隐”之路，成就虽比不上后起的三大思想家，而晚节可嘉，精神可佩。以耄耋之年，涉猎多种学科，著述如此丰富，从顺治到康熙十五年之前，并世无第二人。有人统计，孙氏平生著作有43种之多，见于《四库全书总目》的有23种（经部5种，史部8种，子部9种，集部1种），主要成就在史部、子部，多为晚年写成。如：

《周礼举要》“著于西山水源头草亭，时退翁年七十有一”。

《九州山水考》，三易稿而成书，自记称“七十五叟孙承泽识于南城书舍之桐下”。

《孔易释文》“刻之家塾”，“余年七十有五”。

《诗经朱传翼》、《天府广记》二书，均自称“都门八十老人孙承泽撰”。康熙四十三年甲申，孙翁逝世已将近30年，时年七十又五的朱彝尊在《天府广记序》中说：

北海孙退谷先生博学鸿览，多识轶事。初著《春明梦余录》，历载先代典制景物，刊行传世，几使洛阳纸贵。复有《天府广记》，搜采广罗，文献彰著，洵为艺林之大乘，考核家藉此以为据信也。……士大夫退食之暇，登临凭眺，考古证今,是以代有纪载,时有述作,皆不若退谷之《天府广记》致之尽而罗之广也。

他的《春明梦余录》刊行之前,已为学界知闻。谈迁《北游录》顺治十一年二月丁亥载:孙侍郎北海承泽“辑《崇祯事迹》若干卷,不轻示人。又著《春明梦余录》若干卷,并秘之”。[①]《四库全书总目》对孙著多所否定,也不得不承认,此书“于明代旧闻,采摭颇悉,一朝掌故,实多赖是书以存……故考胜国之轶事者,多取资于是编焉”。(1056 页)

他的《学约续篇》被高世泰编入《紫阳通志录》,他增订的《字义》(宋人陈普著)被黄叔璥收入《广字义》。(参阅《四库全书总目》830 页)

他的《庚子销(消)夏记》成书于顺治十七年(1660),是此类著作以“销夏”命名的开创者。刘声木《苌楚斋随笔》卷一说:

国朝之书,以“消夏”为名者,始于孙承泽撰《庚子消夏记》八卷,高士奇撰《江村消夏录》三卷,吴荣光撰《辛丑消夏记》五卷,皆以评品书画碑帖为事,固消夏之韵事也。

(见“国朝以‘消夏’名书条”,22 页。中华书局,1998 年)

① [清]谈迁《北游录》55 页。中华书局,1997 年。

后来演变为“纯似笔记之体”，亦名“销夏”，如俞樾《九九销夏录》，“体例又易矣”。

《庚子销夏记》问世后，一直为学界所重视。也有人为它纠错。如何焯于康熙五十二年撰有《〈庚子销夏记〉校文》，序言指出：

> 北海于翰墨未为精鉴，而一时天府流落人间，及士大夫所藏，往往存焉，可以备考证，资谭笑，此八卷固不可少也。①

也有人赞叹有加。如卢文弨于乾隆二十六年（1761）撰《庚子销夏记序》，对此书和作者孙承泽表示了由衷的敬意。

> 《庚子销夏记》者，北平孙退谷先生评骘其所见晋唐以来名人书画之所作也。钩玄抉奥，题甲署乙，足以广见闻而益神智，其鉴裁精审，古人必当引为知己。余尤爱其有恬旷之怀，萧闲之致……曩余于黄昆圃（盈按：即黄叔琳，1672~1756，官至浙江巡抚，藏书家）先生家见退谷手书《畿辅人物志》稿数十帧，秀劲可喜。此书自云：“晚得米襄阳墨迹，始悟晋法。”其书之工宜也。退谷万卷楼藏书，今大半在黄氏昆季家，而《记》中所载之缣素卷轴，又不知散归谁

① ［清］何焯《〈庚子销夏记〉校文》，中华书局，丛书集成初编本，1991年。

氏。其所著书如《格致录》、《学典》、《崇祯山书》、《天府广记》,皆在刊本之外。此书余当时未之见,或偶遗之,未可知也。庚子岁为顺治十七年,退谷是时年几七十矣。既耄,犹能以好古著书自娱。又岁一周而为壬子,当康熙之十一年(盈按:孙氏是年八十),更为《尚书》作《集解》,隐然以伏生自喻。论者虽不之许,然与退谷同时人,有初亦矫矫,自附正人,而垂老颓放,惑以丧志,犹复吁嗟愤怼,进退无据,徒贻后人之嘲嗤者,其贤不肖相去何如也! 鲍子以文(盈按:即鲍廷博,1728~1814,藏书家)媚学好古,汲汲如恐不及,其搜集先哲遗文甚富,得是《记》,校雠完好。郑子弗人(盈按:即郑竺,藏书家郑中节之三子,卒年二十五)雅有同志,读而爱之,相与谋寿诸梓。既成,请予弁其端。余惟退谷负当世盛名,居辇毂之下,四方士大夫多乐从之游,故能致天下之奇珍秘宝以供其题品。……古人之名笔或不尽传,而是书得传,其亦古人之精神所寄也,是二君刻是书之意也夫!

(《抱经堂文集》卷五,66页。中华书局,2006年)

孙氏还著有《考正晚年定论》(盈按:即下文吴氏所说的《考正朱子晚年定论》),当然只是一家之言,而《四库全书总目》斥之为"摭拾他事以快报复之私,尤门户之见矣"。(821页)似不尽然。顾炎武批评王阳明的《朱子晚年定论》时引用孙说:"宛平孙承泽谓阳明所编,其意欲借朱子以攻朱子。"(《日知录》卷十八）吴寿旸(1771～1831)《拜经楼藏书题跋记》卷四《考正朱子晚年定论》条云：

右二卷，孙退谷先生著，有其自序。此钞本，钱绿窗处士书后云：退谷著书甚富，以《考正晚年定论》为第一，顾当时虽曾锓版而流传颇少，远近积书家罕有藏弆(jǔ)者。友人吴君子安偶于旧书中检得，一日语次及之，遂假以归，亟读一过，见其考订精确，阳明复生，不能不服。夫退谷本以该博称，而能留心正学，息邪距诐若此，殊不若迩来博综家沾沾于无用之辨，不急之察，语及程、朱，辄笑为腐且陋也。

(《拜经楼藏书题跋记》124 页。上海古籍出版社，2007 年)

绿窗处士即钱馥，与吴寿旸之父吴骞为好友，学者，藏书家。他对《考正》的评价与《总目》大异，至少说明《总目》的贬抑有失公正。今人钱穆也与《总目》持同一论调，进而引申“亦足徵其立身居心之大概矣”。魏裔介编《周程张朱正脉》收入孙承泽的《考正晚年定论》，以此书作为朱子“正脉”的代表作，这纯属学术问题。而钱氏硬要拿“贰臣”的帽子来打压孙、魏，说“夷考生平，于崇祯壬午中举，越四年，清顺治三年成进士。言其出处，宜与孙氏同属贰臣”。[1] 钱氏的清代学术史无疑有不当之处，如王

① 《中国近三百年学术史》288 页。商务印书馆，1997 年。

国维说:“我朝学术所以超绝前代者,小学而已。”(《〈殷虚书契考释〉后序》)而钱氏的《学术史》根本没有“小学”的位置,这无论如何是说不过去的。至于孙承泽,有多方面的学术成就,竟以“贰臣”二字了之,这就是以乾隆皇帝的是非为是非了,置“学术”于何地?

孙承泽于文化学术传承亦贡献良多。卢文弨称赞其“负当世盛名”,“盛名”来自著述满家,来自一批年轻学者的爱戴。比他年轻得多的学者之所以爱戴他,是因为他能与晚辈平等交流,给予学术上的帮助、指导,与权势毫无关系,一个“病废”老人,还有什么权势可言?而且他身边的那些晚辈,均饱学之士,非趋炎附势者所可比。如:

顾炎武(1613~1682),小21岁。

陆元辅(1617~1691),小25岁。

王弘撰(1622~1702),小30岁。

朱彝尊(1629~1709),小37岁。

王士禛(1634~1711),小42岁。

康熙六年(1667)顾与王起田(潘耒之岳父)书云:

弟以三月二十九日入都,寓在珠市口东冰窖胡同三官庙中。此来全无名利之图,所求者读古人书、友天下士而已。孙退谷先生,当世之通经好学者,而其家藏书甚多,近乃出以相示。如唐陆淳(？～806)《春秋纂例》(盈按:即《春秋集传纂例》)、宋刘敞(1019～1068)《春秋权衡》、《意林》(盈按:即《春秋意林》)之类,皆生平所未见。

(华忱之校注《顾亭林文选》541页。四川人民出版社,1998年)

冰窖胡同也在城南,与孙宅距离不远,二人有交往之便。

陆元辅,字翼王,江苏嘉定新泾里人。家贫,以游学、授徒糊口四方,人称"今之大师都讲也"。康熙初年"入都,则又有宛平王公崇简、孙公承泽、蔚州魏公象枢、江宁王公宏泽,皆虚已授餐,或俾子弟执经焉"。[①] 据陆陇其(1630～1693)《三鱼堂日记》言:

翼王言孙北海学博而才敏。其所著诸书,虽不皆精,然多有益于学者。博学之士,皆收入门下,相助校对。朱锡鬯、顾宁人其尤也。[②]

陆陇其这条日记是康熙十六年丁巳(1677)记下的,距孙承泽去世才一年,真实性无可怀疑。而道光年间的张穆(1805～1849)

① 张云章《陆先生元辅墓志铭》,《清代碑传全集》660页。上海古籍出版社,1987年。

② 转引自谢正光《清初诗文与士人交游考》330页。南京大学出版社,2001年。

竟然毫无根据地说：

> 翼王此语尤诬。承泽何人，乃能收亭林于门下哉？
>
> （《重订顾亭林先生年谱》）①

张穆的话说明两个问题：一是孙承泽的形象自乾隆提出“贰臣”论之后大受贬抑；二是后人把亭林与承泽视为两极对立，对他们深厚友谊的共同思想基础已全然不知。如果孙顾非至交，孙临终前，能把顾作为撰写自己行状的人选之一吗？历史资料正确无误地告诉我们：承泽不仅与亭林关系密切，也与亭林至交王弘撰为至交。

王弘撰的《山志》已于1999年由中华书局出版点校本，初集卷一“孙少宰”条云：

> 京师收藏之富，无有过于孙少宰退谷者。盖大内之物，经乱后皆散逸民间，退谷家京师，又善鉴，故奇迹袐玩咸归焉。予每诣之，退谷必出示数物，留坐竟日。肴蔬不过五簋，酒不过三四巡，所用皆前代器，颇有古人真率之风。凡予所谈论，退谷辄喜，以为与己合。唯于王文成有已甚之词，予不然之。时方搆秋水轩，以著述自娱，其扁联皆属予书。年已七十有八，手不释卷，穷经博古，老而弥笃，近今以

① 转引自谢正光《清初诗文与士人交游考》334页。南京大学出版社，2001年。

来所未有也。

（《山志》22 页）

又，二集卷五“兰亭”条云：

予有定武兰亭五字未损本，尝携至都门，为孙北海、龚芝麓……诸公所赏，因而知之者众。（盈按：王士禛《居易录》：“华阴宗人弘撰山史，博物君子也。尝携示兰亭‘湍、流、带、右、天’五字未损本、唐棣《水仙图》，乞予作歌。”）

（《山志》276 页）

顾炎武、王弘撰也都是“穷经博古”、“以著述自娱”的学者，王又是书法家、鉴赏家。故他们与孙承泽的友谊有共同的思想基础。老人的“手不释卷”、“老而弥笃”的治学精神，深得顾、王敬佩。王弘撰虽不赞同北海对“王文成有已甚之词”，但丝毫不影响友谊，不影响其对孙氏人品的估量。如何评价王文成（王守仁，字伯安，卒谥文成，学者称阳明先生），与什么“立身居心”、“贰臣”毫无关系。批判王文成是明亡后的一种学术风气。当时有不少士大夫错误地将明亡的原因归罪于王学。顾炎武就认为：

以一人而易天下，其流风至于百有余年之久者，古有之矣。王夷甫之清谈，王介甫之新说（原注：《宋史》林之奇言：昔人以王、何清谈之罪，甚（《宋史》作“深”）于桀纣；本朝靖康祸乱，考其端倪，王氏实负王、何之责。）其在于今，则王伯安之良知是也。

（《日知录》卷十八《朱子晚年定论》条，121 页。商务印书馆，国学基本丛书，民国二十四年四月四版。顾引林之奇语，见《宋史·林之奇传》）

三王各有是非，情况大不相同，将他们硬拉在一起，定为亡国罪人，纯属书生之见。赞同王学的人，肯定不以顾说为然。如郑篔谷说："陆、王宗旨，岂可妄诋？世之拥戴朱子者攻之耳。东莱（吕祖谦）尚不敢斥陆，泾阳（顾宪成）非王，而未尝不有取于王，而蚍蜉之撼何为乎？不谓顾亭林亦蹈此习。"（郑篔谷语。《全祖望集汇校集注·郑侍读篔谷先生墓碑铭》332 页）王弘撰不仅不赞同孙承泽，恐怕对顾炎武此论也不一定首肯呢。而这种分歧丝毫未影响到三人之间的友谊。王弘撰一再表白："少宰博学好古，予素重之，惟于此不能无憾也。"（《山志·王文成》118 页）这跟《四库全书总目》作者认为《考正》乃"摭拾他事以快报复之私，尤门户之见"，以及钱穆的人身攻击，有原则性的不同。

《四库全书总目》作者又说："承泽晚年思以讲学自见，论者多未之许。"（968 页）此话既不符合事实，也很不公正。从崇祯朝到清初，讲学之风甚盛，而孙承泽说不上"思以讲学自见"。如果说这个"讲"是《论语》中"学之不讲"的"讲"，那"讲习"、"研究"学术以"自见"，有什么不好呢？至于"许"不"许"，要具体分析。在当年，恐怕还是"许"之者多。要不，像王士禛这样少负盛名的诗坛领袖人物怎么会登门拜访这位退休老人呢?

康熙十年(1671),王士禛还叫王士禛,是50多年后,胤禛当了皇帝,才将去世已有十余年的“士禛”改名为“士正”,到乾隆“三十九年十二月谕曰:王士正之名,原因恭避庙讳而改,但所改‘正’字与原名音太不相近,恐流传日久,后世几不复知为何人,今改为‘士祯’,庶与其弟兄行派不致混淆,凡各馆书籍记载俱一体照改”。[①] 那一年,王士禛三十八岁,官居户部福建司郎中,住在琉璃厂南夹道(一说住在火神庙西夹道),两地均在城南,距退翁的城南书屋不算远。五月中旬的一天,雨后天晴,他去拜访退谷先生。这次访谈的内容,后以《退谷论经学》为题,收入《池北偶谈》卷十五。谈话的主题是“先生教以读书当通经”。士禛向退翁请问如何评价吕祖谦的《吕氏家塾读诗记》、严粲的《诗缉》。

> 先生云:“吕氏集众说,不甚成片段;严氏太巧,只似诗人伎俩,非解经身分。”
>
> (《池北偶谈》卷十五,7页。锦章图书局印,民国三年)

退翁又向士禛介绍了自己有关经学的三部著作。一部是《诗经集解》(盈按:疑即《四库》存目所载之《诗经朱传翼》),“且言平

---

① 《清代七百名人传·王士祯》1746页。中国书店,1984年。又:[清]俞樾《九九销夏录·王渔洋身后赐名》卷九,106页。中华书局,1995年。

生学问以朱子为宗,独于《毛诗》不然","意主小序"。一部是成书于康熙九年的《春秋程传补》。程颐的《春秋传》"其时以党祸方作,至桓公九年搁笔,未为完书。予于是广集诸儒之说,妄为补之,有成书矣"。一部是"十五年前所撰"的《五经翼》,"不过集诸经序论耳,无当经学也"。(盈按:王崇简《孙公行状》言:"《经翼》一书,自公为县令时即多方裒辑,有世所未睹者。")在谈话中,退翁还很推崇元代经学,"言元儒经学,非后人所及"。这只是明末清初人的经学眼光。对于乾嘉时代的经学家来说,元明经学都不值一提,退翁也不在论列之内。若从文化学术传承的立场而言,他们均有继绝学之功,不可一笔抹倒。士禛在文章的结尾中说:

> 时先生已七十有九,读书日有程课,著述满家,可谓耄而好学者矣。

士禛对退翁敬重之心,溢于言表。同样,上文谈到的顾炎武、陆翼王、王弘撰诸贤同样很敬重退翁,《四库全书总目》作者却歪曲史实,说退翁"为当代所轻,故末年讲学,惟假借朱子以为重"。(144 页)又说:"其人可薄。"(968 页)到了梁启超、钱穆,在他们各自撰写的《中国近三百年学术史》中,孙承泽已经不成人样。梁启超说:

> 越爱出锋头的人,品格越不可问。诚有如王昆绳所谓

"朝乞食墦间，暮杀越人于货，而摭拾程朱唾余，狺狺焉言阳明于四达之衢"者，今试举数人为例。

一孙承泽　他是明朝一位阔官，李闯破北京投降李闯，满洲入关，投降满洲，他却著了许多理学书，摆出一副道貌岩岩的面孔。据全谢山说，清初排陆王的人，他还是头一个领袖哩。（原注：看《鲒埼亭集·陈汝咸墓志》）

（梁启超《中国近三百年学术史》128 页。东方出版社，1996 年）

梁启超，我应尊之为太老师。多年来，我和学敏只要去北京植物园，一定要拜谒先生之墓，对先生的德业景仰不已。但对上面这段文字却不敢苟同。

王昆绳即王源（1648～1710），他本是王阳明的崇拜者，吹捧阳明"为孟子之后一人"。（《与李中孚先生书》）他在《与朱字绿书》中对"掇拾程朱绪论"者的攻击完全没有学理的意义，只不过是一种道德上的谴责。这类"狺狺"之徒，不仅尊朱派有，尊王派同样有。而孙承泽绝非"摭拾唾余"之"狺狺"者。任公以孙承泽作为实例之一来举证，实在失之深考。一个都给事中，说不上是"阔官"，说他"摆出一副道貌岩岩的面孔"，与王弘撰、王士禛、王崇简等亲见其人者的回忆，完全不符。梁氏注文提到的《陈汝咸墓志》，我反复查阅，文中根本无一字涉及孙承泽，是任公引用有误，还是别有原因？全谢山文的原题为《大理悔庐陈公神道碑铭》（卷十六，295 页），陈公即陈汝咸（1658～

1716)，别字悔庐。《碑铭》中有这样的话：

座主安溪相公方以讲学招来后进。

当时安溪以朱子之后一人自任，欲学者皆尊其学，不名他师。

(《全祖望集汇校集注·鲒埼亭集内编》295、297 页。上海古籍出版社，2008 年)

所谓“清初排陆王”的“领袖”是不是指“安溪相国”李光地呢？

读罢任公、钱穆对孙承泽的恶评，我想起了元好问的几句诗：

先儒骨已腐　百骂不汝酬
胡为文字间　刮垢搜瘢疣
(《元好问全集》卷一，13 页。山西古籍出版社，2004 年)

五、“初附东林，继降闯贼”质疑。“贰臣”论是乾隆的愚民政策。

任公也好，钱穆也好，他们对孙承泽的恶评基本上来自《四库全书总目》对孙氏的极力贬损和乾隆“贰臣”论的流毒。人们不论多么聪明，多么有学问，很难突破统治思想和钦定舆论的局限，梁钱二先生也不例外。

《四库全书总目·诗经朱传翼》提要云："承泽初附东林，继降闯贼，终乃入于国朝。"（144 页）这是"其人可薄"的三条罪名。

所谓"初附东林"的根据是什么？《总目》云："承泽崇祯庚午乡试，出姚希孟之门，辛未会试，出何如宠之门，故其附东林也甚力。"（565 页）东林人物颇杂，但姚希孟、何如宠二人在士大夫中都有很好的声望，二人都在"逆珰魏忠贤东林党人榜"上有名（天启五年十二月乙亥朔颁示天下），孙承泽出于二人之门，就算是"依附"自己的座师，又有什么过错呢？

《东林列传》编著者陈鼎说：

> 慨自东林讲学以来，风气顿回，贤良叠出，奈崔（呈秀）魏（忠贤）煽祸，逆珰炽虐，继之逆案诸奸，扬灰播烬，反指东林为邪为党，终之熹思两朝，斩艾放逐，殆无虚日。至于国亡之后，学者竟以东林为祸窟，缄口结舌，不敢道焉。或有耆老齿及者，后生小子，辄摇手顿足，其畏也若洪水猛兽决逸而来，逃死不暇，局势之变乃至于此……呜呼，前朝待士之隆越三代，其得士之报亦越三代矣。然非东林诸君子讲明圣学，阐发义理，激扬廉耻，乌能视国如家、视君如父、趋义如流、视死如归、踵相接而肩相摩耶？呜呼，非讲学之成效欤？有何可畏哉！
>
> （《东林列传·自序》，新文丰出版公司）

《四库全书总目》提要所谓“依附东林”，显然是以“东林为邪为党”，这不是跟迫害东林的魏忠贤之流同一个鼻孔出气吗？这不是跟“以东林为祸窟”之类的糊涂“学者”持同一论调吗？

孙承泽既说不上“附东林”，也未借东林之名谋一己之私。而他之所以被目为东林，并非始于中举、中进士之后。“当诸生时”，时人就目为“东林秀才”。因为，“有建权阉魏忠贤祠于其里者，相率拜祠下，公独不往”。（《孙公承泽行状》）反对魏忠贤就等于东林党人。当年，“东林”是一顶足以陷人于死地的大帽子。故“凡纠阉死者，皆时所指为东林”。“明之季也，推斥正人者，概指东林为党人。”（《行状》）而士林清流，能不痛恨害人精魏忠贤吗？他的同年友成德，“为诸生时，因家近京师，每闻逆阉魏忠贤窃柄肆虐，则斫几狂叫曰：吾恨不能为天下杀此贼！闻者惊避”。（《天府广记》卷三十四，483 页）按照《四库全书总目》作者的逻辑，成德也是“依附东林”了。所谓“依附”云云，真是莫名其妙！这条罪状纯属颠倒是非。

至于“继降闯贼”的“降”字也大成问题，姑且不说这个“贼”字的阶级含义了。

史料的确有这样的记载：“福王时以承泽曾降附流贼李自成，定入从贼案。”

《明季北略》卷二十二“从逆诸臣”中也有孙承泽，任“伪防御使”，属于“污其伪命者”。

但这类记载是否可信，或事出有因而实情不符，很值得研究。李慈铭曾指出：《明季北略》“所载多凭传闻之辞，是非失实”。①

南明福王于崇祯十七年八月定的六等从逆案，当时就有人反对。全祖望也指出“不甚有据”：

> 南中解尚书学龙再定六等逆案，传闻不甚有据。如家玉、发祥反误入之，而得脱者甚多，后世将何信焉。
>
> （《全祖望集汇校集注·跋明崇祯十七年进士录》1322页）

在《明季北略》中，张家玉亦列于“从贼诸臣”，万发祥与方以智列于“刑辱诸臣”。在南京刑部尚书的从逆罪案中，方以智列为第六等。因为“仇奸必欲陷之”。方在与人书中大呼冤屈：“贞女蔑为淫妇，平地沉于海底，岂不哀哉！”②陈名夏被福王小朝廷定为从逆，也大成问题。方与陈都落入农民起义军之手，二人都逃离北京，回归南方，均遭弘光党祸。

“野史最多妄言”（全祖望语。见《集注》1330页），如彭仲谋《流寇志》：“但凭邸报流传，全无实据。……至叙陷贼诸臣，讹以承讹，更多诞妄。……翰林方以智为都御史孔炤子，陷贼不屈，南归，阮大铖诬以伪命，入之六等，举朝大哗，乃止。而彭氏

① 李慈铭《越缦堂读书记·杂史类》（三），410页。辽宁教育出版社，2001年。

② 任道斌《方以智年谱》131、133页。安徽教育出版社，1983年。

以为降贼授庶常。”(《集注》1326 页)孙承泽“降闯贼”授伪防御史,是否也属阮大铖之流因其“依附东林”而“诬以伪命”呢?是否也属“但凭邸报流传”、“讹以承讹”呢?疑点甚多。

全祖望说,他“尝得流贼所授降臣官簿一册,颇与诸野史所纪不同”。在这个长达四十多人的名单中,并无孙承泽。(遗民文秉著的《烈皇小识》卷八有“从贼者”名单计 129 人,也无孙承泽。但有一人名孙承,不知是否即孙承泽。)全祖望公布这“降臣官簿”,态度极为严肃。他说:“予之详录而不讳也,殆以为百世之戒,虽或触孝子慈孙之恨而不恤也。”(《集注》1322 页)孙承泽“簿”中无名,虽不能完全证明他没有“降闯贼”,但至少我们找到了这样一条他没有“降闯贼”的有利证据,也证明了“继降闯贼”的结论,并非铁案如山,不可动摇。

1644 年的北京城是信息极为混乱的一年,传至各地的消息,辗转于口头耳闻,道听途说,又有仇家诬陷,加之官方草率,全国混战,对于所谓从贼问题,从来无人也没有条件进行认真甄别、昭雪。到了乾隆时代,不可信的“邸报”、“野史”变成了信史。一旦进入《四库全书总目》,所谓“从逆”的形象就被定格下来,然后又根据这样的定格,再行歪曲之能事。孙承泽去世之后,《四库全书总目》对其形象的歪曲负有直接责任。他们对孙翁三死未遂,家破人亡之“仇”,一字不提;对有利于孙氏品格的正面证据,也加以怀疑、否定。因为在他们心目中孙氏就是一个“可薄”之人。

康熙十二年二月,马世奇的孙子马翀(字云翎,康熙十一年举人。见《带经堂诗话》卷十九，531页。）来到北京，向孙承泽展示了成德、马世奇的绝笔书。两书均有推崇光含万、孙北海的话。成德云：

使在都冠绅如光含万、孙北海，天下事尚可为。

马世奇答云：

读教可谓是母是子，羡之敬之。弟向语年兄极推光含万、孙北海，令人尽如两君子，事亦宁至今日乎？

（《天府广记》484页）

《四库》存目《天府广记》提要对成德的话持否定态度：

含万即光时亨字，以给事中从贼，后为福王所诛者也。以德之刚直明决，与时亨、承泽决非气类，未必肯作是语。如斯之类，或不免有所依托。

（《四库全书总目》673页）

光含万"从贼，后为福王所诛"，孙承泽不可能不知道，但绝笔书中确实提到光含万，这是事实，孙翁并未因光"从贼"被诛，就讳而不言。成、马二人之所以"极推"光含万，事出有因。崇祯十七年左中允李明睿在回答"上问御寇急策"时，提出都城南迁之策，而兵科给事中光时亨首参为邪说，甚至认为："不杀明睿，不足以安人心！"这位正月初三还表示誓死捍卫北京的给事中，到了三月十九日就主动"请降"，前后判若两人。而马世奇也是反对"南迁"的。他说："此议一兴，则都城顿摇矣，且南方气弱，难久。"（《明季北略》417页）在这一点上，马与光"气类"相投，马世奇怎能逆料自己去世后光含万会"请降"呢？《明季北略》卷二十"李明睿议南迁"条云：

> 马公当国变时，书中称光含万，其意略同。（417页）

这条材料很珍贵，可证马公确有与成德书，书中确实提到光含万。这里未说书中称孙北海，是因为迁都之议与孙无关。《总目》提要所谓"未必肯作是语"，所谓"有所依托"，纯属御用学者的主观臆断，他们并没有读过《明季北略》。

成德、马世奇、孙承泽是否"气类"相投呢？他们三人都是崇祯辛未进士，都有东林气质。

马世奇，无锡人，"弱冠，即受知顾端文公（东林领袖顾宪成）"。（《明季北略》523页）崇祯甲申迁左春坊左谕德。甲申三月十九日，"为手书约同年成德同死"。（《东林列传·马世奇传》卷八，20页）而同一天，成德"至泽家泣别，约以同死"。（《天府广记》484页）三人以死相约，可孙氏为"解悬挽溺者"所救，三死无一遂，故"不能无憾也"。（《行状》）李自成占领京城后，"伪纪功司差人舁至苏州胡同，余求速死。……伪司上本求宽北顺天诸绅,李自成怒,以入城时京绅无一人迎见者,夹伪司几死。余死亦在旦夕。幸皇清大兵入关”,逃了出来,“潜回上林”。(《天府广记》卷三十四,486 页)从孙承泽的自述来看,他并未投降“闯贼”。《明季北略》所说的授伪防御史(一说为四川防御史),根据何在?无从考定。

“成公临难与翰林院侍讲马公世奇书”及“马公答言”均载入《天府广记》卷之三十四,孙承泽为二书写了长篇跋语。从跋语的内容来分析,孙承泽不似接受“伪命”的降臣。他说:“捧读两忠绝笔”,“不觉泫然出涕。两忠者,马公及成公德,皆余道同志合之友也。忆癸未(崇祯十六年)与马公同事武闱(《明季北略·马世奇》云:“主武会试,得士二百人。”519 页),丙夜促坐,谈及国事纷纭,内监柄兵,相臣庸懦,危亡无日,泣下衣袖沾湿。”可见马公极推孙承泽,不是没有原因的。事隔三十年,“今见两公手札,从容就义,临危犹辱推及,惭愧欲死。八十之老,行见两公九原,或鉴此区区苦衷也。”(《天府广记》486 页)此等肺腑之言,岂是“降贼”者所能道?“苦衷”何在?乃“已死而不死”。为何“惭愧”?是“约以同死”而未果。“荷蒙再生,以至今日,一筹莫展,老病告休二十余年,无所补益于世也。”所谓“一筹莫展”,所谓“无所补益于世”,都不可以等闲语视之,隐隐约约透出故国之思。他还能有勇气“见两公九原”,因为他们的心是相通的,他们的“气类”是一致的。孙承泽若果真“降闯”,还有什么脸面“见两公九原”!

王崇简的《孙公承泽行状》,对李自成占领北京后孙公的表现有详细记载。应该说，孙的历史是清楚的。三死不一遂，后被“贼”执去，因早年为令河南，而正好此“贼河南人，夙知公。曰：公有遗德于吾乡。命伪尉守之，无致公死，公数日不食，不死”。在纪功司之所以绝食未死，是因为那位河南“贼”命人守护他，不让他死。孙公在世时，曾与王崇简谈到“东林人”与“死节者”的关系问题。王崇简说：

> 迨李自成之变，东林死节者比比，而委蛇于伪命，偷生视息，皆自以不为东林之人也。其邪正有不待辨而昭然者。公以为然。
>
> （《清代碑传全集》（上），卷十，58 页）

王崇简与方以智为好友，也是一个崇尚气节的人，他跟孙承泽的关系更不一般。如果孙氏真有“降闯”之事，崇简岂能不知！岂能当着孙面批判“委蛇于伪命，偷生视息”之徒，岂不是往孙的脸上吐唾沫？二人还能成为至交密友？这样的交谈还能写入《行状》？我以为王崇简写的这份《行状》，属于最了解实情的第一手材料，如果我们没有真凭实据推翻《行状》所言，我们就应该相信它，而不应该以讹传讹的野史为据。

孙承泽在世时，对于野史上的记载，对于短命的南京福王政府所定的“从贼案”，也可能根本就不知道，故没有像方以智那样起来抗争，他内心十分痛苦的只是欲死而未能即死。计六奇说：

> 论人于死生之际，亦难矣哉！甲申之难，有欲死而即死者……名垂日月，节炳丹青，允矣。至已死而不死者，方太史密之、龚给谏孝升……陈编修百史（名夏之字），之数公者，君子犹当谅其志焉。
>
> （《明季北略》卷二十二，611 页）

龚孝升（鼎孳）"降闯"有据，他本人也不否认，与方以智、陈名夏、孙承泽等不可相提并论。对于孙承泽，即使从封建伦常观念来考量，也应当"谅其志焉"。

退翁距离我们已有三百多年，我站出来为之辩诬，只有一个目的：在事实层面还他一个本来面目。我既不认为"降闯"有什么罪，也不赞同非死不可的"忠""烈"观。什么"忠臣不事二主，烈女不事二夫"、"饿死事小，失节事大"之类的立身原则，早就应该彻底扫进历史的垃圾堆。鼎革之际，上自王公大人，下自愚夫愚妇，似乎都只能选择一个"死"字，以死为最高荣誉，这样的价值观是不值得提倡的。为一个残暴腐烂的王朝而殉身，为某个私家天下而强行剥夺自己最宝贵的生命，曾经受到普遍赞扬与表彰，这是统治思想结出的毒果，是愚民政策的极大成功。像张岱这样有思想的文学家也说出了这样愚妄的浑话：

> 凡我士民，思及甲申三月之事，未有不痛心呕血、思与我先帝同日死之之为愈也。

（《石匮书后集·烈皇帝本纪》40页。中华书局，1959年）

士民有种种理由造朱家王朝的反，却找不出半条理由应“与我先帝同日死”。

我很郑重地表示：孙承泽“已死而不死”，无须“惭愧”，也不应有憾！

相反，孙承泽如果甲申三月十九日死成了，樱桃沟岂能无憾！《崇祯山书》谁来写？《春明梦余录》谁来写？《天府广记》谁来写？《庚子销夏记》谁来写？

孔子说：“士志于道。”士不当为“我先帝”而死，只能为道而死。还是老夫子说得对：“朝闻道，夕死可矣。”“道”是什么？是文化，是学术，是祖祖辈辈传承下来的文明制度。士为文化学术而生，为文化学术而死，非为某一姓而生，为某一姓而死。近代思想家，在研究易代之际文人学者应持何种立场时，只有章太炎懂得，文化高于王朝。他说：

儒坑于骊山，而伏生、叔孙独脱。及秦之废，通履汉朝焉，其违于守节欤？当其前，则有夏太史终古与受（盈按：指商纣王）之臣挚（指殷内史向挚。）矣。踵是，则有陆元朗、孔冲远矣。夫以身卫礼乐儒术，不恤其污，此诚非沟渎之小谅所能跂也。及身弗能卫，幸犹有肤敏（盈按：《大雅·文王》：“殷士肤敏。”毛传：“肤，美；敏，疾也。”）逸民，以守善道，而世又蹙之，则弗恤其污，以卫是人。如冯道、钱谦益者，亦尽瘁矣哉！不然，革命之际，收良以填沟壑，而天地之纪绝矣。

（《检论·杂志》）

“宰相冯道世本田家，状貌质野，朝士多笑其陋。”（《新五代史·刘岳》）自称“无才无德痴顽老子”。（冯道传）“事四姓十君，益以旧德自处。然当世之士无贤愚皆仰道为元老，而喜为之称誉。”道事契丹，“人皆以谓契丹不夷灭中国之人者，赖道一言之善也”。冯道脑子里根本没有“忠臣不事二主”的观念，他能为那些短命的王朝去死节吗？而且，“于此之时，责士以死与必去，则天下为无士矣”。（《新五代史·死事传》）太炎先生之所以肯定“冯道……亦尽瘁矣哉”，因为冯道对中国文化传承作出过重要贡献。他在后唐长兴三年（932）奏请依石经文字刻九经印板，到后周广顺三年（953）刻成，历四姓八君二十年，可谓“尽瘁矣”！退翁在生命的最后20余年，笔耕不辍，“亦尽瘁矣哉”！①

现在我们来谈“其人可薄”的第三条罪名：“终乃入于国朝”。

① 盈按：冯道是一个大有争议的人物，历来褒贬悬殊。褒之者如富弼，赞曰：“此孟子所谓大人也。”吴处厚说：“盖俗人徒见道之迹，不知道之心，道迹浊心清，岂世俗所知耶？”（均见《青箱杂记》卷二）释文莹《玉壶清话》称其“德度凝厚，体貌山立”。苏辙在《冯道》中赞扬其有“盛德”。

从字面看，这句话只不过是表述了一个历史事实，谈不上是什么罪名。可它的潜台词是："终乃入于国朝"，成为人所不齿的"贰臣"，岂不可"薄"！

"入于国朝"，"国朝"的统治者为何反而要给"入"者以罪名？这就证明：中国历史上最后一个封建王朝满清统治者，其思想统治不仅比历史上的汉族封建统治者还要严酷，就是与契丹辽、女真金、蒙古元的统治者相比，也大不相同。其政权能延续二百六十余年之久，与其严酷的思想统治有绝对关系。现在，某些大肆美化清代皇帝的文艺作品和"说书"式的所谓讲谈，对清王朝摧残汉文化、歧视、奴役汉族士大夫的种种暴行，为何毫无批判意识，为何要隐瞒历史真相？一百年过去了，至今还没有一本令人满意的具有国际视野和现代意识的清代学术史。任公、钱穆的《中国近三百年学术史》两书，也不能满足现代人的要求。

清王朝从定鼎北京之日起，就一直歧视汉官、对汉人充满猜疑之心。牵连到孙承泽的陈名夏一案，就是为了打击汉人高官。大学士宁完我的揭发材料说：

> 名夏屡蒙赦宥，尚复包藏祸心。尝谓臣曰："留发复衣冠，天下即太平。"其情叵测。……拥党市恩，于此可见。
>
> （赵尔巽等撰《清史稿·陈名夏》卷245）

谈迁《北游录·纪闻下》"陈名夏"条云：

> (名夏)在吏部时,权归满人。稍执论,亦不能展布……所推毂南人甚众,取忌于北……完我别摘名夏南党四十一人,录御前,赖上不问。
>
> (《北游录·纪闻下》390、391页)

顺治处死陈名夏,固然是为了清除多尔衮党徒,而给陈名夏定的实际罪名是"留发复衣冠"和所谓"南党"。这里的"南"、"北"即汉、满之别。"推毂南人",不一定是与满人抗衡;"留发复衣冠"绝非什么"包藏祸心"。陈名夏并非反清复明义士,根本目的还是为了清王朝的"天下太平"。而清统治者根据"非我族类,其心必异"的原则,绞死陈名夏,逼退孙承泽,这是一桩因猜忌而制造的冤案。"上心知其冤"(《北游录》391页),故对名夏之子"宥死",对莫须有的"南党"也"不问"罪了。

应该说,陈名夏、孙承泽等人所处的顺治时代以及康熙初年,清统治者对汉人、汉族士大夫、汉文化还是比较宽松的。当时的江南还没有完全平定,清政权还不算稳固,他们急于招降纳叛,礼贤下士,不管曾经有无抗清行为,只重目前表现,对来自明末的士大夫,以笼络利用为主,辅之以镇压、杀戮。到了乾隆三四十年,清王朝的统治已得到全面巩固,汉人不仅不思明,也不再思汉了,于是乾隆的统治思想一反顺康较为宽松的政策,将其专制面、高压面发展到极端。具体表现有三:一是进一步制造骇人听闻的文字狱,二是焚书、禁书、改书,三是抛出所谓"贰臣"论。

章炳麟读《违碍书籍目录》曰:乌呼!昔五胡、金、元,宰割中夏,其毒滔天,至于逆顺之分,然否之辨,未敢去故籍以腾姦言也。自满洲乾隆三十九年,既开四库馆,下诏求书,命有触忌讳者毁之。……隆庆以后,至于晚明,将相献臣所著,靡有孑遗矣!其他遗闻轶事,皆前代逋臣所录,非得于口耳传述,而被焚毁者不可胜数也。由是观之,夷德之戾,虽五胡、金、元,抑犹有可以末减者邪!

(《訄书详注·哀焚书》825~826页。上海古籍出版社,2000年)

关于文字狱、焚书,前人论述颇多,而"贰臣"论的毒害人心,甚为深广,故人心至今罕有觉其非者。刘声木(1878~1959)应该算是20世纪的现代人,当过上海文史馆馆员,而他的《苌楚斋随笔》还为"贰臣"论唱赞歌:

我朝高宗纯皇帝设立《贰臣传》,奖励臣节,极为宏大。厥后粤逆、捻逆、回逆相继扰乱,臣民之捐生效死,较之前代,无虑数千百倍。……岂非高宗纯皇帝崇奖之力有以启之欤!

(《苌楚斋随笔》卷五,93页。中华书局,1998年)

章太炎毕竟是不可多得的思想家,他早就指出:

夫患臣僚之携贰,则褒遗忠以炫之;惧汉族之怀旧,则毁故书以窒之。二者相违，而皆以愚民。惟民也卒受其愚，哀哉！

（《訄书详注》834 页）

“褒遗忠”与贬斥“入于国朝”的“贰臣”，这似乎是在为明王朝行褒贬之权，而其本意则是为了大清王朝自身的根本利益。乾隆爷于四十一年诏国史增列《贰臣传》，载明末降清高官一百二十人，替明王朝追查他们的历史老账，将他们死后的名声搞臭，把他们从“昭忠祠”、“乡贤祠”中拉出来示众，并不是真的要和死者过不去，而是要用这样的奴隶道德观念来愚化活着的子民：叛离主子、不为主子死节，将遭到历史的谴责。可悲的是，“惟民也卒受其愚”。新王朝的忠臣就这样一批又一批出炉了，新王朝的新忠臣早已将什么“扬州十日”、“嘉定三屠”忘得一干二净。“故国之思既已绝无，新朝之恩则又甚渥”①，于是，着满服蓄满式发辫一心为满的新一代忠臣如纪昀之流，手捧御旨，口含天宪，向怀有二心的孙承泽们兴师问罪了。在生于清长于清的汉官与由明末“入于国朝”的汉官之间，乾隆爷挖出了一条深深的“代沟”。站在御沟这一边的是“一心”，站在御沟那一边的是“贰心”。章太炎比任公、钱穆高明之处就在于他能对“贰心”进行再分析：

---

① 王鸣盛《十七史商榷》374 页。凤凰出版社，2008 年。

> 钱谦益与冯铨，其贰心一也。一思明，一忘明，则恶名归于思明者。
>
> （《检论·哀清史》）

钱谦益、孙承泽们遭清廷忌恨的根本原因，不是因为入了国朝，而是“入于国朝”之后“思明”。

乾隆四十一年十一月十七日上谕：

> 钱谦益在明已居大位，又复身事本朝，而金堡、屈大均则又遁迹缁流，均以不能死节，靦颜苟活。乃托名胜国，妄肆狂狺，其人实不足齿，其书岂可复存！自应逐细查明，概行毁弃。
>
> （《四库全书总目·卷首》3页）

乾隆如此痛恨钱谦益，这是钱谦益的光荣。凡读过钱氏篇什的人，“往往窥见其孤怀遗恨，有可以令人感泣不能自已者焉”。（陈寅恪语）冯铨是什么人？明万历进士，魏忠贤义儿，累迁文渊阁大学士兼户部尚书，加少保兼太子太保。降清后，“与（孙）之獬、（李）若琳皆先薙发，之獬家男妇并改满装”。（《清史稿·冯铨传》）清兵刚入关时，原本“许官民服发如故”。由于冯铨等铁杆汉奸誓矢效忠清王朝，带头薙发，孙、李二人并于顺治二年乙酉六月“各上章请辫发如国俗”（《北游录·纪闻下》354页），清廷才逼令全中国的汉人都要薙发易服。为此，死人无数，血流成河，而冯铨之流深得清廷宠信，冯铨于顺治二年就当上了弘文院大学士兼礼部尚书。这样一个家伙，能不“忘明”吗！

孙承泽虽未“妄肆狂狺”，而“思明”之痛，终身不已。他与顾炎武、王弘撰、陆翼王等人之所以能建立深厚友谊，固然有学术趣味上的一致，主要的还是心心相印——思明。没有这样的思想基础，孙翁也不可能得到“肤敏逸民”的敬重。

孙翁的学术研究也是“思明”的确证。国亡史不能亡，孙翁为保存明史而尽心尽力。

> 明史未有成书，久或失实。纂述《春明梦余录》、《人物志》、《山书》、《广记》、《元明（盈按：《四库》作“朝”）典故编年考》、《典制纪略》、《寰宇志略》、《山居小笺》、《研山斋集考》等书。
>
> （[清]王崇简《光禄大夫太子太保都察院右都御史吏部左侍郎孙公承泽行状》，《清代碑传全集》卷十，57 页）

孙承泽在《藤荫劄记》中，有关许衡（1209～1281）、刘因（1249～1293）的评说，可证其汉民族意识远在纪昀们之上（请注意，这是时代造成的），而纪昀对《劄记》的批判，只能说是为了讨好乾隆写给乾隆看的。提要云：

> 其论元许衡、刘因一条，谓衡不对世祖伐宋之问为是，而以因作《渡江赋》有“我有名而众，彼无义而小，留我奉

使，仇我大邦”云云，过于尊元抑宋为非。不知二人生长北方，由金入元，皆非宋之臣子，乃于一百余年之后，责其当尊邈不相关之赵氏，可谓纰缪之至矣。

（《四库全书总目》821 页）

孙承泽的“是”、“非”显然表达了汉民族的立场，不难看出他心中的“华”、“夷”之别（按：华夷原本是一家。那是另一个话题，当别论）。提要对孙氏的批判也表明了一种立场——“尊元”。“尊元”就是尊清。这是极为敏感的大问题，聪明机警的纪昀能不趁机出击以讨乾隆爷的欢心吗！纪总纂官的心思也很重哟，每写完一条提要都得认真掂量：万岁爷能满意吗？一个出身汉族而又完全丧失汉族意识的纪昀气势汹汹地批判还能保持汉族意识的孙承泽，这历史的吊诡，不值得后人深思吗？难道谁有权力给别人扣上罪名，谁就是真理的握有者吗?！对于钦定罪名，对于权力者所定罪名，我们应保持清醒的独立的判断力。

孙承泽是一个悲剧人物。他的身子虽“终乃入于国朝”，而思想情感却留在了那个已经灭亡了的明朝。一个“入国朝”时行年已经五十又二的“经生”、言官，怎么可能忘记故国的峥嵘岁月？作为可与崇祯对话的近臣，作为死难烈士的同年好友，作为失去两位亲人的家属，作为“东林秀才”，怎么可能“被发左衽矣”而不痛心疾首呢？可他能说什么？他敢说什么？直到“殁前一日”，他终于“赋诗有云”：

王崇简说:“此亦足以见公志矣!”为官清廷,身欲进而志欲退;身陷“闯贼”,志必死而身却生。这是孙翁平生“两大事”。两大矛盾使他备受折磨,人们能理解他吗?一片“思明”孤心,只能身后“照幽墟”了。这就是东林精神培养出来的士大夫所具有的时代苦闷与鼎革之际的感伤。钱谦益、吴伟业都在这样的矛盾与伤感中结束了自己的一生。噫嘻,那“站着说话不腰疼”的轻薄之徒,那以乾隆的是非为是非的奴才们,是否应当清理一下自己的思想,把腐朽的封建的节烈观扫进历史的垃圾堆呢?

2008 年 11 月 6 日至 2009 年元月 15 日

完稿于抱冰庐,时年七十有六

顾炎武的《日知录》

顾炎武是明末清初的一位坚强的爱国战士，又是一位才德兼优的大学问家。为了抗拒统治者的迫害和积极开展秘密的抗清活动，他离乡背井，奔走南北，过着一种漂泊不定的流亡生活。可贵的是在这种颠沛流离的情况之下，他还是孜孜不倦，勤奋治学，没有一天不读书。在长途旅行中，他用两匹骡子驮着书籍，在路上默诵所看过的书，有时记不起来了，就停下来打开书本复习。到了扼塞要地，就向老兵退卒进行调查访问，如果发现与平日所闻不合，立即发书对勘。这种脚踏实地、实事求是的治学态度，使他的学术著作，具有一定的科学价值。对于矫正明人的空疏，开创清代的朴学，都是有意义的。

《日知录》是他一生精力所注的结晶。他在前记中说：

“愚自少读书，有所得辄记之，其有不合，时复改定；或古人先我而有者，则遂削之，积三十余年，乃成一编。”全书共三十二卷，从体裁来看，是一种札记性的笔记文，即将平日读书心得，随时记下，归纳论证，所以多属考据性的文字；从内容来看，所涉及的领域非常广泛，政治、经济、军事、哲学、宗教、历史、法律、经学、文学、艺术、语言、文字、典章制度、天文地理，古今中外，无所不谈。

真如他的学生潘耒所说：“元元本本，无不洞悉。”顾炎武自己也说：“所著《日知录》三十余卷，平生之志与业皆在其中。”

所谓“平生之志”，其内容之一就是爱国主义的情操。他在清朝统治下活了三十多年，而三十多年如一日，赤胆忠心，独立寒秋，富贵不能淫，威武不能屈，对汉奸有咬牙切齿之恨。这种进步的民族气节在《日知录》的很多篇中有或明或暗的反映。在“文辞欺人”条，他借斥责谢灵运、王右丞的机会，大发感慨，说“今有颠沛之余，投身异姓，至摈斥不容，而后发为忠愤之论，与夫名污伪籍，而自托乃心，比于康乐、右丞之辈，吾见其愈下矣”。他揭露那些没气节的文人，以“文辞欺人”，“朝赋采薇之篇，而夕有捧檄之喜者”，但人民的眼睛是不可“欺”的，“其人之真伪，即以其言辨之，卒莫能逃也”。因为只有那些真正爱国之士，像《诗经·黍离篇》中的大夫，楚国的屈原，才能言真情切，而“将叛者，其辞惭；中心疑者，其辞枝；失其守者，其辞屈。”（顾引《易经·系辞下》语）所以说：“即以其言辨之，卒莫能逃也。”

顾炎武绝不是为著书而著书，他写《日知录》，是因时立言，以救其偏。他明确地提出了“文须有益于天下”的主张，潘耒说得很中肯：“如第以考据之精详，文辞之博辨，叹服而称述焉，则非先生所以著此书之意也。”古为今用，面向现实，是顾炎武为人处世、著书立说的一个根本特色。和那些避于山谷、独善其身的隐者，以及为考据而考据的乾嘉朴学大师，迥然不同。他一贯留心时事，关心政治，对“经世要务，一一讲求”。所以对晚明文人他采取了极严肃的批判态度，说他们“不习六艺之文，不考百王之典，不综当代之务……以明心见性之空言，代修己治人之实学”。（卷七）在“南北学者之病”、“文人求古之病”、“文人摹仿之病”这三条中，对当时文人的通病揭露得非常深刻。他批评北方的学者“饱食终日，无所用心”；南方的学者“群居终日，言不及义，好行小慧，难矣哉！”（卷十三）又认为“近代文章之病，全在摹仿”。（卷十九）写起文章来，不用现在的地名，偏要借古地名，不用现在的官名，偏要借古官名，放弃现在常用的字不用，故意使用古字，他说：这都是“文人所以自盖其俚浅也”。

在《日知录》里面，他还谈到了著书的必要性有两个原则：一是从前的人所没有发明的新见解；一是“为后世之所不可无，而后为之”。他主张“文不贵多”，宁可少些，但要好些，因为“书愈多而愈舛漏，愈速而愈不传”，（卷十九）为什么会发生这种情形呢？是因为这些人不懂得著书之难，又急于成名，而“所以求当世之名者，无非为利也。名之所在，则利归之，故求之唯恐不及也。苟不求利，亦何慕名”。（卷七）他对个人名利思想的揭发是富有教育意义的。

他自己写《日知录》就是极其谨严的。不看到一点就写，不写出来就急于发表。《四库全书总目》说他写《日知录》“每一事必详其始末，参以证佐，而后笔之于书，故引据浩繁，而牴牾者少”。这是学术界所公认的定论。如在三十二卷“桑梓”条下，为了证明“桑梓”是否有乡里之意，就引用了张衡、蔡邕、陈琳、钟会、左思等十几人的诗文，具有无可辩驳的说服力。特别是他善于把书本知识与实际见闻结合起来，所以能发前人所未发，纠正很多前人的谬误。有一次登泰山，发现山顶上有一块无字碑，世传为秦始皇立，他有怀疑，后来“取史记反复读之，知为汉武帝所立”。（卷三十一）由于他这样严肃慎重，所以用了三十多年的工夫才写成三十二卷书，平均每一年只能写出一卷。

顾炎武著书强调要有自己独立的见解，非常反对那种“窃书”的手段。他说“有明一代之人，其所著书无非窃盗而已”，“今代之人，但有薄行而无俊才，不能通作者之意，其盗窃所成之书，必不如元本，名为钝贼何辞”。（卷十八）他的原意当然不是说不要利用古人的研究成果，而是提倡“凡述古人之言，必当引其立言之人……不可袭以为己说”。（卷二十）他不仅没有立意要剽窃古人，就是偶有与前人所见略同之处，一经发现，“则遂削之”，以“推服古人”。这样，他的《日知录》才能发前人所未发，对学术的发展，作出了新的贡献。

《日知录》的全部出版，是他死后的事情。在生之年，“因友人多欲钞写，患不能给”，曾刻出过八卷。但过了六七年之后，“老而益进，始悔向日学之不博，见之不卓，其中疏漏，往往而有”(初刻日知录自序),又加以增改。当他的学生要他出版此书时,他说:“再待十年,如不及年,当以临终绝笔为定。”这完全是一种对社会、对学术、对自己言论极其负责的态度,是值得我们称道的。

顾炎武毕竟是封建社会的知识分子,对他的《日知录》,也应该抱批判地继承的态度。如他对李贽的痛骂就不足取。他对李贽的评价,一方面是由于他误信了统治者对李贽的造谣中伤,另外也是他头脑中孔子家法思想在作怪。他认为“自古以来,小人之无忌惮而敢于叛圣人者,莫甚于李贽”。(卷十八)殊不知敢于“叛圣人”,这正是李贽伟大而卓越之处。比起这位晚明思想界的先驱来说,我们崇敬的顾炎武夫子就显得落后了。又认为钟惺“其罪虽不及李贽,然亦败坏天下之一人”,这也言过其实。我们觉得顾炎武对晚明文人有点偏见,特别是对王学。他心怀亡国之隐痛,一味找这些文人出气,真是舍本逐末,把败坏天下的责任推给李贽、钟惺这般人,当然是极不公平的。

岂止不公平!他跟扼杀思想的专制统治者一样,要焚其书,治其罪。对“虽奉严旨,而其书之行于人间自若也”,愤愤不满。他跟“人间”的距离太远了。知堂老人对此曾有严厉批评。他说:“奇哉亭林先生乃赞成思想文字狱,以烧书为唯一的卫道手段乎,可惜还是在流行,此事盖至乾隆大禁毁明季遗书而亭林之愿望始满足耳。不佞于顾君的学问岂敢菲薄,不过说他没有什么思想,而且那种正统派的态度是要不得的东西,只能为圣王效驱除之用而已。不佞非不喜《日知录》者,而读之每每作恶中辍,即因有此种恶浊空气混杂其中故也。”①

当然,顾炎武的《日知录》在学术史上的地位是崇高的。阎若璩曾在《潜丘劄记》中说:“上下五百年,纵横一万里,仅仅得三人”,顾亭林处士就是其中之一!

（原载 1961 年 7 月 22 日《光明日报》,2009 年 3 月略作补充）

---

① 周作人《秉烛谈·妇人之笑》159 页。河北教育出版社,2003 年。

阎若璩的治学精神

不久前，读完了阎若璩的《潜丘劄记》，又参阅了几种有关的资料，觉得阎若璩的治学精神，是值得我们研究的。

阎若璩，祖籍山西太原，寄籍江苏淮安，潜丘是他的号。在政治上，由于晚出的缘故吧，他没有顾炎武那种桀骜不驯的亮节高风。而清代汉学的兴盛，阎与顾却都是开山鼻祖，这在学术史上是有了定评的。

这里，我们通过《潜丘劄记》一书，看一看阎若璩的治学特点。《潜丘劄记》是阎若璩平日学习中"有疑即录，自为问难之书，其中有已校订者，有止存旧说而未校订者"。（阎学林：《潜丘劄记序》）它的最后编定成书，付梓开雕，是乾隆九、十年的事情。这时，阎若璩去世已经四十多年了。从《劄记》可以证明，阎若璩的学风是实事求是的，他勇于怀疑,敢于做翻案文章。不论《古文尚书》,还是《学》、《庸》、《语》、《孟》;不管你是朱熹,还是顾炎武,一有疑问,他就据实考证,轻则修补,重则翻案。我们应当尊他为学术上的“包青天”。许多伪书谬论,弄得乌烟瘴气的争端,都被他考个水落石出。他的《古文尚书疏证》就是轰动清初学术界的辉煌杰作。他从20岁读《尚书》起,就怀疑古文25篇是后人的伪作,经过几十年的钻研,最后证实原是东晋梅赜的赝品,写出了《疏证》。

顾炎武是他最敬佩的大学问家,但是,顾氏游太原时,“以所撰《日知录》相质,即改订数则”。博雅如顾炎武君,也从而“心折焉”。(江藩:《汉学师承记》卷一)如顾炎武以为,历史上只有两个江西。阎若璩认为不符合历史真实。他说,在六朝以前的江西,是指安徽六合、和州、庐江一带;唐乾元以后的江西,即现在的南昌等地。又根据《三国志》、《南史》的资料,指出现在的扬州,在当时“亦名江西”。是“江西之名有三,顾宁人(炎武)仅知其二”。(《劄记》卷三)傅山也是太原的豪杰之士,对于《左传》有深入的研究。他60岁的时候,阎若璩还是“而立”之年。有一天,阎若璩去拜访这位老前辈。傅山问他:“古人命名应有义。但如文六年:‘续鞫居,乃射姑之族。’‘鞫居’二字何义?”阎若璩当即旁征博引作了回答:“案成二年:‘齐师乃止,次于鞫居。’杜氏只注:‘鞫居,卫也。’惟刘昭引《陈留志》于兖州封丘县下注云:‘有鞫亭,古鞫居’。则如此盖以地命名者。”(《劄记》卷二)江藩说他“精于地理之学,山川形势,州郡沿革,了若指掌”,这是的的确确、语不虚发的。在封建思想占统治地位的社会里，对于前贤的著作进行大胆的怀疑，是不可能不遭到非议的。当时就有人斥责他“轻议先儒”。阎若璩回答得很妙：“轻议先儒其罪小，曲循先儒而使圣贤之旨不明于天下后世其罪大。愚固居罪之小者而已。”(《劄记》卷一)他不管你什么“先儒”“后儒”，惟真理是从，“不敢以先儒之成说为可安，不敢以后儒之异说为可废”。(《劄记》卷四)作为一个学者，这应该是起码的科学态度。可是，在当年那种尊崇门户、迷信古人的学风下，就显得难能而可贵了。

“要想追求真理，我们必须在一生中尽可能地把所有事物都来怀疑一次。”[①]这是认识论上的怀疑主义者，我们并不赞成。但一个搞科学的人，如果墨守成说，不敢怀疑，是谈不上开创的。然而，脑子里只有怀疑，不进而解剖疑团，那对学术的发展，还是无益。必须遇有疑问，就抓住不放，猛打穷追，不达目的，绝不罢休，阎若璩就是这样。他对于不甚了解的事物，往往要在大脑皮层上立下“存照”，打个问号，直到恍然大悟，才算了却一桩心事。有一年夏天，他在徐健庵寓邸夜饮。徐说，康熙皇帝今天问他：“使功不如使过”，这句话出自何处？当时没有回答得出。若璩说：他曾经读过一篇文章，题目就是《使功不如使过论》，“通篇俱就秦穆公用孟明发挥，应是昔人论此事者作此语”。但他也不知道出于何书。(《劄记》卷二)时间整整过了15年，有一次，他读《唐书·李靖传》，才发现这是唐高祖说的话。因为

① 笛卡尔著、关文运译《哲学原理》第一章，1页。商务印书馆，1959年。

李靖犯了错误，罪当斩首，后来派他领八百兵去攻开州蛮，俘获五千人。高祖非常高兴，就对左右说："使功不如使过。"而阎若璩并不因这一发现就踌躇满志，沾沾自喜。又过了五年，读《后汉书》的时候，才最后发现，唐高祖也是引的别人的话。《后汉书·独行传》："索卢放(姓索卢名放)谏更始使者勿斩太守，曰：'夫使功者不如使过。'章怀太子贤注：'若秦穆赦孟明，而用之霸西戎。'乃知全出于此。"为此，阎若璩感慨系之："甚矣！学问之无穷，而人尤不可以无年也。"(《劄记》卷二)这一事例，典型地说明了，读书不可满足一知半解，知识是积累而来的，碰到疑难之点，不可轻易放过去，多方留意，自有冰释之日。

阎若璩又很重视实践的知识。年轻时读《孟子》，读到滕定公死，滕文公派师傅然友到邹国去请教孟子关于行丧礼的事。他又怀疑起来：两国相距如此之远，怎么来得及呢？长大之后，亲历其境，才明白这两国的距离，原不过百把里路，早晨出发晚上就到了。像阎若璩这样，知之不甚详的问题都不敢以为真知，那么，强不知以为知者，更当引以为戒了。

阎对古书章句的训释，也能用考据家的敏锐目光，直透作者的胸臆。《项羽本纪》中的鸿门宴，精彩动人。司马迁在描绘这历史的盛宴时，一开头就介绍了各人的座次，"项王、项伯东向坐，亚父南向坐，……沛公北向坐，张良西向侍"。一般读者，很可能只将它当作寻常文字读过。而阎若璩独得司马迁的匠心经营。他说："详叙各坐次，不是闲话，总为下文项庄欲击沛公于坐、项伯以身翼蔽沛公两剑舞地耳。使沛公项王并坐，便有投鼠忌器之事,不得击杀之。”另外,对“张良西向侍”的解释也是合乎上下文义,而不拘泥于字表的。在古代汉语中,单说“侍”,本是站立在旁边的意思。这儿,应该是张良侍坐在刘邦的侧面,因为西北方是相连的。阎若璩引了两条材料来论证这一点:(一)下文有项王听了樊哙的一通议论之后,无言以对,只得招呼着樊哙:“坐”。于是“樊哙从良坐”。这证明张良原本是坐着的。(二)他又从《樊哙传》中找到一条材料:“时独沛公与张良得入坐。”说明了张良确乎是坐着的。弄清张良到底是坐着还是立着,似乎无关紧要,然而在不紧要处他都如此细心,紧要处就不待言了。而且,这些细节也不能说不重要,如果你是一个教员,这个地方讲不清,那就要以讹传讹了。阎若璩读书,真是一个字一个字地抠啊!

阎若璩乃一代儒宗,那么他的天资是否聪颖异常呢?根据江藩在《汉学师承记》中的介绍:他生来就是个结巴,天资又很鲁钝,六岁的时候入小学,读书千遍,还不能背诵。十五岁时,冬夜读书,“扞格不通,愤悱不寐”。古人说:“不愤不启,不悱不发。”阎若璩愤悱之后,就启了、发了。

在本文结束的时候,还有必要介绍一下他屋柱上的那副对联:“一物不知,以为深耻[①];遭人而问,少有宁日。”(皇甫谧语)

① 《后汉书·张衡传》:“耻一物之不知,有事之无范。”《南史·陶弘景传》:“一事不知,以为深耻。”盈按:此言不可取,近乎狂妄。陆九渊说:“读书不必穷索,平易读之,识其可识者,久将自明,毋耻不知。”(《象山先生全集》卷三十五,476页)又说:“某平生有一节过人,他人要会某不会,他人要做某不做。”(473页)足以耐人寻味。

其穷年累月,孜孜矻矻,探究真知,谆谆诲人的精神,实堪钦佩。

阎若璩在清代是一个颇有争议的人物。盖“天性好骂”,与人论难,不留情面。杭世骏《阎若璩传》载其在都下与汪琬辩论礼制问题,使汪声望“为之顿减”。故“《尧峰文抄》掊击不遗余力,则有夙嫌也”。杭氏对之也有微词。认为阎之为人“可谓极学士之精能,非鸿儒之雅度也”。全祖望《题古文尚书疏证》甚至说:“然未能洗去学究气为可惜,使人不能无陋儒之叹,盖限于天也。”“陋儒”云云,又太过分了。毛奇龄作《古文尚书冤词》,专以攻击《疏证》,阎若璩持沉默态度,不与之辩。可章学诚在《乙卯劄记》中讥之为“气慑于其锋焰,而不敢出声,喙虽长而才怯也”。还有人讥之为“遇大敌则瑟缩不进,遇小敌则勇鼓直前”。均非的论。

(原载1962年12月13日《光明日报》,2009年3月修改补充)

侨吴老人三章

我是"独学"主义者。

《学记》说:"独学而无友,则孤陋而寡闻。"此话的重点在"无友",第一个"而"是表假设的连词,逻辑关系是能成立的。我的重点在"独学"。人生不患"无友",唯患不"独学"。不独学则不能坚守孤独,不独学则不能成为快乐的"单干户"。

"独学"的重点又在"学"。学必有对象,我的学习对象很广泛,古今中外都有。我的个性与职业又决定了,我的学习对象也可以说我的朋友,多是从未谋面的古人。如蒙城那个穷得揭不开锅还能遨游蝴蝶梦乡的庄生,长安那个因口语而闯下大祸的刑余之人司马迁,黄州那个贬不死的乐观主义者东坡居士,衡阳那位"活埋"于深山的老乡船山先生。还有，姑苏城外枫桥那位贫病交加风骨嶙峋的侨吴老人。

我对此五人的景仰，以侨吴老人为最。这位经师、人师是我平生最服膺的古典语言学家，给我诸多启示与教益。

侨吴老人就是乾嘉学术中坚段玉裁。段翁德业如玉，斐然成章，吾何以裁之！只是早年即好读段《注》，而从1989年2月至2002年1月，十余年间，我多次开设“说文段注研读”。常年跟侨吴老人打交道。或讨教，或阐释，或驳辩，笔记就有十余册。论学之余，亦倾慕其为人。26年前我就写过一篇小文章：《段玉裁注〈说文〉》，发表在秦似主编的《语文园地》上，现在作为本文第三章。今年春节有暇，又增写两章，合为一篇，题为《侨吴老人三章》。

第一章：段玉裁与恩师尹会一及《小学》

段玉裁说：“学者所以学为人也。”①不同社会、不同时代、不同阶层，有不同的“为人”标准。段玉裁一生有两位恩师，也是他“学为人”的两个标准。戴震是那个时代标准的经师，尹会一是士大夫标准的人师。段玉裁对戴震的深情厚意，历经二百余年，犹然人人称道；他对尹公的感恩戴德，则鲜为人知。我早年读《说文解字注》，对下面这段文字并未引起足够注意，因为我对《小学》这本书很不以为然。可段玉裁则完全相反。他说：

---

① 《经韵楼集·娱亲雅言序》192页。上海古籍出版社，2008年。

> 年十三，学使者博野尹公讳会一，录取博士弟子，授以朱子《小学》，生平敬守是书。
>
> （《说文解字注》784 页。上海古籍出版社，1981 年）

乾隆十二年丁卯（1747），段玉裁 13 岁，尹会一正是在这一年视学三吴，亲自录取这名少年儿童为秀才（即博士弟子，又名庠生），并赐予《小学》一书。"尹师谓孺子可教，赐饭，宠异之。"这一系列的奖励，在段氏幼小的心灵中留下了极为深刻的印记，对段氏日后的奋进和积极为人都有难以估量的意义。

到了嘉庆十四年，段玉裁时年七十有五，又写出了感情真挚的《博陵尹师所赐朱子〈小学〉恭跋》。嘉庆十九年，段氏作《八十自序》，仍念念不忘尹师：

> 余幼时，先君子亲授经典，博陵尹师授以朱子《小学》。吾父吾师之爱我者至深，责我者至重也。
>
> （《经韵楼集》202 页）

《自序》将"吾师"与"吾父"并提；所谓"爱我"、"责我"者即寄予厚望也。少年段玉裁若在厚望中陶陶然，飘飘然，段玉裁就不能成其为段玉裁了。段玉裁能将"爱我"转换为自爱，将"责我"转换为自责，这就是庸人与豪杰之士的区别所在。八十之老，还能深深自责自爱，无愧于"吾父吾师"矣。《自序》云：

回首平生，学业何在也？政绩何在也？自蜀告归，将以养亲，将以读书；然虽以此自期，而养亲未之能力也；而读书竟无成也。余之八十年不付诸逝水中乎？其将何以见吾父吾师于地下乎？此余之自悔也。

（《经韵楼集》202 页）

我以一个现代人的眼光遥望段玉裁，其养亲之“能力”（“力”为动词），其读书之有成，堪称吾人表率，而老先生犹“自悔”不已，是因为他心目中的有“吾父吾师”的高标准在。由此我想到，现代人的学术成就有望超过段玉裁，而现代人的“自悔”精神，尊师重道精神，已相距十万八千里。这原因何在？是教育机制出了问题？还是社会伦理已不复存在？我没有深入思考过。

一本《小学》，一个尹会一，在那样的时代，能产生那样大的作用，足以影响人的一生，这就值得研究。尹会一何许人也？《小学》是本什么书？明乎此，方可进入侨吴老人的精神世界。

尹会一（1691～1748），字元孚，号健馀，河北博野人。博野在历史上名博陵，故段玉裁说“博陵尹师”，今博野县属保定市，县政府所在地为博陵镇。

尹会一是名臣、孝子、理学家。顾栋高有《尹先生会一传》，方苞有《尹元孚墓志铭》，《清史稿》有传，《清代七百名人传》中也有长篇传记。有著述多种，其《健馀先生文集》十卷，颇得张舜徽先生好评。

康熙五十九年，尹会一中举，雍正二年中进士。雍正朝当过襄阳、扬州知府，乾隆朝开府河南，入为副都御史。十一年三月授工部侍郎，是年冬到任，“未逾旬，特命视学江南。十二年秋莅金陵。……未几有旨：复掌江南学政。逾岁（乾隆十三年，1748）七月，按试至松江（今属上海市），遘疟疾，卒于官。前是月，特晋少宰（吏部侍郎）。”①

尹会一“前后居官二十年，大都廉以禔（tí，又音 zhī。安，修）身，勤以供职，宽以接下。其所历运使及盐政诸缺，皆世人所视为善地，而先生洗手奉公，子妇不得取分毫，大半尽归于官中，为军民资本救灾恤贫之用，余则以周宗族乡党”。②

尹会一，三岁丧父，由母亲培养成人。其母“李氏，有妇德。凡先生亲师取友，立身制行与居官仓卒应变，拯饥救患，禀太夫人之教。”（《尹先生会一传》）“其居官，每夕必以所措施详告太夫人，意或未惬，则跪而请罪，不命之起，不敢起。官中禄赐出入，壹禀于母。”（《墓志铭》）乾隆八年特赐御制诗及楹联予以表彰，天下传为美谈。“海内大吏，靡不迂道请见，其妇德实古今罕有之。”（《尹先生会一传》）母亲干政，未必符合法治社会的规范，但在人治重于法治的时代，官们幕后如有这样一位优秀母亲掌舵，施以家规，严加管教，不仅草民有幸，也是官家之大幸。

尹老太太教子之方，尹公为官之道，在今人看来，不是作秀

---

① 《望溪先生文集·卷十一·尹元孚墓志铭》。上海中华书局，“四库备要”本。

② 《尹先生会一传》，见《清代碑传全集》卷三十，186 页。上海古籍出版社，1987 年。

以沽名钓誉,就是愚不可及,因为现代人对传统伦理道德已经非常非常陌生了。其实,他们母子所作所为都有明确的理论背景。张舜徽先生指出:

> 足徵其学期致用,不坠虚玄。大抵采颜、李之长,而去其偏激;救程、朱之失,而取其精华。谓为融合颜、李之旨于程、朱之中,亦无不可。
>
> (《张舜徽集·清人文集别录·健馀先生文集》卷五,126 页。华中师范大学出版社,2004 年)

尹会一"学宗朱子",与康雍时代的统治思想主流学术完全一致,而作为北方学者,身为博野人,他又深受颜习斋(1635 ~ 1704)、李刚主(1659 ~ 1733)学术的影响。方苞《尹元孚墓志铭》一开篇就说:

> 蠡吾李塨刚主尝言:"北方少俊,不肯自混于俗者,博野有尹元孚。"
>
> (《望溪先生文集》卷十一,1 页)

古之蠡吾,在博野县西南,后并入博野县。方苞在这里说的蠡吾,实际上是蠡县,与博野相邻。刚主对尹会一有如此高的评价,因为尹公"于颜氏之学,推尊甚至"。(张舜徽语)

程朱重节义,颜李重实践。为官为民,躬行节义,一丝不苟,这就是尹门家风。尹家的故事，少年时代的段玉裁必有耳闻；而尹公的清高形象，却成为他终身崇拜的楷模。

乾隆二十五年，距尹“师薨于松江试院”已有十余年，段玉裁入都，准备明年参加会试，他还特意“谒师令嗣亨山方伯，亦勤勤恳恳望以力学”[①]。这位亨山方伯（任甘肃布政使，后来升至大理寺卿）乃尹公长子，名嘉铨，雍正乙卯（十三年，1735）科举人。他的命运可惨得很。乾隆于四十六年路过保定府，嘉铨上书以汤斌、李光地及其父等从祀孔庙，加之他的著作又为乾隆所不满，竟被逮治处绞，时人伤之。[②] 这一年，段玉裁正好告别官场回归金坛，他对嘉铨一案有何看法，后人已不得而知。所可知者，他对尹师所赐朱子《小学》一书时刻不忘“敬守”。但是：

> 玉裁自入都，至黔，至蜀，久不见此本，在巫山曾作家书上先君子，请检寄之。先君子寄以他本，而梦寐间追忆在是。五年前乃于四弟玉立架上得之，喜极，继以悲泣（盈按：五年前段氏已年过七旬，睹物思人，伤感有如此者），盖痛吾师及吾母吾父之皆徂，吾父所以训我，吾师所以郑重付我者，委之蛛丝煤尾间，不克如赵襄子之简，探诸怀中，愧恨何极！幸吾师之编尚存，吾父之题字如新，年垂老耄，敬谨

① 《博陵尹师所赐朱子〈小学〉恭跋》。见《经韵楼集》193 页。

② 李春光纂《清代名人轶事辑览》（2），856 页。中国社会科学出版社，2005 年。又见《清儒学案》卷六十二，2428 页，《尹会一健馀学案》，以及杜景华《尹嘉铨文字狱案》。见《清代文字狱案》，紫禁城出版社，1991 年。

翻阅，绎其恉趣，以省平生之过，以求晚节末路之自全；以训吾子孙敬观熟读，习为孝弟恭敬，以告天下之教子孙者，必培其根而后可达其支，勿使以时义、辞章、科第自画也。此则小子之微意也夫！

（《经韵楼集·博陵尹师所赐朱子〈小学〉恭跋》194页。嘉庆十四年）

一位年过七旬的经学大师对一本启蒙读物如此重视，从修身、齐家推及"天下之教子孙者"，其律己之严，其社会责任心之重，今天读来，仍能发聋振聩，仍可促人深思猛省。侨吴老人甚至以赵襄子之简为喻，也能给后人以启发。今人读书，人是人，书是书，人书两张皮，书之于人，不过广见闻求进取而已；侨吴老人读书，处处联系自己，联系社会实际，故其"自悔"自省之功深刻，气象不凡。

"赵襄子之简"的故事见于《资治通鉴》卷一，语焉不详。据《绎史》云，《通鉴》这条材料来自《韩诗外传》：

赵简子大子名伯鲁，小子名无恤（即赵襄子）。简子自为一书牍（即"简"）曰："节用听聪，敬贤勿慢，使能勿贱。"亲自表之，与二子，使诵之。居三年，简子坐清台之上，问二书所在。伯鲁亡其表，令诵，不能得；无恤出其书于袖，令诵，习焉。乃出伯鲁，而立无恤，是为襄子。

（今本《韩诗外传》无。转引自[清]马骕《绎史》卷八

十七,2162页。中华书局,2002年版)

尹公赐书被“委之蛛丝煤尾间”,与夫“伯鲁亡其表”,情形毕竟不同,而老人竟然有“愧恨何极”之责,足证其立品之严。作此《跋》之前两年,也就是嘉庆十二年丁卯(1807),老人时年七十有三,与顾千里为“西郊”或“四郊”之异进行激烈辩论。这里且不谈二人学术上的是非,只说学品。比侨吴老人小三十余岁的千里,一直得到老人的提携与鼓励,可“骄傲性成”,恶语伤人,将一字之争引向意气之争,终至毁灭友谊,彻底决裂。在《答顾千里书》的结尾,老人劝顾氏“姑读《小学》”,并引用两段历史材料为据。

> 《颜氏家训》曰:“今有读数十卷书,便自高大,陵忽长者,轻慢同列。人疾之如仇敌,恶之如鸱枭。如此以学求益,今反自损,不如无学也。”子朱子《小学》取之(盈按:《小学·嘉言·广敬身》引此文)。顾泾阳(明末东林领袖顾宪成之号)诲钱牧翁曰:“汝自谓读书多我,有书二本汝却未读,乃《小学》也。”
>
> (《经韵楼集》300页)

在这两条材料之后,老人立即下一断语:“未有无人品而能工文章者。”对顾氏的“人品”提出质疑。老人显然很伤心,大失所望,顾千里为何如此“骄傲”呢?只能劝他“姑读《小学》”,学会如何尊重"长者",敬重"同列",端正学风。古今中外多少事实都告诉我们:一个学术气量褊狭、心术不正的人,不仅败坏学术空气,对自身而言也很难有大发展。敢于挑战权威并不错,以怨报德,不遵守游戏规则,那就请你去读读朱熹的《小学》吧。

侨吴老人如此推崇《小学》,在"朱子"前面还要加上一个"子"字,能否证明他是朱熹的信徒呢?是一位理学崇拜者呢?不能。他在七十有六也就是嘉庆十五年时给王念孙的信中说:

> 东原师曾与弟书云:仆生平著述,以《孟子字义疏证》为第一,所以正人心也。今详味其书,实实见得宋儒说理学,其流弊甚大。
>
> (《经韵楼文集补编·与王怀祖第六书》418 页)

如何对待理学,他是东原师的忠实信徒;如何对待《小学》,他是尹师的忠实信徒。这两位恩师共同塑造了一个段玉裁。两位恩师都以"正人心"为己任,尹师偏于蒙养之功,戴师重在理论清算。而段玉裁深深"自悔"的是理论功夫不及戴师。下面这段话是他晚年的心声:

> 所读之书,又喜言训诂考核,寻其枝叶,略其本根,老大无成,追悔已晚。
>
> (《博陵尹师所赐朱子〈小学〉恭跋》,《经韵楼集》卷八,193 页)

侨吴老人这种心态涉及一个重大理论问题:如何定位古典语言学,如何看待学术分工。

“本根”、“枝叶”论与戴东原的“轿中人”、“轿夫”论,道理一样,只是说法不同。把“训诂”——语言文字研究看成“枝叶”,比喻为“轿夫”,把“性与天道”研究看成“本根”,比喻为“轿中人”,这在封建社会、在经学占统治地位的时代,不仅是可以理解的,而且也是必然的。但从现代学术分工来看,语言文字学与哲学、伦理学,都是独立学科,都有自身的独特价值,不是“根”与“叶”、“轿中人”与“轿夫”的关系。在我们今人看来,段玉裁的学术道路并没有错。不仅没有错,而且取得了卓越的成就。他的古音学研究,《说文》研究,都是专家之学,都是一流水平,并世无双,有什么可“追悔”的!为什么高邮王氏父子就没有这种“追悔”的心情呢?我以为段老先生紧跟两位恩师,风义可嘉,景仰有加,而平视不足,以致“自惭形秽”、“自愧弗如”。他缺少高邮王氏那份宁静,那份孤芳自赏,那份世家子弟的贵气。贫寒人家,七品芝麻官,学问虽大,脾气也不小,而底气毕竟有点不足啊。王亦有不及段者,段王均是东原高足,而段是铁杆保戴派,是东原的忠实捍卫者,人穷道不穷啊!

人的自我评价,与后人对其人的评价,往往差距甚大。吹牛之徒,自我膨胀的家伙,要后人来戳穿他;成就卓著而谦言“老大无成”者,后人应当肯定他,赞美他。段氏属于后者。谦谨是德性,是少小养成的德性。段玉裁说:“朱子之《小学》,蒙养之全功也。”他的“自悔”自省精神,“以圣贤之学”为分内事的精神,得益于蒙童时代养正之功,故至老“敬守是书”。

《小学》,只不过是一本通俗读物,而它在中国封建社会后期的思想统治史上却占有极为重要的地位。如果有人能写一部《〈小学〉研究》,研究宋以后的士大夫如何在蒙稚阶段接受养成传统的核心价值观,研究《小学》在传播封建意识形态巩固封建社会统治秩序中的巨大功能,研究朱熹的影响力为何如此之深广,其价值可谓不言而喻。思想史家们醉心于抽象概念的探索,不厌其烦地唠叨朱陆之争,谁也不屑于谈及《小学》这样的儿童读物,说不定根本就不知《小学》为何物。道无所不在。道在《大学》,道亦在《小学》,道在童心,道在草根。与教化无关的“道”,与宇宙人生无关的“道”,与安身立命无关的“道”,与天地祖宗无关的“道”,非道也。

《小学》为朱熹主编,刘子澄等“众人编类”,朱熹本人和有的记载也称之为《小学书》,南宋孝宗淳熙十四年定稿。全书分内、外两篇。内篇有“立教”、“明伦”、“敬身”、“稽古”四卷,外篇有“嘉言”、“善行”两卷。共计六卷,由圣贤语录及历史故事构成。“二千年贤圣之可法者,胥于是乎在!”(段玉裁《恭跋》)。元明清三代为此书作注释的就有几十家之多。段在《恭跋》中提到的两种影响颇大。

一种是“坊间所行陈恭愍注”。恭愍是陈选的谥号,浙江临海人,明英宗天顺进士。明代程昌《刻小学古训序》云:“尝忆成化中天台陈公选督学南畿(指南京),崇尚是书,亲为句读,绣梓通行，以之较士。一时诸生，率皆摘记题意，以倖其录。”[①]《四库》提要云：“选《注》为乡塾训课之计，随文衍义，务取易解，其说颇为浅近。”[②]另一种为“新刻梁溪高紫超氏所注《小学》”，也就是尹师所赐的那本。此书《四库》列入存目。提要云：“是书因天台陈选旧注略删订之，后附《总论》及《朱子年谱》。”[③]据彭绍升《高先生愈传》云：“高紫超名愈，江南无锡（即梁溪）人，忠宪公（即高攀龙）之兄孙也。……年八十七卒。尝注《周礼》及朱子《小学》，乾隆中督学尹公以《小学》取士，颁行其书。”[④]又据顾栋高《尹先生会一传》云：“（尹）最后视江苏学政，申明《小学》之教，无锡有宿儒高紫超愈辑注《小学》，先生为板行之，一时纸贵，有售至一金者。”[⑤]栋高是紫超的学生，有《紫超高先生传》，亦收入《清代碑传全集》一二九卷之中。另外，江藩的《宋学渊源记》卷下也有高愈传，也提到“督学尹会一以《小学注》颁行于学官，使诸生习之”。

“一时纸贵”，不是因为此书有什么学术价值或文学价值，而是与考试挂钩（梁章钜说：“我朝兴学造士，将《小学》著之令甲，以试童子。”[⑥]），成了乡塾启蒙必读书。嘉庆年间青浦县朱家角镇（今属上海市）人周郁滨编了一本《珠里小志》，其“塾

① 见黄佐撰《小学古训》1页。中华书局，丛书集成初编，1991年。
② 《四库全书总目》781页。中华书局，1983年。
③ 《四库全书总目》804页。
④ 《清代碑传全集》卷一二九，649页。
⑤ 《清代碑传全集》卷三十，186页。
⑥ 《退庵随笔》卷十八，4页。江苏广陵古籍刻印社，1997年。

规”内容就有:“子弟八岁入塾……九岁,读《小学》。”[①]早在宋末元初,《小学》即已产生广泛影响。元初著名学者河南人许衡(1209～1281)于至元三年十二月二十九日《与子师可》书云:“《小学》、《四书》,吾敬信如神明。自汝孩提,便令讲习,望于此有得。他书虽不治,无憾也。”[②]这是北方的情形。南方如何?江西人熊朋来(1246～1323)“隐处州里间,生徒受学者,常百数十人。取朱子《小学书》,提其要领以示之,学者家传其书,几遍天下”。(《元史·熊朋来传》卷一百九十,4335页)据明代叶盛《水东日记》卷一载:明代北京国子监还藏有元至正十三年(1353)重刻元统癸酉(1333)燕山嘉氏《小学书》板。明代广东人黄佐于正德六年(1511)编《小学古训》,其书“采取(《小学》)‘内篇’之最切要者,旁及他书”,计二十篇。嘉靖十年(1531)巴陵方田为之作《集解》,叙云:“幼稚之童,亦可以遍诵。使父兄知所教,弟子知所学。自八岁初学时,便读是《小学古训》,以养其德性,以觉其知识,以端其趋向。”(《小学古训集解叙》[③])这种受朱子《小学》影响而编撰的蒙童课本,同样值得研究。

《小学》为什么会产生于12世纪末期的南宋时代?因为封建统治发展到南宋末年已面临严重的道德危机、社会危机。朱熹在《小学题辞》中说:

---

① 《珠里小志》158页。上海古籍出版社,2000年。

② 《全元文》卷七十,448页。江苏古籍出版社,1997年。

③ 《小学古训》1页。

世远人亡，经残教弛。蒙养弗端，长益浮靡。乡无善俗，世乏良材。利欲纷拏，异言喧豗（huī，喧闹声）。

风俗败坏，思想混乱。“今天下大势，如人有重病，内自心腹，外达四支，无一毛一发不受病者。”（《宋史·朱熹传》）这正是大思想家挺身而出扶危济世之秋。从娃娃的教化抓起，“蒙以养正，圣功也”。（《周易·蒙》）《小学》适应了这一需要，是这一时代特有的产物。它只能由朱熹来完成，因为朱熹是新儒学的集大成者。朱熹入祀孔庙，朱学登上统治思想的宝座，《小学》也是不可或缺的奠基石之一。得童心者得民心。至于《小学》有哪些负面作用，如何扭曲人性，如何束缚精神，如何阻碍社会发展，统治者哪管这些呢！朱熹往矣，重塑儿童价值观的任务，是现代人所面临的艰巨课题。

第二章：段玉裁与吴省钦及《六书音均表·序》

张舜徽先生《清人文集别录·白华前稿》提要云：“省钦与段玉裁交甚厚。段氏所为《六书音均表》及《富顺县志》，省钦皆为之序，载《前稿》卷十一。”

这段话有两点可疑。一是“交甚厚”；二是《六书音均表》序言的著作权问题。

在清代历史上，吴省钦以卖友求荣而臭名昭著，段玉裁这样一位正直之士怎么可能与之交情“甚厚”呢？即使两篇序文真是吴的手笔，也不足以证明二人有“甚厚”的交情。

吴省钦和他的弟弟吴省兰都是和珅党羽。洪亮吉嘉庆四年八月二十四日写的《乞假将归留别成亲王极言时政启》对二吴有尖锐的批判。启云：

> 纯皇帝（盈按：清高宗弘历谥号为“纯”）大事之时，即明发谕旨数和珅之罪，并一一指其私人，天下方为快心，乃未几而又起吴省兰矣。召见之时，又闻其为吴省钦辨冤矣。夫二吴之为和珅私人，与之交关通贿，人人所知。故曹锡宝之纠和珅家人刘全也，以同乡素好，先以摺稿示二吴，二吴即袖其稿走权门，藉以为进身之地，亦人所共知。今二吴可雪，不几与褒赠曹锡宝之明旨相戾乎？夫吴省钦之倾险，以及掌文衡、尹京兆，无不声名狼藉，则革职不足以蔽辜矣。吴省兰先为和珅教习之师，而后反称和珅为老师。以至竭力汲引，大考则第一矣，视学典试则不绝矣，岂吴省兰之才望学品足以致之乎？非和珅之力而谁力乎？如是而降官亦不足以蔽辜矣。是退而尚未退也。
>
> （《洪亮吉集·第一册·卷施阁文甲集续卷》226页。中华书局，2001年）

曹锡宝（1719～1792）弹劾和珅家人一案发生在乾隆五十一年丙午（1786）。朱珪《特赠副都御史掌陕西道监察御史曹公锡宝墓志铭》云：

乙巳(乾隆五十年),与千叟宴。特旨授陕西道监察御史。丙午上封事,劾奏大学士和珅家人刘全,衣服、车马、房屋逾制。先有窃知其事者,漏言于和。乃星夜毁其迹。于是,奉旨留京王大臣勘查僭妄踪迹,竟不可得。而公危甚,驰赴热河待询。当是时,和珅当路已十余年,中外无一人敢投鼠者,闻公此举,皆咋舌噤不能吐气。一二有心人,仰屋窃叹而已,亦未敢颂言公贤,皆曰:曹公祸且不测。然上竟不以罪公也。部议镌三级,奉旨改为革职留任。

(《清代碑传全集》卷五十六,298页)

这篇《墓志铭》出自朱珪之手,当然可信。但他对吴省钦的丑恶行为并未正面揭露,所谓"先有窃知其事者,漏言于和",这是轻描淡写,实情要严重得多。请看昭梿《曹剑亭之谏》(剑亭是曹锡宝的号):

曹副宪锡宝,上海人。成乾隆丁丑(1757)进士。任给谏时,和相专擅,其仆刘全尝交接士大夫,纳贿巨万,造屋逾制,僭如王侯规度,公密疏劾之。先商之同乡某,某潜修书驰告和相,和相令刘全拆毁如制。及公疏上,纯皇帝命公率近臣往毁其宅,以奏对不实论,上优容之。公自恨为友所卖,侘傺以死。己未(嘉庆四年),今上亲政,和相既伏诛,念公往言非谬,因追赠副都御史。

(《啸亭杂录》卷四,112页。中华书局,2006年)

文中所说的“同乡某”，即吴省钦，他们都是今上海地区人。曹锡宝“密疏”的内容是与吴省钦商量过的，而吴却背后告密，一则取悦和珅，再则欲置曹于死地，其恶毒比“窃知”、“漏言”要严重得多，因为这完全是坑害同乡的阴谋，凶狠之极。昭梿的记载还没有揭示吴省钦是如何骗取曹的信任，如何施行缓兵之计的。龚自珍的《松江两京官》云：

> 御史某与侍郎某相惇也。御史公得大学士和珅阴事，欲劾之，谋于侍郎。侍郎曰：“大善。比日上不怿。事不成，徒沽直名；诚恤国体者，迟十日可乎？”御史诺：“缓急待子而行。”上幸木兰热河，留京王大臣晨入直，有急报自行在至。发之，和珅答侍郎书。大略云：和珅顿首谢，种种有处置矣。月余，报至，亦和珅与侍郎书，辞甚啴，谓君绐我。侍郎惭急，诣御史曰：“可矣。”御史方饮酒，劾竟上。是月以奬弊典罢官。
>
> （《定盦全集》卷七，16页。扫叶山房，民国九年石印。）

“御史某与侍郎某”即曹锡宝与吴省钦，所谓“迟十日”就是争取时间以便“潜修书驰告和相”，和珅当时随乾隆在热河。所谓“比日上不怿”，这是骗曹不宜即日上疏，还是为了拖延时间，让和珅有充分准备。而曹锡宝竟然大上其当，“安虑天下有阱己者哉！”（龚自珍语）苏轼曾对王安石说：“今之君子，争减半年磨勘，虽杀人亦为之。”(《宋史·苏轼传》)吴省钦就是这样的“君子”。这样的“君子”并未断子绝孙，曹锡宝们，当心啊！

坏人到头要完蛋，和珅、刘全也不例外。刘全是什么人？王念孙在嘉庆四年正月《敬陈剿贼事宜摺》中云：

> 其家人刘秃子，本负贩小人，倚仗和珅之势，广招货贿，累万盈千。
>
> (《高邮王氏遗书》119页。江苏古籍出版社，2000年)

至于吴省钦，至今还有文章斥之为“无耻文人”。当然，人们可以说，段吴之交是在曹案发生的十多年之前。吴省钦在《富顺县志叙》中也说：“予友段君若膺。”这里所说的“友”也是一般客套话，没有材料可以证明，段吴在成都时有过“厚交”。乾隆四十二年，段玉裁在成都候补，吴省钦时任四川学政，请吴氏为《六书音均表》作序的事就发生在这一年。而此序实为段氏本人所作，“假名于吴冲之(省钦)”。刘盼遂《段玉裁先生年谱》已明确指出：“据江沅《说文解字音均表》卷首《叙录》所记如此。”[1]段玉裁为什么要把自己写的序假名于吴省钦？是因为二人有“厚交”吗？另外，按吴省钦的学养而言，能写出这样水平

---

① 刘氏《段谱》见《经韵楼集》附录，此处引文见445页。又：北京师范大学出版社2002年出版的《刘盼遂文集》亦收入《段谱》。笔者有幸得顾之川先生赠此书，甚为感激。

很高的序文吗？段吴完全是不同的两路人。段是学人，是经师人师；而吴是文人，他的诗歌创作谈不上有多高水平，可在《乾嘉诗坛点将录》中也被列为“步军协理头领”二十六员之一，名之为“笑面虎”①。至于官声，洪亮吉已说过，所历之处，“无不声名狼藉”。他如此巴结和珅，坑害老乡，绝非偶然不检。段玉裁为官不忘读书，不忘著述。晚年作《送龚婿丽正之徽州郡守序》，他检讨自己，颇为自悔：

> 余壮盛出宰，气质未化，未能尽心于民，颇以好读书玩公事。年已老耄，时用自悔。
>
> （《经韵楼集》221 页）

他的“好读书”，比之好巴结，好搞阴谋陷害人，好一万倍，不值得“自悔”。所谓“玩公事”也是严于律己的说法。乾隆三十七年，“奉命发四川候补。八月至蜀（成都），后署理富顺及南溪县事，又办理化林坪站务。王师申讨金酋（平定大、小金川），储偫（zhì，积聚）輓输，无敢稍懈怠。”（乾隆四十年《寄戴东原先生书》）可证段县令并非敢“玩公事”者。他的读书时间、著述时间是靠开夜车获得的。“每处分公事毕，漏下三鼓（三更，半夜子时），辄篝灯改窜是书（指《六书音均表》）以为常。”乾隆四十一

---

① ［清］舒位（1765～1815）《乾嘉诗坛点将录》，见叶德辉编《双梅影阁丛书》356 页。杨逢彬、何守中校点。海南国际新闻出版中心，1998 年。

年秋，段氏离开富顺县赴成都候补，在《书富顺县县志后》中又谈到其深夜著书的情况：

> 盖是县于川南（富顺今属自贡市）最剧治者，日不暇给，而予乃能以其余闲成《诗经小学》、《六书音均表》各若干卷，所居西湖楼，一灯荧然，夫人而指为县尹读书楼也。岂予之多暇欤！
>
> （《经韵楼集》241 页）

那时的段玉裁正是壮年，精力旺盛，敏于事而勤于学，有口皆碑。

但是，县令毕竟是一个小小的下级官吏，《诗经小学》、《六书音均表》虽是不朽之作，毕竟尚未公开问世，段氏在学术界也还是无名之辈，借吴省钦的大名序于《表》端以自重，未免有点庸俗，却也不难理解。

有关序文的猫儿腻，往往要稍加考证才能得其实。段玉裁为自己的著作写序用了吴省钦的大名，这是猫儿腻；王念孙作《重刻说文解字序》却由朱筠署名（刘盼遂有论证，见《高邮王氏遗书·王石臞文集补编》6 页）①，这也是猫儿腻。王国维也玩这种猫儿腻，他的《人间词甲稿序》、《人间词乙稿序》均出自己手，却托名于樊志厚，这是人所共知的事实。

---

① 刘盼遂："《说文解字》朱序，盖出自石渠（即石臞）捉刀，似无容置疑者，兹特定为石渠之作。"

有趣的是，上述三位挂名作者，其水平都与相关的序文极不相称。樊志厚写不出二序，朱筠也写不出王念孙那种水平的序文（其弟子章学诚也承认朱筠于“六书未尝精研”），吴省钦的学术水平能为《六书音均表》作序吗？当然不能。吴于古音学纯属外行。从序言的口气、行文风格及内容来判断，必是段氏手笔，绝非他人所作。序文一开头就泄露了天机：

> 予友金坛段君若膺《六书音均表》既成，有问于予者曰：是书何以作？读之将何用也？

所谓“予友”，纯属客套话。“问于予”的“予”就已经无意间告诉我们：本序文的作者是谁了。段玉裁作《表》，人们问的当然是段玉裁本人，也只有段氏本人才有资格有条件回答所问。人们凭什么去问一个不通古音的吴省钦呢？如果本序文果为吴省钦所作，他是绝不可能这样来设问的。这样设问不是以作者自居吗？只有作者自己才可回答“是书何以作”。下面按各《表》的内容提出了十几个问题，都是自问自答。而且对“六书”、“音均”、“表”这个书题分三层来加以解释，完全是段玉裁本人在和读者对话。序文最后一句是：“书之以为释例”，这更是段氏的口气和构思了。这篇序文的全部内容，从头到尾都是“释例”，吴省钦如果真是序文的作者，他会傻乎乎地为他人的著作去“释例”吗？这个“例”他“释”得了吗？

通观全篇序文，没有一个字谈及段吴相与论学，也没有一个字谈及二人的交谊,更没有一个字的赞美或读后感受。除了“南汇吴省钦冲之甫”这个署名外,看不出与吴有丝毫关系。侨吴老人曾说:“此《表》唯江氏祖孙知之外,无第三人知之者。”①这就彻底排除吴省钦作序的可能性了。

有趣的是:爱因斯坦的理论,据说“当时世界上只有三个人能理解”,而段《表》的“知之者”还不足三人呢。如果凭什么“学术委员会”来评教授,段玉裁就只能靠边站了!呜呼,可爱的侨吴老人,你能怎么样?

第三章:段玉裁注《说文》

嘉庆十二年(1807),段玉裁已经73岁了,经过32年的艰苦奋战,他的《说文注》大功告成了。按常理而论,他此时的喜悦之情应是难以用言语来形容的。

然而,事情却不是这样。就在这年十月十五日,他给远在北方的王念孙写了求援信。信中说:“玉裁老、贫、病三者兼之,向者耻言贫,今日乃更不能自讳也。”②

因为贫,这一大堆《说文注》书稿怎么刊刻问世,他一筹莫展;因为贫,上年王念孙帮助他的四十金刻资,已经作了别的用场,而今,不得不又一次伸出了求援的手;还是因为贫,“年只七

---

① 祖:指江声(号艮庭)。孙:指江声之孙江沅(字子兰)。

② 《与王怀祖第四书》,《经韵楼集》416页。

十，而老耄过于八九十者，是可叹也”。[1]

他五世同堂，家口三十，在那物价昂贵的姑苏城，居何容易！难怪他说：“心之忧矣，云如之何？”[2]

自古道：“贫贱忧戚，玉女于成。”出身寒素的段玉裁，从小就受过这样的家教：“不种砚田无乐事，不撑铁骨莫支贫。”晚年的段玉裁以铁骨支贫，以著述为乐事。若无这样的支贫铁骨，又哪来的“千七百年来无此作”的《说文注》！

贫可支，病奈何？

乾隆五十九年（1794），段玉裁时年60，注解《说文》的工作正在加紧进行。不料，那年八月，他却跌坏了右足，从此成为废疾之人。这个打击，非同小可，他每天都要查找那么多资料，行动不便，如何是好！一想到日暮途远，他不免惆怅起来。在给友人的信中说：“‘采得百花成蜜后，不知辛苦为谁甜？’每诵此语，为之怅然。”[3]当然，他没有悲观，反而，似乎得到了一种新的精神上的鼓舞。他对友人说：《说文注》“三年必有可成，亦左氏失明、孙子膑脚之义也。”[4]

“三年必成”——后来的事实证明，这个话未免过于乐观了。但是，“左丘失明，厥有《国语》，孙子膑脚，《兵法》修列”，段氏坏足，《说文注》成，此中之“义”，不也可以发人深思吗？

---

① 《与王怀祖第四书》，《经韵楼集》416页。

② 《与刘端临第十八书》，《经韵楼集》406页。

③ 《与刘端临第十六书》，《经韵楼集》404页。

④ 《与邵二云书二》，《经韵楼集》389页。

年过"耳顺"之后，他的健康状况越来越不佳。"盖春夏秋三季多不适，而春病尤甚"，"疮烂疥烦"，"两眼昏花"，"心脉甚虚，少用心则夜间不能安宿，又左臂疼痛不可耐"。这时，他最为担心的是什么呢？是事业。他对友人说："贱体春病如故，栗栗危惧，《说文注》恐难成"，"精力衰甚，能成而死，则幸矣。"待到全书告竣时，他对自己的一个学生说："吾似春蚕一般，茧既成，惟待毙焉。"可敬的春蚕精神！若无这点精神，这位贫病交加的老人，怎能完成这不朽巨著？

诚然，段注并非字字句句都可信，尤其是老人的主观武断，好逞私臆，更招致了后人的种种非议。但是，瑕不掩瑜，段注毕竟是所有《说文》注本中最优秀的一种。

龚自珍曾在《己亥杂诗》中赞扬段注，认为其考核文字（包括形、音、义三个方面）源流之功，有如导河于积石，此书一出，"万哗"始"奠"。我们不能因为他是段氏的外孙，就以为这纯属溢美之辞。原诗是：

张杜西京说外家，斯文吾述段金沙。
导河积石归东海，一字源流奠万哗。

（本文第三章原载《语文园地》1983 年第 4 期）

五月初三·鱼藻轩

选择这样一个时间,选择这样一个地点,静安先生的死因已昭然若揭。可 80 年来,说死因者众多。五月初三这个日子,使人联想到屈原,当年了一师的《哭静安师》就已明确指出:“竟把昆明当汨罗”。近年又有文章指出:“选初一,离端午稍远,选初四,靠端午太近”,因此,“王国维决定在初三那天,走自沉之路……他选择这种死的方式,是表示对其宗仰的前辈,那份景慕追随之心;不选端午这天,则是学者审慎谨约的自重。”(李国文《王国维之死》,《随笔》2002 年第 6 期)所谓“自重”,就是不敢将自己与屈原相提并论,彼此之间的差距还有两天哩。这样的判断都是入情入理的。而自沉为何选择鱼藻轩呢?鱼藻轩在排云殿和石舫之间,南临湖水,北通长廊。北门有匾,曰“肇鉴可徵”;

南门有匾,曰“鱼藻轩”,乃“慈禧皇太后御笔之宝”。两匾所赋予此轩的特殊文化含义,昭示了先生自沉于此的真谛:“思古”怀旧。

《鱼藻》出自《诗经·小雅》。《小序》云:“刺幽王也。言万物失其性,王居镐京,将不能以自乐,故君子思古之武王焉。”意为鱼以依水中之藻为得其性,“今万物失性,祸乱将起”。而武王之时,万物得所,故思焉。

刘知几《史通·载文》:“观《鱼藻》之刺,而知宗周将陨。”其意与《小序》同。

《西京杂记》卷一:“赵王如意年幼,未能亲外傅。戚姬使旧赵王内傅赵媪傅之,号其室曰养德宫,后改为鱼藻宫。”以示怀旧。

隋炀帝时,薛道衡上《高祖文皇帝颂》,“帝览之不悦,顾谓苏威曰:‘道衡致美先朝,此《鱼藻》之义也。’”(《北史》卷36)

1927年,已是民国十六年。清亡后的十余年间,王国维念念不忘“先朝”,不忘慈禧,无日不怀《鱼藻》之情,无时不希望溥仪复辟。有人认为王氏自沉具有“尸谏”性质。罗继祖说:“我认为是有道理的。”①

王氏于1912年写的《颐和园词》,颂扬慈禧“西宫才略称第一”,“五十年间天下母,后来无继前无偶”;词中对溥仪充满期

① 《我的祖父罗振玉》156页。百花文艺出版社,2008年。

待:“且语王孙慎勿疏,相期黄发终无艾。”①

到了1923年,他还听从溥仪的“圣旨”,入值南书房,赏食五品俸。在奏折中对这位早已不是皇帝的“皇帝”说:“皇上俯临天下十五年矣。天下者,祖宗之天下也。”在王国维看来,辛亥革命等于零,因为“天命未改,民心未去,祖宗之功德在人,皇上之福禄正无涯量故也”。

到了1924年,冯玉祥部将溥仪赶出故宫,废除其“皇帝”称号,王国维竟然表示“事到艰危誓致身”,“惭愧同为侍从臣”。

丁卯(1927)正月,溥仪过生日,王国维还专程赴天津祝寿。同年,眼看北伐军就要打进北京,加之南方的叶德辉、王葆心先后被枪毙,这位五品侍从臣日夜惶恐,对自己的学生姜亮夫说:“亮夫,我总不想再受辱,我受不得一点辱!”怎么办,只有自沉了。

王国维是一代学术伟人,在政治上又是一个糊涂人。陈寅恪说:“先生以一死见其独立自由之意志。”“糊涂人”怎么能有“独立自由之意志”呢?“独立自由之意志”是极为理性的,“糊涂”是非理性的,而在静安先生又是高度统一的。糊涂是认识问题,政治立场问题,“独立自由之意志”是天赋人权的问题。正因为静安先生是如此“糊涂”,甘愿为最后一个王朝的废帝“誓致身”,他的“意志”才那样坚决,不可动摇。这样的“意志”,也可以叫做“自由”?也可以叫做“独立”?也应该同情?

① 《王国维诗词全编校注》92、98、102页。中山大学出版社,2000年。

我的答案是肯定的。王国维之死已有80年了,文人们关于他的死已发表过各种各样的议论,有谁提出过这样的问题并给出正确的答案呢?中国社会应该从叶德辉之死,从王国维之死总结出什么样的经验教训呢?看来,我们应当从头说起:我们应如何理解"自由"?英国哲学家以赛亚·柏林说:"自由是一个意义漏洞百出以至于没有任何解释能够站得住脚的词。"据说,西方关于这个词的定义已有两百多种。好了,我们就不要在概念上浪费时间了,我们说事实。事实上,"自由"、"独立",都是来自西方的新概念,中国人是以革命的信念来接受这些概念的。法国大革命者的誓词:"不要国王,不要骗子!永远自由,不自由毋宁死!"中国人民流血牺牲,推翻大清王朝,不就是在争自由、争独立吗!王国维的"独立自由之意志"显然与此大不相同。那么,陈寅恪的评价是否错了?错,不错,还得去问"自由"。在自然界,既然有"万类霜天竞自由";在人间,同样会存在各色人等"竞自由"。革命的也好,不革命的也好,反对革命的也好(只要他不拿起武器反对革命,搞阴谋破坏革命),都应该有学术自由,言论自由,人身自由。也就是说,王国维完全可以拖着长辫子,王国维完全可以接受溥仪的招聘,王国维完全可以写他的奏折,这都是他个人的自由,是天赋的权力。同理,叶德辉完全可以反对农会,王葆心也可以发泄不满,革命者完全可以进行批判、反驳,但不应该剥夺其生存权。人类为什么不能像自然界那样去"竞自由"呢!没有宽容就没有自由,没有多元化同样没有自由。数千年来的中华文明,缺的就是多元化与宽容。叶德辉之死、王国维之死,其根本原因就在于此。20 世纪两位国学大师的非正常死亡,不只是国学的不幸,更为不幸的是未引起全社会的深刻反思。

诚哉斯言:“惟此独立之精神,自由之思想,历千万祀,与天壤而同久,共三光而永光。”①

斯言犹有不足,有待补充:惟此多元化原则乃独立精神之前提,惟此宽容态度乃自由思想之前提。多元化与天壤而同久,宽容共三光而永光。

2007 年中秋节于抱冰庐

① 陈寅恪《清华大学王观堂先生纪念碑铭》,《金明馆丛稿二编》246 页。三联书店,2001 年。

“美国进士”的中国心

提要 美国传教士林乐知在华47年,正是中国社会开始大转型的时期。他积极参与了这一转型活动,以一颗坚贞不渝的中国心,为振兴中华而传播西方先进文明,批判腐朽的封建制度,成为当时中国理性启蒙的先锋。他的许多译著至今仍有不可磨灭的意义。他的世界眼光,他的知识结构,他的学术水平,他的批判能力,是同、光两朝任何一位中国进士所无法比拟的。总结洋务运动至戊戌变法这一段历史,必然要牵涉到林乐知。

一、你也有一颗中国心

从公元1907年到现在,再过5年就满100年了。你在天国还好吗？你的后人如今在哪里呢？你的故乡佐治亚州还记得你这位献身宗教的“美国进士”吗？中国人民可没有忘记你，你的名字已进入了中国的《辞海》，能名列《辞海》的人并不多啊！《辞海》1272页说：

> 林乐知（Young John Allen，1836～1907）美国基督教（新教）传教士，1860年被派来中国。1868年在上海创办和主编《中国教会新报》（1874年改名《万国公报》，1883年停刊）。1889年《万国公报》复刊后，仍由他任主编直到1907年为止。又在苏州天赐庄创办东吴大学。编著有《中东战纪本末》、《文学兴国策》等书。死于上海。

作为传记资料，大节目都有了。传教、办报、办学、译著，四大件，一件也不少。而对你在近代中西文化交流史上的地位，在近代中国启蒙运动史上的地位，却未置一词。盖棺论难定，你生前一再表白：你有一颗中国心。论者对此似乎仍有保留，不仅有保留，且有诸多非议。不论怎么说，你似乎跟殖民者、侵略者、帝国主义，相差无几。谁叫你是传教士呢，谁叫你是美国人呢。人心难以沟通，有如此者。林乐知，你怎么可能永恒地安息在彼岸世界呢！

你25岁来华到72岁去世，在中国47年，“其心盖无日不望中国之浡然而兴也”。我相信这话是真的。你一踏上中国国土，就遭遇太平天国战争，恰逢英法联军火烧圆明园，其后又是中法战争、中日战争、义和团之乱、八国联军占领北京。你都看见了,你没有袖手旁观,你本来就是抱着“救世间万国万民”的教义远涉重洋行程209天来到中国的,拯救中国,振兴中国,是你的目标和理想。你积极参加了中国的洋务运动,推动了戊戌变法运动的兴起。你求变心切,比中国人还积极,还勇敢。为什么?“仆于中国,诚知之深而爱之至者也。”

佛经上有一个鹦鹉救山火的美丽传说,手头无此经典,只得从周亮工《书影》中间接转引。

昔有鹦鹉飞集陀山,乃山中大火,鹦鹉遥见,入水濡羽,飞而洒之。天神言:“尔虽有志意,何足云也?”对曰:“常侨居是山,不忍见耳!”天神嘉感,即为灭火。

(《书影》卷二,42页。古典文学出版社,1957年)

林乐山就是陀山鹦鹉。请听其言:

本馆主不在其位,不谋其政,何暇与人家国事?而缄默自安,实于心有所不忍,请长言之。(《万国公报文选》221页)①

余西士也,本不欲妄参末议,为越俎之谋。特居中国

① 林乐知《论中国不必与外国立相助之约》。原载《万国公报》539卷,光绪五年闰三月二十七日。收入《万国公报文选》,三联书店,1998年。

久，不无杞人之忧。(251 页)

千年老树，孤立空山，即使柢固根深，而雷以震之，风以撼之，其能不枝叶离披哉！此吾之所以为中国惧，而非以谤中国也。(296 页)

余之在华，岂有异志？而独推崇日本之至于此极，余诚何心哉！燕子之处堂也，画栋雕梁，筑巢最稳，苟使王谢家之子弟，不知葺治，年年岁岁，风雨摧残，金碧渐有剥落之忧，榱桷不免倾攲之患。及顾视寻常百姓，反能肯堂肯构，将突过于乌衣巷口、朱雀桥边也。野草夕阳，能弗悲哉！(316 页)

呜呼噫嘻，寄籍之久，关心之切，如鳏生者尚忍代为讳疾忌医，而坐视沉疴之中于膏肓哉！(338 页)

是故仆之欲救中国也，必察其病情之所伏，庶几对症发药，两无遗憾。若谓揭其短而扬其丑也，则是幸灾乐祸之流也，岂仆之所敢出哉！(343 页)

余来华 40 年，自问无异于华人，大伤厥心，自较他人为甚！(415 页)

执笔人旅居中国 40 余年，心目之间，悁悁不能忘者，尤在中国之振兴。(419 页)

岂料书(指 1875 年林著《中西关系略论》)成之后，迄今 20 余年，中国事变虽多，而时局日非，觉今日之关系，较诸曩昔，实为更大更险。鄙人寓华已久，自忘其为旅客，颇切同舟惧覆之忧。(674 页)

为什么林乐知每建一言、每献一策,都要把他的中国心挂在嘴上呢？因为鹦鹉能感动天神,而林乐知却感动不了中国的顽固派。“无如言之者谆谆,听之者藐藐,甚且谓教士之来华中怀有叵测者,天实为之,谓之何哉!”(《万国公报之选》319 页)来华教士,当然不可一概而论,心怀叵测者,的确大有人在。各地教案的发生,有的责任就全在教士。但林乐知在华近半个世纪的言行足以证明,他已“无异于华人”。如果说有“异”,这“异”不是异心异德,而是“异”在他的头脑是近代化的、是资本主义的;中国上上下下的人绝大部分的头脑是中世纪的、是封建主义的。“异”在他面对中国三千年未有之大变局能提出一套完整的变革方案,对旧传统施以猛烈的攻击。他懂得“今中国如欲变弱为强,先当变旧为新”;中国的顽固派还以“天朝”自居,视洋人为“夷”、为“异类”、为“丑类”,称西学为“鬼子学”,说什么“读西书者,皆汉奸也”。即使洋务派、维新派,其批判精神变革精神也远不如林乐知这位“美国进士”勇猛、透彻。公道自在人心,当时的中国人也有说公道话的。

翰林院庶吉士龚心铭给叔岳丈孙家鼐的信说:“(林乐知)久住中华,于我官民之利弊,洞若观火,每与侄婿谈及中国积弱之苦,几于声泪俱下。”①请注意“声泪俱下”四字。

孙家鼐的回信说:“林乐知先生人品端方,学问深邃,愚亦

① 原载《万国公报》卷九,1897 年。转引自王树槐《外人与戊戌变法》113、114 页。上海书店出版社,1998 年。

久闻其名。寄来《中东战纪》、《文学兴国策》二书，流览一过，其于中国之病源，可谓洞见症结，此中国士大夫所不能知、知之而不敢言者，林牧师皆剀切指陈，在国家可谓忠荩之臣（盈按：林在江南制造局翻译馆任职时，曾由清廷赏五品顶戴），在朋侪可谓直谅之友，能不钦之敬之，爱之重之！"①

75岁的沈寿康在《中西关系略论》"跋"文中说："右《中西关系略论》四卷，今美国进士林君乐知教长所著也。余尝细读一过，乃叹林君惧中国邦交之礼未修，教化之施未广，欲为我朝奠亿万年灵长之绪，用意至深且厚。而居中国久，洞达事理，所言实中肯綮，诚识时务之俊杰。彼有心世道者，要宜急为嘉纳。"（《万国公报文选》200页）

蔡尔康在《文学兴国策》后语中说："今中国毅然有借法自强之志，又知兴国之基必由学校，而苦于无从下手。林乐知先生，固日抱振兴中国之志者也。既著《险语对》七篇（原注：其摘要成篇者曰《兴华新义》，占其汇刊《中东战纪本末》者曰《治安新策》），复取是书，详细翻译。"（《万国公报文选》370页）

林乐知志在"振兴中国"，他要振兴的是一个什么样的中国呢？无疑是一个"新教伦理与资本主义精神"的中国。清廷大权如果不是被颟顸愚蠢而又残暴的慈禧牢牢控制着，在传教士的推动下，中国完全有可能像日本一样走向变革之路实现资本

---

① 原载《万国公报》卷九，1897年。转引自王树槐《外人与戊戌变法》113、114页。上海书店出版社，1998年。

主义制度。慈禧只不过是清廷腐烂的近因。论者认为:“假使世宗(按:即被今之小说、电视极力吹捧的雍正皇帝)不立,或竟为允禵(按:康熙十四子)辈所得者,允禟(按:康熙第九子)允禵皆亲信欧洲人,当时传教之穆经远等,实为羽翼,允禟等皆通西文,能作书札。而世宗则亲信蒙古喇嘛,故雍正既胜,遂利用喇嘛之导辅,以次成乾隆拓边设藩之弘规。然因顽固迷信之累积,卒成故步自封,而极于庚子义和团诸役,遗毒至今不已。反之,假令允禟等得志,诸西洋传教士等向用,天主教固得早盛,而以智识新锐,或易与西洋文化接近,在初期未必有奄有蒙藏之武功,其终也,或早肇海通之事势,甚或可使全国早成现代化。”① 黄濬说:“任公亦极以为是。”梁启超是很赞成这个“假使”的。虽然历史是无法假设的,但在事实上,雍正者乃康熙之罪人也。康熙以传教士为师,用了四五年的时间刻苦钻研欧洲科学。“他个人选择了数学、欧几里得几何学基本原理、实用几何学和哲学。神父们准备好了示范教材便向康熙皇帝讲解,后者也毫不费力地理解向他所讲授的一切知识,越来越倾慕我们科学的可靠性了,并且以更大的热忱刻苦钻研。”“他并不仅仅限于思考,而且还要实践,……康熙皇帝还亲自对三四法里长的一条河的斜坡作了水平测量。他也曾根据几何原理而计算几个不同地方之间的距离、几座山的高度、几条河流或池塘的宽度,用各种

① 黄濬《花随人圣盦摭忆》198页。上海书店出版社,1998年。

仪器标注方位，计算得非常准确。”[①]雍正一登基，就立即驱逐传教士，实行闭关锁国政策，中西文化交流中断。乾隆又以英夷不肯行双膝下跪礼而拒绝马嘎尔尼使团的通商要求，自绝于国际社会，从此一步一步将中国拖入灾难的深渊。

二、理性启蒙的先锋

传教士，本来可以作为清廷最重要的人才资源。这些并非政府派遣而是自动送上门来的老师，不仅带来了西方的科学技术，更重要的是送来了西方的精神文明。与其把他们看作传教士，不如把他们看作是理性启蒙的先锋。同光时代已远不如康熙王朝，老大帝国已腐烂没落，拯救之法就是变旧为新。而旧制度旧思想旧习惯旧势力是如此顽固，不痛加揭露批判，它们是不会自动退出历史舞台的。由谁来揭露批判呢？谁有胆识来揭露批判呢？舍传教士还能有谁呢？林乐知就扮演了这样的角色。无论是就深刻性还是尖锐性、准确性而言，林乐知的揭露批判都达到了常人所不能达到的高度。

对“华人之积习”的批判

在《险语对》中林乐知列举了中国人的八大“积习”：骄傲、

① 耿昇译《耶稣会士书简集中国书简选》。中国社会科学院历史研究所清史研究室编《清史资料》第六辑，161～162页。中华书局，1985年。

愚蠢、恇怯、欺诳、暴虐、贪私、因循、游惰。“以上八者，有相引而递生者，心骄傲，斯入于愚蠢矣；心愚蠢，斯流于怯懦矣；心怯懦，斯工于欺诳矣。有由渐而递深者，暴虐，斯无仁爱之心矣；贪私，斯无公廉之心矣；因循，斯无振作之心矣；游惰，斯无忠敬之心矣。总之，心术既坏，如本实之先拨。是以招募军士，铸造枪炮，修筑台垒，皆犹饰枝叶而缀花蕊也。人心隐种乎祸根，险象遂显结乎恶果。纵有枝叶，纵有花蕊，粘纸耳，剪彩耳，索索无生气，不可以饰观瞻，岂可以充饥渴。然则朝鲜之役，非日本之能败中国也，中国自败之也。”（《万国公报文选》342 页）中日甲午战争的罪魁祸首当然是日本，可是中国为什么打不过小日本呢？有谁总结过“中国自败”的内因呢？尤其是从“心术”方面找原因呢？八大“积习”就是为“丑陋的中国人”画像。不去掉这些“积习”，中国何以振兴？而前提是要敢于承认和敢于正视这些丑恶的“积习”。可这样的前提当时是不存在的。不仅慈禧之流的顽固派不敢直面丑恶，就是激进的士大夫也觉得是大扫面子，“不堪入耳”，甚至百余年后还有人认为是“极尽刻薄之能事”。尽管林“进士”在文章中郑重表白，他不是为了“揭其短而扬其丑”，他不是“幸灾乐祸”的人，这样的事他是干不出来的。

对“中国学术之日形腐败”的批判

1904 年，林乐知与任保罗合写的《论中国之学术》，把批判的目标直接指向孔子和儒学。“中国学术所以至今不进化者，曰独宗儒术无竞争之故，此实为中国学术之一大关键也。”（《万国公报文选》693页)“武帝罢黜百家,定以一尊,而孔子儒教成为国教之势力,遂基于此时矣,而中国学术永不长进之结果,亦遂种于此时矣。”(693页)这些看法在今日已成为常识,而在当时“中国现办各学堂,必斤斤以崇儒保孔教为宗旨”(698页)的风气下,此等言论无疑可以发聩振聋。

关于学术与政体的关系,是中国从秦汉以来一直没有摆正的大问题。“泰西政体,随学术为转移;中国学术,随政体为转移。”“政体一统,学派亦共主一统。至于学宗一统,而学术之进步,遂自此而中滞矣。”(693页)泰西学术是自由的独立的,所以,“学术与年俱进”,政体要随学术为转移,学术对于政体具有指导意义。中国的情形为何相反呢?“考儒学所以能独尊之故,不但由于帝王之私天下,欲藉一统之学术以靖人心也,实由于孔子之学定君臣之分,正天下之名,与专制政体最合。又与臣言忠,与子言孝,与君言仁政,与民言顺服,皆为帝王所心悦而诚服者也。”(693页)儒学、孔学“与专制政体最合”,一语中的。后来的批儒批孔,都没有超出这个范围。新教的伦理观念远胜于儒学,他们心里倒真正藏着老百姓。我们的孔夫子呢?“孔子当日往来于七十二君之廷……而未尝有一念及于民也。君当行仁政,孔子言之屡矣,君不行仁政,则奈之何?孔子未尝言之也。统观儒书,但言君之权利,不言民之权利。其立论之偏,流弊之多,谁能为之解免乎?”(694页)民权、私权,是建立公民社会的根本原则,而在孔学、儒学中有一丝一毫这样的思想资源吗?

孔子也批评过“苛政”,说“苛政猛于虎”。好吧,我们就以老虎为喻。林乐知说:“有权者之嗜虐权,犹虎之嗜人肉也。今但劝为君者行仁政,犹向虎乞怜而劝其勿噬人,岂易事哉!乃一面劝君行仁政,一面劝民顺服,以犯上作乱为大戒。亦犹告畏虎之人曰:吾今已劝虎,勿再噬汝,汝等但顺从俯伏于其足下,虽犯汝而不可与之校也。岂非但命人之服于虎而未尝为人谋制虎之方法乎!夫国不可无君,必谋所以限制君权者,而君民始可两全而无害。乃孔子一生,绝口不言限制君权之法,甚至以庶人议政为无道,岂非缚人以投于虎,复钳口使之不敢出声乎!此学术之有关于国政者也。”(694 页)只讲君权,不讲民权,这是最可怕的学术腐败。这样的理性批判,对中国的社会变革,对满清统治的灭亡,士大夫思想的解放,都有不可低估的作用。将孔子、儒学与“为虎作伥”相联系,在中国近代思想史上应该大书一笔。

中国学术不能“与年俱进”,还由于学术观念腐败。“士之为学,以信好古人为宗旨。”“其视新学之当从与否,皆以古训为衡。合于古或近于古者则从之,悖于古或远于古者则弃之。则其所得之新学,仍未离乎旧学之范围也,安望其能适于今之用乎!”(696 页)甚至“以为此等新学皆为中国所本有,而不屑效法之;且以为西方之异学,而不愿比较之。又何怪中国学术之日形腐败乎!”(692 页)

士农工商,“四民之中,惟士有学”,士之学虽然腐败,而“其余农工商皆无学”。又“四万万人,男女参半,女子无学,则已坐废其半数矣。”(695 页)“中西学术之比较,其孰优孰劣,不待智者而知之矣。”(691 页)

学术为立国之基,学术现代化是国家现代化的必不可少的条件。而国家现代化的深层目标就是变君权为民权,变臣民社会为公民社会。晚清国事如此之糟,那个时代的学术已完全不能适应新时代的需要,靠四书五经是不能立足于世界民族之林的。必须承认:儒学对现代社会的发展不能说无意义,但从根本上来说,它的政治伦理对公民社会的建立只能起阻碍作用。不要做什么儒学兴国的梦了。

对中国旧道德的批判

千万不要以为“道德”是儒家的专利品,似乎资本主义精神是不讲“道德”的。从道德发展史来看,儒家的道德是为封建专制服务的旧道德,以新教伦理为基础的资本主义道德则是推动近代社会发展的新道德。林乐知的道德观对19世纪末的中国来说是有积极意义的。他把道德建设看作是振兴中国的根本。他说:

> 才能之与道德相为表里,而道德必从真实始。
>
> 学问长进之机,惟在于道德。道德在于真实。真实日进,即学问日宏。
>
> (《万国公报文选》348、350页)

林乐知这位精通儒家经典的“美国进士”随时都注意引经据典来加强自己的论点。在这里他引用了《中庸》的话:“诚则明矣，明则诚矣。”然后用他的论点来加以注释发挥：“诚者，真实无妄之谓。明而后能自主、能勇往、能忠敬富足。但愿中国从此以后，于人所读之书籍，所行之风俗，一一加以厘正。不可效《王制》所云：‘修其教不易其俗，齐其政不易其宜。’如孩啼而予之饧，不问其食之有伤孩体否也。若必欲以徇民之意为美德，如神庙赐额加封之类，则依然老样已耳。”（350 页）

不要迷信书籍，书籍上有许多不真不实的东西，读这样的书不仅浪费生命，且“有伤孩体”；“风俗”中更有许多光怪陆离的东西，都要“一一加以厘正”。厘正的标准就是“真实”，就是“诚”。把厘正书籍、厘正风俗跟道德联系起来，这就是美国佬的科学精神、理性主义。在中国，这不属于道德问题。“中国专重人事，有五常之德，而发之于五伦。”中国的道德学说是不完整的，不健全的。所以学问与道德，才能与道德，总是两张皮。林乐知提出了“三大伦”的道德学说。他批评中国人“不知天之生人，厥有三大伦焉。天人，一也；人人，二也；人物，三也”（348 页）。天人即天伦，人人即人伦，人物即物伦。天伦研究的是人与神（上帝）的关系，这是他的局限性，可以不赞同，但可以理解。人伦研究的是人与人的关系，物伦研究的是人与物的关系。这两点我们都应向西方学习。我们的问题在哪里呢？

“中国之所重者，君臣、父子、夫妇、昆弟、朋友五伦也，诚正修齐治平之道，胥基于此也。然上不究神之实，虽有敬神之名，释、道二教得而混之。于是卜筮、星命、堪舆诸伪说杂然并作。下不穷物之源，虽有格物之名，而物性卒未能尽，即无以赞天地之化育。财之遗于内而流于外者,厥惟此故。且第以人与人而言,亦复狭隘大甚。是以同隶帡幪,而辨别籍贯,不少假借,更遑论与他国交！诚能化其畛域,去其偏私,廓然大公,坦然相处,我既不疑夫人,人自乐助乎我,此所谓人人之伦也。”(348 页)

中国人不拜上帝,并没有什么错。但迷信卜筮堪舆之类的伪说,却是大错特错。这类伪说至今还有影响,就是我们的求真求实精神还没有普遍进入道德化的境界。至于“格物”之学,在中国传统悠久,可正如林乐知在《格物致知论·序》所言:“近阅中国论著,所有格学一门,大都有其名无其实。间有专力于此者,所言亦多似是而非。”至于中国的人伦,以巩固封建宗法制度的五伦为基础,的确是“狭隘太甚”。中国人所至之处都有“窝里斗”,甚至处在同一“帡幪”之下都分出籍贯、分出帮派、分出亲疏,不能不说是由于我们的道德基础、道德教养存在严重的缺陷。中国的道德学说并非一无是处。孔夫子不是说过吗:“己所不欲,勿施于人。”可西教则曰:“己所欲者,必施诸人。”林乐知得意地说:“‘不欲’,‘勿施’之意即具其中,似较儒教为更深一层。”(354 页)他的话,我们只有领教。

中国人伦中的不道德,还“有锢蔽妇女不使读书之恶习,又有娶妾之颓风,中国更独有缠足之虐政,皆为西人所齿冷。”“又有阉割人势之一大弊。”(354 页)“娶妾(包二奶,包三奶、四奶、五奶……)之颓风”,本已杜绝革除,近十余年来此风又起,中国人亦为之齿冷。

关于“三伦”,在林乐知的道德体系中也是“一以贯之”,即真实。“要之，之三伦者，名虽别其为三，实则皆一以贯之者也。泰西之教化，以真实无妄为宗。”“天人物三伦，悉归于真实无妄。然后国势日以强，民心日以明，本分尽而诸事备矣。否则，虽有学问，而无真实，教化终于无著，不几如剪彩为花，索索无生气哉！”（349 页）

中国人一讲道德，就是敬身、明伦，以及诸多禁戒，诸多古训，诸多服从。西方人的道德标准就是真实。士农工商，大官小吏，人人求真，事事求实，社会怎能不进步，科技怎能不发达，人伦怎能不和谐，吏治怎能不清明！真实的对立面就是虚伪。虚伪之风盛行，社会必然腐败，学术必然腐败，国家怎么能强大昌盛！儒家的道德学说基本上是虚伪的，是不可取的。这不是说它的个别范畴也都是毫无意义的。

求真求实的道德品格来自科学实验。郭嵩焘是喝过洋墨水的，他已懂得这个道理。他说：“英国讲实学者，肇自比耕（培根）。始时欧洲文字起于罗马而盛于希腊，西土言学问皆宗之。比耕亦习剌丁、希腊之学，久之，悟其所学皆虚也，无适于用实，始讲求格物致知之说，名之曰新学。……欧洲各国日趋于富强，推求其源，皆学问考核之功也。”又说：“英法两国制造学问，穷极推求。日本晚出，汲汲仿而效之，其向学之精且锐，日进无穷。中国乃一以虚骄之大言当之，吾真无如此蚩蚩之士大夫何矣！”（《伦敦与巴黎日记》①）

---

① 见《郭嵩焘等使西记六种》137、147 页。三联书店，1998 年。

资本主义道德是与资本主义的功利相一致的。我们中国有一句古话:"无商不奸"。清廷看不起商人,不把外贸通商当作头等大事来抓,结果导致丧权辱国。他们不了解资本主义的商业道德,把外商与"奸商"等同起来。不了解资本主义商业道德,就等于不了解国际游戏规则,比没有轮船枪炮还要严重。中国如果从乾隆时候起就大大方方地与英国做生意,加入"WTO",我们的圆明园会被烧掉吗?我们的许多国土会被割让吗?

资本主义的商业道德是讲货真价实的,是讲诚信的。马克思·韦伯(Max Weber,1864～1920)在其名著《新教伦理与资本主义精神》一书中引用本杰明·富兰克林(1706～1790)的名言:

> 假如你是个公认的节俭、诚实的人,你一年虽只有六英镑的收入,却可以使用一百英镑。①

韦伯说:"富兰克林所有的道德观念都带有功利主义色彩。诚实有用,因为诚实能带来信誉;守时、勤奋、节俭都有用,所以都是美德。"②"君子爱财,取之以道。"道德是获取财富的手段,也是获取财富的条件。什么"钱财如粪土,仁义值千金",把钱

①② 于晓、陈维纲等译《新教伦理与资本主义精神》35、36页。三联书店,1992年。

财与仁义对立起来，中国人怎能不被动挨打受尽百年屈辱呢！可见，我们挨打不只是因为武器落后，也由于我们的道德落后。封建道德是敌不过资本主义道德的。没有求真务实的道德，就不可能有求真务实的学术，没有求真务实的学术，就不可能有求真务实的内政外交，上下因循欺诳，即使有真枪实炮，也要被动挨打的。

韦伯又说："在现代经济制度下，能挣钱，只要挣得合法，就是长于、精于某种天职（Calling）的结果和表现；而这种美德和能力，正如在上面那段引文中以及在富兰克林其他所有著作中都不难看出的，正是富兰克林伦理观的全部内容。事实上，这种我们今日如此熟悉，但在实际上却又远非理所当然的独特观念——个人对天职负有责任——乃是资产阶级文化的社会伦理中最具代表性的东西，而且在某种意义上说，它是资产阶级文化的根本基础。"[①]挣钱是资产阶级的"天职"。要资本家不挣钱、不通商，在资本主义精神看来，那是不道德的，违背了他们的"天职"。林乐知说："各国之入中国，皆欲得通商之利，非欲得其土地也。""中国之所以暂免瓜分之祸者，实赖天下通商大市场也。"（《万国公报文选》412 页）可悲的是，在中国方面，"通商五十年，人来通我，我未通人"。（345 页）清廷害怕"通商"，也不会"通商"，既无通商的人才，又无通商的道德。他们的"天职"是什么呢？就是苟延残喘，坐以待毙。

① 《新教伦理与资本主义精神》38 页。

一百多年过去了,中国人终于懂得通商的必要了。经过15年谈判,我们加入了WTO,不仅人来通我,我也能通人了。历尽千辛万苦之后,还是“通商”二字。下面的文章是:我们有无以挣钱为“天职”的道德意识呢?有无挣钱要以诚实为本以货真价实为本的道德意识呢?现在看来,假冒伪劣,依然无处不在。新教伦理与资本主义精神还是值得我们认真研究的。

对专制暴政的批判

林乐知作为美国学士,具有完备的民主和法律的知识;作为美国教士,具有良好的敬业精神;作为《万国公报》的馆主,具有理性的批判意识。他在华47年,面对清廷的专制暴政不可能无动于衷,不可能不进行揭露批评。

他的《君民一体说》是批判专制独裁的。“今有国于此,行省一十八,丁额四百兆。安危与共,忧乐与通,更值存亡呼吸之秋,乃竟关其口而夺之气,一若军国大事,断不许草野之平章者,何欤?……既禁隔省之联名封奏,又罪京曹之越职上书,甚至偶会学徒,亦复猝撄法网,扪心夙夜,何其谬欤!”(《万国公报文选》393页)国难当头,不准士民参政议政,爱国有罪。以致“今之华人,绝无爱国之心”,因为政府“不许私发一言”(396页),士民也就只能“莫谈国事”了。林氏也著文介绍西方的民主议会制。“泰西各国所行诸大端,其中最关紧要而为不拔之基者,其治国之权属之于民……治国之法亦当出之于民,非一人所得自主矣。”(437页)“天之生人,无不付以自主之理,人之待人,独不应略予以自主之权乎?”林乐知这些话,对于美国人来说都不是什么新鲜见解。因为托马斯·杰斐逊起草的《独立宣言》有更为透彻的表述:“人人生而平等,造物者赋予他们若干不可剥夺的权利,其中包括生命权、自由权和追求幸福的权利,为了保障这些权利,人类才在他们之间建立政府。……但是,证明政府企图把人民置于专制统治之下时,那么人民就有权利也有义务推翻这个政府。”[①]林乐知虽有美国政府作为后盾,但不能不有所顾忌,他还不敢公开站在中国革命者一边,鼓吹推翻腐败的满清王朝。即使他主编的《万国公报》一直主张变法,康梁亦深受其影响,但戊戌百日维新失败之后,他也不能不洗刷自己。他能不为自己的身家性命着想吗?而在1901年发表的《伤心篇》中,他还是明确表示:“伤心哉,微论洋不能灭,新亦永不能灭,而清则垂垂灭矣。”(415、416页)

专制必然暴虐。在中国的历代王朝中,清代的严刑峻法、草菅人命,是颇为突出的。林乐知来自美国法制社会,对清廷官吏的无法无天,感触颇深。他在光绪二十一、二十二年间发表的《险语对》指出:“中国问刑衙门,有刑讯之例,实为暴民之尤。西人之所不服者,首在于此。”(353页)“西例凡未经鞫问罪名之犯,即使经人控告,必仍待若良民。华例则一经被控,缧绁随之。问之而不承,笞杖随之,甚或加以种种非刑,必使如问官之意而后已,西人其能堪之乎!”(354页)“不图高坐堂皇者,于寻

① 《美国档案》(上),60页。中国城市出版社,1998年。

常刑讯之外，别创非法诸刑具。竟有草菅人命，而罔知顾忌者。”（341页）中西刑法对比，清廷的逼供信，屈打成招，比之西方的定罪必有证人，“证人先立誓以供真语”，相差何止千万里。在西方，“法律为一国之主，上自帝后，下及庶司百职，同隶于法律之下，分毫不敢荡轶。小民之身家性命，遂皆获保于法律之中。”（352页）在法律面前人人平等，法律是保护百姓的。这种进步的法律制度，保证了资本主义社会的健康发展，而号称“仁义”之邦的中国封建社会，“刑不上大夫”，法律就是对小民施暴，对弱者施暴，人民的生命权是毫无保障的。

林乐知也批判了清军的种种暴虐。在军队内部，“将帅之待部曲，犹草芥也。未战而偶染疾病，既战而不免伤亡，随营岂有良医，裹创绝无妙药，埋胔掩骼，又未尝立有专官”（341页）。转乎沟壑，暴尸荒野，草芥不如。

对待战俘就更为暴虐了。“华人既漠视官军，益复仇视敌军。夫临阵交锋之际，仇之，宜也；若既释械求降，或负伤僵卧，尚复献馘以邀赏，斩首以示威，且更有悬金购敌之例，抑何暴虐之甚欤！”（341页）

暴虐，就是野蛮，不文明，不开化，是人性最丑恶的一面。中国封建时代的暴虐，比之德日法西斯的种种暴行，又是小巫见大巫了。

林乐知对清代科举的批判，对清代外交的批判，对清代吏治的批判，都有不少真知灼见。所有这些批判当然都是以西方文明为参照的，这中间难免会有偏见，有隔膜，而对他的中国心大体上是不应该有怀疑的。

林乐知也提出了许多积极性的建议，其中有的建议受到非议。最令中国人起非议的是：请英美等国之学部大臣来华掌管教育，请英美通人来当学校校长；尤其是他提出“先于东南方遴选二省，租归英治”，以50年为期。论者至今还认为他是要“把中国变为美国的保护国”，“具有强烈的殖民主义思想”，“总脱不了帝国主义的色彩”，等等。我不想为林乐知辩护，站在中国人的立场上看问题，说他林乐知有如此“思想”、“色彩”，他的确有口难辩。假若站在林乐知的立场上，审时度势，问题就不一样了。林乐知可以这样提出问题：中国要变法，要行新政，中国有这样的人才吗？就算中国有这样的人才，慈禧不准你革新，要杀你的头，怎么办？除非像孙中山那样，要打倒清政府，而林乐知却不是这样的革命者，唯一的办法，他能提出的办法，只有请外国专家来越俎代庖了。中日甲午战争失败后，“有人主张请伊藤博文作中国的首相，实行变法”。我们能说此人是汉奸，是卖国贼？萧一山的批评也不过是“病急乱投医”罢了。①

冯桂芬在《校邠庐抗议》中断言：“中国多秀民、必有出于夷而转胜于夷者”②，我完全相信此言不谬。可顽固派根本不准你“出于夷”，动辄就扣上“汉奸”大帽，我们何日能“胜于夷”呢！韦伯说：“近代的理性资本主义不仅需要生产的技术手段，而且

① 萧一山《清代史》224页。辽宁教育出版社，1997年。

② 《校邠庐抗议·采西学议》210页。中州古籍出版社，1998年。

需要一个可靠的法律制度和按照形式的规章办事的行政机关。"[①]清廷既无"手段",又无"制度",也无这样的"机关"!"任何国家、任何时代都不曾像近代西方这样深切地体会到,国家生活的整个生存,它的政治、技术和经济状况绝对地、完全地依赖于一个经过特殊训练的组织系统。社会日常生活的那些最重要功能已经逐渐掌握在那些在技术上、商业上,以及更重要在法律上受过训练的政府行政人员手中。""但是,一种理性的、系统的、专门化的科学职业,以及训练有素的专业人员,却只有在西方才存在,而且只有在西方才达到了它今日在我们的文化中所占据的主导地位。"[②]如果我们承认韦伯的话是对的,是合乎事实的,我们就大可不必责难林乐知并且怀疑他的中国心了。

当年有两块样板地也有助于我们理解林乐知的初衷。一是上海的洋泾浜。是洋人立足于中国的据点。1856 年郭嵩焘参观这个"据点"后,耳目一新。仅仅十几年时间,洋人就把这个地方建设得"雄敞可观",管理得井井有条,洋鬼子也彬彬有礼,无礼的反而是二毛子、三毛子之流。1882 年,时年 25 岁的康有为路过上海,也深感"上海之繁盛,益知西人治术之有本",并且"大购西书以归讲求焉。自始大讲西学,始尽释故见"。[③]

另一块样板地就是香港。香港的发展繁荣,亦可证"西人治术之有本"。谓予不信,请读当年王韬写的《香港略论》、《送

① 《新教伦理与资本主义精神》14 页。

② 《新教伦理与资本主义精神》7 页。

③ 《我史》10 页。江苏人民出版社,1999 年。

政务司丹拿返国序》等文。王韬说："香港蕞尔一岛耳，固中国海滨之弃地也。丛莽恶石，盗所薮，兽所窟，和议既成，乃割畀英，始辟草莱，招徕民庶，数年间遂成市落，设官置吏，百事共举，彬彬然称治焉。遭值中国多故，避居者视为世外桃源，商出其市，贾安其境，财力之盛，几甲粤东。""前之所谓弃土者，今成雄镇，洵乎在人为之哉！"①

我并不是说侵略有理，殖民有理，而是说同一块地方，为什么西人治理得好，而清政府就治不好呢！林乐知的建议刺伤了我们的民族自尊心，而清政府有自尊心可言吗！我们可以不赞同林乐知的建议，但也不应怀疑他的中国心，就算他错了，我们也应允许他有说错话的权利。我们有一条传统是应该彻底破除了。"一论及西洋事宜，相与哗然，以谓夸奖外国人，得罪公议。至唐景星寓书李丹崖，切切焉以评论西人长处为大戒。"②郭嵩焘是被人骂为"汉奸"的，但他毫不动摇，他对"大戒"的回答是："中国士大夫愦愦如此，虽有圣者，亦且奈之何哉！"③心存"大戒"的士大夫，能"出于夷而转胜于夷"吗！

三、不可小看这位"美国进士"

现在，我要谈一下本文题目的另一半——"美国进士"

---

① 《弢园文录外编》180、150页。上海书店出版社，2002年。

②③ 《郭嵩焘等使西日记六种》207页。

问题。

“美国进士”这个头衔,真有点怪怪的。说是美国的进士,可美国根本就没有科举制度,哪来的“进士”?说是美国人考中了中国的进士,这也是子虚乌有。这个头衔是当不得真的,只不过是反映了传教士的智慧与策略。此事还得从利玛窦说起。

利玛窦来华传教,明官方起初是把他当作和尚来对待的。在广东韶州让他和南华寺的和尚住在一起。为了摆脱讨厌的“和尚”称号,利玛窦留长发蓄长须戴儒冠穿绸袍,学习儒家经典,俨然一派儒者气象,被尊称为“西儒”。这一招果然灵,在儒学这块阵地上,他找到了自己的立足点。他们也把西方的学位与中国的科举功名进行对比。学士相当于秀才,硕士相当于举人,博士相当于进士。清末的传教士也学会这套策略,而且公然自封为“进士”,如丁韪良、艾约瑟、林乐知等。可林乐知在美国并没有取得博士学位,这就有僭越之嫌了。当然我们不会这样死心眼地看问题。现在许多官员并没有大学文凭,他们填表时,不是也可以填上“相当于大学程度”吗?对于林乐知而言,说他“相当于进士程度”,其实委屈他了。从知识面而论,同、光两朝的进士,有谁能与之一比高低呢?他具有世界眼光,对世界形势了如指掌。他的近代科学知识,不知水平如何,而比一个中国进士要高明,这是肯定的。他的中学水平,也能引经据典,博古通今,之乎者也,斐然成章。他翻译的《文学兴国策》,文辞典雅,语意晓畅,这中间当然有合译者的功劳。书前的两篇序言,正好可以对比。序一的作者为“赐进士出身翰林院庶吉士合肥龚心铭”，序二的作者为林乐知。龚序说了一些什么呢，敷衍成篇，言之无物。说什么“不禁喟然而叹曰：四裔有学，不如诸夏之亡也”。套用孔子的话，比拟不伦。把西洋各国（这里实际上只有美国）看做“四裔”，还以中国为天下中心，这是时代错误。“以制艺取士”，“代圣贤立言”，“修齐治平，不外乎此”，这都是林乐知已经批评过的东西。时至1896年，龚氏在为这样一本传播近代教育经验的名著作序时，还旧调重弹，太落伍了。中国进士就是这种水平啊！再看林序。他也引用经典，一开篇就引《周易》曰：“穷则变，变则通，通则久。”接着又引用《中庸》曰：“明则动，动则变，变则化。”再接着引用孔子的话：“齐一变，至于鲁。鲁一变，至于道。”三段引文突出一个“变”字，体现了此书主题：教育要革新。这还不算什么本领，最重要的是对日本学习美国及西方的经验之后，在维新方面取得的重大成果，进行了实事求是的介绍。结论是：“日本崇尚新学，其兴也浡焉；中国拘守旧学，其滞也久矣。”“今中国如欲变弱为强，先当变旧为新。”在这篇序文中他又一次表白他的中国心：“仆寓华三十余年矣，其间应聘主讲者有年，译报主笔者有年，设院课士者有年，即今之著书广学者亦有年，区区之心实于中国有不胜其图报地主之情，用是不揣固陋，特取森君有礼所辑之文学兴国诸书，译成华文……”[①]这篇序言，中国进士能写得出来吗？

① 《文学兴国策·序二》5页。上海书店出版社，2002年。

尤为值得我们注意的是，林氏当年写的中文论文，我们现在的某些专家学者连断句都困难。我们有什么理由小看这位“美国进士”呢。请让我随手举两个例子：

例一：《中国专尚举业论》：“合诸虞廷敷奏以言明，试以功之意无乃相左。”（《万国公报文选》250 页）

标点错得一塌糊涂，以致文意全然不通。标点者不知道“敷奏以言，明试以功”出自《尚书·舜典》，（据《十三经注疏·尚书正义》）当然也不知“虞廷”是什么意思。

例二：《记上海创设格致书院》：“‘格物致知’，《大学》首揭其旨，而紫阳朱氏更推其蕴。曰：所谓致知，在格物者言。欲致吾之知，在即物而穷其理也。……必深究夫物之终始其常也。若何其变也，若何其合也，若何其离也，又若何洞彻夫物之精粗本末，而后……”（《万国公报文选》441 页）

林乐知对朱熹的注文也研究过，而标点者竟读不通朱注。正确的标点应是：“所谓致知在格物者，言欲……。”下文的标点错误是把四个作谓语的“若何”都误为主语。正确的标点是：“必深究夫物之终始，其常也若何，其变也若何，其合也若何，其离也又若何。”

关于林乐知的“美国进士”头衔，我想说的就是这些了。一个处在 19 世纪末的美国人，离乡背井，来到中国，把自己的毕生精力都奉献给了中国，对中国社会的变革功不可没，我们也应该心怀感激之情。梁启超曾说：“盖大地今日只有两文明：一泰西文明，欧美是也；二泰东文明，中华是也。20 世纪，则两文明结婚之时代也。”林乐知在“两文明结婚”中扮演了什么角色呢？是媒婆，也是证婚人，所以我们应感激他，祝他在天堂，永恒安息！

2002年8月14日

完稿于北京海淀区蓝旗营寓所

（原载美中文化研究所剑桥中国文化中心《美中社会和文化》

2002年12月第五卷第2期）

抱恨千古雪松山

公元2003年，美东时间8月4日上午，天气时雨时晴，时雾时风，何鲤驾着车，载着学敏和我，从纽黑文出发，开往康州首府哈特福德市之雪松山墓园。小车在高速公路上飞驰，两旁密密的绿色丛林在飞速向后退去、退去……我的心说不上是沉重，还是惆怅，还是兴奋。

说来似乎有点矫情。此次旅美，早已打定主意，不去游大峡谷，不去逛黄石公园，也无意去欣赏夏威夷风情，唯一的心愿就是拜谒容闳纯甫先生的长眠之地。我的这份心愿，不只是出于对容氏的崇敬，更多的是出于对容闳现象的困惑。

什么叫容闳现象？那就是：在大清王朝，报国者无门，爱国者有罪；在革命年代，又被加上“洋务派的走卒”、“帝国主义的忠实工具、得力助手”之类的恶谥。在这个有着五千年文明史的泱泱大国,做人做事为何如此之难呢?

雪松山到了。牛毛细雨中的雪松山,苍翠欲滴,万绿如洗,清幽如梦。我们擎着雨伞,来到墓园办公室。热心的工作人员给了我们一张墓园地图,用铅笔标明了容闳墓所在区,还有一份容闳的档案材料,左上角印有容闳墓的图景。材料一开头就说:“容闳,中国学者。”以“学者”定性容闳,前面未加任何限制词,这在我还是第一次见到。政治化的中国从来未把容闳当作“学者”。中国辞书介绍容闳最通行的说法是:“资产阶级改良派”,中文版《简明不列颠百科全书》则称之为:“中国近代改良派学者”。墓园档案称容闳为“学者”,一则因为他是耶鲁学士,并著有《西学东渐记》;二则是他受清政府委托,1872 年在哈特福德创办中国留学事务所。档案说:“尽管中国的保守主义者在 1881 年突然终止了这种委托,但九年中,中国学者有计划地培养了 20 世纪第一代铁路建设者、工程师、医生、海军将官和外交家。”

1854 年(清咸丰四年)容闳在耶鲁取得学士学位后,本来可以留在美国。他在美国知识界有很好的声誉,许多人都知道:“这名学生在耶鲁大学的英文写作比赛中一举夺魁,独占鳌头。”他不难找一份待遇优厚的工作,与年轻的妻子厮守一生,过着安富尊荣的好生活。而他却立意要回到这个贫穷黑暗混乱不堪的大清王国。效力祖国,这是不变的宗旨。面对腐败的中国,他一旦觉醒,“遂觉此身负荷极重”,“痛苦亦多”。在大学四年级尚未毕业时,“已预计将来应行之事,规划大略于胸中矣”。这“应行之事”,就是“以西方之学术,灌输于中国,使中国日趋于文明富强之境。予后来之事业,盖皆以此为标准,专心致志以为之。”派遣幼童赴美留学是实现“应行之事”的最重要的一个步骤。从娃娃抓起,从教育抓起,这是真正意义上的启蒙,是自由与民主的启蒙。容闳真正抓住了西学东渐的根本环节,他走到了时代的最前面,不唯走在了冯桂芬、王韬的前面,也走在了日本人的前面。当容闳明确主张“以西学灌输于中国”时,日本的明治维新还没有开始呢。当日本驻美公使森有礼向美国教育部门取经编成《文学兴国策》一书时,容闳已经率领第一批官派留美学生在哈特福德安营扎寨。中日现代化竞赛,中国的有识之士本来拔得了头筹,完全是由于政府的原因,中国方面落伍了,失去了一个又一个机会,浪费了几十年大好时光,等待他们的是甲午(1894)战争的惨败,是可耻的《马关条约》。

容闳值得我们同情的是在整个 19 世纪下半期的大风大浪中,他没有任何国际背景或地方背景或集团背景,几乎是孤身一人,完全凭着一颗坚贞不屈的心,挺立潮头,与时俱进。在香港他有机会成为名律师;在上海他有机会赚大钱,有机会成为大买办;在南京他有机会获得“义字四等爵”;在九江他有机会成为茶叶大王。但所有这些都不是容闳的人生目的,他的目的只有一个:“抑欲谋全中国之幸福也!”他的品格,称得上鹤立鸡群。“予之操行差堪自信者,惟廉洁二字。无论何往,必保全名誉,永远不使玷污。”他忍受了四次失业的痛苦,十年耿耿于心,梦寐以求，才得以实现幼童留美计划。可不到十年，这个计划就破产了。黄遵宪"尝以光绪七年（1881）裁撤美国留学生，为中国第一不幸事"①。这"第一不幸事"的主要承受者容闳，能不心头流血吗！他的母校第11任校长诺亚·波特也"思有以阻止中国为此退化之事"，曾致函中国的总理衙门，为留美幼童申辩：

> 盖诸生年虽幼稚，然已能知彼等在美国之一举一动，皆与祖国国家之名誉极有关系，故能谨言慎行，过于成人。
>
> 至于他人之造谣诬蔑，谓中国学生在校中肄业，未得其益反受其损等言，此则某等绝对不能承认。

留美幼童的良好表现，可谓有口皆碑。一位美国传教士、外交官在1895年出版的《真正的中国佬》中是这样称赞他们的：

> 那些学童来到美国之后，我们既没有发现一丁点关于他们的行为不当的事例，也没有发现他们存在丝毫的智力缺陷。他们以异常惊人的速度，掌握了世界上第三大难学的语言——英语；然后，他们又向那一系列完全陌生的学习课程发起挑战，并表现了杰出的顿悟和适应能力。……那些学童在他们所处的班级中都是名列前茅的佼佼者。尤其值得一提的是，他们的一切行为和举止都非常得体，根本无

① 梁启超《饮冰室诗话》25页。人民文学出版社，1963年。

懈可击。

（〔美〕何天爵著，鞠方安译，183 页。光明日报出版社，1998 年）

“中国第一不幸事”，并未把容闳击倒。相反，他对传统文化的腐朽面有了更深入的认识。他的结论是：“以故人人心中咸谓东西文化，判若天涯；而于中国根本上之改革，认为不容稍缓之事。”文化问题的提出，这是思想认识上的一大飞跃。慈禧政权固然是阻碍社会前进的坏政府，可为什么有这么多的文化官僚武化官僚愿意供其驱使呢？这个政权得以苟延残喘的基础又是什么呢？答案只有两个字：文化。中国文化的腐朽面、落后面在 19 世纪下半期已逐渐大暴露，如两千多年的所谓“夷夏之辨”发展到清末已是一大误区。他们守着“吾闻用夏变夷者，未闻变于夷者也”的古训，将凡是主张输入西学的人都说成是“汉奸”，郭嵩焘、马建忠、刘鹗等都戴过“汉奸”帽子，这顶帽子很能调动民族主义者的情绪，一切反对革新的政府也很能利用这种情绪。容闳活着的时候虽未戴过“汉奸”的帽子，可死后还被骂为“走卒”，还被诬为“是一个完全由美帝国文化侵略政策培养出来的知识分子”。这种文化观念上的误区对中国社会发展造成的极大危害就是自我封闭，拒绝西学，死守国粹。结果，世界前进了，日本前进了，我们还守着“夷夏之辨”的古训。日子勉强过得去的时候，就对外国深含敌意，对从外国回来的人也深含敌意；日子不好过的时候，就对外国人卑躬屈膝，对“假洋鬼子”也卑躬屈膝。得意的时候骂别人是“汉奸”，不得意时就自己当汉奸。什么裁撤留美学生，什么扶清灭洋，都有旧文化作为大背景。旧文化的包袱一直太沉重，所以我们的现代化就比日本差了一大截。容闳看到了这一点，才提出了“根本上之改革”。什么叫“根本”？当然包括彻底否定清政府。早在19世纪50年代分析太平天国兴起的原因时，他已有如下认识：

> 1850年革命之原因，……恶报实种于满洲政府之政治，最大之真因为行政机关之腐败，政以贿成。上下官吏，即无人不中贿赂之毒。……官吏既人人欲饱其贪囊，遂日以愚弄人民为能事。于是所谓政府者，乃完全成为一极大之欺诈机关矣。

他后来不唯参加戊戌变法，也支持孙中山的民主革命。过去一直将他误认为“资产阶级改良派”，很不妥当。他是革命者，他不仅反对清政府，也不赞同中国的旧文化。“然使予之教育计划果得实行，藉西方文明之学术以改良东方之文化，必可使此老大帝国，一变而为少年新中国。”当容闳提“少年新中国”时，后来写《少年中国说》的梁启超还没有出生呢。

容闳一生上演的是一出可歌可泣的悲剧。悲剧源于痛苦，源于理想。他为祖国的腐败而痛苦，为万千平民被屠杀而痛苦，为众人麻木我独醒而痛苦，为洋人在中华大地横行霸道而痛苦，为个人的理想而痛苦。1922年鲁迅在《呐喊·自序》中说：

假如一间铁屋子，是绝无窗户而万难破毁的，里面有许多熟睡的人们，不久都要闷死了，然而是从昏睡入死灭，并不感到就死的悲哀。现在你大嚷起来，惊醒了较为清醒的几个人，使这不幸的少数者来受无可挽救的临终的苦楚，你倒以为对得起他们么？

这种鲁迅式的痛苦，觉醒后的痛苦，70年前，容闳在耶鲁求学时期早已有深切的体验：

予当修业期内，中国之腐败情形，时触予怀，迨末年而尤甚。每一念及，辄为之怏怏不乐，转愿不受此良教育之为愈。盖既受教育，则予心中之理想既高，而道德之范围亦广，遂觉此身负荷极重。

若在毫无知识时代，转不之觉也。更念中国国民，身受无限痛苦，无限压制。此痛苦与压制，在彼未受教育之人，亦转毫无感觉，初不知其为痛苦与压制也。故予尝谓知识益高者，痛苦亦多，而快乐亦少。反之，愈无知识，则痛苦愈少，而快乐乃愈多。快乐与知识，殆天然成一反比例乎！

什么时候"反比例"变为正比例，社会就真正进步了。从容闳到鲁迅都遭遇类似的痛苦，因为北洋政府与慈禧王朝一样并没有改变这种比例关系。容闳的可贵之处是，他本来可以回避痛苦，而他却自觉地走进这"铁屋"，先是想通过教育革命来毁坏这铁屋,后来又想用武装革命来毁坏这铁屋。可事情竟然糟到这种地步,他差一点被这铁屋吞噬。1900 年唐才常在汉口被杀,他这个国会会长也遭到通缉。在这个 960 万平方公里的土地上,已不允许他再有立足之地。1902 年以 74 岁高龄逃回第二祖国,抱恨千古,终老于斯。从此,“月明汉水全无影,雪满梁园永难归”。可以想见,容闳先生,你当时是何等的心痛,我们现在追思起来也还是心痛。我们这番来看你,也就是要向你说出这锥心之痛。

雪松山,的确是一个长眠的好地方。林中有湖,湖外有山,山外有天。诗曰:雪松山头望故乡,往事重温总断肠,留得《西学东渐记》,由人身后说短长。

从古以来,我们中国人就相信一条真理:“君子之道暗然而日章,小人之道的然而日亡。”从美国到中国,容闳的崇高品格和伟大业绩,已引起广泛关注。那块平埋在墓前的《容闳先生纪念碑》,由于历史原因,撰写人只不过是台湾的“教育部长”,但也表达了炎黄子孙的共同心声。

安息吧,先生!

(原载 2004 年 9 月 17 日《中国图书商报 · 导购周刊》)

附件一　容闳先生纪念碑

先生字纯甫清才朗识淹博多通为我国学生留学美国之第一人　归国后力主遣幼童留学国外当轴者纳其言一八七二年乃遴选学生三十人由先生携以赴美遂开我国派遣留学生之先河而中美文化交流亦以此为嚆矢也

自先生初次携学生赴美至今岁适届一百周年寻声考迹想高躅于当年振铎扬芬播景行于终古维兹俊哲实系人思爰泐碑文借申虔慕

盈按:此件据碑文原样(包括空格、分段)抄录。鉴于内地所传碑文文字有误,故特附载于此,以供研究者参阅。

附件二　CEDAR HILL CEMETERY

Yung Wing

Yung Wing, Chinese scholar, Yale graduate and founder, in 1872, of Hartford's progressive and innovative Chinese Educational Commission School. Although Chinese conservatives abruptly terminated the Commission in 1881, the nine years the Chinese scholars studied in Hartford gave China her first generation of the 20th century railroad builders, engineers, medical doctors, naval admirals and diplomats.

第六辑　到处逢人说项斯

《词语源流漫笔》序

词语源流的探索是饶有兴味的一个课题，小莘同志的“漫笔”在这方面取得了很好的成绩。

“漫笔”所收文章，题目多很小，内容却深广宏富。读“漫笔”有如游桃花源：“初极狭，才通人。复行数十步，豁然开朗。土地平旷，屋舍俨然，有良田美池之属。”真可谓美不胜收。

小莘同志读书多，见识广，为文多新义。说聪明，说风流，从“面如重枣”与“红脸桃花色”说开去等，均属佳作，有较高的学术价值。王力先生曾认为“古人称脸限于妇女”，小莘指出“这个看法过于绝对”。实事求是，不为成说所囿。其他如“以今释古例议”、“成语里的古语词”等，匡谬正俗，深入浅出，普及之功，不可低估。

小莘的文风，颇具特色。既有南方学者的洒脱，又有北方学者的谨严，且有女性学人细腻、周到的优点。谈考据而不晦涩，说典故而不浮夸。上下古今，口语方言，各种材料，顺手拈来，毫不费力，真可谓神乎其技。

小莘出身文章世家，得天独厚。厥祖乃雕龙巨匠，厥父乃散文名家，她本人又好学深思，毫无骄矜之气。于为文之道，自当运斤成风，游刃有余。周祖谟先生对小莘的文章有一段很中肯的评语，抄录于此，作为这篇小序的结尾吧：

> 展读大作，文思斐然，雅畅可诵，真可谓深入浅出，的是作家。此等文字如能集为一编，交出版单位出版，必大受读者欢迎。

1990年4月于北京西郊

《谈文字说古今》(二集)序

去年九月,我应聘来澳门大学任教,为开设“汉语文字学”一课,向图书馆借阅了一批参考书,其中也有冼为铿先生的大著《谈文字说古今》。我仔细拜读了这部长达二百页的论文集,赞佩之情,油然而生。文字朴实无华,议论证据古今,片言只语之争,一音一义之辩,反复求证,必归于至当而后止。在这个号称东方蒙特卡罗的澳陬海隅,有人以辩证唯物之利器,致力于实事求是之学,弘扬朴学精神,焉能不令人肃然起敬!同样,我对参与争鸣的其他学人也表示相当的敬意。只有通过争鸣,澳门地区的语言文字之学乃至整个学术领域,才会出人才,出成果,出现真正的繁荣局面。

读其书,仪其为人,这是人之常情。嗣后,我和友人祥徽一起与冼先生见过几次,所谈无非学问二字。人如其文,朴实儒雅,没有半点俗气,是学者风格。

最近,冼先生又将出版第二本论文集,承先生不弃,嘱予阅而序之。这使我想起了一则古训:“人之患在好为人序。”何况,先生声名播澳海,于学无所不窥,予何敢为先生序。然而,作为先睹此集的读者,岂能默而无言！姑妄名之曰“序”,亦惟略叙一己之心得而已。

我们中国的学术传统,历来就主张文章要于世有用、有益。所谓“为世用者,百篇无害;不为用者,一字无补”“文章合为时而著,诗歌合为时而作”“文须有益于天下”,此类名言,众所熟知。综观冼先生的文章,无一篇不是为解决实际问题而作。不论大题小题,长篇短论,其有用有益则一也,兹列举数端,以证吾言之不谬。

70 年代后期开始,中国的学术思想、文化观念,发生了具有深刻意义的重大转折。在这个转折过程中,冼先生以丰富的知识、经验和极其清醒的头脑,对中国传统文化进行了全面反思。肯定了传统文化中“重视人生,关心现实的精神”,“重视合群”的精神,“讲求道德的精神”,而对“以三纲五常为核心的封建专制主义和等级制度”,“存天理,灭人欲”的反人性谬论,“述而不作,信而好古”的保守主义,则持彻底否定的态度。曾经有不少人“认为儒家传统是日本和亚洲四小龙取得经济奇迹的动力”。冼先生指出:“这是夸大,也是误会,是不符合事实的。”“日本的成功,正是克服了儒家传统的消极影响获致的。”在《新儒学与现代化》一文中,冼先生进一步断言:儒学"与现代化是格格不入的"。我也同样认为那些至今还想乞求儒学以振兴中华的人,不论主观愿望是多么善良美好,事实上是既不了解儒学又不了解今日中国社会的实情。我不是说儒学一无是处,而是说儒学是不能对现代中国社会的发展起指导作用的。

汉字问题,是十余年来学术界又一热门话题。《汉字有很强的凝聚力》、《汉字的优越性》、《汉字改革问题随想》、《谈谈汉字的简化》等文,较为全面地阐述了著者对汉字问题的基本看法,著者也对港澳两地坚持沿用繁体字的原因进行了合情合理的分析。这些文章既有学术价值,又有明显的实际意义。它有利于澳门同胞从认识上统一对汉字的看法,加深对中国政府关于汉字政策法规的理解。至于汉字的寿命问题,也就是汉字的前途问题,也就是汉字能否实行拼音化的问题,我个人认为,著者的论述是很有说服力的。"太多的同音字,这实在是汉字实行拼音化的难以逾越的关卡。"据我所知,最早用同音字多为理由反对拼音化的是明末来华的西洋传教士金尼阁(此人与澳门还有点关系)。而那些主张把汉字改为拼音文字的人,却说反对者是得了"同音恐惧症",他们认为世界上没有一种语言是不可以实行拼音文字的。理论上尽管说得通,事实上同音字的区分还没有一个切实可行的办法。看来,这个问题只能由子孙后代来解决了,只能让历史来作结论了。因为未来的科学技术如何发展,书写工具会发生怎样的变化,这些发展和变化对汉字会产生什么样的影响,都是难以预料的。不过,在现阶段,在相当长的历史时期之内,汉字的合法地位必须巩固,不可动摇。

关于汉字析字法问题,我引用书中的一段原文,以证明著者在学术问题上的原则精神:

> 我认为对于汉字的解释,应该抱实事求是的态度,要持之有故,言之成理,令读者看来感到合理,站得住脚。无论什么析字法都要避免任意驰骋自己的想象力,把明白易懂的字解释得曲折玄妙,看起来似乎新奇可喜,其实是穿凿附会,令人生疑。
>
> 我认为胡朴安先生的意见是非常中肯的,他列举王安石所闹的笑话,也值得我们警惕。

这些话是常识,也是真理,真理往往就寓于常识之中。凡是接触文字学的人都知道,东汉许慎就批评过"马头人为长"、"人持十为斗"之类的析字法,批评这样的析字"皆不合孔氏古文,谬于史籀,……未尝睹字例之条,怪旧艺而善野言"。我们比许慎时代所能见到的古文字材料要古得多,我们能见到商代的甲骨文,又能见到大量的金文,这些古文字材料都是"析字"的重要依据。今文派据隶书以析字,已是谬误百出;若据楷书以析字,这就更加难以索求本原了。

在语言文字运用问题上,冼先生更是一位非常认真、异常执著的人,他随时随地都在关注、留意这个问题。从报纸、电视台、辞书到期刊、广告、标语,乃至学生的朗诵比赛,商店门口贴的告白，凡有音读不正，用字讹误，一经发现，便满腔热情，匡之正之。我们应当感谢冼先生在这方面付出的辛勤劳动，他称得上是澳门语文园地的“保健医生”，为澳门地区汉语言文字的健康发展，作出了不懈的努力。

冼先生学贯古今，对古书中的不少疑难问题，也有深入研究。如论证“欲加之罪”的“加”字为古义，当解为“诬捏”、“诬枉”，又如《何谓“风马牛不相及”？》、《“束脩”应怎样解释？》等文，对这两个古今争论不休的问题提出了自己的看法。清代洪亮吉也讨论过“束脩”问题①，其结论也颇有意义，不知冼先生以为然否？

顾炎武曾说：“文之不可绝于天地间者，曰明道也，纪政事也，察民隐也，乐道人之善也。若此者，有益于天下，有益于将来，多一篇，多一篇之益矣。”“乐道人之善”，谈何容易！“盖古今来气量之窄者，莫如文人。”“文人相轻，自古而然”，于今为烈。冼先生则不然。他不惟勇于匡谬正俗，也严于解剖自己，更乐于称道别人的优点。他是一个思想境界很高的人。《谈文字说古今》一书中，有一篇《到处逢人说项斯》，文章说：“杨敬之这种‘不解藏人善’的精神，真是值得大书特书。”在我看来，冼先生就颇有杨敬之的气度。他写过《〈老子全译〉读后感》，“诚意地向读者推荐这本好书”。还向澳门读者热诚推介葛晓音的

① 《与卢学士文弨论“束脩”书》。《洪亮吉集》第一册，185 页。中华书局，2001 年。（2009 年补注）

《唐宋散文》,热诚推介周强的《三国演义考评》,热诚推荐裘锡圭的《文字学概要》,还介绍过李宗桂的《中国文化概论》,介绍过冯友兰的一篇遗作,赞扬"冯老个人独特的见解"。他也对王宁的《汉字的优化与繁简字》"特别感兴趣",赞扬此文"可读性高,极具吸引力,……富于逻辑性"。他也推崇蒋绍愚主张将"古今字"改称为本原字和区别字的意见,"觉得……很好","值得推广使用"。至于1990年10月写的《谈谈申小龙现象》,更表现了冼先生奖掖后学的长者风度。文章结尾写道:"申小龙的文化语言学能否合理地找出汉语语言的规律性,确立他的理论体系,并且获得语言学界的公认,现在还言之过早。不过,申小龙作为一位闯将,独树一帜在语言学界中冲锋陷阵,引起轰动,并指出一个研究方向,他的功劳是不容抹煞的。"新生力量往往夭折于"捧杀"和"棒杀"。冼先生这些话,有冷静的分析,也有热情的鼓励,恰到好处。

我读完了冼先生的两本论文集,颇受感动。他并不是学术研究的专业人员,他只能利用公务之余,读书,写作,而他所研究的领域、研究的成果,无论是广度还是深度,都不可等闲视之。于是我猜想,他一定是从青年时代起,就热爱知识,养成了良好的读书习惯。博闻强记,学有根底。另外,他一定是把公务之外的时间都用在读书、研究、写作上了。累累硕果,就是明证。还有,他那种锲而不舍的钻研精神,尤其值得我们重视。请读一读《曾三颜四》这篇小文章吧。这篇不满一千字的小文章,是花了几年的时间才写成的呢! 1980年旅行苏州时,看到一副对联:

“禹寸陶分,曾三颜四”,还有一条幅:“颜苦孔之卓”。何谓“颜四”?何谓“颜苦孔之卓”?冼先生登时“陷入冥思苦想之中,对于美丽如画的景色也无心欣赏了”。直到1986年,才钻通“颜苦孔之卓”的含义,后来又解开了“颜四”之谜。作者并未沾沾自喜,文章的结尾却从大处着眼,批评“类似‘曾三颜四’的句子,简直就像谜语一般,使人煞费思量,实在很不好。所以白话文的取代古文,就是一个很大的进步。”我们举这个例子,也是提倡一种精神,一种“着迷”的精神。而不是要人们都去钻研“曾三颜四”之类的问题。

澳门地区正处在过渡时期,由于历史的原因,语言文字问题颇为复杂。但汉语和汉字地位的提高,已是大势所趋,而如何准确地运用汉语、汉字,还有许多工作要做。语文工作者努力发挥自己的作用,此其时也。我相信,冼先生这本论文集子的问世,对澳门地区的语文研究和整个人文学科的研究,以及与内地的学术沟通,都会产生积极的作用。

1994年3月于澳门凼仔岛

(原载1994年5月22日《澳门日报》)

前修未密　后出转精

——《〈说文解字〉论纲》序

稍有著作经验的人都会明白，写《说文》概论之类的书看起来很容易，实际上很不容易。因为这是老题目，有多少饱学之士为此耗费了多少精力，消磨了多少时光，后起者能不闻不问吗？老题目要翻出新意，要发前人之所未发，既要有消解旧说的勇气和能力，又要有新的理论、新的方法作指导，容易吗?！“承先启后”，“推陈出新”，是衡量这类著作的基本准则，也是衡量著作者学术修养知识结构的基本准则。

说实在话，刚收到钟如雄先生的这一大包《〈说文解字〉论纲》校样时，在是否写序的问题上颇为犹豫。我既不愿说些无原则的废话，又不忍拂逆著者求序的美意。及至打开书稿，一页一页读下去，精神为之一振，心情也兴奋起来。我暗自赞叹：这是一个有头脑、有个性、有章法的人，是一个扎扎实实、苦心经营的人。书稿中无疑有美中不足之处，有可推敲可斟酌之处，文字表述有时也欠精严老到，但我的确被书中的崇论宏议、精思妙悟吸引住了。从大体而言，《论纲》乃同类著作中独具匠心的优秀之作。用“前修未密，后出转精”来形容，当非溢美之辞。

阐发《说文》内容、研究《说文》体例的名著，前有王筠友的《说文释例》，后有马叙伦的《说文解字研究法》。前者思精而体不大，后者有条而无纲。陆宗达《说文解字通论》不乏真知灼见，但整体贯通有所欠缺；蒋善国《说文解字讲稿》简明扼要，精于指南，可述而不作，又过于简略。《〈说文解字〉论纲》博采众家之长，力避众家之短，故整体构架，乃前所未有。著者明确要求自己：“在考察、推研《说文解字》系统的建构时，应该也必须复原许慎的设想，采用‘分离→整体贯通←系联’的实用原则，揭示其建构的‘微恉’。”我认为，这个原则非常对头。全书正是按此原则举纲张目，分经别纬，得出了“《说文解字》全书由 5 个母系统 36 个子系统构成”的科学结论。并以此作为《论纲》的主体结构，秩序井然，条理粲然，前后照应，左右逢源。这样的构架必然是多年钻研、深思熟虑的结果，非一知半解者、人云亦云者、心浮气躁者可得而成也。

构建一个好的系统，不等于这个系统的质量就有了绝对可靠的保证，还要求地基坚固，材料过硬，技术到家，施工到位。凡此种种，缺一不可，如有所缺，系统就有坍塌之虞。我们细看《论纲》的各个母系统、子系统，的确做到了尽心尽力，毫不因循苟且。请看对“转注”这个子系统的“复原”，整整用了四节篇幅，在研究以往诸说的基础上，提出了著者自己的看法：

“‘建类一首’的语法结构是联合式述宾结构，‘建’和‘一’都是动词，‘类’和‘首’分别是它们的支配对象（宾语）。意思是：重建义类或声类，或统一部首。凡是用转注法造的新字，都是在原有字形的基础上重新建立表示字义的类别或声符，或是统一用原来的部首。这种理解，才符合许慎的定义理念。”

“转注与假借一样，在‘六书’中为两种特殊的构形法。转注为增形造字法，即在原形基础上变更或累增义类，以再造更多的新字；假借则为省形造字法，即将语言中的某些词，尽可能寄附于已有的同音字形之内，以抑制新字的孳乳。”

关于“六书”，不知前人已经做过多少文章了。著者对这个“子系统”也做出了新鲜文章，提出了“六书转换原理”的新概念，认为“六书”转换只能产生指事、会意、形声三种形体中的任何一种，而转换的枢纽是“转注”。

以往的《说文》之学，多只就《说文》论《说文》。《论纲》由仓颉讲起，并设有专章探讨“汉字本源”，别开生面，值得称道。

蜀中文字之学，源远流长，且不说司马相如、扬雄这样的大家了，也不说廖平、赵少咸、郭沫若这样的积学之士了，就连诗人流沙河也曾“拼命去攻许慎《说文解字》”，称赞“这一部辉煌的文字科学著作，每一页内都有一个奇妙的世界”①。朋友，这个

① 流沙河《锯齿啮痕录》82页。三联书店，1988年。

“世界”究竟有何“奇”,有何“妙”,请读这本《论纲》吧。

昔吴下阿蒙有言:“士别三日,即更刮目相待。”我与著者相别已有20多年之久了,能不刮目复刮目,喜把大作仔细看?于是乎欣然命笔,写了这篇序言。序者,叙也,略叙一己之私见也。学术自有公论,岂待序而后传!

燕园春意正浓,未名湖畔花遮柳护,文史楼前那两株风铃木已成参天之势。远方的校友,何日来重游?

(原载《西南民族学院学报》2005年5月总21卷)

《安仁语文》序

安仁是生我养我的地方，也是今生今世魂牵梦绕的地方。从青年时代起我就来到北京，至今已定居48年，可还是忘不了永乐江畔的竹篱茅舍，大石岭上的古道长亭；忘不了我就读过的龙溪书院、宜溪书院，更忘不了排山、鹅（禾）市、安平、浦阳的父老乡亲。

我的安仁，到今年，你已经1037岁了。在如此漫长的岁月里，你饱尝过多少苦难？阅历过多少沧桑？宋太祖乾德三年建县时，你有户口10273；到了元代，已达到23082户；在朱皇帝与陈友谅的争夺战中，安仁户口大减。洪武二十四年，户口下降到6573，人口只有3万多；永乐十年，户口继续下降，只有5480户，人口才12140。据《衡州府志》不完全记载，从明洪武二十一年至万历九年，安仁“饥”、

“大饥”,以及水灾,就有十三次之多,平均将近十年一次。清初,依旧自然灾害频仍。以康熙年间为例:

康熙元年,旱;四年,大旱;六年、八年、九年、十年、十三年,旱。十五年,大水;十八年、十九年、二十三年、二十四年、二十九年、三十一年,旱;四十二年,大旱。

水旱连年,人民何以生存?清代中期,社会相对稳定,安仁人口开始增加到十余万。进入民国,安仁户口人丁虽有增加,经济仍然落后,文化极不发达,水旱二灾之外,时有兵灾。民不聊生,社会混乱。记得小时候,每逢春节,总要在大门两边贴上一副前人撰写的对联。上联是“洲水出龙图预卜盛世”,下联是“上林来凤鸟先兆太平”。“洲上”是村名,村中人何曾见过“太平”“盛世”?这副对联表达了村民的愿望、心声,人们盼望“龙凤呈祥”,可年复一年,不知“龙”在何方?“凤”在哪里?

盼呀盼呀,我们终于盼来了 1949 年。安仁的历史进入这一年,才成了名副其实的“安”与“仁”。停滞了近千年的历史车轮,从此滚滚向前,飞速前进。尤其是新时期以来,安仁的面貌真是发生了翻天覆地的变化。故乡不断传来新消息,社会安定,人民安居乐业;仁者寿,生命的价值得到从未有过的肯定与提升。安仁子弟也走出蔽塞的峒沟垅冲,走向全省,走向全国,走向世界。正是在这样的历史条件下,《安仁语文》问世了。

生在安仁,长在安仁,学习在安仁,工作在安仁,不一定就非常了解安仁。譬如,安仁人当然会说安仁话,可我们要问:安仁话有什么特点呢?它有多少声母?多少韵母?几个声调?安仁话有哪些特殊词汇？北方人说“公鸡”、“母鸡”，为什么安仁人说“鸡公”、“鸡婆”呢？浦阳话为什么跟安平司的话不一样呢？[①]这些问题就不是每一个安仁人都能说得清的了。学点安仁方言知识，不仅可以加深对安仁的了解，也利于了解安仁方言与普通话的对应关系，更好地学习普通话。

研究安仁方言，也是专门学问。早在1935年，世界级语言学大师赵元任先生就与他的助手杨时逢一起进行过安仁方言调查。[②] 当时找的发音人有两位，一位是新渡村的，一位是莲江乡的，二人均在长沙第一师范学习。这篇调查后来收入《湖南方言调查报告》，在台湾正式出版。我们安仁人现任教于中国人民大学的陈满华先生，对家乡方言的研究也取得了很好的成绩。他的专著《安仁方言》于1995年出版，此书从语音、词汇、语法三个方面系统地描写介绍了安仁方言，是第一部全面研究安仁方言的重要著作，值得注意，故特意在此提及。

《安仁语文》还有一个重要内容是“安仁文学”。文体有小说、散文、诗歌、戏剧等，题材有安仁的历史传说、人物往事、山川名胜、故乡情结，等等。读了这些作品，你会更加深入地认识安仁，更加真切地热爱安仁。我希望在21世纪，我们安仁的文学

---

① 安平司今名安平市。“司”即巡检司，是古代县下的一级具有防御性质的组织。安仁有“安平巡检司”、“潭湖巡检司”等。

② 赵新那、黄培云编《赵元任年谱》203页，“(1935年)10月17日至11月11日，与杨时逢、葛毅卿到湖南做湖南方言调查。”“16天共完成75个县的第一次调查。”商务印书馆，2001年。

也能腾飞，在这块雄浑秀美的土地上，也应出现大作家、大文豪、大思想家。安仁是到了应该而且可以腾飞的时候了。

作为一种乡土读物，《安仁语文》只是一种尝试，但这是很有意义的尝试。正因为有意义，所以在使用过程中，还应进一步完善、充实、提高；还应进一步修改，去掉一些不准确不科学的说法。选文力求精粹、规范，对方言的描写力求达到专业化的水平。

《安仁语文》应该使读者增长见识，陶冶性情，砥砺意志，积极向上；还应注意可读性，使读者愿意读、喜欢读。做到这些，难度是很大的。最好的办法就是不断修改，精益求精。

本书主编何文先生有丰富的语文教学经验，又肯动脑筋，认真钻研；对安仁的风土人情、人物故事、历史传说、文献资料，颇有研究。他主编的这本《安仁语文》就在一定程度上反映了他的独特创意和苦心经营。他一定要我写几句话作为本书的序言，盛情难却，只得从命。但我阔别安仁毕竟几十年了，又无暇通读全稿，话如说得不妥，还请读者谅解。

我要感谢何文的是，他为我提供了一个与安仁老少乡亲进行情感交流的机会。我像爱母亲一样爱自己的故乡，步入晚年，乡情更浓，记得少年时代就背诵过这样的诗句："维桑与梓，必恭敬止。"敬礼，我的故乡！

2002年8月于北京

一卷名山　两袖清风

——《汉语史专书复音词研究》序

序这种文体的产生，即使只从司马迁《太史公自序》算起，也有两千多年的历史了；受私人之托为私人著作写序，据说始于皇甫谧序左思的《三都赋》，从那时至今也有1700多年的历史了；①至于为古籍作序，撇开所谓孔子序《书》、子夏序《诗》不论，从刘向的“叙录”算起，也有两千多年了。序这种文体有如此长的生命力，如此被人看重，总有某种道理在。序既不同于书评，又不同于传记，却兼有二者之长。序是作者与读者之间的桥梁，它所提供的信息往往为“独家报道”，也往往具有很高的学术价值和史料价值。就鄙人的阅读经验而言，每读一书，总要先读序和跋。如无序无

① 《晋书·左思传》：“安定皇甫谧有高誉，(左)思造而示之。谧称善，为其赋序。”有人认为谧为左赋作序不可信，这只不过是一种说法。

跋,秃头又秃尾,则废书而叹,颇为怅恨。可是,自从顾炎武以来,对作序的事情就多所非议。这也难怪,序跟其他文体一样,质量有优劣,文品有高下。"多设游扬之辞"、"徒载空言竟献谀词以相标榜"之类的序文,受到非议自在情理之中。但有关序文的理论研究及其发展历史的研究,几乎是空白。顾炎武提出的一些原则也不可全信。如他说"书不当两序",我看就不见得对。只要言之有物,二序三序又何妨。他又说:"唐杜牧答庄充书曰'自古序其文者,皆后世宗师其人而为之,今吾与足下并生今世,欲序足下未已之文,固不可也。'①读此言,今之好为人序者,可以止矣。"②按顾氏此言,我这篇序文就在"可以止矣"之列了。这又是我所不敢苟同的。理由是:正因为我与程湘清不仅"并生今世",而且还有同窗五载之谊,所以我能告诉后人一个他们所不知道的程湘清。

程湘清,山东成武县人。1956年由菏泽一中考入北京大学中文系,性本爱文学,三年级伊始却被选入语言专业;正当他立志献身语言学、系里也决定让他留校任教时,又被北京市委看中,点名要他到市委工作。从此,一个在语言学领域很有发展前途的业务尖子,服从组织需要开始步入仕途。现在的程湘清,已积劳40余载,官拜"侍郎",两袖清风,一卷名山记梦痕。

综观湘清的"仕途",既有"阴风怒号",又有"春和景明";

① 《答庄充书》,见《樊川文集》十三。顾氏所引与原文在文字上略有出入。
② 《日知录》(下)卷十九。商务印书馆,民国二十四年。

既有“江湖之远”，又有“庙堂之高”。40 年前，初出茅庐不久就遭遇“文革”。他的母校北大，他的机关北京市委，都被砸了个稀巴烂，他又好“舞文弄墨”，发表点小杂文，无须上纲上线，很自然就“靠”在邓拓、“三家村”那一边去“站”着了，后来发配到大兴县当了一名普通社员。还是故乡好，他的山东老乡好心好意地接纳了他。他们说：“你与其在北京当社员，还不如回俺们老家当社员哩。”在京城漂泊了 14 载的湘清，1970 年又回到了那个西临定陶东临金乡北靠巨野南接曹县的成武故乡。守望家园的夫人兼老同学，喜何如之！那位有眼光的县领导能让这样一支清新俊逸的大笔杆子去当社员吗？在故乡的田野他一干就是 8 年，除了做好本职工作，还完成了人生一大任务：生儿育女。最后以县委宣传部副部长的身份调往省城。

乡园虽好，毕竟好不过梦笔生花、学林结果；父老虽亲，毕竟亲不过“尚友”古人、通国之善士。17 载寒窗，所为何事？学人所苦者，莫过于学非所用，用非所学。一进省城，湘清就焕发了学术青春。社科院那种半官半民的工作，他游刃有余，可谓得其所哉，得其所哉！他从久违了的故纸堆中又捡回了汉语史，他又要发论文了，又要当主编了，又要在语言学这块园地上大显身手了。我看着他迸发出的学术热情，为之赞叹不已。那时候，山西有个温端政，山东有个程湘清，这两位北大子弟，王力高足，把本属冷门的语言学搞得有声有色，而又与今之炒作者迥然不同。他们都是有真本事且脚踏实地又能团结人的干才。前者组建山西语言学会，后者组建山东语言学会；前者办《语文研究》，后者办《语海新探》;前者咬住晋方言不放,后者咬住专书研究不放。王力师也亲自上阵,给予多方面的支持。《王力文集》之所以在山东教育出版社出版,程湘清有牵线搭桥之功。他一手策划的那套五卷本汉语史断代专书专题研究丛书,也引起了国内外同行的重视,引用率相当高。在这套丛书中发表大块文章的先生们、女士们,也深受其惠。“程湘清主编”也因此声名远播,他还需要我这个老同学来游扬声气“竟献谀词以相标榜”吗? 他这个“主编”头衔可不是用来自欺欺人、沽名钓誉的。我们在学生时代编写《汉语发展史》时,他就是主编之一。他不仅要承担许多事务性工作、审稿工作,还承担了繁重的撰稿任务。全班同学平均每人应完成 4 篇稿子,他一人就完成了 13 篇,名列第一。他简直就是个“拼命三郎”,我这头“湖南骡子”有时也自愧弗如。我们看这套五卷本丛书,每一本都有他写的编稿后记。有事务性的交代,也有研究方法的探讨。更为重要的是每一卷都有他的呕心沥血之作,总计字数达 26 万。全稿均已收入本论文集,读者自可评说。我只想强调一点:汉语史断代专书研究的重要意义。尽管我们在学生时代就想以集体的力量编写一部汉语发展通史,而且初稿也编写出来了,也有某些独特见解,但严格来说,无论是 40 多年前还是 40 多年后的今天,编写汉语发展通史的条件并不十分成熟。根本原因是断代研究、专书研究都不够。当然,这不是说现在就不能写汉语通史,但通史必须建立在断代史的基础之上,这已经成为共识。湘清他们包括我的老同学何乐士、王绍新等,已经在这一方面进行了有意义的探索。尤其是湘清从方法论总结的四条原则，的确是他们十年实践的心得之谈。他的《汉语史断代专书研究方法论》具有开创意义，是值得一读的。若说不足之处，是断代带有明显的主观性，我以为语音、语法、词汇的断代必然具有参差性、不平衡性，三者不可能一刀切，在理论上应如是看，至于实际处理上，“划分为五个断代”未尝不可。这套丛书还有一个明显的倾向是词汇和语法的断代描写、专书研究，成绩显著，而语音的断代描写则嫌不足了，这笔账当然不能算在主编头上，也与本论文集无关，但的确是今后断代研究中极应关注的一个问题，非有意求全责备也。遗憾的是著者仕途陡转，命运之神又一次不让他全力以赴从事语言研究。东坡先生说：“长恨此身非我有，何时忘却营营？”像程湘清这样的干部，有才能、苦干、忠诚、严于律己，有哪一个正直的领导不愿意选拔这样的人才呢？在山东社会科学院的第七个年头，也就是 1985 年 4 月，山东省委接到以彭真委员长名义打来的电话：调程湘清上全国人大常委会办公厅研究室工作。真是：山东子弟多才俊，卷土重来未可知。15 年前离开京城时，茕茕孑立，形影相吊。那时，我正在江西鲤鱼洲修理地球，不知道他此行是伤感呢还是庆幸呢？这次“卷土重来”可不一样了，一下子卷来了一个五口之家，上有老，下有小。天子脚下，柴米油盐，样样都贵，居何容易！从来的京官都是苦的，何况程湘清这样的清官呢。我想他的经济负担一定很重，办公厅的工作更是非常繁忙。两副重担压在肩上，还搞那个枯燥无味的语言学吗？搞哟，不搞语言学还算程湘清吗？我听说，1989 年底至 1990 年初写那篇9万多字的《变文复音词研究》时，正赶上机关工作特忙，经常夜半回家才开始研析变文，往往一坐两三个小时不动，夫人刘俊英多次催促，才搁笔休息。我们都是很少过节假日的人。他说："哪个假日没加班，没研读，反觉得是白过了。"他多次跟我谈起："我搞语言研究有瘾，乐此不疲。"记得40多年前，也就是1960年那个暑假，我们全班同学不放假，忙于撰写《汉语发展史》，昼夜苦干，"乐此不疲"。时年22岁的程湘清，竟能科研、结婚两不误。他把俊英请进北京，和班上另外两对新人一起举行集体婚礼。8月12日（星期五）那天，像开班会似的，大家热热闹闹、说说笑笑就把他们的婚姻大事给办了。湘清这种不磕一头、不请一客、轻取"围城"、办大事如烹小鲜的风度，何等潇洒，何等风流！婚礼一完，他又"乐此不疲"去了。俊英很能理解他、支持他，故君子偕老，恩爱如初。在他"卷土重来"之后，我也曾建议过："你既然如此热爱语言学，何不转到高校来当教授呢？"他似乎有动于心，特别在意大利那不勒斯东方大学正式邀请他去讲授汉语一年时，他曾向领导谈过此意。但哪个领导愿意放走这样一位只干活不调皮的秀才呢？于是，他右手写时文，左手写论文，白天当官人，晚上当学人。他当官人有十足的书卷气，当学人可没有令人讨厌的官气。此时，他的健康也受到严重挑战，世上毕竟没有铁打的汉呀！

聪明的读者不难发现，湘清的这些论文也体现了至关重要的专一精神。唯专唯一，故能精进。他十年如一日，抱住这个"复音词"不放，掘进，掘进，不断地掘进，终于贯通古今，卓然有成。听说后来他转向研究民主法制理论，也是专注于“人大监督”专题，著述甚多。如果一暴十寒，用志不专，羊头上搔搔，狗头上摸摸，那就难成正果了。没有十年面壁的精神，就不要谈什么学术！

现在回想起20世纪五六十年代的大学生活，恍如隔世，几有谈开天遗事之感。我们这一代知识分子，与年轻的共和国一起成长，与普通百姓一样经受荣辱。当年母校给我们的教育就是要爱祖国、爱人民、爱自己的专业。像程湘清这样的官员，鞠躬尽瘁，从政不忘读书，正是那个时代精神的体现。为学与做官，看似无关，实则大有关系。曾国藩与李鸿章的区别就在“学问”二字上。曾氏以学问起家，以学问治军为政，故有“圣相”之称；李鸿章虽也中过进士，点过翰林，终难逃“不学无术”之讥。他的部下有那么多祸国殃民的军阀，他本人也不干不净，就糟在不以学问修身为本。从古以来，整顿吏治的有效之方就是提倡读书。即使不能官官都像程湘清这样著书立说，至少也能去掉奔竞之习，去掉以声色货利相尚的坏风气。读书可以清心，可以寡欲，可以知廉耻，可以砥砺名节，当然，也可以大长智慧，大长才干，何乐而不为！

这样说来，我们不仅可以读程湘清这本书，也可以读读程湘清这个人了。

（原载《语文研究》2002年第3期）

《左传》选评(少年版)序

少年版《左传》选本的问世,无疑是很有战略眼光的举措。为什么这样说呢?因为《左传》在经学、史学、文学等方面都有很高的价值,几乎众口一词,从无异议。梁启超曾经这样说过:"《左传》一书,无论其原本为分国纪载或编年纪载,要之不失为一种有系统有别裁的作品,在全人类历史学界为一先进者。故吾侪以世界的眼光观察,已认此书为有精读的必要。"又说:"《左传》自宋以来,列于五经,形成国民常识之一部,故虽非专门史学家亦当一读。其中嘉言懿行,有益修养及应世之务者不少,宜暗记或抄录之。"①我个人深感梁氏此言极为正确。我9岁左右,得先父亲自教

① 《要籍解题及其读法》。《梁启超国学讲录二种》57、59页。中国社会科学出版社,1997年。

授，能背诵《左传》全书19万余言。当时虽不能全懂，过后又因故忘却不少，但时至今日还是受益良多。近50年来，我们若干代少年儿童，不仅对一般古代经典已经完全陌生，就是对属于世界“先进”、“国民常识”的《左传》也早已“束之高阁”无人问津了。而一个失去传统文化根基的民族，是很难立足于世界先进文化之林的。我并不赞同全国的少年儿童都来盲目读“经”，但传统文化的普及应从娃娃们抓起，这是毋庸置疑的。少年版《左传》就是面向十几岁的娃娃们的普及读物，这批人正是21世纪的希望，中国的栋梁之材将从他们当中产生，传统要由他们来继承发扬。正是从这个意义来说，我们不可轻视“少年版”，而是要用“战略眼光”来看待“少年版”。

《左传》是《春秋左氏传》的简称，也就是《十三经注疏》中的《春秋左传》，古亦称《左氏春秋》。《春秋》本是鲁国的历史档案，后人尊之为“经”，左氏以《春秋》编年为纲，记叙春秋时代的列国大事，称之为“传”。左氏究竟是谁？至今没有定论。《春秋》和《左传》都是我国编年体史书的鼻祖。起自鲁隐公，终于鲁哀公。从古至今，研究《左传》的人甚多。集大成的著作有晋代杜预的《春秋左氏传集解》，杜预自谓有“左传癖”，能成一家之学。唐人孔颖达奉命编纂《五经正义》，于《左传》专取杜注。“今校先儒优劣，杜为甲矣。故晋宋传授以至于今。”（孔颖达《春秋正义序》，见《十三经注疏》1698页）直到清代，《钦定四库全书总目·春秋左传正义》条也说：“今世所传，惟杜注孔疏为最古。”唐王朝出于国家统一考试的需要，由官方统一经义，故前此诸家异说，逐渐趋于消亡。加之杜注“所据前人之说，则皆没其名，攘为己有”，[1]故杜注的权威地位，实由多种原因所造成。清代是一个崇尚考证张扬汉学的复古时代，《左传》研究也以复古为特色。江苏仪征刘氏四代研究《左传》旧注，至今传为佳话。第一代刘文淇用40年时间作《左传》旧注长编考证，先搜罗汉人贾逵、郑玄、服虔三家注文，疏通证明。“凡杜氏所排击者纠正之，剿袭者表明之。”终其身只写定《左传旧疏考正》八卷，未能完成全书。其子毓崧、孙寿曾、曾孙师培均相继研究《左传》。我们今天见到的《春秋左氏传旧注疏证》仍是未完之稿。今人研究《左传》最有成就的为杨伯峻先生。他的《春秋左传注》长达百余万字，博而精，实而新，学术价值颇高。总起来看，无论是杜注孔疏还是刘疏杨注，因篇幅太大，以及语言障碍，均不适合少年阅读。如何使《左传》这样的先秦古籍为今天的少年读者所接受，这是一个新课题，也是一个难题。李立的少年版《左传》在这方面作出了新的探索，值得认真总结研究。

《左传》一书虽属编年史，而全书故事情节很优美很动人。李立抓住了这个特点，化大块文章为一个一个独立的故事，各自成篇，这就大大提高了可读性。全书选文80篇，实际上就是80个小故事。有战争故事，人物故事，社会故事，政治故事，道德故事，婚姻故事，阴谋故事。这些故事篇幅一般不长。有的只有70个字，如《教之以义方》；有的只有85个字，如《迁都》。小孩

---

① 马宗霍《中国经学史》67页。商务印书馆，1998年。

子怎么可能有耐心去阅读长篇大论的古文呢，所以选文要短。十几分钟、个把钟头就能把故事读完读懂，就能有所获。日积月累，阅读能力、审美情趣也就自然提高了。少年版《左传》能引人入门，能引人入胜，这一招，好！

还有一招，全书体例的设计，也体现了少年版的特点。在原文之下，有注释、翻译、评论，三者结合，才不至于囫囵吞枣、得消化不良症。注释解释字词句，翻译乃文白对照，评论阐释文意。细心的读者，通过阅读注释，便可学到古代汉语的一些基本知识。如《郑伯克段于鄢》中的“惊姜氏”。注：“惊：使……受惊。”“虢叔死焉。”注：“死焉：死在那里。焉，于是，即在那里。”这样的注文，既简洁，又规范，其中就有语法知识。80 篇评论也可见作者的精思妙悟。文字活泼，富于联想。每篇有独立的题目，画龙点睛，耐人寻味。《卫懿公好鹤》篇的评论题目是《玩物丧国》，《宫之奇谏假道》篇的评论题目是《引狼入室者戒》，《不鼓不成列》篇的题目是《时机就是胜利》，《晏子之宅》篇的题目是《心怀民众》。这些评论的思想意义、教育意义对青少年的成长将会起到积极作用。就是成年人甚至老年人也不妨一读，也可从中汲取营养。

李立 1986 年考入北京大学中文系，1990 年毕业，因品学兼优，由系里决定，保送读研究生，以研究汉语史作为专业。研究生毕业后，任教于北京外国语大学。她不仅古代汉语基础好，为“科班”出身，已有论著问世，在现代汉语方面也有多年的教学经验,也时有论文刊出。她思维活跃,思想纯正,文笔又好。她能为青少年贡献这样一部好书,不是偶然的。

作为校友,作为长辈,读了她这部书稿,我当然很满意,很高兴。上面这些话,对读者了解此书和此书的作者李立女士,或许有点作用,这就算是序言吧。

2003 年 3 月于北京西郊蓝旗营

《中国近代新词语谈薮》序

上世纪50年代我读大一的时候，朱家玉老师为我们讲授“民间文学”一课，朱老师曾受业于民俗学泰斗钟敬文先生，论辈分钟先生是我的太老师。1957年，朱老师永远离开人世，接着，太老师也沦落尘埃。40余年间，由于工作单位不同，专业不同，我无缘亲炙于钟先生门下。想不到，1999年6月我第一次有机会拜见素所景仰的钟老先生。这年先生的一位博士生举行毕业论文答辩会，我应先生的邀请忝任答辩委员会主席。会上，先生惠赠大著《民俗学概论》，毛笔题字，下款注云：“时年九七”。以97岁高龄还指导博士生，而且思维清晰，语言简洁，文字流畅，恐怕并世无二。我向先生请教长寿秘诀，先生说了两个字：淡泊。

淡泊，古人写作“澹泊”“澹薄”，本作“憺怕”。今人对

“淡泊”的理解就是“不追求名利”，而古人认为“非澹泊无以明德”，“非澹泊无以明志”。诸葛亮诫子云：“夫学欲静也，才须学也；非学无以广才，非志无以成学。”①原来淡泊是一种境界，是一种德性，可以延年益寿，也可以“广才”、“成学”。先生的令嗣少华君能传淡泊家风，疏远名利，学业有成。

少华有今日的学术成就，是他真正进入了淡泊境界，养成了淡泊德性。他的学术道路并非坦途，青年时代因受父母牵连，又遭逢十年动乱，坎坷复坎坷，岁月多蹉跎。张载《西铭》说：“贫贱忧戚，庸玉汝于成也。”这中间的逻辑关系，用少华自己的话来表述，就是“感觉像是被置之死地，必须自己主动寻找知识，学习知识，掌握知识”。“寻找”、“学习”、“掌握”的是知识，而不是别的什么，我以为这正是古人所谓的“明志”与“明德”。作为一个人，既无“志”又无“德”，也就不可与言“淡泊”了。淡泊的是名利，进取的是知识。少华将知识加工为学问，转化为思想、为个人独特的见解，“说自己想说的话”，从上世纪 90 年代至今，已发表论著多部。最近，又将出版《中国近代新词语谈薮》，命我作序文一篇，我与少华父子交知有年，不敢以不文推辞。于是放下手头工作，费时 20 余日，将集中 13 篇论文细细读了一遍。

写序言是苦事，细读却是乐事。乐在哪里，请听我慢慢说来。

---

① 《太平御览》(三)卷四五九，2112 页。中华书局，1998 年。

我以半内行半外行的水平，穿行于“新词语”的密林之中，看少华挑战权威，向权威较劲，的确很开心。学术界就缺乏这种认理不认人的直性子，读这样的谠言直论，乐在其中。

挑战、较劲，与鲁莽狂妄有天渊之别。后者是无知，前者是以求真为目标，以材料为依据，以天性为动力。笔之所向，锋芒显露，旁征博引，条条材料有如千军万马，层层展开，四面合围，必欲置论敌于无可辩驳之地而后快。少华虽能征善战，也会有自己的弱点与不足。古往今来，还没有一个人敢说，自己讲的句句是真理。但我敢说，在“新词语”这块研究领域里，就材料的掌握而言，少华是当之无愧的权威。他握有的某些材料就连国家图书馆也竟告阙如。他那不多的工资有相当一部分就花在搜求材料上了。对名利“淡泊”，对学问可不“淡泊”呀。我以为，只有这样的人，才配谈学问，才能真正成为有益于社会的学问家。在这个以空谈为理论，以吹嘘为能事的年代，少华这样的学术人才，应当受到必要的关注。我乐意作此序文，这也是理由之一。

本论集所说的“新词语”，主要是指“近代新词语”，是指从清末至民初出现的“新词语”。这类词语的研究，国内外已有不少论著，切入点并不一样。有人从语言接触入手，有人从跨文化对话入手，有人从社会转型入手，有人从现代汉语词汇发展入手。少华与众不同，他是从工具书入手，“是以近代中文辞书中出现的条目为重点介绍对象”。“而如果具体做，就是将我们民族的中文关键词语在近代约二百年间所产生的源头、所嬗变的主要痕迹，加以基本的排队清理，编成一部中国还缺乏的新类型的词语辞书，比如叫做《新辞源》就可以用了。”这是一个非常宏伟的目标，以个人之力——无论是财力、精力，都难以实现，这个工作是应该由国家出面当作文化建设的一项重大工程来实现的。这项工程的意义是多方面的，少华在不同的文章中有所论述。在讨论“百科全书”这个定义时，他深有感触地说：

> 总之，百年时光，一个民族对一个专用名词说过够多的定义，但总是不够准确，看来是非不能也，实似不为也。为什么似不为呢？如果去问那些历年下定义的人，恐怕问题更复杂，更不清楚。笔者认为，关键在民族文化素质。写的人，马马虎虎去写；读的人，马马虎虎去读，还互相传抄……

正是大家都“马马虎虎”，所以《中国大百科全书》的“百科全书”条目就不够准确。该条目说：“百科全书概念是在 20 世纪才传到中国的。”少华指出，19 世纪末康有为的《日本书目志》就大谈“百科全书”了。

一个“新词语”的产生、嬗变，往往反映了一门新兴学科的成长、发展过程。如“哲学”、“科学哲学”这类名词，已为人所熟知，但这类词语与学科本身是一种什么样的关系呢？它们有着什么样的演变过程呢？为了清理这两个概念和反映这两个概念的“新词语”，少华以前专门写了《清末从日本传来的哲学研究》（《世界哲学杂志》2002 年增刊）、《论清末的科学哲学》（《中国哲学》第十八辑）,用丰富的历史资料,展示它们的来龙去脉,并通过个别概念的考察触摸到了中国文化的前进与倒退。因此,“新词语”的研究已不只是词汇史、文化史层面的问题了,而是进入到政治史、思想史的研究领域。词语是反映政治、反映思想的最好见证。少华在这方面所作的研究,所下的功夫,证明他不只是一个“语言虫”,而且是一条“语言龙”。这类文字给人启发尤多,读这类文字真是赏心乐事。请看他的议论:

> 明朝末年顺利的交流,遇上亡国之灾,更因新统治者的封建闭关政策,二百年之后,17世纪初进来的科学与哲学,在19世纪中期的中国人头脑中,消失得无影无踪,反倒是充满更多的与社会生产无关的所谓中国“理学”。当19世纪的西方科学哲学以全新的内涵,并躲在枪炮技艺的后面再来到中国时,搞得中国人莫名其妙,花费几十年时间,经过许多知识分子的努力,将本来颇为难懂的概念,搞得更加复杂,更加难懂。对我们民族来说,真不知是幸运还是不幸。甚至大量词句流传至今,依然难以学习和协调运用。(《论清末的科学哲学》,《中国哲学》第十八辑)

由“新词语”的清理引发的文化思考、民族积习的思考,是少华思想的闪光之处。

思考之一,晚清末年中日双方都向西方取经,为什么日本成效显著,而中方却免不了落后挨打呢?这就涉及对“中学为体,西学为用”的重新认识，这个口号是对还是错？少华指出：

> 当清末开始要学习科学时，是与哲学分开来学的。因为中国领导人认为思维哲学是属于“中学”，是“体”的一部分，可以放心使用。因此一大批哲学书和科学书传进中国，介绍关于科学的哲学方法，或者是哲学的科学方法，肯定难坏了当时的中国读者，他们很难了解和利用这些人类智慧之宝。而近代日本则不然，他们在明治维新开始时就“体”“用”不分地学习西方新知识，因此没有什么困惑于哲学和科学之间，他们毫不拘束地利用哲学的科学方法，去解决他们的“体和用”的困难。此事实，今天还有认识的必要，也许科学哲学正是中国进步的现代工具也说不定。（《论清末的科学哲学》，《中国哲学》第十八辑）

他在另一个地方也指出：

> 笔者认为还有一个关键的因素，就是中国人学习现代化的思想、方法与步骤，曾经一连串失误，这是必须正视与总结的。例如在洋务运动之初，在中国大内战刚刚结束，洋务派就有经济实力创建大工业工厂，简直可以说是企图用钱来买一个现代化。虽然当时的口号是“以夷制夷”，而其实是“以华制华”。……将西方文明切成两类的引进方法与过程，已经造成对中国的巨大伤害。仅取得取消科举制

的措施，而人才则已推迟几十年产生。虽然我们并不认为日本明治维新在吸收现代化概念、方法、措施等大关键变革上高明得很，但终比中国先进且付诸实行。

少华的意见可以概括为，中国洋务运动的权贵们，只想学新技术，不想换旧脑筋。技术维新，脑筋维旧。其实，现代化的关键是要换脑筋，脑筋不现代化，其余都是白搭。

思考之二，儒学能否救中国。整部近现代史已有明确的回答，儒学不能救中国。而某些象牙塔里的书生，既对中国社会的实际情况所知甚少，又对儒学的种种弊端及其对近代中国所造成的危害缺乏起码的认识。他们只是超现实地玩弄概念，自以为儒学是振兴中华的法宝，是复兴东方文明的法宝。儒学当然还有自身的价值，也应该有人下工夫去研究。真正懂得儒学的人不是多了，而是少得可怜。那些以谈儒学为己任的人，有几个通读过十三经？有几人精研过汉学、理学？有几人联系历史、联系社会、联系实际对儒学的盛衰之理作出过中肯的理论化的诠释？又有几人将儒学与西方的哲学、人文科学、社会科学进行过切实的比较研究？儒学的地位在学术史上思想史上是不可轻视的，从这个意义来说，儒学永远是中国的宝贵财富，而它无力救中国，这也是不可轻视的事实。无论是近代中国、现代中国，还是当代中国，儒学都不是主流学术。儒学与现代化的关系，从总体来看，弊大于利。少华的研究为我们的观点提供了可信的历史依据。他将“经世思想与百科思想”进行了对比研究，所得结论如下：

> “经世家变法新机之破灭，满清政权最后之机固已从此丧失，而中国二千年儒家经国济世之政术，亦至于气运俱尽。”（王尔敏语）经世之学终于不能“经世”和“救世”，恰是儒家思想的局限性决定了的，儒家不能救近代中国。
>
> 百科全书系列自始则承担了启蒙任务，它以比较准确的文字来解释条目中的新知识，这就使读者获得新的清楚的概念，从而知道当代各方面的情况，使现实世界与具体个人间的距离拉近，同时也令人眼界开阔，达到提高民族文化修养这个不一定是预设的目的。

本论集中少华还多次提及，张之洞主持学部时，反对京师大学堂筹办哲学科，用“经学”取而代之，①“但是中国新知识分子追求哲学的宏大气势已经形成，不可阻挡了”。

“经学”与“哲学”的较量，以“经学”失败而告终，这是时代潮流使然，非任何个人可得而逆转也。“经世思想”敌不过“百科思想”，道理亦在于此。“经世思想”与“百科思想”是两个特定的概念，有特定的历史内容，少华有自己的论述，读者可阅相关原作。

---

① 王国维在《奏定经学科大学文学科大学章程书后》一文中就已指出：“其根本之误何在？曰在缺哲学一科而已。”

思考之三，少华在清理“新词语”的过程中，在清理清末民初工具书的过程中，有时“真是苦不堪言”。为什么？无人关注基本的资料建设。与邻国日本相比，弗如远甚。有的原始资料“失踪”了；有的资料沦为“废纸”；有的资料虽在，却无人整理，难以查找使用；也有将国家资料变成小团体发财手段，高价借阅。他认为：“还有一个现代中国文化的缺陷，就是对于历史资料的轻视。”以中国近代图书总目录为例，“即反映 1840 年到 1949 年出版的全部中文图书，从来没有个人或集体或国家汇编过，这是我们国家民族的遗憾。我们生活在电脑时代，却缺少基本的实在的很有用的资料，这不能不说是我们文明程度的缺陷”。另外，“清末的哲学、清末的社会科学、清末的人文科学书籍，就从来没有中国人全部清理过”。

对近代文化资料、学术资料的轻视，反映近代学术的独立性和近代学术在国家的地位均存在问题。学术发展缺少内在联系和持久的继承性。一个政权垮了，一个时代过去了，一个时代的学术也就随风而逝。不断地破旧立新，大破大立，否定多于肯定，这对于学术文化发展非常有害。学术依附政治，这是学术的大不幸。诺贝尔奖迟迟不降临中国，怪谁！？

少华对“创新”与“守旧”的思考，也是由近代学术界轻视资料引发而来。他的批评是正确的：“百年至今的文化基础建设还远没有打好，就又像狗熊掰棒子似的摘一个掉一个。”我很赞同下面这种看法：

守旧并非只能是坏事,旧而能够守,就说明有这个需要与可能,守旧的结果更可能是稳定,更符合某些人文变化,并肯定能够免除“创”出漏子的灾害。

怕就怕在又创新又守旧的实践中,创出来的新并不到位,而守的旧家产又不足糊口与服人,那可就赔了夫人又折兵,周瑜的实践证明,这种特色并非是不可能的。

轻视积累,轻视前人的研究成果,轻视资料与工具书的编撰,这是百余年来的致命缺陷,造成无数成果的流失,无数精力的浪费。上上下下,大大小小,老老少少,人人都喊“创新”,都宣布自己“创新”了这,“创新”了那,其实有很多是无效劳动,是重复劳动,是闭眼不看前人,不看他人,甚至连自己也不看,盲目性极大。正如杨振宁教授所言:

有些人不想去熟悉一个学科的基础,不想去熟悉前人已积累的知识,而想跳过这一步,迫不及待地向前跃进,想一下迎战最现代的问题。这样是绝不会成功的。你要反复学习人们过去研究的各种思想概念,当你把这些思想融会贯通之后,你会看到前人所没有看到的东西。如果你还未熟悉前人的成就,要想跳到最前沿水平,做出真正的贡献,是绝不可能的。(《杨振宁文录》320 页。海南出版社,2002年)

思考是一种乐趣，是带有苦涩味道的乐趣。思考者要敏于学邃于思，思考者又往往是淡泊者。人不恬淡；不寡欲，思考就难以升华，难以超凡脱俗。人可以“追名”，也可以“逐利”，名与利绝不是什么坏东西。但追名逐利者，往往不是思考者。少华甘于淡泊，故能思考，唯其能思考，故视野开阔，文字挺拔，淡泊家风，钟门骨气，跃然纸上。记得在一本书上读过这样一副对联，抄在这里，以表达我此时此刻的一种心情：

古今来多少世家无非积德，
天地间第一人品还是读书。

2004 年 7 月于北京西郊蓝旗营

《上古汉语同源词意义系统研究》序

我遵易青先生之命，为《上古汉语同源词意义系统研究》作序。于是放下手头的事情，用十多天时间读完了这部大著。理论著作，尤其是原材料十分丰富且具有独创意义的理论著作，要一口气读完，很不容易，阅读过程中免不了还要查检一些相关资料，这就更费时费事了。但这种“费时费事”是值得的，也是我所乐意的。我从来都认为：阅读别人的著作，并不是要自己去当裁判，而是在保持独立思考的前提下，互相交流、沟通、理解，以求共同进步。多年的阅读经验，也使我养成了这样一种习惯，把读书与“读人”联系起来。读《论语》就是在读孔子，读《史记》就是在读司马迁，读《观堂集林》就是在读王国维，读《管锥编》就是在读钱钟书。什么样的人能写什么样的书，什么样的书一定得由什么样的人来写。这部《上古汉语同源词意义系统研究》所表现出来的精神气质,不就是一个活灵活现的黄易青吗?优点是黄易青的,缺点也是黄易青的。个性鲜明,品格突出,书如其人,人如其书。按照这个思路去读这本书,我们就能在理解这部书的同时也理解它的作者黄易青。学术著作能有自己的个性,这是极为宝贵的。人云亦云的所谓“著作”是不值得“费时费事”去读的。

我认识黄易青先生已有十个年头了。我们第一次见面是1997年6月19日,他给我留下了颇为深刻的印象。印象之一是,此公相当执著,这是从事学术研究的基本要求;印象之二是,此公长于和善于思考,在理论上有独特的追求。

第一印象是不会错的。当然,论人论学不能只凭一时印象,而这本《上古汉语同源词意义系统研究》完全可以证明,我的印象是客观实际的真实反映。

在1997年6月那次答辩会上,易青的论文不仅顺利通过,且获得好评。从那时到现在,易青又用了整整十个年头进行增改,完成了这部大作,为汉语同源词的理论探讨做出了自己的贡献。

十年磨一剑,这就是执著,这就是独特追求。“执著”加“独特追求”等于精品。左思赋《三都》,“构思十年”;曹公“披阅十载,增删五次”,才“演出这悲金悼玉的《红楼梦》”;王念孙疏证《广雅》,“十年而成书”;王筠著《句读》,“时阅十年,稿凡三易”;马建忠“积十余年之勤求探讨”而成《文通》。“山不在高,有仙则名；水不在深，有龙则灵”；论著不在多，有精品则成。精品，学术精品，不可能一蹴而就。绞尽脑汁，费尽心血，才有成功的可能，但还不是必然。因为真正的精品，“实学人词人不可少之书，而古人今人未始有之书，所谓似因而实创者”（谢增《说文通训定声·跋》）。“创”，不仅需要时间，需要勤奋，更需要眼光、洞察力。哪种书是“不可少之书”，哪种书是“未始有之书”，这是最难回答的问题。这个问题回答清楚了，回答正确了，著者的独特追求肯定就能符合该学科发展的大方向，再加上必不可少的执著精神，创精品的条件就完全具备了。

学术发展有自己内在的理路，同源词的研究也不例外。王力以前的汉语同源词研究，成果已相当可观，王力的《同源字典》具有总结性的意义，具有里程碑的性质。黄易青怎么办？如果重复章太炎、王力的路子，也能取得一定的成绩，却不能说是“不可少之书”、“未始有之书”。所以，黄易青提出了这样的问题：

> 前人留给我们继续探讨的问题是什么呢？

这个问题至关重要，由谁来解答？能提出问题的人基本上也就是能解答问题的人。黄易青的答案是：

> 归结起来，最核心的问题首先是词源意义，进而是意义变化发展规律即运动规律，最后是同源意义系统。

> 词源意义和意义运动规律，都是同源意义系统研究的必要前提和基础。

全书洋洋数十万言，就是对这三大问题进行研究探讨。黄易青所探讨出来的各种观点、结论，未必人人信服，但有一点我想是不会有争议的：黄易青这部论著的问世，标志着汉语同源词的研究进入了一个新的阶段，即理论探讨阶段。黄易青在全书“结论”中说：

> 我们认为，同源词研究工作最重要的不是证明哪些词之间有无同源关系，而是能够探讨、了解整个意义系统的面貌和结构组织方式，以及词义运动规律和这种规律所反映的古人认识规律、古人所理解的事物发展规律。上述的这些，都是本书的主要指导思想。

“执著”的人，有时容易“执一”而忘二。“本书的主要指导思想”无疑是正确的，是重要的，但绝对不能说“证明哪些词之间有无同源关系”不是“最重要的”。一个时代有一个时代的学术，章太炎、王力时代，有那个时代的“最重要”，到了黄易青所处时代有这个时代的“最重要”。不仅不能以此“最重要”来否定或贬低那个“最重要”，而且没有那个“最重要”就不能有你今天这个“最重要”，所谓“学术发展有自己内在的理路”，道理就在于此。同时，我们还要区分：“重要”与“正确”是两回事。“重要”指课题本身的价值，“正确”是指研究成果的学术水平。我们肯定“本书的主要指导思想”既是正确的，又是重要的，因为黄易青先生提出的这个课题具有时代意义，在汉语同源词的研究史上具有“似因而实创”的特点，所以是重要的；他通过持久的研究，从三个方面论证了这一课题，从学术价值而言是正确的。

现在的学术界，有不少人把理论探索、把“似因而实创”看做是轻而易举的事情，动辄宣布自己填补了什么空白，宣称自己独创了什么什么新理论。其实，也可能纯属无稽之谈，也可能是盲人摸象，也可能是坐井观天。黄易青先生不是这样的人，他懂得个中的艰辛。他用十年时间，呕心沥血，研究了“词源意义与词汇意义的不同”，在理论上，这是一个重要突破。他还研究了词源意义的实质，词源意义的变化发展与意义系统的结构，上古汉语同源词的义通关系等等，从术语到体系，令人耳目一新。可是，字里行间没有丝毫的自鸣得意。书的结尾给读者留下一段鞭辟入里的警言：

> 科学的词源研究有它巨大的困难……
>
> 词源学难，难于上青天！
>
> 这是一个十分繁重艰难的工作。

正因“困难”、“艰难”、“难于上青天”，才要求研究者应具有献身精神，具有扎硬寨打死仗的精神。古之儒家有所谓“士志于道”,有所谓“朝闻道,夕死可矣!”这是孔门提倡的以身殉道。释家提倡的是舍身求法,7 世纪的三藏法师就是典型。他 26 岁西行求法,历尽千辛万苦,九死一生,终于成为当时国际上顶尖级的学术大师。我们不妨读一读被梁启超誉为“古今所有名人谱传中,价值应推第一”[①]的《大慈恩寺三藏法师传》,书中记载的曲女城法会,至今读来还令人惊心动魄,作为论主的三藏法师敢于将自己的论意“写一本悬会场门外示一切人,若其间有一字无理能难破者,请斩首相谢”。到会诸王、诸僧、小乘外道等等,“充塞数十里间”,“无一人致言”,“自十八日来无敢论者”。玄奘获得了世界性美誉。“诸众欢喜,为法师竟立美名”[②]。我觉得那些热衷于搞窝里斗的先生,应该像玄奘那样,到国际论坛上斗法。“兄弟阋于墙”,“相煎何太急”!

任何人从事任何一种理论探索,都会留下种种不足之处。同源词研究,说到底还是音义结合问题。说义不能离开音,说音不能离开义。尽管侧重点可以不同,但在选取具体例证时音义必须契合。本书也提供了一个上古音体系,大体上只是类的划分,音值的描写缺乏系统性。因此书中虽然有大量义同、义通的材料,而读者无法获得明确的语音根据。语音根据不十分明确,“同”、“通”的论据就不能算是充分而坚确。

---

① 《佛学研究十八篇》(二),358 页。辽宁教育出版社,1998 年。

② [唐]慧立、彦悰著《大慈恩寺三藏法师传》108、109 页。中华书局,2000 年。

黄侃先生说："学问最高者语言最简。"[①]他那篇《音略》，几乎是一字不能增，一字不能减，从语言简洁而言，实为典范之作，值得我们学习。此书语言还欠简洁，宜仔细斟酌。

多年来，我常应年轻朋友之命为他们的大著作序，有时借题发挥，针砭学弊，逆耳之言，取憎于人。余岂好为人序？又何敢招惹是非？为了迎接新的学术高潮，促进学术发展，必须纠正不良学风，这是学术界的共同愿望，非余一人之私见也。

2006年9月7日于北京西郊蓝旗营

① 《蕲春黄氏文存》221页。武汉大学出版社，1993年。

《明清皖南方音研究》序

儿时背诵《千家诗》，至今印象最深的有两首：一是杜牧的《清明》，一是无名氏的《题壁》。前者最上口，后者最上心。那“牧童”、“酒家”、“杏花村”，真令人神往。而所题之“壁”在哪里？不知道。为什么“最上心”，也说不清。后来读南宋张端义的《贵耳集》，再后来读宋人许颉的《彦周诗话》，心中积存多年的疑团才算解开。两书关于《题壁》一诗的相关资料大体一样，而许颉的记载更有价值，现抄录于下：

宣和癸卯年，仆游嵩山峻极中院，法堂后檐壁间有诗四句云：“一团茅草乱蓬蓬，蓦地烧天蓦地空，争似满炉煨榾柮，慢腾腾地热烘烘。”字画极草草，其旁隶书四字云:“勿毁此诗。”寺僧指示仆曰:“此四字司马相公亲书也。”嗟乎!此言岂有感于公耶?又于柱间大字隶书曰:“旦、光、颐来。”其上一字,公兄也;第三字,程正叔也。又题壁云:“登山有道,徐行则不困,措足于实地则不危。”皆公隶书。

([清]何文焕辑《历代诗话》(上),389、390页。中华书局,2001年)

原来这“壁”在嵩山一寺院之法堂后檐,这“无名氏”应是北宋时代的人吧。许颉于宣和五年癸卯(1123)亲眼见到这首诗,还见到司马光的手笔:告诫游人,不要毁坏这首诗。许颉说司马光对此有感,“感”些什么呢?我想,司马光所感应是为人、为学之道吧。司马光于熙宁四年(1071)至元丰末年侨居洛阳,以“书局自随”,编撰《资治通鉴》,“凡十九年而书成”,他说:“臣之精力,尽于此书。”在洛阳期间,他曾与司马旦、程颐同游嵩山,那首无名氏的《题壁》使他产生了强烈的震撼、共鸣,他反复吟诵,赞不绝口,命寺僧进笔,写下了那四个字。下距宣和五年应有四十余年了,没有人毁坏那首诗也没有人毁坏司马光的四个字。那是一个尊重文化的时代。而且由于司马光的肯定,《题壁》终于由壁上进入到纸上,选入《千家诗》,还将千秋万代流传下去。司马光是一个脚踏实地的人,撰写《资治通鉴》的漫长过程,就体现了“满炉煨榾柮”的治学精神。曾经有人攻击以司马光为首的编辑班子,说“书之所以久不成,缘书局之人利尚方笔墨绢帛及御府果饵金钱之赐耳"[①]。这种攻击已被历史证明,完全是错误的。十九年,似乎太慢了!可千万不要忽视这个"慢"字,不慢,出不了精品。一日下笔万言,一年就能攒上数百万字,再经媒体推波助澜,其效应必然是"蓦地烧天蓦地空"。

在当前学术界就面临两种治学途径的选择,你是选择"满炉煨榾柮"呢,还是选择"蓦地烧天蓦地空"呢?这当然是个人的自由,但首先要善于识别。我以为像白保罗那种所谓的"远程构拟",就是一团乱蓬蓬的"茅草",而大搞偶像崇拜,下大力气点燃这团"茅草"的马蒂索夫先生又出来为之辩护了。他在《语言学论丛》34 辑"回复"我的那篇文章,从题目到内容几乎谈不上有什么学术含量,极不严肃。他并没有从学术上正面回答我对他的批评,相反,只不过是尽情发泄对批评者的不满,其手法是:玩弄概念,转移话题,节外生枝,歪曲事实,制造不和,想以威胁的语言来堵住批评者的嘴,将学术争鸣引入歧途。他是如此容不得不同声音,对自己的不良学风毫无反省之意,仍旧是那副装腔作势、盛气凌人的架子。我在完成手头上的任务之后,将在适当时候撰写专文予以驳斥。

我此刻是在为永安的《明清皖南方音研究》作序,为什么说了上面这番话呢?是否离题了?不。我对永安不能算是十分了解,却也说得上相当了解。上面这番话,涉及学术道路、学术精神,我把这些话说给永安听,是我估计他能听得进去,我希望他

① [明]马峦、[清]顾栋高撰《司马光年谱》202 页。中华书局,2006 年。

能听进去。如果我认为他根本不会听这些话，我当然就不会这么说了。杜甫老先生说："晚将末契托年少，当面输心背面笑。"我是一个很有自知之明的人，岂敢谬托年少！永安将来的学术发展如何，我不敢妄言。至少从目前看，他是一个脚踏实地的人，是一个安贫乐道的人，能坚守"满炉煨榾柮"的治学精神，绝不是一团乱蓬蓬的茅草。他也许好勇不如子由，善辩不如子贡，但他却有"回也不愚"的素质，你跟他接触多了，且"听其言而观其行"，你就会相信，我这样说是有根据的。

学术上的"榾柮"有粗有细，有大有小。像《资治通鉴》那样大而粗的"榾柮"不是人人都能"煨"得出来的。永安的《明清皖南方音研究》，也算得上"榾柮"吧，尽管它小而细，"煨"出来的热能也有益于汉语语音史的研究，这就值得称赏。

永安作为博士研究生，其业务范围为汉语语音史，他为什么要研究方音史呢？又为什么要研究明清时代的皖南方音呢？根据"散点多线"式的语音史观，那种把汉语语音与方音史分为两个领域的观点已经过时了，行不通了。方音史是汉语语音通史的基础，必须把不同时代不同点的方音面貌大致上研究清楚，我们才有可能获得丰富的汉语语音通史知识，才有可能接近汉语语音通史的比较真实的本来面貌，从而建立起较为可信的汉语语音通史框架，而如此纷繁复杂的任务，只靠少数人的努力是完不成的，要有很多人对不同时代的不同方音点逐个研究，才有可能取得实效。永安的选题，从长远意义来看，就是为实现这个宏伟目标打基础。至于选择皖南方音来研究，这有两个方面的原因：一是他对皖南方音的历史材料有一定了解；一是研究这个方音的难度比较大，作为博士论文有用武之地，有创新的条件。

一篇博士论文能否成功，题目最为关键。只有重要题目才能出重要成果。老掉牙的题目，过于琐碎的题目，大而无当的题目，本人驾驭不了的题目，学术意义不大的题目，都应该排除。一定要深入学术前沿，做自己力所能及的文章。一篇论文做下来，既能出成果，也能全面提高自己的研究能力，为自己学术事业的进一步发展创造条件。永安就是这么做的，我只不过把他的经验总结出来，供业内人士批评指正而已。

写学位论文，无疑是一件苦差事，但也是年轻人大显才学、大放厥词（取原意）、驰骋沙场、决一死战的大好时机。多少个日日夜夜，严师督阵，红袖添香；“衣带渐宽终不悔，为伊消得人憔悴”；“众里寻他千百度，蓦然回首，那人却在，灯火阑珊处”。这样的历程，对永安而言，应是终身难忘吧。在“灯火阑珊处”得到了什么呢？那是构建论文的三件宝物：材料、理论、方法。

《明清皖南方音研究》取材丰富，其中有不少是永安第一次发掘出来的。这些，书中都已讲到。没有材料，或材料不全，不典型，当然写不成论文，但材料具备之后就一定能写好论文吗？不见得。论文的基础是材料，论文的灵魂是理论，将灵魂落到实处靠方法。我认为，一个博士研究生，如果在这三个方面得到良好的训练，将受益无穷。一部书的内容总是具体的，而学会了“点金术”（也就是专业训练）就等于取得了进入学术研究领域的通行证，就能独立作战，自由飞翔。永安已得到了这样的“通行证”,这是三年攻读的最大收获。

语音史研究中最重要、最有普遍意义的理论原则是重建历史音系,也可以说,重建音系是研究者所应追求的最基本的理论目标。我所指导的博士研究生,凡是以语音史作为选题的,都要通晓音系学说、构拟学说,要以语音构拟的形式实现重建的目标。如果只有声类、韵类的划分,而无声类、韵类的音值描写,其成果价值就会大大降低。因为只有“类”的区分,其中许多异质成分就难以暴露出来;如果只有“类”的区分,纵横比较都难以展开;如果只有“类”的区分,历史音系的面貌就无法直观化;如果只有“类”的区分,“散点多线”式的框架就无法建立。这不是说分类不重要。分类是基础,是前提;而用音标将“类”拟测出来,这才是最基本的理论目标。永安的《明清皖南方音研究》建立了若干个历史音系,其重要的价值就在于此。

在汉语语音史的研究中,“散点多线”式的理论无所不在,也就是说我们即使只在一个较大的区域之内重建历史音系,也会碰到“点”的问题。《明清皖南方音研究》中对“线”的研究还不够理想,而对“点”的区别,自觉性是很高的。两个大点之下又有若干小点。宣城这个大“点”之下分出:宣城型、芜湖型、广德型(以上为明代);泾县型、宣城型、芜湖型(以上为清代)。徽州这个大“点”之下也有若干小点:黟县型、歙县型、祁门型、婺源型(以上为明代);宁国型、黟县型、婺源型(以上为清代)。根据文献材料的分量、性质,分别轻重,作出不同的处理。其中所运用的理论原则就是一句话:能否重建音系。就每一个历史方音点本身而言，无所谓“轻重”，轻重是根据材料的充分程度来定的。有一分材料说一分话，材料多则多说，材料少则少说，没有材料就什么也别说。音系理论来自材料，材料又因理论而增价。从永安驾驭材料的能力，就可以验证他的理论修养。一个人如果不能把材料处理好，不能把材料抽象化、观念化、理论化，根本原因就是理论修养差。就语音史的研究而言，就是对音系学说，对点、线理论，不是知之不深，就是运用还不到家。

从求全责备的观点来看，《明清皖南方音研究》还有一些明显不足的地方。

就音系而言，的确做了很多努力，如《音韵正讹》声母系统的探求，舌尖元音的研究，二等韵的研究等等，都显示了作者的研究能力、判断能力，而全书对音系的评价，对音系的典型性，对音系的历史地位，还有进一步探讨的余地。

关于比较研究，价值很高，描写颇为充分，材料也很充分，而音理说明、规律的建立、概括，颇嫌不足。

据我所知，还有一些材料来不及使用。时间有限，无可奈何。

另外，着重于“点”的研究，这是完全正确的，而“线”的连接还很不理想，这方面难度更大，几乎不是一篇学位论文所能完成得了的，所以我也无意提出进一步的要求。

无论是为人还是为学，都不可能一帆风顺，我们所能坚守的只有四个字：脚踏实地！再说一遍：脚踏实地！我对永安最满意的就是这四个字。司马光对无名氏的《题壁》批了四个字：“勿毁此诗!”我也说四个字:“牢记此诗!”作为一个人,作为一个学人,对社会、对人民、对事业,永远要“热烘烘”的。有一分热,发一分光。“蓦地烧天”,红极一时,的确有巨大的诱惑力;而“蓦地空”,“光”、“热”一发即逝,比之“慢腾腾地热烘烘”,孰得孰失?人的价值观不同,如何选择,完全在个人。

我对汉语语音史的研究前景,充满信心。新的理论正在发挥威力,用新理论武装起来的新一代学人正在茁壮成长,汉语语音史研究的新世纪正在降临,让我们勇敢地迎上去吧!

2007年1月22日于蓝旗营抱冰庐

《中古音论》序

“中古音”这个概念在相当长的历史时期之内曾经等同于《切韵》音，随着汉语语音史研究的深入开展，越来越多的人认识到：《切韵》音是研究中古音最为重要的参考资料，但中古音的研究不能只限于《切韵》，从魏晋到隋唐的语音资料，都应该是中古音的研究对象。就韵书音系而言，《集韵》音系的研究，其意义不亚于对《广韵》音系的研究，《集韵》称得上是汉语语音史的一个大宝库。清代乾嘉学人如段玉裁等也很看重《集韵》，但他们的重点在校勘，一是《集韵》的校勘，一是利用《集韵》校古书。孙星衍《与段大令若膺书》说：“《玉篇》、《集韵》校《说文》大有佳处。”①

① 《问字堂集》卷四，99页。中华书局，2006年。

此乃当时学人的共识。

考订、校勘是历史文献研究的基础工作，就《集韵》而言，这种性质的研究还要花大力气才能取得突破性的总结性的成果，而作为汉语语音史来要求，《集韵》音的研究尤应重视。海内外学人有以此为专题者，已取得相应的优秀成果，而对于相当复杂相当重要的异读字问题却未引起足够的重视。张渭毅博士以《集韵》异读字作为突破口，进军中古音领域，经过十多年的刻苦钻研，已取得丰硕成果，选入本论集的十一篇文章和一篇翔实、非常有价值的中古音论著目录就是明证。

这十一篇文章有关《集韵》音的研究就有七篇之多。还有专著《集韵之研究》、《汉语语音史大纲》、《互注集韵校本》等也将陆续出版问世。

这些文章对《集韵》音系研究有什么重要意义呢？有哪些新发现呢？

他探讨了《集韵》异读的来源，《集韵》异读形成的原因，对《集韵》异读进行了层次分析，确立了以异读音变规律作为划分异读层次的标准，提出了《集韵》折合字音的双重语音标准，还研究了《集韵》音与《广韵》音的关系，与《类篇》音的关系，与《群经音辨》的关系。视野开阔，立论严密，取材丰富，新见迭出，是这些论文的共同特点。

经过深入考察，发现《集韵》一、二、四等反切上字与三等反切上字已经没有分组的趋势；一、二等、普通三等和重纽三等是一类，纯四等和重纽四等是一类，这种唇牙喉音的分组格局，也是《集韵》切上字的重要特点；关于介音，作者发现重三和普三的介音同为[j]，重四和纯四等介音同为[i]。这类研究，对于认识《集韵》的时音特点有重要意义。

从唐末五代到宋朝，就汉语语音发展史而言已进入近代语音阶段，若仅以此为据，则《广韵》、《集韵》均成书于宋代，似乎难以列入中古音系统。但人所共知，《广韵》继承《切韵》，它的语音系统是中古的；而《集韵》音则具有双重性，它的音系框架、大的类别，基本遵循《广韵》，无疑也当作中古音来研究，而《集韵》对反切字的种种改良以及某些新增小韵，又的确是时音的反映，《集韵》异读字总数达三万多，其中就有时音问题，揭示《集韵》有哪些时音特点，任务艰巨，渭毅博士知难而进，已有不少收获。但我们还没有办法以《集韵》音为根据，建立一个完整的《集韵》时音体系，所谓“叠置多种音系”，还只是一种笼统说法，因为多种“成分”不等于“多种音系”。

《广韵》、《集韵》均存在“重纽”，这是事实。我个人对“重纽”问题兴趣不大，因为这个题目已经做烂（不等于“滥”）了，可是我对渭毅的重纽研究却相当欣赏。

《魏晋至元代重纽的南北区别和标准音的转变》一文是渭毅博士学术研究进一步成熟的标志，这篇论文展示了作者的思维能力和学术才华。一个学人思维能力的高下，主要表现在综合与分析这两点上。有人能分析不能综合；有人能综合不能分析；有的人甚至既不长于分析，也不善于综合。综合是一种很高的本领，古今中外的大家无不得益于综合。从柏拉图到康德，从郑玄到朱熹，从段玉裁到王力，无一不是综合大家。只有综合，才能创新；才能高屋建瓴，调兵遣将，一切材料，为我所用。综合的结果不是简单的1+1=2，而是1+1=3或等于4，这个等式必然要包含作者的创新在其中。《转变》一文运用分析与综合的工夫，预示这位学者有着广阔的学术前景。文中的那些结论，“南方分三四等韵，却难分难辨重纽，北方区分重纽，但重四和纯四不分。《切韵》是以金陵音为主体的、参酌邺下音而形成的综合音系，它的重纽以金陵音为基础，三四等介音三分……”你可以不赞成这些结论，但这些结论的确可以令人解颐。

综观张渭毅十余年来的治学历程，我以为他已经掌握了为学两字诀。这两字诀窍就是“专”与“壹”。

“专”有多种意义，可以是指用心要专，也可以是指研究的对象要专，也可以是指研究的目标要专。“专”是方法论的问题。无论从哪种意义上来说，不专则不精。不专不精，则难以成为学问家。“蜻蜓点水”式的所谓研究，“羊头上搔搔，狗头上摸摸”式的所谓研究，都是学术研究的大忌。张居正曾教训自己的儿子：“是必志骛于高远，而力疲于兼涉，所谓之楚而北行也。欲图进取，岂不难哉！”左宗棠也教育自己的孩子：“读书用功，最要专一无间断。”张渭毅在一定时期之内专攻《集韵》，专攻中古音，故能作精深的研究。待攻占一个阵地之后，再移师他向，然后把若干点连成一片，就能达到广博与精深。不专而求博，不精而求深，都是“所谓之楚而北行也”。

何谓“壹”？《荀子·解蔽》说：“不以夫一害此一谓之壹。”

黄侃说:“为学须牢记此语。”[①]这是认识论的问题。一个人的学术研究能否取得成就,与研究者的主观认识能力有绝对关系。荀子为什么说,不能以那个“一”来损害破坏这个“一”呢?“一”是与“两”相对而言的。“同时兼知之,两也;然而有所谓一。”“一”就是事物的殊相,万事万物都有自己的殊相,科学研究就是要认识各种不相同的殊相。所以,不拿这个事物的殊相来干扰损害另一个事物的殊相,这就是“壹”,也就是把握该事物的专壹的特性,这是最根本的,故黄侃说要“牢记此语”。南方的重纽不同于北方的重纽,各种异读字的语音问题,其中都包括着“壹”的道理。笼而统之,混而不分,或分而无序,都是“以夫一害此一”。具体问题具体分析,那个就是那个,这个就是这个,学术研究的终极目的,不就是求真务实吗?目光要像刀子那么锋利,把事物中的“一”一一切割出来,条分缕析,纯一无间,这种本领既是天生的,也是可以培养锻炼的。人们常说的“脑子糊涂”、“一锅粥”,在学术研究中的表现,就是“以夫一害此一”。

年轻人,气盛,往往勇于批判古人。古人也有说错话的时候,也有各种各样的疏漏,即使是大学问家,也在所难免。我们对古人应有同情性的理解,本书在引用宋祁“《说文》朴无樸音”[②]时,批判其“无知”,用语是否太苛刻?如果我们从积极方

---

① 《蕲春黄氏文存》218页。武汉大学出版社,1993年。

② 宋祁此语见《宋景文公笔记》卷中。

面来理解，这条材料本来很有价值。大徐本《说文》“朴”、“樸”同音，均为匹角切，大徐用的是孙愐《唐韵》音切，从孙愐到宋祁，已有三百年左右，“朴”已由入变去（平豆反），而“俗以朴为樸”。入声一读不仅古已有之，俗语犹存。可宋祁偏偏说“《说文》朴无樸音”，他的取音标准是什么呢？李衎也犯疑，但只问了一句：“何耶？”[①]表示很不理解，仅此而已。宋祁在这一问题是否真属“无知”，我不敢相信。何况阮元说：“善论人者，略其短而著其功，表其长而正其误，若苛论之，虽孟、荀无完书矣。”[②]另外，所引李衎“跋”文，脱字有15个之多，可能所据版本有问题，应据他本补正。

郭绍虞《了一先生像赞》云：“不矜己长，不攻人短。”王门弟子如唐作藩先生、杨耐思先生、曹先擢先生、蒋绍愚先生，都能承继先师遗风，后来者宜深思。

2006年8月21日于北京西郊蓝旗营

（原载《南阳师范学院学报》2007年第2期）

---

① 《宋景文公笔记》卷下，27页。商务印书馆丛书集成初编，民国二十五年六月初版。又《全宋笔记》第一编（五），72页。大象出版社，2003年。

② 《揅经室集·毛西河检讨全集后序》543页。中华书局，2006年。

语文建设的一项重要成果

——《汉语大字典》第一卷述评

经过10年艰苦奋斗，《汉语大字典》已于1986年编撰完成，第1卷已由四川、湖北两个辞书出版社合作正式出版，这的确是语文建设中的一件大事。我们深信，这部字典的问世，对我国文化的繁荣和发展将会产生深远的影响。

"文化大革命"结束之后，在大型辞书方面，已经出版了《辞海》、《辞源》的修订本；新编的《汉语大词典》也在陆续出版。但是，因为分工不同，这些辞书并不能代替《汉语大字典》。《汉语大字典》的主要任务是解释汉字的形、音、义。它给自己确立了一条很重要的原则：存字，存音，存源。在这个原则指导下，它形成了自己的独特面貌。

根据"存字"的原则，《汉语大字典》在收字方面作出了新的贡献。我们知道，《辞源》所收单字只有12 890个，《辞海》略多一些，收单字 14 872 个，而《汉语大字典》所收的单字有 56 000 之多，即使是收单字较多的《康熙字典》、《中华大字典》，也不能与之相比。《康熙字典》收单字 47 035 个，《中华大字典》收单字 48 000 余个。较之《汉语大字典》，这两部字典少收七八千字。字典收字是一个很复杂的问题。首先要大致上弄清楚究竟有多少汉字，而要做到这一点，并不是利用前人编的字典就能彻底解决问题的，有许多没有进入字典的单字，要从文献中去查找，从出土文物中去查找。甚至古代字典中已有的字，在流传过程中由于形近而误，与别的字合而为一，也容易被忽略过去。如“冣”已见于《说文》，六朝后讹作“最”，于是，《辞源》就不收“冣”字。《辞源》“最”字条下义项㊃引《史记·殷纪》：“大最乐戏于沙丘”以及“最目”、“最凡”条的“最”字，都是“冣”字之误。《汉语大字典》收了“冣”字，而且引用了段玉裁、朱骏声的意见，指出“冣”、“最”音义皆别。字典收字还有一个难处是取舍问题。汉字中有很多生僻字，异体字，错别字，方言字，即使最大的字典，也不可能见字就收。哪个字该收，哪个字不该收，需要进行规范。从本质上来说，收字问题就是要对全部汉字进行一次大规模的清查整理。《汉语大字典》的编者们，在“存字”方面是花费了不少心血的，是值得我们称道的。

汉字字形有自己发展演变的历史，阐明各个单字形体的变化，对了解该单字的意义有直接作用，《汉语大字典》在这方面作出了创造性的努力。书中对有古文字的单字，有选择地列举了它的古形体，不仅列举了甲、金文，小篆，对解放后出土的侯马盟书、睡虎地简、马王堆帛书中的文字资料也选列在字头之下。对字形的说解也很有特色。基本方式是先列《说文》的释义与字形分析,然后引用有关说解,有的加以补充,有的加以驳正。如“倍”字条:

> 《说文》:“倍,反也。从人,音声。”段玉裁注:“以反者覆也,覆之则有二面,故二之曰倍。”(183 页)

又如“丈”字:

> 《说文》:“丈,十尺也。从又持十。”奚世榦校案:“丈,当是杖之本字。从又,象持杖形,非九、十之十字也。”邵瑛群经正字:“盖隶变攴为支,故不得不变支为丈。”(9 页)

在字形说解中,《汉语大字典》充分利用了近人或今人的研究成果,如王国维、罗振玉、郭沫若、朱芳圃、于省吾、商承祚、杨树达、容庚等人在古文字研究方面所作出的新的探索,都受到编撰者的重视。编撰者不只是直接引用成说,还用简明扼要的语言,编写了一些颇为精当的案语。这些案语的内容,有的是说解字形的演变,分化。如:

> “事”字条“按:古文字事、使、史、吏本为一字,后分化。”(23 页)

"不"字条"按：不，孳乳为丕，金文用为丕显字。《说文》解形误，所训为假借义。"（11页）

"俎"字条"按：俎、宜原为一字，后分化为二字。"（156页）

还有一类按语是通过字形说解字义的，如：

"依"字条"按：甲骨文'衣'象人在胞衣中形。胞衣为胎儿所依托，'倚也'为引申义。"（153页）

"俘"字条"按：金文作孚，为俘的本字，象以手逮人之形，俘是后起形声字。"（164页）

这些按语反映了古文字学的研究成果，具有很高的学术价值和实用价值。

释义、引证，是《汉语大字典》的主体部分。在这方面，它也有自己的特色。

一、释义全面、明白。如"佷"字，台湾出版的《中文大字典》的释义是：

㊀戾也。与很通。《后汉书·蔡邕传》："然卓多自佷用。"㊁与佷同。《正字通》：佷同佷，本作佷，俗作佷、狠。

《辞海》的释义是：

毒辣；狠。《后汉书·蔡邕传》："然卓（董卓）多自佷用。"

《辞源》的释义是：

㊀狠，残忍。本作"很"。国语晋九："宣子曰：'宵也佷。'对曰：'宵之佷在面，瑶之佷在心。'"注："佷，佷戾不从人也。"《补音》本佷作"很"。韩非子亡征："佷刚而不和，愎谏而好胜。"本亦作"很"。㊁见"佷：山"。

《汉语大字典》的释义是：

1. 凶狠；残忍。《国语·晋语九》："宣子曰：'宵也佷。'对曰：'宵之佷在面，瑶之佷在心。心佷败国，面佷不害。'"韦昭注："佷，佷戾不从人也。"《汉书·王莽传下》："皃佷自臧。"颜师古注："皃佷，言其佷戾见于容貌也。"《南史·梁纪上》："独夫昏佷。" 2. 刚愎；违逆。《韩非子·亡征》："佷刚而不和，愎谏而好胜。"王先慎集解引卢文弨曰："佷，藏本作佷。"《逸周书·谥法》："愎佷遂过曰刺。"孔晁注："去谏曰愎，反是曰佷。"《新唐书·韦挺传》："（马）周言挺佷于自用，非宰相器。"（154页）

《中文大字典》虽然列了两个义项，但第二个义项没有释义，第一义项不用现代汉语释义，照抄《玉篇》“戾也”，对一般读者来说就很难理解。应该说，它的释义既不周全，也欠明白。《辞海》和《辞源》也只有一个义项。《辞源》列举的书证实际上包含两个义项，但都用“残忍”来释义，显然不当。《汉语大字典》分列两个义项，而且用现代汉语作了明确的释义，问题解决得比较好。还有一点应当肯定的是《汉语大字典》引证丰富，这就为释义提供了坚实的基础。

二、在引证中注意吸收今人的研究成果，这也是《汉语大字典》的一个特色。过去的字典、辞书解释书证时，一般只注重罗列旧注，甚至旧注有误，也不加批判地采用。《汉语大字典》在慎重地选用旧注的同时，对今人的校勘、注释中的好的意见，也尽量加以采纳。如引用《左传》，有时采纳杨伯峻的意见；引用《吕氏春秋》，有时采纳陈奇猷的意见；引用《敦煌变文集》，有时采纳周一良的意见。其他如章炳麟的《新方言》、张相的《诗词曲语辞汇释》，裴学海的《古书虚字集释》、陆澹安的《小说词语汇释》等，也时有采用。

三、《汉语大字典》的“前言”说：“在字义方面，不仅注重收列常用字的常用义，而且注意考释常用字的生僻义和生僻字的义项。”作为一部大字典来说，提出这样的要求是完全必要的。从已出版的第一卷来看，这方面的成就粲然可观。如“凶”可“用作褒义词，形容勇猛、高明。”(307 页)“乖”有“漂亮”的意思(39 页)，“乘”有“承受；承担”的意思(41 页)，“交”可以用作“助词，相当于‘的’。”(283 页)“塘”可以指“较大的河。”(474

页）这些都是常用字的生僻义，但又是活的语言事实，不可不收列。

四、汉字本有虚实之分，甚至同一个字，既可用作实字，又可用作虚字。在字典中反映这种分别，大有用处。《汉语大字典》虽然对实字不标明词性，但对虚字都分别标明了代、副、介、连、助、语气词，虚实的界限是分明的。如“乎”字列举了语气词、助词、介词、连词等4种用法，“及”字有11个义项，其中8、9、10为虚字的用法，“之”字有14个义项，标明为虚字用法的有7、8、9、10、11等项。对于学习古汉语、学习文言语法的人来说，《汉语大字典》无疑是一部很有价值的参考书。

上文我们曾经拿《辞源》、《辞海》和《汉语大字典》进行比较，请不要误以为我们是在对《辞源》、《辞海》进行全面评价。《辞源》、《辞海》有它们自己的优点，《汉语大字典》也有自身的缺点、问题。任何一部字典或辞典，要想根本不出现错误，几乎是不可能的。

《汉语大字典》的引证很注意汉以后的材料，这是正确的。但有的书证时代太晚，不能体现“存源”的原则。如“冢”字的第4个义项：“嫡。正宗的，不是旁支的。”所引三条书证出自《后汉书》、《代李敬业讨武氏檄》、《聊斋志异》。其实，“冢”作为“嫡”的意思，《左传》、《国语》中均有例证，而编者以《后汉书》的例子作为第一书证，不知出于何种考虑。

另外，义项的设立和排列，义项和书证之间的关系，也不是尽善尽美的。总的来看，我以为义项偏多偏细。这些问题不是这篇小文章所能详细论及的。

字体的正俗之分以及存音方面，也有可议之处。这里只举一个例子。《汉语大字典》收有“岍”、“岍”二字。在“岍”字下标注中古音，并有释义；“岍”字不标音，注明“同‘岍’”，但又引《集韵》及《书·禹贡》为书证。从处理上来看，似乎是以“岍”为正字，以“岍”为俗字，而在“岍”字下又引《正字通》说：“岍，俗岍字。”这就是自相矛盾。我认为应该以“岍”为正体，不仅要标注中古音，还应标注上古音。《禹贡》一般认为是战国时代的作品，在《禹贡》中既然已出现“岍”字（也有写作“岍”或“汧”的），从《汉语大字典》的体例来看，不标上古音是不恰当的。这些看法当然不一定恰当，写出来供编撰者修订时参考而已。

（原载《中国图书评论》1987 年第 3 期）

《汉语学》简评

《汉语学》(许威汉著)是一部汉语通论性质的著作,全书40余万字,广东教育出版社1995年出版。早在30年代中期,王力先生写过一本《中国语文概论》(后改名为《汉语讲话》),内分绪论、语音、语法、词汇、文字等五章,全书只有五万余字。从《中国语文概论》到《汉语学》,中间有将近60年的时间,汉语和汉语研究都有了长足的发展。《汉语学》的框架结构虽然也是绪论、文字、语音、词汇、语法五个部分,但实际内容已大大超过王著,这是目前论述汉语最全面的一部好书。主要特点有三:

一、纵横结合,古今贯通。汉语,从有文字记载开始,已有好几千年的历史了。介绍汉语的方方面面,既要立足于现实,又必然要追溯到它的历史。此书谈汉字,既谈现代汉字，也谈古代汉字；说语音，既详细介绍现代汉语的语音知识，也简要介绍了上古音、中古音以及现代北京音系形成的历史，对古代的音韵学知识也没有遗漏。词汇、语法两部分，在写法上也采取了纵横结合、古今贯通的办法。这种写法的好处是显而易见的，不仅便于外国人学习汉语，就是中国人学习汉语，也可以从中了解汉语的全貌，掌握汉语最基本的特点。一编在手，便可得其全体，贯通古今，事半而功倍。

二、材料丰富，说理透彻。本书很少发空洞无意义的议论，无论是说明一个概念，还是说明一条规律，或是说明某种语言现象，都以实际材料的分析为基础。书中有各种各样的数字统计，有用来说明文字的图表，有对新发现的材料的介绍，有大量的书证，还引用了不少今人的研究成果。

材料是用来说明道理的。作者在说理方面深入细致。如讲"结合辅音"时，指出其与"复辅音"的不同（144 页）；讲"语素"时指出其不能与"义素"相混（209 页）；讲词汇时，分析"字"和"词"的不同；讲语法时，将《史记》与《左传》进行比较研究。史论结合，能给读者留下深刻的印象，效果很好。

三、通俗易懂，实用性强。语言学的著作，很容易写得语言无味，面目可憎。要把一些专业性很强的知识用通俗易懂的语言表述出来，这是很不容易的。王力先生在《汉语讲话》的"序"中说"但是，只这一本小小的概论，我用全力去编排它，至今仍未满意。'画鬼魅易，画犬马难。'我开始感觉到写概论体的著作实在费劲了。"（1954 年，文化教育出版社）《汉语学》也属于

"画犬马"之类的著作,它画犬画马都颇为成功,读者能从中得到很多实用知识。

《汉语学》也存在某些缺点。如说"習"字从羽从白(同"自",表声。305页)这是《说文》的说法,卜辞"習"字从羽从日,非形声字。又如说"床","不同于现在睡觉的'床',它是古代的一种坐具。"(334页)与现在的"床"不同是对的,但古代的"床"不仅是坐具,也可以是卧具,详说见《说文》段注"牀"字(257~258页,上海古籍出版社)。校对方面总的来看不错,不过也有一些问题,如357页"马真的《尚书史话》说","真"乃"雍"之误。此类例子这里不一一列举。

总之,《汉语学》是一部很有实用价值的好书,目前国内尚无同类性质的著作(上文提到的王著,内容简略,出版年代又早,无法反映汉语研究的新面貌),因此,它的出版,意义颇大。

(原载《古汉语研究》1997年第2期)

《声韵语源字典》读后记

今年9月，在郑州大学任教的齐冲天学长赠给我一部《声韵语源字典》(重庆出版社，1997年)，这是他历时15年的研究心得，总结了他个人对汉语语源问题的独特看法。见解新鲜，值得一读。

冲天50年代就读北京大学时，曾亲炙于王力先生门下。1979年暂回母校，为王先生的新著《同源字典》稿本核实每一个例句(同时帮助核对原文的还有刘宋川、张双棣两位先生)。在近半年的查对材料的过程中，他对传统语源学中的音转模式产生了极大的怀疑，同时发现汉语中某些词原本有两个语源，他把这种特殊语源称之为"声韵同源"。如"馨"和"香"同源，这是谁都会表示赞同的。但在上古音中"馨"属晓母耕部，"香"属晓母阳部，二字韵部不同,主要元音有别,如何构成同源关系呢?按传统的音转模式,就说这是耕阳旁转。条件是元音相近,韵尾相同。现在,作者认为"这种语音的转变,虽然相距不远,却没有证据可言"。(348页)"馨"字原本有两个语源,一个语源是双声为训,另一个语源是叠韵为训。按《说文》的解释和分析,"馨,香之远闻也。从香,殸声。"徐锴说:"殸,籀文磬字。声之远闻,香殸为馨,亦会意也。"据此,"馨"、"香"以双声(均属晓母)为训构成语源关系,"馨"、"殸(磬)"以叠韵(均属耕部)为训构成语源关系。作者还列举了许多材料证明:"馨"之"远闻"这一义素,是由磬之远闻而来的。"于此可见,磬之与馨,就在'远闻'这一点上意义相通了。从而两字的形、音、义三方面都是相通的了。当然,磬之远闻,是就听觉而言,馨之远闻,是就嗅觉而言,而这两方面在古今的语言上都是可以沟通的。就如'闻',既可指听觉,也可指嗅觉,今语犹然。"(349页)

有些词从书写形式上很难判断有两个语源,作者就利用训诂资料作为证据。如"幾"字的结构,《说文》认为"从丝从戍"。作者没有从"丝"、"戍"二字立论,而是取《尔雅·释诂》的"幾,近也"和《说文》的"幾,微也"分别构成双声为训与叠韵为训。幾近双声,幾微叠韵,分割而言,也就避开了"幾近"微文对转和"微幾"为[mk-]这样的复辅音声母。作者从一字两源的观点出发,把过去认为存在复辅音声母的某些词,也当作"声韵语源"现象来处理。如:"變,从攴䜌声。"有人认为其声母为[pl-],而作者认为:

變攴双声，變䜌叠韵，“它是攴、䜌的音义的结合”。（354 页）

古汉语中有相当数量的异读字。通常认为异读的产生是语音演变的结果，其中有声母交替或韵母交替等方面的原因，而作者认为：异读现象是声韵语源留下的痕迹。如“施”的两读为 shī、yì。作者说：“施的音义，声母从设，韵母从也；读审母便是从设，读喻母便是从也。……施、设双声为训，训诂中是常见的，施、也叠韵为训，例子却很少见。施读同也，就可以作为理由之一，说明施的语源之一是‘也’。”（57 页）

关于形声字的结构性质，作者也与传统的看法大不相同。如“修”字，《说文》的分析是：从彡，攸声。作者认为“彡”不只是形旁，也有表声母的作用。彡、修同为心母（作者主张照二归精组，故“彡”亦归心母），构成双声为训，“修”的修饰义即来源于此；修、攸同属幽部，叠韵为训，“修”的修长义即来源于此。“《说文》只说攸声，还有彡声，就不说了。我们应该克服《说文》的缺点。”（90 页）

《声韵语源字典》立字头 127 个，共收声韵语源字 390 个，派生词不单独设目。由于作者的论点与众不同，几乎是闻所未闻，所以有人表示赞同，也有人表示反对，了一师大概也有“入室操戈”之叹。笔者并不完全赞同书中的论点，但很高兴地肯定：这是有理有据的一家之言。而且，作者一再强调，一字两源是特殊现象，并不是所有的同源字都有声韵两源，这就不存在以偏概全的问题了。学术界应遵守这样的游戏规则：你可以不赞同别人的成果,但必须尊重别人的成果。要知道:别人的成果也是用心血浇灌而成的。

(原载《中国语文》1998 年第 5 期)

《现代汉语词典》第5版的新面貌

现代汉语词典不同于古代汉语词典，它基本上是一个开放系统。不仅要有相对的稳定性，要有可信的精确性，还要永葆其现代性、当代性的特点，永远要与实际语言保持亲密的关系。对读者而言，它要既不陌生，又面貌常新，只有这样，才能成为读者释疑解难的好朋友、好老师。《现代汉语词典》第5版在这些方面作出了可贵的努力，可以称得上是旧貌换新颜。一、标注词类；二、增加新词新义；三、删除某些旧词旧义；四、对内容进行全面修订。这四条就是第5版新面貌的具体表现。这四条，说起来容易，实际动手去做可就难了。如何充分占有和筛选资料，如何进行学术判断，如何确立取舍原则，如何给每一个词归类，如何精确表达，全是难题。语言所词典编辑室的先生们经过五年多的努力，解决了这些难题，所以我说的“作出了可贵的努力”，并非夸张、过誉之辞。

给词标注词类，这是中国好几代学人对词典的殷切期盼，也是历来国外汉语传播者学习者的殷切期盼。第5版实现了这一持久的殷切期盼，其意义是多方面的。不要忘记，上世纪50年代人们还在争论汉语究竟有无词类；如果有，划分词类的标准又是什么。当年的学术争论现在已经有了明确的结果。从研讨阶段到应用阶段，汉语词类研究已有长足的进步；从不标词类到标注词类，具有划时代的意义。从今以后，汉语教学、汉语传播、外国人学习汉语，在词类问题上就有了规范性的、权威性的依据。汉语在走向世界，《现代汉语词典》也在走向世界，以规范性为基础的权威性，是一种语言和反映这种语言的词典走向成熟的标志，也是一种语言和一部词典进入国际社会的必要条件。

新时期以来，随着中国社会的大开放，汉语的大发展，汉语的面貌几乎日新月异。只要把现在的《北京青年报》、《新京报》、《南方周末》等与二三十年前的报纸略加对比，就不难发现，汉语的词汇面貌、词义系统正在发生巨大的变化。词典怎么办？唯一的出路就是谨慎而又积极地反映这种变化。《现代汉语词典》的编写者正是这么做的。我们随意抽取两个例子为证。

例一：考。

1973年5月试用本，“考”字头下收了21个词语条目。1983年版增加了“考茨基主义”“考问”两个条目。2002年增补本增加到30个词语条目，新增“考妣”“考点”“考分”“考量”“考评”“考期”“考区”“考题”，删去了“考茨基主义”。第5版增加到39个词语条目，新增“考博”“考风”“考级”“考纪”“考聘”“考求”“考任”“考学”“考研”。从上世纪70年代末开始，中国进入了各类考试的年代，第5版新增的9个词语，除“考求”外，都跟考试有关。这类词语反映了中国教育事业的大发展，也反映了任人制度的革新。

第5版还对原有的12个词语作了内容上或文字上的加工，使释义更为明确、准确，文字表达更为精确。如：

“考妣”条中例子“如丧考妣”的括注“像死了父母一般”改为“像死了父母一样的伤心和着急”。这样解释，语意更为周全。

“考官”条的释义加了“现也泛指……”，反映了“考官”这个词语在意义上有了新的发展。

“考绩”条有两点改动。一是将“考查……”改为“考核……”；二是增加“考绩”的名词用法。

“考古”条义项②加了“指”字，“考验”条在“忠诚或正确”后加一“等”字，“考究”条义项③改“装潢”为“装帧”，“考取”条改“投考”为“报考”，都是一字见功夫。又如“考释”，增补本释为“考证并解释古文字”，第5版改为“考证并解释：古文字～”，稍作变动，提高了释义的精确性。还有“考问”条，增补本释为“为了难倒对方而问”，第5版改为“提出难解的问题让对方回答”。“考问”有可能是“为了难倒对方”，不见得所有的“考问”

都是"为了难倒对方"。第5版的释义比较客观、灵活。

例二:性。

1973年5月试用本,"性"字头下面收了16个词语。1983年版增加了3个词语:"性命交关""性气""性行"。2002年增补本已有21个词语,增加了"性爱""性感"两个词语。到了第5版,删除过于专业的心理学名词"性腺"和不常用的旧词"性行"(性格行为),增加了"性教育""性贿赂""性侵犯""性骚扰""性生活""性心理""性行为"以及"性价比"等8个词语,共计27个词语。新增加的8个词语,有7个属于性欲问题,1个属于商业名词。

除了词语条目有增有删,对字头的释义以及原有词语条目的释义也作了全面审核,某些条目的内容有增有删,或作了文字上的加工。

2002年增补本"性"有6个义项,第5版还是6个义项。可义项③作了重要修改。

增补本:③在思想、感情等方面的表现:党~|阶级~|纪律~。

第5版:③后缀,加在名词、动词或形容词之后构成抽象名词或属性词,表示事物的某种性质或性能:党~|纪律~|创造~|适应~|优越~|普遍~|先天~|流行~。

早在1980年,吕叔湘主编的《现代汉语八百词》已经将"性"的这种用法定为"后缀",而增补本还是用了1973年试用本的释义,这也无可非议。"性"发展为"后缀"也有一个过程,作为一部规范型辞书,谨慎不为过。如今第5版将此类“性”确认为“后缀”,同样是正确的。第5版的举例删除了“阶级~”,新增加了6例,全面展示了后缀“性”的多种构成关系。

对增补本原有的19个词语条目,有7条作了不同程度的修改。如“性感”,增补本释为“能够引起异性情欲的;肉感”,这个释义欠妥,很不准确。第5版分为两个义项,释义也准确多了。对“性病”释义的修改也是后出转精。有的条目只有一两个字的改动,颇见功夫。如“性欲”条将“要求”改为“欲望”,“性器官”条将“人或高等动物……”改为“人和高等动物……”。

所有这些改动,对提高词典的科学性、规范性都有积极意义。公正地说,是越改越好。编写者苦心孤诣的学术精神和精益求精的学术品格,是《现代汉语词典》得以成为精品的根本保证。

词典的释义应忠实于客观语言事实,不能让个人情感好恶掺杂其中,还要对词语有高度的感悟能力。“同性恋”是中国历史上的一个老问题,1973年试用本收了“同性恋爱”,认为“是一种心理变态”,1983年版以及增补本(改为“同性恋”)均作如是解,而第5版改为“属于性心理障碍”。我并非性心理专家,但我觉得这样的改动可能更符合语言实际。把“障碍”说成“变态”,客观效果可能很糟。又如增补本“老虎”条义项④为“比喻凶恶的人”,举例为“母老虎”。第5版把这个义项删掉了。“母”字下有“母老虎”,释为“比喻凶悍的妇女”。“凶悍”不等于“凶恶”,“妇女”不能跟“人”画等号。义项④完全应当删除。

对方言和口语的标注，也可证编者们对实际语言的变化有极强的感悟力。仅举一例。增补本“老公 lǎogōng”的释义为“〈方〉丈夫”，第5版改为“〈口〉丈夫”。增补本是对的，第5版也是对的。“老公”已由方言词变为口语词。

第5版也还有不足之处。如“作秀”是否应由“方”改“口”，“八卦”“埋单”是否应增加新义。“嫌疑犯”的释义是：“刑事诉讼中有犯罪嫌疑而未经证实的人。”既然只是“嫌疑”又“未经证实”，也未经法院判罪，怎么就成了“犯”呢！“嫌疑犯”应改为“嫌疑人”。“拷打”举的例子是“严刑～”，试用本和1983年版均作“非刑～”，我不知道为什么要改“非”为“严”。所有的拷打都是非法的，不是“严”不“严”的问题，而是违法的问题。

词典的修订无止境。语言总是在变，要不断地跟上这种变化，不断地进行规范，当然不可能有止境。如有止境，这种语言的生命就终结了。

（原载《语言文字应用》2006年第1期）

一本别开生面的好书

《17—19世纪的德国语言学与中国语言学》(姚小平著,外研社2001年1月第1版)堪称中西断代分国语言学史比较研究的开山之作。这部别开生面的著作出版于新世纪的第一年第一月,的确令我辈振奋、鼓舞,我认为这是一个良好的开端,预示中西语言学史的比较研究前景看好,大有可为。

中西语言学的比较研究,当然也可以泛泛而谈,面面点到,但在目前这种情况下,即使"泛谈"、"点到"也很难。著者选择17—19世纪为断代,在西方以德国为点、在中方以明末清代为点,无论从语言学本身来看还是从研究策略来看,都是明智之举。

在近古或近代西方语言学史上,德国无疑占有很重要的位置。17 世纪的莱布尼茨(1646～1716),18 世纪的赫尔德(1744～1803)、阿德隆(1732～1806),19 世纪的洪堡特(1767～1835)、施莱格尔(1772～1829)、雅科布·格林(1785～1863)、威廉·格林(1786～1859)、葆朴(1791～1867)、施莱歇尔(1821～1868),这些业内人士耳熟能详的大名,不仅是“德意志学术天空中最灿烂的明星”,也是世界文化宝库中光彩夺目的明星。中国方面,这三百年中基本上是闭关锁国,以天朝自居,视洋人为化外之民,只不过数千年的文化积累,到此时已形成大总结大清算之势,语言学这个领域,也称得上群星灿烂,硕果累累。如方以智、顾炎武、江永、戴震、钱大昕、段玉裁、王念孙、王引之、陈澧、俞樾、马建忠、孙诒让,就他们个人的聪明才智敬业精神开创精神而言,完全可以与当时的德国“明星”一比高低。我常想,以戴震、陈澧、马建忠这样精密的头脑,若生活在德国,未尝不可以成为莱布尼茨、洪堡特式的世界级“明星”。这当然是无法验证的废话。问题在于,作为后人,我们怎样拿清代的秀才、举人、进士与德意志的博士、院士、教授做比较呢? 这就要看著者的立意与写作态度了。正是在这一点上,显示了著者的理论素养和求实精神,既没有任意褒贬,也不局限于就事论事,而是以史家“实录”的风格,平心静气地告诉读者,在那三百年的历史时期内,中德两国语言学家各自为自己的民族做出了什么样的贡献,各自生活在什么样的社会制度之中。全书 19 章,其中 1—11 章构筑了“系统横向比较的基础”。横向比较又分两个方面:一方面是研究内容、方向、成果的比较;一方面是学术环境、背景的比较。后一种比较工作几乎从来没有人做过，而意义重大，很有必要。如第四章“科学与语言学”较为全面地讨论了“17—19 世纪科学对德国语言学产生的影响”；第五章“学科建设与建制”，介绍了德国当时的学校、科学院、学会、学术会议、杂志、期刊等；第六章、七章、八章分别介绍了“清代中国语言学的社会背景”、“清代教育和学术建制”、“图书与学术”。

在此基础上，著者又用 7 章的篇幅介绍评述梁启超等人“对中国传统语言学和清代语言学的评析”。美中不足的是没有设立专章来介绍中西人士对此时德国语言学的评价。以著者的能力是完全可以写出这么一章的，也许是千虑一失吧。

最后一章也就是 19 章，“总结：清代语言学的特点和短长”，讨论了四个问题：1）领域、对象、工具之差异；2）理论体系；3）研究方法；4）建制条件。概括得相当准确全面。我很赞同用“特点”和“短长”这样的词语。尽管“短长”也有“是非”、“优劣”的意思，但“短”并不等于“非”，更不等于“劣”。在这里，“短”就是不足之处。不过，“短”说得多，“长”发掘得不够。著者注意到“哪些因素制约着清代语言学的发展”，这是对的；但对于哪些因素促进了清代语言学的发展，则注意得不够。语言研究的民族特点还应该强调，不可忽视。

“总结”的最后几句话是：“清代语言学在建制上也受到束缚，但建制因素是次要的，对清代学术的实质内容并不起决定作用。至于社会环境、政治状态，一般说来也非关键因素。”这些话如果用于纵向比较，即拿清朝和前朝相比，无疑是正确的。因为一个国家、一个民族,它的学术发展演变总有自己的理路、自己的内在生命,外因“一般说来”的确“非关键因素”。如果用于横向比较,就当进一步斟酌。与处于上升时期的资本主义德国相比,清代的学术建制、社会环境、政治状态,显然只能造就戴震、陈澧式的“明星”,造就不出莱布尼茨、洪堡特式的“明星”。这一点至少在表述上宜换一种说法。要知道,孙悟空本事再大,也翻不出如来佛的手心啊!如果让莱布尼茨、洪堡特生活在中国的清朝,情况又会如何?晏子说的“橘生淮南则为橘,生于淮北则为枳”的道理,我看用在这里也是管用的。

著者是学德文出身的,可以看得出来,他的写作规范颇有德国风度。书后的两个“附录”就很符合规范,也很有价值。附录一为“部分清儒生卒表”,附录二为“中西语言文化大事年表”。另有“参考书目”、“人名索引”,对读者都很有帮助。

这样的书,我是写不出来的。别人写出来了,自己就很高兴。“平生不解藏人善,到处逢人说项斯。”我作为中国语言学史研究领域的一个老兵,摇旗呐喊,当个拉拉队,让开拓者不感到寂寞,奋勇前进,这就心满意足了。

（原载2002年4月17日《中华读书报》）

千古骚人一例愁

——读《天涯诗草》

真正称得上是诗人的诗人，大抵多是天地间多愁善感命途多舛的人。上天赋予他们锦心绣口，法眼豪情。而命运却嫉妒这一切，让他们颠沛流离，困顿不堪，备受情感的折磨，饱尝人世的痛苦。诗人们的顽痴之情，偏执之意，理想上的失落感，心态上的不平衡，触物而发，随感而兴，经过语言文字这种经验符号的韵律化表述，这就是“诗”。诗是用来表现人生的，而人生的逆境实在多于顺境，何况是志趣甚高、自况甚大的诗人呢！我们要评说的这位澳门诗坛健将，早在20多年前，也就是22岁的时候，就用诗的语言总结了这一规律：“千古骚人一例愁。”他，可不是那种不知愁滋味的少年，“为赋新词强说愁”。《天涯诗草》这个书名已经给了我们足够的暗示，丰富的联想。自古“天涯”多伤情。“天涯藐藐，地角悠悠”；“相去万余里，各在天一涯”；“天涯涕泪一身遥”；“断肠人在天涯”。尽管苏轼是那样旷达，自我宽解：“莫作天涯万里意”，但万里天涯毕竟意难平！理解《天涯诗草》的美感经验、鉴赏《天涯诗草》的艺术风格及其成就，就应当从“天涯”二字入手吧。

翻开《诗草》，第一篇就是《纪别》。我们的诗人，一位流浪诗人，就要起航了。“一舟送我天涯去，从此年年泊海湄。”在那个“出门便得凭三票，过县还须具证明”的年代里，“流浪客”是会遇到麻烦的。他能不怀念故乡吗？“登高方觉天涯远，一片乡心寄客中。”更为难堪的是诗人有家归未得。在《冬还五邑》这首诗的后面，作者自注说：“此地与故乡相隔仅廿公里，咫尺天涯，因属无证者，始终未敢一返。”诗中写道：“直是近乡情更怯，孤身霜月宿门楼。”“近乡情更怯”是唐代诗人宋之问的名句。宋之问从泷（shuāng）州（今广东罗定）贬所逃归洛阳，所以越近故乡，越是胆怯。作者与宋之问的情况迥然不同，而遭遇却更糟。对于一个洋溢着梦幻和憧憬的年轻诗人来说，最痛苦的恐怕还不是乡愁别恨，而是“日月如梭过，青春似水流。风华徒独茂，壮志恨难酬！”跟许多古典诗家一样，这种“壮志”颇具“清狂”的特质。从诗人毫无保留的直陈中，我们可以得其仿佛。

大雅期予续，
唐音待我弹。

振衣下山去，
抖擞上征鞍。
（《西登太白山》）

吾亟思踵武前贤兮，
弘上古而拓当今！
吾将竭智而殚虑兮，
阐诗教以奉赤心！
（《塞外夜读〈离骚〉……》）

少年锐利挺拔之气，舍我其谁的豪迈精神，斐然成章，力透纸背。而在那样的时间，那样的地点，诗人又是那样一种身份、地位，这样的壮志与无情的现实相撞击，能不爆发出痛苦的火花，莫名的惆怅？莫要说诗能解愁，只因为诗能醉人。诗人总是痛饮自己酿造的美酒，醉而醒，醒而醉。行为的奇特、孤独，导致心理的寂寞、沉郁，乃至躁动不宁。“登楼空有赋，肺腑向谁陈？”茫茫人海，知音者稀。怀古，就成了必然的走向。而怀古，并非徒摭故实，往往是借他人酒杯，浇自己胸中垒块而已。“松江春汛早，心逐蜜蜂飞。鹤去华亭寂，人空忆陆机。”陆机的拟古诗，被钟嵘誉为“惊心动魄，一字千金”。晋惠帝永兴元年以谗言被诛，临刑时长叹：“华亭鹤唳，岂可复闻乎？”“鹤去”、“人空”，诗人的心“飞”到了一千六七百年前，一个“寂”字透出了淡淡的愁情。“早荔枝头渐作花，春来已觉暖些些。漫翻书卷何聊赖，静坐无端忆白沙。”“无端”二字应作反笔看，道是“无端”实有端。在明代理学史上，白沙先生（陈献章，广东新会人）是一个开风气的人物。白沙主张：“为学须静坐中养出个端倪来”，“故观书博，不如静坐。”他在白沙里筑阳春台，静坐其中，数年不出阈。这与我们的诗人正好形成强烈的反差。诗人对白沙的“静坐”有何感想呢？“旅程洋岳险，日日有风波。”是不是想静下来，坐一坐，“养出个端倪来”？第一、二句写春暖花开，为这种愿望的萌生作了有力的铺垫。然而，这是一种醉态，一旦醒悟，心里的有端就变成了笔底的“无端”。《读书吟五十四首》，有不少章是借古典以抒今情的。“腐刑安敢便轻生？发愤方能集大成”（《读〈史记〉有感》）；“家贫勿谓无文化，自学终成一大师”（《读高尔基〈母亲〉有感》）；“鞋匠何曾有学衔，最平凡处不平凡”（《读安徒生童话》）；“谁卜将来是大师？剧怜家境极寒时”（《读狄更斯小说》）。

托物言志，是诗家惯用的传统手法。《诗草》的作者对这种手法的运用还不能说已进入了得心应手的阶段，但咏物而不牵于物的清篇佳句，也足以显示出作者胸襟开阔，诗品不凡。“晴日倾巢卷巨飙，铺天盖地湧狂潮。将军稳坐筹帷幄，百万雄兵未足骄”。（《坐观蜜蜂大潮》）由实而虚，由物及人，眼前景，口头语，雄健隽永，天趣盎然。如不亲历其景，或无诗的天分，不能发此奇想。《咏燕》也格调高，志趣远。“紫翎剪尾爱春畴，万里逍遥过九州。只有白云才是伴，终非灰雀可同俦。”这不是我们熟知的“王谢堂前燕”，只会绕檐而飞。这是可与鹞鹏并论的云间燕，它的超世越俗的气概，正是天涯流浪人的自我写照。人啊，可以入地狱，下苦海，青云之志不可堕！

七八年的流浪生涯，就短暂的人生而言，可以用“漫长”二字来形容。这漫长的七八年，社会动荡，风雨飘摇，诗人没有误入歧途，没有趋时媚俗。他的写作技巧在不断进步，他的忧患意识也不断加深加浓。他常常为“报国无门”而深深痛苦。“故国若须有报，愿抛肝胆，血荐微躯！”他也常常为苦难的普通劳动者谱写令人心酸的诗篇。《沧州所见》、《悯农诗四首》、《秦岭野人二首》等，表现了作者的良心和社会责任感。在当时的历史条件下，这样的诗篇是任何一个具有诗人头衔的人所不能写和不敢写的。不是这些诗人失去了良心或没有社会责任感，而是文网甚密，后果堪虞。作者是“无证之身”，天涯流浪客一个，不在编管之列。倒也好，“无羁即可一身轻”。这无羁之身，使诗人获得了创造上的高度自由。既无人身束缚，又无思想上的桎梏，像高空自由飞翔的小鸟，像幽谷自在开放的鲜花，我歌且谣，帝力何有于我哉！因此，在整个神州大地都陷入十年浩劫的时候，我们的诗人却意外地写出了《乱中》、《惨象》、《西登太白山》等足以惊风雨泣鬼神、具有诗史意义的重要篇章。“十亿遭蒙蔽，豆箕痛相残。九州纷扰攘，民瘼裂心肝。”1968 年诗人就有这样深刻的见解，他的头脑的确是相当清醒的。然而，天网恢恢，在劫难逃。终因没有身份证明，他被投进了他不应该被投进的地方。近百群蜜蜂被没收；“动乱三年友”，也“流离一夕分”。幸亏未以诗贾祸，大概当年那些兴云播雨者，万万没有想到，这位以养蜂为业糊其口于四方的归侨青年,竟然是一位“满腹著清愁,吐作千诗未肯休”的天涯歌手。

诗歌是艺术,凡艺术就当以技巧取胜。当我们对一位诗人、一本诗集进行价值判断时,内容与技巧是并重的;若单从审美观点而言,技巧尤为重要;若就一首诗的生命力而言,技巧高者生,技巧劣者死。诗歌又是一种语言文字艺术,讨论诗歌的技巧就离不开语言文字问题,其中又有表层深层之别。古典诗歌的表层形式是极为严格的,体裁、句式、用韵、平仄、对仗等,都有一定之规。《天涯诗草》的作者在这些方面下过苦工夫,有很好的格律修养。他反对“非驴非马之体”,主张“诗路宜广,不妨试作诸体。”《天涯诗草》共收作品三百七十首,若不计“附录”,则只有三百六十五首。下面我们分体分年列出一张统计表(附文末),可以看出作者“试作诸体”的实践过程。《读书吟》只有大致上的年限,所以单列一项。

应该肯定,作者在“试作诸体”(案,词本不宜包括在“诸体”之内,我们的统计与我们所要讨论的话题不完全一致)方面所作的努力是有积极意义的,是成功的,所以我们赞同这一主张。但要达到诸体皆精、诸体兼善,这是不可能的,即使是唐朝的大家名家也鲜有能者。在《天涯诗草》中,七绝是主体。王夫之说:“七言绝句……一以才情为主。才与无才,情与无情,唯此体可以验之。不能作五言古诗,不足入风雅之室;不能作七言绝句,真是不当作诗。”此是一家之言,我们无意奉之为圭臬、为准绳。不过,验之《天涯诗草》的七绝,才情均可夸。如果说早期的七绝比较轻松、活泼,有些作品表现力还比较薄弱,少数篇用语过于直俗,有伤美感;那么到了后期,感情更为深沉、真挚,才气的发挥也进了一大步。作者对于七律的创作也有丰富的经验,四十多篇作品写得都很认真。七律所表现的往往是一些很重要的题材,是一些内容比较复杂的题材,章法句法都相当讲究。看来,体裁的选用,既与个人的爱好、技能有关,也与诗人所要表现的题材、内容有一定关系。从纯艺术的角度来看,七绝易写难工,七律难写亦难工。宋人的诗话中已谈到:"七律诗极不易,唐人以诗名家者,集中十仅一二,且未见其可传。"

古典诗歌的深层形式是诗歌语言艺术化的问题。诗歌语言不同于通常所用的语言,它不仅在语音、语法、语义等层面上带有某种特质,就整个表达效果而言,也有自己的一些特殊要求。简言之,就是要通过选词、造句,造成一种美的意境。"难中难者莫过诗"的原因就在于此。《天涯诗草》的语言技巧正处在接近成熟的阶段,所以瑕瑜互见。总体风格是明快、浏亮、自然美、真实美多于含蓄美。也有些作品既有自然之美,又有含蓄之美。"薄暮葡藤下,孤眠趁夕凉。风飘花入院,鸟聒月登墙。遐想怀前古,萍踪寄异乡,大钟声已寂,僧众落何方?"1962 年,作者十九岁,在北京就枣花养蜂,写了这首《暮宿大钟寺》。诗中最重要的字眼是"孤"和"寂",情与景都围绕这两个字展开。第二联导景入情,写风、花、鸟、月,更衬托出"孤眠"的"孤"。句式亦错综,上句为兼语式,由因及果;下句是两个主谓结构,由果及因。这是露宿所见。第三联是露宿所想。人在孤寂中往往就会远思近想。远思古人，近想乡亲。尾联是全诗的关键，非常含蓄地将孤寂之感延展到广阔的文化层面，给读者留下了丰富的想象余地。钟声为何“寂”？僧众哪里“落”？这也是蒙娜丽莎式的微笑，高深难测。《客中夜泊》、《将行有感三首》之一、《荞麦丰收心仍不乐》、《三春杂咏》、《阜新草木欅有感》等，用词、造句、创意、写景，各有独到之处。《恨别》的用字造句表现了悲哀的美，很有感染力，只是颔联的对句“万里迢迢志尚雄”，语雄而意浅，与全篇色调亦不谐，实属败笔。

美的诗，脍炙人口的诗，的确是用生命写出来的。对于诗人来说，诗就是生命，生命就是诗。从《天涯诗草》的作者“作了浪迹天涯的选择”那一天起，他就把整个青春交给了诗。“耿介胸怀众不同，因而孤独与贫穷。”诗能穷人，穷而后工。诗人失去了孤独与贫穷，就会像山无烟霞，春无草树，韵味全无。“与鬼为邻月色昏”，是何等的孤独！“阮囊羞涩竟难归”，是何等的贫穷！一个人将自己的生命飘泊于苍茫宇宙之中，独行求索于天地之间，以孤独为财富，贫穷而不潦倒，这就是诗家本色。澳门诗坛有这样优秀的诗人，是值得骄傲的。我跟《诗草》的作者冯刚毅先生，只是由于偶然的机会见过一面，那次见面总共也没有说上几句话。而我读了他的《天涯诗草》，从心里钦佩。钦佩他的诗才，更钦佩他那种至刚至毅的浩然之气。因此，我虽然不会写诗，也不会写诗评（无论是印象式的古典批评还是各色各样的新式批评，我都没有研究过），但我还是写了上面这些话。萍水相逢，以文会友，如此而已。

开始写这篇文章的时候，还想借此机会讨论几个具有理论探索意义的问题，如：古典诗词的前途问题，现代人如何写古典诗词的问题，为什么省港澳等地的古典诗词创作生机勃勃、历久不衰的问题。由于篇幅和时间的关系，只能就此打住了。关于第三点，屈向邦的《广东诗话·中原人推重岭南诗》及罗香林先生的《兴宁海外嘤鸣集序》都有讨论，惜乎语焉不详。

体／年	七绝	七律	五绝	五律	五古	五排	七排	骚	词	合计
六二年	25	7		3						35
六三年	32	5	1	1					3	42
六四年	29	6	7	1		1			5	49
六五年	40	6		2					9	57
六六年	16	5	4						7	32
六七年	34	7		3					6	50
六八年	21	5	11		1		1	1	6	46
读书吟	54									54
总计	251	41	23	10	1	1	1	1	36	365

1994年6月于澳门大学

（原载澳门《华侨报》1994年10月17日，又收入《镜海诗词》第四期）

后　　记

《书山拾梦》这个题目是由李韧提出经全家讨论确定的。选择“书山”，理由很简单，我们这个家就是一座“书山”。年龄在增长，“书山”在增高，几十年下来，也颇为可观。李韧还贡献了几条好意见。如“圣人也没辙”是我们共同讨论之后定下来的；又如“思考者的乐园”，1998 年发表时为“思考者的精神乐园”，“梦中的古道凉亭”初稿作“我梦中的古道凉亭”，李韧建议删去“精神”、“我”。尺短寸长，人皆可师；一字之师，就在身边。李韧还有文字录入之功，不可不记也。

第三辑所收文章多经何鲤阅正，许多英语方面的资料，何鲤有译介之劳（如有不当，责任在我）。集中有好几篇文章是经他介绍给有关报刊发表的。关于现代西方文化名著的阅读，也往往是他先于我。

这本集子的54篇文章，除个别篇外，学敏都是第一读者，第一审阅人，她是“咬文嚼字”行家。看校样时，也是我校完之后她又全部校阅一遍。几十年来，她在教学之余，承担了一切家务，仅一日三餐，就有几万餐出自她一人之手。民以食为天，她就是我们家的“天”！

谨以此书题献给吾家学敏女士。

何九盈

己丑孟冬记于西郊蓝旗营抱冰庐